U0468977

王者归来

〔英〕J.R.R.托尔金 著　何卫青 译

济南出版社

图书在版编目（CIP）数据

指环王三部曲．王者归来 /（英）J.R.R. 托尔金著；何卫青译．-- 济南：济南出版社，2025. 1. --（世界奇幻文学名著）. -- ISBN 978-7-5488-6877-4

Ⅰ. I561.45

中国国家版本馆 CIP 数据核字第 20248SQ426 号

指环王三部曲 · 王者归来

ZHIHUANWANG SANBUQU WANGZHE GUILAI

（英）J.R.R. 托尔金 著　何卫青 译

出 版 人 谢金岭
责任编辑 丁洪玉
插图绘画 芾　瑜
装帧设计 张　倩

出版发行 济南出版社
地　　址 山东省济南市二环南路 1 号（250002）
总 编 室 0531-86131715
印　　刷 济南新先锋彩印有限公司
版　　次 2025 年 3 月第 1 版
印　　次 2025 年 3 月第 1 次印刷
开　　本 165mm × 230 mm 16 开
印　　张 26.25
字　　数 328 千字
书　　号 ISBN 978-7-5488-6877-4
定　　价 78.00 元

如有印装质量问题 请与出版社出版部联系调换
电话：0531-86131736

译者介绍

何卫青

女，文学博士，中国海洋大学文学与新闻传播学院副教授，硕士生导师。主要从事儿童文学的教学、研究与翻译工作。出版《小说儿童》《澳大利亚儿童文学导论》等专著及《儿童文学的美学研究》《为学而读：儿童文学的认知研究》等译著，创作儿童文学作品《献给松汐岛的花》《漂流谣》《鱼歌》等，创作的诗歌及短篇小说散见各刊。

插画师介绍

苇瑜

男，原名：李林钰；网名：一如的挽歌。自由撰稿人，绘画工作者，现居河南郑州。

目录
Contents

卷六

指环王三部曲

III 王者归来

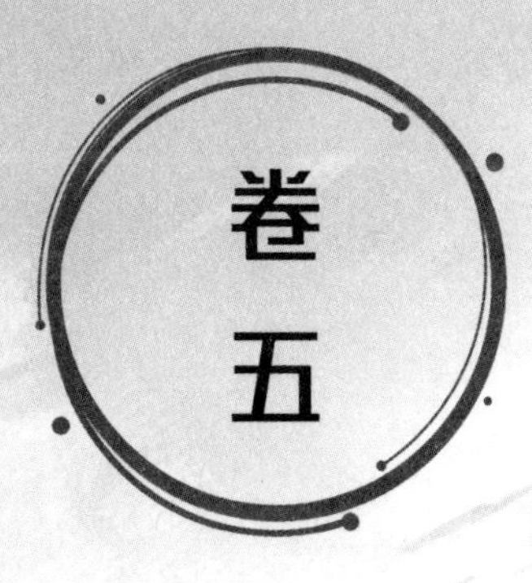

第1章 米纳斯提力斯

皮平从遮挡住自己的甘道夫的斗篷下朝外张望。他不知道自己是醒着还是仍在睡觉，仍在疾驰的梦中：自从这趟骑行开始，他已经在这梦中陷了很久。黑沉沉的世界呼啸而过，耳边风声飒飒。除了旋转的星星，他什么也看不见。右面远处，巨大的阴影映靠在天空，那是南方山脉在渐渐退后。睡意蒙眬中，他试图估算时间和他们的行程阶段，但他的记忆昏昏沉沉的，他无法确定。

第一段驰行马不停蹄，速度惊人。破晓时，他看见了一片淡淡的金光，他们来到了一个寂静的镇子，山丘上的大屋子空荡荡的。他们刚一躲进这栋大屋子里，那个带翅膀的阴影就又一次掠过，士兵们全都吓得缩成一团。甘道夫柔声跟他说着话，他疲倦不安地睡在一个角落里，隐约觉得有人来来去去，有人在说话，甘道夫在下命令。然后又是奔驰、夜行。自从他看了那颗晶石以后，这是第二个——不，第三个夜晚了。那可怕的记忆令他彻底清醒过来，浑身颤抖，飒飒风声也变成了充满威胁的噪声。

天空亮起一团光，在黑暗屏障后面闪烁的一团黄光。皮平往后一缩，一时感到害怕，不知道甘道夫正带着他进入什么可怕的乡野。他揉了揉眼睛，然后才看清，那是月亮升到了东方的阴影上，现在几乎是满月了。因此，现在还没到深夜，黑暗中的旅程还要持续好几个小时。他动了动，开口了。

“我们在哪儿，甘道夫？”他问。

“刚铎境内，”巫师答道，“还在穿越阿诺瑞恩。”

然后又是一阵沉默。“那是什么？”皮平突然喊着抓住甘道夫的斗篷，“看！火，红火！这地方有龙吗？看，又一团！”

甘道夫的回应是对他的马大喊：“捷影，快！我们必须加快速度，时间紧迫。看！刚铎的烽火燃起来了，他们在求援。战争已经爆发。看，阿蒙丁上有火，艾莱那赫上火焰熊熊！那儿，烽火正向西迅速蔓延：纳多、埃瑞拉斯、明里蒙、卡伦哈德，以及洛汗边界的哈利菲瑞恩。”

而捷影却停止了大步奔驰，慢步走起来。然后，它抬头嘶鸣一声。黑暗中传来了其他马匹回应的嘶鸣。不一会儿，就听见嘚嘚嘚的马蹄声响起，三名骑士飞驰而来，像月亮里倏忽闪现的幽灵一样一闪而过，消失在西方。然后，捷影又振奋精神，扬蹄飞奔起来，夜色似呼啸的风，从它身旁流过。

皮平又昏昏欲睡起来，几乎没怎么注意甘道夫的讲述。甘道夫正在给他讲刚铎的习俗，讲白城之主如何沿着大山脊两侧在外围的山丘上建了烽火台，并在这些烽火丘设置驿站，常备精力充沛的马匹，随时可以载着信使，奔赴北方的洛汗或南方的贝尔法拉斯。“北方的烽火台已经沉寂了很久，”他说，“在古代，刚铎并不需要烽火台，因为他们有七晶石。”皮平不安地动了动。

“继续睡吧，别怕！”甘道夫说，“因为你跟弗拉多不一样，你去的不是魔多，而是米纳斯提力斯。现如今，你在那里比在其他任何地方都安全。如果刚铎沦陷，或至尊指环被夺，那夏尔也不会是避难所。”

“你这话可安慰不了我啊。”皮平说，然而睡意又悄悄袭来。在沉入睡梦之前，他记得的最后一幕是瞥见高耸的白色山峰，笼罩在西沉的月光中，如漂浮在云海上的岛屿。弗拉多在哪儿呢？是不是已经到了魔多？或者，已经死了？他不知道的是，此刻弗拉多在远方，也望着同一轮月亮，望着它在新的一天到来之前，沉落于刚铎。

说话声惊醒了皮平。又一个白天躲藏、夜晚驰行的日子飞逝而过。天色朦胧：寒冷的黎明又来了，刺骨的灰雾笼罩着他们。捷影大汗淋漓地站着，全身冒着热气，但它高傲地仰着头，没有表现出倦意。许多身穿厚重斗篷的高大的人站在它旁边，而他们后方，一道石墙在迷雾中影影绰绰，它的一部分似乎已破损成废墟。夜色尚余，匆忙劳作的声音就已经响起来了：铁锤的敲打声，铲子的叮当声，轮子的吱嘎声。四处的火把和火堆在雾中闪闪烁烁。甘道夫正在跟挡住去路的人们说话，皮平听着听着，意识到他们谈论的正是自己。

“是的，我们确实认识你，米斯兰迪尔，”那群人的领队说，“你也知道七门的通行口令，可以自由前行，但我们不认识你的同伴。他是什么人？从北方山里来的矮人吗？这个时候，我们不希望这片土地上有陌生面孔，除非他们是威猛的战士，我们能够信任他们的忠诚和帮助。”

“我会在德内梭尔座前为他担保。”甘道夫说，“至于勇气，那可不能用身材来衡量。他经历的战斗和危机比你多，英戈尔德，尽管你比他高两倍。他是参加完艾森加德之战以后来的，我们带来了这场战事的消息，他现在疲惫不堪，否则我会叫醒他的。他名叫佩雷格林，是一个非常勇敢的人。”

“人类？”英戈尔德怀疑地问，其他人都哈哈大笑起来。

“人类！”皮平叫道，这时完全醒了，“人类！肯定不是啊！我是一个霍比特人，大概除了偶尔的必须，说我勇敢就跟说我是人类一样不可靠。你们可别被甘道夫骗了！”

“许多经历过大事的实干者都不会夸口，”英戈尔德说，“不过，霍比特人是什么？”

“就是半身人。”甘道夫回答，“不，不是传说中提到的那个，”他注意到了人们脸上惊奇的神情，补充道，“不是他，不过是他的一个同族。”

“是的，是跟他一起出行的一位，”皮平说，“你们白城的波洛米尔也跟我们在一起，他在北方的大雪中救过我，最后他为了救我，抵抗许多敌人，被杀了。”

“别说了！”甘道夫说，“这悲痛的消息应该首先告知他的父亲。”

“这已经被猜到了，”英戈尔德说，“近来这里出现了一些奇怪的征兆。不过现在快过去吧！米纳斯提力斯的城主急着会见任何带来他儿子最新消息的人呢，不管他是人类还是……”

“霍比特人，”皮平说，“我能为你们城主效的力微乎其微，但想到勇敢的波洛米尔，我会尽我所能去做。”

“再会！”英戈尔德说。人们给捷影让路，它穿过了墙上的一道窄门。“米斯兰迪尔，愿你在必要的时候，给德内梭尔和我们所有人带来良策忠告！”英戈尔德喊道，“可他们都说，你带来的，一向是悲伤和危险的消息。”

“那是因为我很少来，需要我帮助时，我才来。”甘道夫答道，“至于良策忠告，对你们，我要说的是：你们维修佩兰诺围墙太晚了，对于即将来临的风暴，勇气才是你们最好的防御。我带来的正是这样的希望，因为我带来的并不都是坏消息。不过，你们还是放下铲子，把你们的长剑磨锋利吧！”

“这项工作天黑以前我们就能完成，”英戈尔德说，“这是防御围墙的最后一段，也是最不可能遭受攻击的一段，因为它朝向我们的友邦洛汗。你知道他们吗？你觉得，他们会回应我们的召唤吗？”

“会的，他们会来的。不过他们已经在你们背后战斗过很多次了，这条路或其他任何路，可能都不再安全了。小心警戒啊！如果不是因为凶兆乌鸦甘道夫，你们看到的将是从阿诺瑞恩来的敌人大军，而不是洛汗骑兵。不过那种情况还是有可能发生的。再会了，别睡觉！”

甘道夫进入了拉马斯埃霍尔后面的广阔大地。刚铎人是如此称呼这堵外墙的，它是伊希利恩沦落到大敌的阴影之下以后，他们耗费巨力建造的。它从山脚下开始，绵延十多里格，又回到山脚下，将佩兰诺平原包围起来。那是一片坐落在向安度因大河低处延伸而去的长缓坡和阶地上的美丽丰饶的城邦。围墙东北最远端，距白城主城门四里格，在那里，它从参差不平的岸堤俯瞰着大河边长长的平地。人们把它筑得很高很坚固，因为在那里，从欧斯吉利亚斯的渡口和大桥而来的大道，经由一段建有护墙的堤道，穿过两座塔楼之间的一道大门，塔楼上危机四伏，大门被严密监视着。围墙最近处在东南方，距离主城约一里格。那儿，安度因大河绕南伊希利恩的埃敏阿尔能丘陵一大圈，然后骤然向西转，外墙就耸立在河岸边，哈龙德的码头和港口位于墙下，从南方封地溯流而上的船只就停泊在那里。

这片城邦耕地广阔，果园众多，非常富饶，农庄自带烘炉和谷仓、羊圈和牛棚，还有许多从高地潺潺流过绿地、流进安度因河的小溪。可居住于此的牧民和农民并不多，绝大部分刚铎人都住在白城的七环中，或山岭边界的高谷地——洛斯阿尔那赫，或更南边拥有五条湍急河流的美丽的莱本宁。山海之间，还生活着一支坚忍的民族，他们也被认为是刚铎的人类，不过是混血。他们当中有一些身材矮小、皮肤黝黑的人，其祖先大都来自那些在诸王到来之前已被遗忘的黑暗年代里，居住在群山阴影中的人类。莱本宁远处，是贝尔法拉斯大封地，在那里，伊姆拉希尔亲王靠海居住在他的城堡多阿姆洛斯里。他拥有高贵的血统，他的子民亦然：高大骄傲，长着大海一样的蓝灰色眼睛。

甘道夫骑行了一段时间之后，天光渐亮，皮平自己醒了，仰头张望。他左边是一片雾海，往东方暗影漫溢升腾着；右边群峰巍然耸立，从西方绵延而来，陡然而止，仿佛在大地形成的过程中，大河冲破了一道巨大的屏障，撞出一个巨大的山谷，未来这将是一片战斗与论辩之地。在那儿，正如甘道夫所承诺的那样，他看到了白山山脉埃瑞德宁莱斯的尽头：明多路因山黑漆漆一大团，高处峡谷的深紫色阴影，以及在曙光中变得越来越白的高高的山壁。守卫之城就坐落在明多路因山突出的“膝盖”上，它的七道石墙坚固而古老，似乎不是筑造的，而是被巨人从大地的骨架上雕凿出来的。

就在皮平惊奇地注视着这一切的同时，城墙从朦胧的灰色渐渐转白，在黎明时分微微泛红。而太阳突然突破东方阴影的笼罩，洒下万丈光芒，照耀白城。皮平大叫出声，因为伫立在最高层城墙之内的埃克塞理安高塔在天空的映衬下微光闪烁，像一根珍珠和白银质地的尖刺，高挑、美丽、匀称，刺尖顶熠熠生辉，仿佛水晶造就，城垛上的白色旌旗迎风招展。他听到高远之处传来一阵清澈之声，像是银号吹响。

就这样，甘道夫和佩雷格林在日出时，骑马来到了刚铎的城门口，两扇铁门在他们面前缓缓打开。

“米斯兰迪尔！米斯兰迪尔！”人们喊道，“现在我们知道风暴确实逼近了！”

“风暴是朝着你们而来的，”甘道夫说，“我就是乘着它的翅膀来的。让我过去！我必须去见你们的城主德内梭尔，趁着他的宰相职权还在的时候。不管发生什么事，你们所熟知的那个刚铎，即将迎来它的结局。让我过去！”

在他命令的口吻下，人们纷纷后退，不再继续质问。不过他们惊奇地注视着坐在他前面的霍比特人，以及他胯下的那匹马。因为城中的人很少骑马，街道上几乎见不到马的身影，除了替城主跑腿的信差会骑马。人们说：“这肯定是洛汗国王的骏马之一吧？也许洛希尔人很快就会赶来增援我们了。”捷影骄傲地踏上了蜿蜒的长路。

米纳斯提力斯的建造风格是这样的：城池共七层，每层都探入山中，每层都建了一道城墙，每道城墙上都有一道城门。不过这些城门并没有分布在一条线上：主城门在环形城墙的东端，第二层的城门半朝南开，第三层的城门半朝北开，如此交错而上，那条朝顶层城堡攀升的石板路就这样一会儿转向这边，一会儿转向那边，横穿过山面。每次它经过主城门一线，就穿过一条拱形隧道。这隧道穿过一块庞大的岩石墩子，其突出的一大部分将这城池的各个环层（除了第一层）一分为二。这独特的建筑风格一方面是因为天然的山势，另一方面凭借的是古代伟大工匠的技艺与辛劳。一座巨石塔堡从主城门后面的宽阔庭院后部拔地而起，其边缘锐利如船的龙骨，朝向东方。它一直往上，甚至到了顶端环层。那里也有一圈城垛。因此，王城中的人也许可以像巨船上的水手那样，从其顶点俯瞰七百英尺下的主城门。主城的入口也朝东，但它凿在巨岩中央，一道点着灯的长斜坡从那里直达第七层的城门。这样，人们就最终来到了王庭和白塔脚前的喷泉广场。白塔高耸匀称，从基座到尖顶有五十英寻高。距离下方平野一千英尺高的塔尖上，宰相的旗帜随风飘扬。

这确实是一座坚固的城池，只要城中仍有能持武器之人，就不可能被一支敌人的大军攻克，除非某些敌人从后方袭来，登上明多路因山的低缘，再藉此爬上连接警卫山的狭窄山肩到达山体大部。不过这道山肩只升到第五道城墙的高度，周围也筑有直达悬在其西端峭壁上的巨大护墙。那里伫立着已故国王和宰相的墓室及圆顶陵寝，永远沉寂在高山与白塔之间。

皮平注视着这座伟大的石头之城，惊奇感越来越甚。它比他梦想过的任何事物都恢宏壮丽，它比艾森加德更庞大、更坚固、更美丽。然而，它真的在一年又一年地走向腐朽，本应在此安居乐业的人口也已经减少了一半。他们经过的每一条街上，都有一些深宅大院，其大门和拱门上雕刻着许多形状奇特而古老的优美文字。皮平猜测那是曾经居住在那里的伟大人物和他们亲属的名字。然而如今，这些深宅大院一片沉寂，宽阔的石板路面再无足音响起，厅堂中不闻人声，也没有张望的脸庞从门口或空荡的窗口探出。

最后，他们终于走出阴影，来到第七层的城门前，温暖的阳光照耀着下方远处的大河，也照耀着这里光滑的墙面和稳固的廊柱，以及嵌着雕成加冕王者头像的拱心石的大拱门，而此刻弗拉多正走在伊希利恩的林间空地上。甘道夫下了马，因为马匹不允许进入王城。在他温言细语的劝慰下，捷影克制住自己，让人牵走了。

城门的守卫穿着黑衣，他们的头盔形状很奇特：冠顶高耸，长护颊紧贴着脸，上面还插着海鸟的白羽毛。不过头盔银光闪闪，因为它们确实是秘银制品，是古代辉煌时期传承下来的宝物。黑色铠甲罩衣上绣着一棵开花的树，白花似雪，树上面是一顶银王冠和星芒。这是埃兰迪尔后嗣的徽记，如今除了王城守卫，整个刚铎已无人佩戴。这些守卫驻扎在喷泉广场前，白树曾经生长在那里。

他们到来的消息似乎已经先于他们到了：他们即刻获准进入，无声无息，也没有质询。甘道夫快步穿过白石板铺就的庭院，一股甘泉在朝阳下喷涌，四周是一片青翠草地，但在草地中央，一棵枯树垂首伫立在水池边，喷泉水珠从干枯开裂的枝干凄然落回清澈的池水中。

皮平匆匆跟在甘道夫身后，瞥了这棵树一眼。它看上去很忧伤，皮平心想，不知道在这个一切都受到悉心照料的地方，怎么会留有这样一棵枯树。

七颗星星，七颗晶石，一棵白树。

甘道夫嘀咕过的话浮现在他的脑海中。然后，他发现自己已经到了那座闪耀的高塔脚下的大殿门前。皮平跟在巫师后面，经过高大沉默的门卫，走进了石屋清凉空旷的阴影中。

他们沿着一条空荡荡的铺石长廊往前走，甘道夫一边走一边轻声对皮平说：“佩雷格林少爷，小心说话，注意言辞！这可不是霍比特人无礼的时候。希奥顿是一位慈祥的长者，德内梭尔却是另一种人，他骄傲、精明，虽然没有国王的头衔，出身却更显赫，并且大权在握。

不过他主要会跟你说话，问你很多，因为你能告诉他有关他儿子波洛米尔的遭际。他极其喜爱这个儿子，也许可以说太爱了。他们并不像，但他因此反而更爱这个儿子。不过在这份爱的掩护下，他会认为从你那里打探情况会比从我这里更容易。除非必要，不要告诉他太多，也不要提起弗拉多的任务。我会在适当的时候处理此事。还有，除非必须，你也不要提阿拉贡。”

“为什么不能提？大步有什么问题？”皮平小声问道，“他本来就要来这儿的，不是吗？反正他自己也很快就要到了。”

“也许，也许。”甘道夫说，“不过，即使他来，也很可能是以某种出人意料的方式来，就连德内梭尔也预料不到。那样的话更好，至少不应该由我们告之他的到来。”

甘道夫停在一道光可鉴人的金属大门前。“听着，皮平少爷，现在没有时间给你讲授刚铎的历史了。如果当初你不是在夏尔的林子里掏鸟蛋逃学，而是多学点刚铎的历史，现在可能会好些。照我的吩咐去做！给一位大权在握的宰相带去他的继承人的死讯，然后再大谈有那么一个人正在前来，而且一来就会宣称王位所有权，这可说不上明智。这样你明白了吗？”

“王位所有权？”皮平吃了一惊。

“是的！”甘道夫说，“如果这些日子你都是耳聋心盲的，那现在该醒了！”他说着敲了敲门。

门开了，但不见开门的人。皮平看进去，只见一座宏伟的大殿，大殿两边宽阔的侧廊上开有采光的飘窗，一排高耸的石柱支撑着殿顶。它们是整块黑色大理石凿成的独石柱，巨大的柱顶上雕刻着许多奇叶异兽，而柱顶之上更高处，阴影中的宽阔拱顶泛着暗淡的金光。地面是磨光的石板铺成的，泛着白色微光，上面还镶嵌着线条流畅、色彩缤纷的纹饰。这座肃穆的长殿中，不见挂毯，不见织锦，也不见任何编织物或木制品。不过石柱之间，伫立着一队沉默冰冷的高大石雕人像。

皮平突然想起了阿刚那斯的那两座大石像。看着这一排逝去已久的历代国王的石像，他心中蓦然腾起一股敬畏之情。大殿尽头，有一个许多级台阶连至的高台，上面设有一张高大的王座，大理石制成的华盖像戴着王冠的头盔一样罩于其上。王座后方的墙上镶嵌着钻石，形状是一棵开花的树，但王座是空的。高台脚下的最低一级台阶很宽很深，上面有一张不加装饰的黑石椅，椅子上坐着一位正凝视着自己膝头的老人。他手执一根白杖，杖头是金色的球形。他没有抬头。他们庄重地踩着长石地朝他走去，在离他的脚凳三步之遥处站定。然后，甘道夫开口了。

“向您致敬！米纳斯提力斯的城主与宰相，埃克塞理安之子德内梭尔，在这个黑暗的时刻，我带着消息和建议来了。”

老人抬起头来。皮平看清了他瘦削的面庞，高挺的颧骨，象牙白的肤色，以及漆黑深邃的双眼之间的长鹰钩鼻。这副容貌令他想到的不是波洛米尔，而是阿拉贡。

“的确是黑暗的时刻，”老人说，“米斯兰迪尔，你也总是在这种时刻到来。尽管所有迹象都预示刚铎的末日近了，我却觉得此时此刻那种黑暗不及我自己的黑暗。我听说，你带来了一个目睹我儿子死亡的人。是他吗？”

“是的，”甘道夫说，“他是两人中的一个。另一个现在与洛汗的希奥顿在一起，之后可能也会来。如你所见，他们是半身人，但他并不是预言中提到的那一位。”

“可他仍是一个半身人。”德内梭尔严肃地说，“我对这个名称没什么好感，因为那些该死的词句干扰了我们的策略，拽着我儿子踏上那趟疯狂的旅程，以致身死。我的波洛米尔啊！现在我们需要你啊。法拉米尔本该代替他去的。”

“本来他是要去的，”甘道夫说，“你不能因为哀痛就不公平！波洛米尔要求去办这件事，不能忍受其他人插手。他是一个很强势的人，想要的就一定要得到。我跟他旅行了很长一段时间，对他的脾性了解得不少。不过你提到了他的死。我们到来之前，你就得到消息了吗？”

“我收到了这个。”德内梭尔说着放下手杖，从膝盖上拿起他一直凝视的东西：一只用银线绑着的野牛号角。它从中间被劈成了两半，德内梭尔一手举着一半。

“这正是波洛米尔总是带在身上的号角！”皮平喊道。

“确实是，”德内梭尔说，“当年我也曾带着它，我们家族的每一代长子都佩戴这支号角，这可以远远追溯到诸王没落之前那些消失的年代，自马迪尔之父沃隆迪尔在遥远的鲁恩原野猎获了这头阿拉武野牛起。十三天前，我听见了它在北方边界吹响的微弱声音，大河将它带给我，破裂的它，它再也不能吹响了。”他停顿了一下，气氛变得凝重起来。突然，他阴沉的目光转向皮平：“半身人，对此你有什么话说？”

“十三，十三天，”皮平结巴道，“是的，我想就是那样。是的，他吹响号角时，我就站在他旁边。可援助没来，来的是更多的兽人。”

“这么说，你在场？”德内梭尔目光锐利地盯着皮平的脸，“给我说详细点！为什么援助没来？你是怎么逃脱的？而他却没能脱身？

他是那么威猛的人啊，面对的敌人又只有兽人！”

皮平满脸通红，忘记了害怕。“最威猛的人也可能被一箭射死，”他说，“而波洛米尔中了好多支箭。我最后看到他时，他倒靠在一棵树旁，正试图拔出肋下中的一支黑羽箭。然后，我就昏过去被掳走了。我再没见过他，也不知道后来的情况，但我一想到他就肃然起敬，因为他非常英勇。他是为了救我和我的表亲梅里亚达克而死的，当时我们在树林里遭到了黑魔王军队的袭击。虽然他倒下牺牲了，但我对他的感激之情丝毫不减。”

说罢，皮平迎向老人的目光，虽然老人冰冷嗓音中的轻蔑与怀疑仍然令他感到刺痛，但他心中却有一股豪情莫名悸动。“您这样一位伟大的人类城主，无疑会认为一个霍比特人，一个从北方夏尔来的半身人，能效的力是微不足道的。可即使如此，我也愿意为您效力，以此补偿我所欠下的债。”说着，他撩开自己的灰斗篷，拔出短剑放在德内梭尔脚前。

老人脸上浮现出一抹淡淡的笑容，犹如冬日黄昏夕阳的清冷余晖。他低下头，将残破的号角放在一旁，然后伸出手。“把武器给我！”他说。

皮平抬起剑，将剑柄呈送给他。“这是从哪里来的？”德内梭尔问道，“它的年代很久远啊！这一定是我们北方的亲族在遥远的过去打造的吧？”

“它出自我家乡边界上的坟冢，”皮平说，“但现在那里只有邪恶的尸妖居住，关于他们，我实在不想多说。”

“我看得出来，你有过不少奇异的经历。”德内梭尔说，“这就再次说明，人不可貌相，或者说，半身人不可貌相。我接受你的效劳。

因为我的言辞并未使你胆怯，而且你说话彬彬有礼，尽管腔调在我们南方的人听来有些奇怪。在未来的日子，我们将需要所有知礼的子民，无论他们是大还是小。现在，对我发誓吧！”

“把手放在剑柄上，”甘道夫说，“如果你决定了，就随着城主的话说。”

“我决定了。”皮平说。

老人将剑放在自己膝盖上，皮平把手放在剑柄上，跟着德内梭尔慢慢说道：“我在此起誓：自此刻起，无论开口还是沉默，无论主动还是被动，无论来还是去，无论贫穷还是富裕，无论和平还是战争，无论生还是死，我都将效忠于刚铎，效忠于刚铎的君主和宰相，直到我主解除我的义务，或死亡降临，或世界终结。宣誓人：夏尔的半身人，帕拉丁之子佩雷格林。”

“我，刚铎的城主、至高王的宰相，埃克塞理安之子德内梭尔，闻此誓言，必将铭记于心，不辜负起誓之人：以爱回报忠诚，以荣誉回报英勇，以复仇回报背誓。”然后，皮平接回他的剑，收进剑鞘里。

“那么现在，”德内梭尔说，“我给你的第一个命令是：说话，不要沉默！告诉我你的全部经历，务必讲一讲你能记得的有关我儿子波洛米尔的一切。坐下，开始说吧！”说着，他敲了敲立在他的脚凳旁边的一面小银锣，立刻就有侍从走上前来。皮平这才发现他们一直站在殿门两旁的凹室里，刚才他和甘道夫进来时，并没有看见他们。

“给客人布座，拿酒和食物来。”德内梭尔说，“一个小时内，任何人都不要来打扰我们。”

“我只能抽出这些时间，因为要关注的其他事太多了，”他对甘道夫说，“很多事似乎更重要，不过对我而言不如这件事紧急。不过我们也许可以晚上再接着说。”

“希望越早越好。”甘道夫说，“我从艾森加德赶了一百五十里格的路来到此地，一路上马不停蹄，风驰电掣，并不只是为了给你带来一个小战士，无论他多么谦恭有礼。希奥顿已经大战一场，艾森加德被推翻了，我折断了萨鲁曼的权杖，难道这一切对你都不重要吗？”

“对我来说都很重要，但我对这些事情的了解，已经足够我制订对抗东方威胁的计划。”他漆黑的双眼转视甘道夫。此刻，皮平看出了两人之间的相似，也感到了他们之间的张力，他几乎觉得自己看见一线闷烧的火从一双眼扯向另一双眼，没准会突然爆发出熊熊火焰。

德内梭尔看起来确实比甘道夫更像一个大巫师，他更有王者气势，更英俊，更有权势，似乎也更年长。然而凭着一种非视觉的感知，皮平觉得甘道夫拥有更强的力量、更深的智慧，以及一种隐藏的威严。而且，甘道夫更年长，年长得多。“年长多少呢？”他不禁感到好奇。然后他想：真奇怪啊，他以前居然从没想过这事。树须说过巫师的事，但即使在当时，皮平也没有把甘道夫当作巫师中的一员。甘道夫到底是什么人？他来到这个世界多久了？他是从什么地方来的？他又会在什么时候离开？然后，他的思忖被打断了，他看到德内梭尔与甘道夫依然四目相对，仿佛在读取对方的心思。不过，德内梭尔先收回了目光。

“是啊，”他说，“虽然他们说晶石都已经失落了，但刚铎领主们的见识仍然比常人更敏锐，还是能收集许多消息的。现在坐下吧！”

仆人们拿来了一把椅子，一个矮凳。有人端来了托盘，上面搁着银壶、酒杯和白色的糕点。皮平坐了下来，但他无法将目光从这位老城主身上转开。不知道是他的想象还是真的，皮平觉得，刚才提到晶石时，老人突然眸光一闪，从他脸上扫过。

“现在给我讲讲你的故事吧，我的忠臣，”德内梭尔半是和蔼半是嘲弄地说，“我儿子视为朋友之人的话语，肯定是受欢迎的。”

皮平永远也不会忘记大殿中的这一个小时：被刚铎城主咄咄逼人的目光注视着，被犀利的问题不断逼问着，而且自始至终，他都意识到身旁的甘道夫在观察，在聆听，皮平隐隐感觉，甘道夫也在克制不断高涨的愤怒和不耐烦。这样一个小时结束时，德内梭尔又敲响了小银锣，皮平感到精疲力竭。“现在最多九点，”他想，“我可以一连吃下三份早餐。”

“带米斯兰迪尔大人去为他准备好的住所，”德内梭尔说，“他的同伴若愿意，可以暂时跟他住在一起。不过，传话下去，他是帕拉丁之子佩雷格林，我已经接受他的宣誓效忠，告诉他下面环城的通行口令。传话给统帅将领们，第三个小时钟响之后，尽快来我这里听令。至于你，我的米斯兰迪尔大人，也应该来，什么时候想来就什么时候来。除了我短暂的几个小时睡眠时间，没有人会阻拦你随时来见我。平息一下你因一个老人的愚蠢而生的怒气，然后重新来安慰我吧！”

“愚蠢？”甘道夫说，“不，城主大人，除非死了，你是不会衰弱糊涂的。你甚至把自己的悲痛作为一种掩护。你以为我不明白你当着我的面，盘问知之甚少的人一个小时的真实目的吗？”

“你既然明白，那就满足吧！”德内梭尔回复道，“在有需要时，还骄傲自大到蔑视帮助和建议，那才叫愚蠢。可你是按照你自己的计划派送这样的礼物的。刚铎的城池不是用来实现他人目的的工具，不管那目的多么值得。对刚铎城主而言，如今这世界上没有比刚铎的利益更重要的目的。我的大人啊！统治刚铎的，是我而不是旁人，除非国王再度归来。”

“除非国王再度归来？”甘道夫说，“嗯，我的宰相大人，你的任务是守护一个王国，等待国王归来，尽管现如今几乎没有人还对这事抱有希望，但在这项任务中，你将会得到你愿意请求的所有帮助。不过我要说的是：我无意统治任何王国，不管是刚铎还是其他任何地方，不管是大国还是小国。我关心的，是如今这危在旦夕的世界里所有有价值的事物。至于我的任务，如果有任何东西能够度过这个黑夜，在未来的日子依然能够美丽成长，重新开花结果，那么即使刚铎湮灭，我的任务也不算完全失败。因为，我也是一个辅佐者。你不知道吗？”话毕，他转身大步离开大殿，皮平小跑着跟在他的身侧。

他们一路走着，甘道夫不看皮平，也没有跟他说一句话。他们的向导从大殿门口领着他们出去，穿过喷泉广场，走进高大的石头建筑之间的一条小巷。拐了几个弯之后，他们来到离王城北边城墙很近的一栋房子，它离连接大山与警卫山的那道山肩也不太远。进到屋里，经由一道宽阔的雕花楼梯，上到高于街道的二楼，向导把他们领进了一个敞亮通风的舒适房间，墙壁上还挂了很多泛着暗金光泽的素毯。屋里家具很少，只有一张小桌子、两把椅子和一条长凳，不过房间两边各有一间隔着门帘的凹室，里面各有一张铺好的床，还有洗漱用的水罐和水盆。这个房间有三扇朝北开的狭窄高窗，俯瞰着依然迷雾笼罩的安度因大河庞大弯曲的河道，而远方是埃敏穆伊丘陵和涝洛斯大瀑布。皮平得爬到长凳上，才能扒着深深的石头窗台朝外看。

“你在生我的气吗，甘道夫？”等向导走出去关上门后，他问道，“我已经尽力了。”

“你确实尽力了！”甘道夫说着，突然大笑起来。他走过来站在皮平身边，搂着这位霍比特人的肩膀，望向窗外。皮平有些诧异地瞥着此刻紧贴着自己脸的这张脸，因为那笑声欢欣又轻松。不过，巫师的脸乍一看只有忧虑和悲伤，但定睛细看之后，他才发觉这一切表象之下是巨大的喜悦，是欢乐的泉源，它若喷涌出来，足以让一个王国放声大笑。

“你确实尽了全力，”巫师说，“夹在两个如此可怕的老人中间这种情况，希望你以后不要再遇到了。不过，皮平，刚铎城主从你这里获知的信息还是比你猜到的多。你隐瞒不了带领众人离开墨瑞亚的人不是波洛米尔的事实，你们当中有一位尊贵之人将要来米纳斯提力斯，而且他有一把著名的宝剑。在刚铎，人类很重视古老的故事。自从波洛米尔离开后，德内梭尔花了大量时间琢磨那首谜语诗，琢磨诗中提到的伊熙尔杜的克星。

“皮平，他跟这个时代的其他人都不一样。无论他代代相传的血统怎样，因为某种机缘，他身上流淌的血液几乎与西方之地的人类一样。他的另一个儿子法拉米尔也是，但他最爱的波洛米尔却不然。德内梭尔能看得很远。他如果集中意念，是可以察觉人们心中流动的思绪的，哪怕那些人在很远的地方。欺骗他非常困难，企图欺骗他也非常危险。

“记住这一点！因为你已经发誓效忠于他。我不知道你当时脑袋里在想什么，或者心里有什么感受，才那样做的，不过你做得很好。我没有阻拦你，因为慷慨之举不应该被泼冷水。此举打动了他的心，同样（请允许我这么说）也取悦了他。至少，你现在可以在米纳斯提力斯自由行走——在你不当差的时候。不过此举也有一个副作用：你得受命于他，而他是不会忘记这一点的。你还是得小心！”

他沉默了片刻，才又叹息道：“算了，没必要为明天可能发生什么事担忧。因为，明天肯定比今天糟糕，往后多日都将如此，但我对此已经无能为力了。棋盘已经摆好，棋子正在移动。我非常想找到的一枚棋子是法拉米尔，现在他是德内梭尔的继承人。我想他不在城里，但我没有时间去收集消息。我必须走了，皮平。我必须去参加这场城中统帅将领们的会议，看看能有什么发现。不过现在大敌已经动起来了，他就要揭开他的整盘棋局了。就算是卒子，也很可能看得清形势。刚铎的士兵、帕拉丁之子佩雷格林，磨利你的剑吧！”

甘道夫走到门口，又转过身来。“我赶时间，皮平，”他说，“如果你不太累的话，那就出去帮我个忙吧，在你休息之前也行，去找一下捷影，看看它被安置得怎么样。这里的人对牲口很仁慈，因为他们是善良又有智慧的民众，但他们照顾马匹可不如某些民族有经验。”

甘道夫说完就出去了。这时王城的塔楼里传来了清脆悦耳的钟声。钟响了三声，如空中银铃，然后停了：这是日出后的第三个小时。

片刻后，皮平出门下楼，张望街道。这时阳光灿烂，温暖明亮，塔楼和高屋都投下了悠长而清晰的西向阴影。在蓝色天空的映衬下，明多路因山白雪皑皑，头盔似的山巅高高昂立。全副武装的人们在城中道路上来来往往，好像是应报时的钟声在轮岗换值。

“在夏尔我们会说现在九点了，”皮平大声对自己说，“正好是坐在阳光灿烂的春日窗前，吃一顿美好早餐的时间。我是多么想吃一顿早餐啊！这些人到底吃不吃早餐啊，还是说他们已经吃过了？他们什么时候吃午餐，在哪儿吃呢？”

不一会儿，他注意到有一个穿黑白衣服的人正沿着狭窄的街道，从王城中心朝他走来。皮平感觉很孤单，他下定决心，等这人经过时就开口说话。不过已经不需要了——这人是径直走向他的。

“你就是半身人佩雷格林吗？”他问，“我被告知，你已经宣誓效忠于城主和白城。欢迎你！”他伸出手，跟皮平一握。

“我是巴拉诺尔之子贝瑞刚德。今天早上我不当班，因此被派来教你通行口令，告诉你一些你肯定希望知道的事。至于我，我也很想了解你，因为以前我们这里从未见过半身人，虽然也听说过有关半身人的传闻，但我们知道的故事全都很少提及他们。而且，你是米斯兰迪尔的一位朋友。你很了解他吗？”

“啊，”皮平说，“可以这么说，在我还不算长的生命里，我始终对他有所了解。最近我跟他旅行了很长一段路。不过他这本书内容太多，我自己最多不过读了一两页而已，也许我对他的了解就跟大多数人对他的了解一样，不过也有个别例外。我想，我们远征队中真正了解他的是阿拉贡。”

“阿拉贡？”贝瑞刚德说，“他是谁？”

“呃，”皮平结巴道，“他是一个跟我们一起结伴而行的人。我想他现在在洛汗。”

“我听说你去过洛汗。关于那片土地，我也有不少要问你的，因为我们把最后一点希望都寄托在那里的人身上了。哎呀，我都忘记我是来干吗的了：先要回答你的问题。佩雷格林先生，你想知道什么？”

“呃，这个嘛，”皮平说，“那就恕我冒昧，当前我心里有一个非常急迫的问题，呃，就是——关于早餐这类的事情。我的意思是，用餐时间是什么时候？你懂我的意思吧？还有，餐厅在哪里，如果有餐厅的话？有小酒馆吗？我们骑马来的时候我看了，但一个也没看见。我这一路上都想着，等我们一到讲礼节、懂事理的人们安家的地方，就能痛快地喝杯啤酒了。”

贝瑞刚德郑重地看着他。“看来，你是一位身经百战的老兵，”他说，“他们说，上战场的人总期待着吃饱喝足。不过我自己不是一个有阅历的人。这么说来，你今天还没吃过？”

“啊，吃过的，客气地说，吃过的，”皮平说，“但不过是一杯酒和一两块白糕，是你们城主好意相赐，可他为此拷问了我一个小时，那可真是让我饥肠辘辘。”

贝瑞刚德大笑起来。“我们常说，人小胃口大。不过，你已经跟王城中所有的人一样，吃过早餐了，而且还是以很高的规格吃的。这里是一座要塞，一座守卫之塔，现在又处于战争中。日出之前我们就起床，借着朦胧的天光吃一点东西，然后日出时就去执勤。不过你别绝望！”看到皮平一脸沮丧，他又笑了，“那些执行繁重勤务的人，在上午的时候还会再吃一顿，补充体力。然后中午或午后，在勤务不忙的时候，我们还可以吃顿午餐。大约在日落时，人们还会聚在一起用正餐，享受这点尚存的欢乐。

“来吧！我们先走走，然后找点点心，在城垛上吃点喝点，欣赏一下美丽的早晨。”

“等一下！”皮平红着脸说，“贪吃——按你的客气说法是饥饿——让我把正事给忘了。甘道夫，就是你们所说的米斯兰迪尔，叫我去关照一下他的马——捷影，一匹伟大的洛汗骏马，我听说它是洛汗国王的眼中宝。不过因为米斯兰迪尔做出的贡献，国王把捷影送给了他。我觉得，它的新主人爱它胜过爱许多人。如果他的善意对这座城有任何价值，你们就应该敬重地对待捷影，要是可能的话，应该比照料我这个霍比特人更尽心。”

“霍比特人？”贝瑞刚德问道。

“我们是这么称呼自己的。”皮平说。

“我很高兴知道这点，”贝瑞刚德说，“现在我想说的是，奇特的口音无损于文雅的言辞，霍比特人是一个谈吐文雅的种族。不过，来吧！你应该让我认识一下这匹骏马。我喜欢兽类，但是在这座石城中，我们很少看见它们，因为我们的民众来自山谷，在那之前来自伊希利恩。不过别担心！我们只是礼节性地去探访一下，不会久留，然后我们就去饮食处。”

皮平发现捷影住得很好，被照顾得也不错。在第六环城，王城的墙外，有一些不错的马厩，里面养了几匹快马。这些马厩靠近城主的信使骑兵的住处：信使们时刻准备着出发，传达德内梭尔或他手下统帅将领们的紧急命令。不过现在，所有的马匹和骑士都出去了。

皮平一进马厩，捷影便转过头来轻声嘶鸣。“早上好！”皮平说，“甘道夫会尽快回来的。他很忙，不过他让我代问你好，还派我来确认你一切都好。我希望在长途奔波之后，你能好好休息。”

捷影甩了甩头，踏了踏马蹄。不过它允许贝瑞刚德轻轻地抚摸了一下它的脑袋，还拍了拍它雄壮的腹侧。

“它看起来像是急着要去赛跑，而不像是才长途奔波而来，”贝瑞刚德说，“它是多么强壮而又高贵啊！它的马具呢？应该是华贵而又美丽的吧。”

“多么华贵美丽的马具都配不上它，”皮平说，“它不用马具。如果它愿意载你，它就载上你。如果它不愿意，那就没有嚼环、缰绳、鞭子或皮带能驯服它。再见，捷影！耐心点，战争就要来了。”

捷影昂首嘶鸣，马厩为之震动，他们也捂住了耳朵。然后，他们看到食槽是满的，便离开了。

“现在该去找我们的食槽了。”贝瑞刚德说着带领皮平回到王城，来到高塔北边的一道门前。从那里，他们经由一道阴凉的长楼梯，走进了一条点着灯的宽巷子。巷子一边的墙上有不少小窗口，其中一扇开着。

“这是我们守卫连队的仓库和食品室，”贝瑞刚德说，“塔尔巩，你好！”他朝窗口里喊道，“现在时间还早，但这里有一个刚被城主接受的新人。他勒紧腰带长途骑行而来，今天早上又做了繁重的工作，这会儿已经饿了。给我们拿点吃的来吧！”

他们领到了面包、奶油、乳酪和苹果。苹果是冬天的最后一批存货，皮已经皱了，但还是很脆很甜。另外，还有一皮壶新酿的麦芽酒和木制的盘子、杯子。他们把所有这些东西都装进一个柳条篮里，然后又上楼回到阳光下。贝瑞刚德带着皮平来到一个外凸的大城垛东头，那里的墙上有一个斜面窗洞，窗台底下有一张石椅。他们从这里可以向外眺望，观赏晨光普照的世界。

他们一边吃喝一边交谈：刚铎的风俗人情、夏尔、皮平在异乡的见闻。他们越说，贝瑞刚德越讶异，他用惊奇的眼光看着这个霍比特人或坐在椅子上晃着两条短腿，或站起来踮起脚尖越过窗洞俯瞰下方的大地。

“不瞒你说，佩雷格林先生，”贝瑞刚德说，“对我们而言，你看上去差不多就像这里的一个孩子，一个大约九岁的小子，然而你经历的艰险，见过的奇观，我们这里的灰须老者都没有几个敢吹嘘的。我还以为是我们城主一时兴起，才给自己找了一个出身高贵的侍从，他们说这是仿效古代诸王之道。不过我现在明白了，不是那么回事。请你务必原谅我的愚昧。”

“没事，”皮平说，“不过你错得也不算离谱，在我自己的族人眼里，我也比一个男孩大不了多少，按照我们夏尔的规矩，我还要再过四年，才算‘成年’。不过你别操我的心了，快过来，跟我说说我看见的都是什么地方。”

太阳正一点点升高，下方山谷中的迷雾已经消散。余雾如丝丝缕缕的白云，就在头顶，被强劲的东风吹着飘远。王城白旗杆上的旌旗随风招展。在下方远处的谷底，目测约五里格的距离开外，从西北而来的灰色安度因大河波光粼粼，朝南转了一个巨大的急弯之后又朝西而去，直到消失在一片迷蒙闪烁的微光中。过了那里大约五十里格，远处就是大海。

整个佩兰诺平野在皮平眼前铺展开来。农庄和矮墙，谷仓和牛棚，星星点点，散布四处，但到处不见牛和其他牲口。绿色原野上纵横交错着许多大道和小路，车水马龙，络绎不绝：大车成行朝主城门移动，另一些则从城中出去。不时会有骑兵驰来，飞身下马，匆匆进城。不过大部分车马是沿主大道离去，大道转向南，然后拐一个比大河更急的弯，沿着山丘边缘，很快消失在视野之外。那是一条宽广平整的大道，沿着其东侧边缘有一条翠绿的宽马道，再过去是一堵墙。马道上纵马疾驰的骑手来来往往，但街上似乎挤满了往南去的遮篷大车。不过皮平很快就看出来了，其实一切都井然有序，大车成三列向前移动：马拉的一列最快；另一列稍慢，是牛拉的四轮大车，车上有五彩缤纷的漂亮遮篷；沿着大道西侧边缘走的，是许多靠人力费劲前行的手推车。

“那是通往图姆拉登谷地和洛斯阿尔那赫谷地的大道，也通往山村，再远就是莱本宁了。”贝瑞刚德说，“这是最后一批离开的大车，送老人、孩子以及必须跟他们一起走的妇女去避难。他们必须在中午之前撤到离主城门和主大道至少一里格的地方：这是命令。很遗憾，但必须这样。”他叹了口气，“现在这些离别的人，也许很少有再见面的机会了。这城里的孩子向来很少，现在则一个也不剩了——除了几个不愿意走的少年，他们也许能找些差事做，我自己的儿子就是其中一个。”

他们沉默了片刻。皮平焦虑地盯着东方，仿佛随时都可能看见成千上万的兽人越过平野蜂拥而来。“那边是什么？”他指着安度因大河大转弯的中部问道，“那是另一座城市，还是别的什么？”

“那里曾经是一座城市，”贝瑞刚德说，“过去，它是刚铎的主城，我们现在这座城只是刚铎的一个要塞。那就是欧斯吉利亚斯在安度因大河两岸的废墟，很久以前就被我们的敌人占领烧毁了。不过在德内梭尔年轻时，我们又把它夺了回来：不是为了居住，而是将它当作前哨防守阵地，还重建了大桥，供我们的军队通行。后来，从米纳斯魔古尔来了凶残的骑士。”

“黑骑士？”皮平瞪大眼睛问道，过去的恐惧被唤醒，惊恐之色重现于他的双眼。

“是的，他们一身漆黑，”贝瑞刚德说，“我看得出来，你对他们有所了解，不过你在讲你那些故事的时候，完全没有提到他们。”

“我了解他们，”皮平轻声道，“但我现在不想提他们，太近，太近了。”他收住话头，抬眼望向大河上方。他觉得自己似乎能看见一大片阴森的黑影。也许那在视野尽头影影绰绰的是山脉，它们锯齿般参差的山峰被差不多二十里格的朦胧雾气柔化了。也许那只是一堵云墙，云墙之外则是另一片更深的幽暗。在张望的同时，他就觉得那片幽暗在扩展，在聚集，非常非常缓慢地上升，上升，渐渐遮住了太阳。

“离魔多太近吗？”贝瑞刚德低声问道，“是的，它就在那里。我们很少提它的名字，但是我们一直生活在可以看见那片阴影的地方：有时候它似乎比较淡比较远，有时候却更近更黑。现在它正在扩大、变黑，因此我们的恐惧和不安也在增长。不到一年之前，那些凶残的骑士夺回了渡口，我们许多优秀的战士都被杀了。最后是波洛米尔把敌人从西岸这边赶了回去，我们守住了这半边的欧斯吉利亚斯，但这只是短暂的。现在我们等着对那里的新一轮攻击，也许那是这场将要到来的大战主要的攻击点。”

“什么时候？”皮平问道，“你猜测过吗？两个晚上之前，我看见了烽火和信使骑兵，甘道夫说那是战争已经爆发的信号。他好像极其着急。不过现在，一切似乎又慢了下来。”

“那只是因为现在一切都准备好了，”贝瑞刚德说，“这是暴风雨前的宁静。”

“那为什么两个晚上之前点燃了烽火？”

“已经被包围了再去求援就太迟了，”贝瑞刚德答道，“不过我不了解城主和他的将领们的决策。他们有许多收集信息的方法。德内梭尔城主跟其他人不一样：他能看得非常远。有人说，他夜里独自坐在高塔中他的房间里，将意念集中在某个地方，就能看见些许的未来；他甚至还时不时地探查大敌的心智，与他角力。因此他才会衰老，未老先衰。然而，不管怎么样，我的上司法拉米尔大人出战在外，在大河远处执行某项危险任务，他可能也送了消息回来。

“不过，你想知道我对点燃烽火的看法，那是那天傍晚从莱本宁传来的消息。有一支大舰队逼近了安度因河口，这支舰队是南方乌姆巴尔的海盗操控的。他们早就不怕刚铎的力量，已经跟大敌结盟，现在为他的大业发动了大举进攻。我们本指望从莱本宁和贝尔法拉斯来的援军，那两地的民众坚忍勇敢，人数众多，但这次攻击会牵制住他们。因此，我们更寄希望于北方的洛汗，也很高兴你们带来了胜利的消息。

“不过，”他顿了一下，起身四顾，北、东、南，望了一圈，“艾森加德的所作所为应该警醒了我们：我们现在被困在一张巨大的阴谋之网中。这不再是渡口争夺战，不再是来自伊希利恩和阿诺瑞恩的袭击，不再是伏击和劫掠。这是一场蓄谋已久的大战，不管我们多么骄傲自负，也只是其中的一小部分。据报，在内陆海以东的远东地区，在北方的黑森林及其远方地区，还有南方的哈拉德，都有事态发展。现在所有的国度都将面临考验：在魔影之下，或挺立，或倒下。

“不过，佩雷格林先生，我们有此荣幸：我们一直是黑魔王最憎恨的，因为他的恨意源自时间深处，越过深海而来。这里将会承受最猛烈的攻击。就因为这个，米斯兰迪尔才会来得如此匆忙。因为，如果我们倒下，谁还能挺立？佩雷格林先生，你觉得我们有挺住的希望吗？”

皮平没有回答。他看了看巨大的城墙、塔楼和飘扬的旗帜，看了看高空中的太阳，然后看向聚集在东方的那片幽暗。他想起了魔影的长爪牙：森林和山脉中的兽人、艾森加德的背叛者、眼神邪恶的飞鸟，甚至侵入夏尔街巷的黑骑士，以及带翅膀的恐怖的那兹古尔。他不寒而栗，希望似乎枯萎了。那一刻，连太阳都颤动了一下，变得模模糊糊，仿佛一只黑翅膀掠过其上。他觉得在高高的苍穹之上，从他耳力几乎不能触及的地方，远远地传来一声喊叫：微弱，但残酷冰冷，让人胆战心惊。他脸色煞白，佝腰塌背地靠在墙上。

“那是什么？”贝瑞刚德问道，“你也感觉到什么了吧？”

“是的，”皮平喃喃道，“那是我们失败的征兆，末日的阴影，残暴的飞行骑士。”

“是的，末日的阴影，”贝瑞刚德说，“恐怕米纳斯提力斯将会陷落。黑夜来临。我血液里的温暖似乎都被偷走了。”

好一会儿，两人垂头坐在那里，不言不语。然后，皮平忽地抬起头，看到太阳依然照耀，旗帜依然随风飘扬。他抖了抖身子。“它过去了，”他说，“不，我的心还没有绝望。甘道夫倒下过，但又回来了，现在跟我们在一起。我们可以挺住，即使只靠一条腿，最起码我们还有膝盖。”

“说得好！”贝瑞刚德喊道，他站起身，来回踱着大步，“不！虽然万物都将随着时间的流逝迎来自己的终局，但刚铎还不会毁灭。就算这些城墙被无所顾忌的敌人攻破，那也会在他们面前筑起一座尸山。我们还有其他要塞和逃进山里的密道。在某个绿草常青的隐蔽山谷里，希望和记忆仍将存活。”

“尽管如此，我还是希望它结束，无论好坏。”皮平说，“我根本不是战士，也不喜欢任何战斗的想法。可是，等候一场即将爆发，我却无法逃脱的战争，糟糕透了。今天这一天好漫长啊！如果我们不必站在这里观望，一动不动，而是率先发起进攻，我应该会高兴一点。我想，如果不是甘道夫，洛汗本来不会遭到攻击。”

“啊，你这可戳到很多人的痛处了！”贝瑞刚德说，“不过，等法拉米尔回来之后，事情可能会有所转变。他很勇敢，比许多人以为的更勇敢。在如今这些日子，人们不大相信一位统帅能够既睿智又博学，像他一样，饱读诗书和歌谣，等上了战场，又是一位刚毅大胆、迅速果决的战士。不过法拉米尔就是这样的。他不像波洛米尔那么鲁莽急切，但比波洛米尔更有决断力。可他真的又能做什么呢？我们不能攻击山脉那边的国度。我们的势力范围缩小了，除非敌人进入我们的防线之内，否则我们无法发动攻击。不过到那时，我们一定会强力出击！”他猛地拍了一下剑柄。

皮平看着他：高大、骄傲、高贵，像这片土地上他见过的所有人一样。当他想到战斗时，眼中闪烁着光芒。“唉！我自己的手轻如鸿毛。”皮平心想，但什么都没说，“甘道夫说我是一枚棋子，也许吧，但我这枚棋子被摆在了错误的棋盘上。”

他们就这么聊着，直到日上中天。突然，中午的钟声敲响了，王城中一阵骚动，因为除了警卫，所有人都去吃午饭了。

“你跟我一起去吗？”贝瑞刚德问道，“今天你可以到我们食堂来吃。我不知道你会被派到哪一队，也许城主会把你留在他自己身边当差。不过大伙会欢迎你的。趁现在还有时间，尽量多认识一些人是好的。”

“我很乐意跟你去，”皮平说，“说真的，我很孤单。我把我最好的朋友留在洛汗了，都没有人跟我聊天或者开玩笑。或许我可以加入你的连队？你是队长吗？如果是，你可以收编我吧，或者代我申请？”

“不行，不行。”贝瑞刚德笑道，“我不是队长，也没有官职、军衔或贵族身份，我只是王城第三连队的一个普通士兵。不过，佩雷格林先生，光是能成为刚铎之塔守卫军的一员，在城里就很有面子，这样的人在这片土地上是很受尊重的。”

“那它就远非我力所能及的了，”皮平说，“带我回房间去吧，如果甘道夫不在，我就客随主便，去哪儿都行。”

甘道夫不在房间里，也没有送消息来，于是皮平跟着贝瑞刚德，被介绍给了第三连队的人认识，贝瑞刚德从这件事上赢得的面子，似乎跟他的客人得到的荣耀一样多，因为皮平非常受欢迎。关于米斯兰迪尔的同伴以及他跟城主的长时间密谈，早已在王城传得沸沸扬扬。有谣言宣称，有一个从北方来的半身人王子要跟刚铎结盟，提供五千兵力。还有传言说，待洛汗骑兵到来时，每个骑兵都会带着一个半身人战士，他们也许身材矮小，但勇敢强悍。

虽然皮平不得不遗憾地戳破这些满怀希望的谣言，却摆脱不掉他的新头衔，人们认为只有这个头衔才配得上他是波洛米尔的朋友，还受到城主德内梭尔的礼遇。他们感谢他来到他们中间，热切聆听他所说的话和他所讲的外乡故事，而且他想吃多少食物、想喝多少啤酒就给他多少。的确，他唯一的苦恼是要按照甘道夫的嘱咐“小心谨慎”，不能如霍比特人在朋友们中间那样，口无遮拦。

最后，贝瑞刚德起身了。“该说再见了！”他说，“我得去值班了，要一直值到日落。我想，这里的其他人也是。你如果真的觉得孤单，也许乐意让一个快乐的向导带你在城里转转。我儿子会乐意陪你的。他是一个好小子。你愿意的话，就去最低的环城，在拉斯凯勒尔丹——灯匠街上找一个叫老客栈的地方。你会在那里找到他和其他留在城中的孩子。在主城门关闭之前，可能还有一些值得瞧一瞧的事。”

他出去了，其他人也很快都跟着走了。天空依然晴朗，只是开始起雾，即使在这么远的南方，这三月的天气也还是太热了。皮平觉得昏昏欲睡，但是屋子里似乎太冷清了，于是他决定下去逛一逛这座城。他拿了一点省下来的口粮给捷影，它们被礼貌地接受了，尽管这匹马好像并不缺吃的。然后，他就开始在许多蜿蜒曲折的路上漫步。

他经过时，人们大都会庄重地对他行注目礼，并依照刚铎的礼节，双手合十垂首向他致敬。他听到身后有许多呼唤声，显然是门外那些人在喊里面的人出来见一见这位半身人王子，米斯兰迪尔的同伴。很多人说的是方言而非通用语，不过没过多久，皮平至少就明白了*Ernil i Pheriannath*（半身人王子）是什么意思，知道这个头衔已经先于他传遍整座王城了。

在经过很多拱顶街道和美丽的巷弄与人行道之后，他最后来到了最低也最宽的环城，并借着指引来到了灯匠街，这是一条通往主城门的宽阔道路。他在街上找到了老客栈：一栋饱经风霜的石头大灰房，两翼的侧房往街后延伸出去，侧房之间是一片狭长的青草地，草地后方则是开有许多窗户的正屋，一条建有一排石柱的长廊横在屋前，还有一段通往草地的楼梯。孩子们正在石柱间玩耍，他们是皮平在米纳斯提力斯城中见到的唯一一群孩子。他停下脚步，看着他们。不一会儿，其中一个男孩就瞅见他了，并大喊一声，奔跳着穿过草地，跑到街上，身后还跟着另外几个孩子。他站在皮平面前，上下打量着皮平。

“你好！”那个男孩说，“你是从哪里来的？你是这座城里的生面孔。”

“我曾经是。”皮平说，“不过他们说，我已经变成了刚铎的男人。”

“噢，得了吧！”那个男孩说，“那我们这几个也全都是男人了。不过，你几岁了？你叫什么名字？我已经十岁了，很快就会长到五英尺高。我比你高，不过我父亲是一个守卫军战士，他可是高个子的人之一。你父亲是干什么的？”

“我该先回答哪个问题呢？”皮平说，“我父亲在夏尔塔克附近的白井地种地。我快二十九岁了，所以这点我赢了你。不过我只有四英尺高，不太可能再长高了，除非横着往胖里长。”

“二十九岁！”那个男孩吹了声口哨，“哎呀，那你很老了呀！跟我叔叔伊奥拉斯一样老。不过，”他满怀信心地补充道，“我敢打赌我可以扳倒你，或者把你摔个四脚朝天。”

“也许你可以，如果我让你的话，”皮平大笑道，“也许我同样能扳倒你，我知道一些我们那个小地方的摔跤技巧。我告诉你吧，在我们那儿，我可被认为是不同寻常地高大强壮，而且我从来没有让任何人扳倒过。因此，如果别无选择，非要比一比的话，我没准得杀了你。等再长大一点，你就会明白，人不可貌相。虽然你把我当作一个软弱可欺的外地小孩，是可以轻易捕获的猎物，但我还是得警告你：我不是，我是一个半身人，结实、勇敢，还很邪恶！”皮平扮了个鬼脸，吓得那个男孩往后退了一步，但他立刻握紧拳头，跨步上前，眼中闪烁着战斗的光芒。

“不要啊！”皮平大笑道，“也不要相信陌生人的自吹自擂哟！我可不是一个斗士。不过不管怎样，挑战者先报上姓名会更有礼貌。”

那个男孩骄傲地挺起胸膛说：“我是守卫军士贝瑞刚德之子贝尔吉尔。”

“我猜也是，”皮平说，“你跟你父亲很像。我认识他，是他让我来找你的。”

“那你怎么不马上说？”贝尔吉尔说着，脸上突然掠过一丝失望，“你可别告诉我他又改变了主意，要把我跟那些女子一起送走！不过不行啊，最后一批大车已经走了。”

“他的口信不好也不坏，”皮平说，“他说，如果你不想扳倒我，那或许愿意带我在城里转一会儿，排遣一下我的孤单。作为回报，我可以给你讲一些遥远的异乡故事。”

贝尔吉尔松了口气，拍手笑了起来。“太好了，”他喊道，“那就来吧！我们本来就要去城门口看看的，现在就走。”

“那里有什么好看的？”

“外域的将领们日落前应该会从南大道前来。跟我们一起走，你会看到的。”

事实证明，贝尔吉尔是一个好伙伴，是自从离开梅里后，皮平遇到的最佳伙伴。他们走在街上，很快就兴高采烈地有说有笑起来，全然不顾众人投来的目光。没多久，他们就发现自己已经混进了朝着主城门拥去的人群中。等到了那里，皮平展现出了令贝尔吉尔大为敬重的地位，因为他在向守卫报出自己的名字和口令后，守卫便向他敬礼让他通行，而且还允许他带着同伴一起出去。

“这可太好了！”贝尔吉尔说，“没有大人带领，我们男孩已经不准出城了。这下我们能看得更清楚了。”

城门外，沿着大道两旁，还有前往米纳斯提力斯的各条道路汇成的铺石广场四周，都挤满了人。所有人都朝南方望着，人群中很快响起了低语声：“那边有尘土飞扬！他们来了！”

皮平和贝尔吉尔一点一点地挤到人群前面，焦急地等着。远处传来了号角声，人们的欢呼声像风一样越来越烈，朝他们滚滚而来。然后是一声嘹亮的喇叭响，周围的人全都大声欢呼起来。

“佛朗！佛朗！”皮平听到人们喊道。

“他们在喊什么？”他问。

“佛朗来了！”贝尔吉尔答道，“老胖子佛朗，洛斯阿尔那赫的领主。我爷爷就住在那里。万岁！他来了。好佛朗！”

一匹膘肥体壮的大马走在队伍最前头，骑在马背上的人宽肩阔腰，却是一位灰须老者，不过他仍然穿着铠甲，戴着黑头盔，手中还提着一支沉重的长矛。他身后列队行进的是一队风尘仆仆但士气昂扬的士兵，他们全副武装，携带着大战斧，神情严肃，但比皮平目前在刚铎看见的所有人都要矮一点、黑一点。

“佛朗！”人们高呼道，“真诚的心意，真正的朋友！佛朗！”不过当洛斯阿尔那赫的人走过去之后，他们嘀咕道，“这么少！才两百人，他们怎么了？我们还以为来的人会有十倍之多呢。这一定跟黑舰队入侵的消息有关。他们只能抽出十分之一的兵力前来。不过，有总比没有强。”

就这样，一支支队伍前来，在称颂声和欢呼声中穿过了城门。在这黑暗时刻，这些外域的人前来援助，守御刚铎的白城，但来的人总是太少，总是少于人们所期望和需要的。凛格罗谷地的人紧随他们的领主之子德尔沃林徒步而来：三百名。从墨松德高地、黑源河大谷地来的是高大的杜因希尔和他的两个儿子杜伊林与德茹芬，以及五百弓箭手。从安法拉斯，遥远的长滩，来了一长队人：猎人、牧人和小村庄村民，除了他们的领主戈拉斯吉尔的护卫队，其他人几乎没有武器装备。从拉梅顿来了若干剽悍的山民，没有头领。从埃尔来了几百名从船上抽调出来的渔民。从绿色丘陵品那斯盖林来的“白肤”希尔路因，带来了三百个身穿华丽绿衣的人。最后来的，也是最高傲的，是城主的姻亲、多阿姆洛斯的亲王伊姆拉希尔，烫金的旗帜上绣着大船与银天鹅的家徽。他带来了一队骑着灰马、全副武装的骑士，后面还跟着七百个武装士兵，他们都跟亲王一样高大，灰眼睛黑头发，一边走一边唱。

这就是全部的援军了，满打满算还不到三千人。不会再有更多的人前来了。呼喊声和踏步声进了城，渐渐消散。旁观者默然伫立片刻。空中浮尘滞重，因为风已经停了，暮色渐浓。城门关闭的时间快到了，红彤彤的夕阳已经沉至明多路因山之后。阴影笼罩了石城。

皮平抬头仰望，觉得天空似乎变成了烟灰色，仿佛一片巨大的沙尘和浓烟悬浮在头顶，透下来的光线阴沉沉的。而在西方，落日将烟尘晕染得火红。此刻，在火烧云霞的映衬下，明多路因山漆黑一片。“美好的一天，就这样在怒火中结束了！”他喃喃地说，忘了身边还站着一个孩子。

“是的，如果我没在落日钟响之前回去的话。”贝尔吉尔说，“走吧！关闭城门的号吹响了。”

他们手牵手走回城里，是城门关闭前最后进去的两个人。他们到灯匠街时，所有塔楼的钟都庄严地敲响了。许多窗灯亮起，从民房和城墙沿边的士兵营房里传出了歌唱声。

“现在得说再见了，”贝尔吉尔说，“请替我向我父亲问好，感谢他给我送来同伴。请你有空再来。现在我真希望没有战争，那样的话我们就能度过一些开心的时光。没准我们可以一起旅行，到洛斯阿尔那赫我爷爷家去。春天那里很美，森林里和原野上到处开满鲜花。不过，也许我们还会有机会一起去的。他们永远都征服不了我们的城主，我父亲也非常英勇。再见！再来啊！”

他们分别后，皮平匆匆往王城赶去。这似乎是很远的一段路，他渐渐地觉得又热又饿。夜幕四合，天很快就黑了。天上一颗星星也没有。他到达食堂时，晚餐已经开始了。贝瑞刚德高兴地跟他打招呼，让他坐在自己身边，听他讲儿子的消息。饭后，皮平又待了一会儿，然后才起身告辞，因为他心中腾起一股莫名的忧虑，他很想马上再见到甘道夫。

“你能找到路吗？”贝瑞刚德站在王城北边，他们之前坐着聊天的小厅门口问道，“今晚很黑，而且还会更黑，因为命令下来了，城里的灯光要保持暗淡，不能有任何光亮照到墙外去。我还要告诉你另外一个消息，另外一道命令：德内梭尔城主明天一早会召见你。恐怕你不会被分派到第三连队。不过，我们还是有希望再见面的。再见，祝你睡个好觉！”

住处的房间里很黑，只有桌上点了一盏小灯。甘道夫不在。皮平心中的忧虑更加沉重了。他爬到长凳上，尽力朝窗外望去，但就像看进了一池墨水。他爬下来，关上百叶窗，又爬上床。他躺了好一会儿，仔细聆听着甘道夫回来的动静，然后陷入了不安的睡眠。

夜里，他被灯光惊醒，看见甘道夫已经回来了，正在壁帘隔开的外间来回踱步。那里的桌上搁着烛台和一些羊皮纸卷。他听见巫师叹着气嘀咕道：“法拉米尔什么时候才会回来？”

“嘿！”皮平把头探出壁帘打着招呼，“我以为你已经彻底把我忘了。真高兴看见你回来。漫长的一天啊！”

“黑夜也不会太短，”甘道夫说，“我回到这里来，是因为我需要独自安静片刻。趁着还有床，你赶紧睡吧。日出时我会再带你去见德内梭尔城主——不，不是日出的时候，是召唤来时。大黑暗已经开始，不会有黎明了。”

第2章 灰衣劲旅的征程

甘道夫走了，捷影的嘚嘚蹄声消失在黑夜里。梅里回到阿拉贡身边，他只有一个很轻的小包裹，因为他的行李落在帕斯嘉兰了，现在他只有从艾森加德的废墟中捡来的几件能用得上的东西。哈苏费尔的鞍具已经安好了。莱戈拉斯、吉姆利和他们的马站在近旁。

“如此，这里还有四个远征队员，”阿拉贡说，“我们将一同骑马前行。本来我以为我们会各走各的呢。现在国王决定立刻出发。因为那个飞行阴影的到来，他希望趁着黑夜的掩护回到山里去。”

“然后去哪里？”莱戈拉斯问。

“我还不确定，”阿拉贡回答，“至于国王，从现在起四个晚上之后，他会前往埃多拉斯，之前他下达过去那里集结的命令。我想，他会在那里聆听战争的消息，洛汗的骑兵会南下前往米纳斯提力斯。至于我，以及任何愿意跟我走的人……”

“算我一个！”莱戈拉斯叫道。

“外加吉姆利！”矮人说。

“啊，说真的，”阿拉贡说，“就我而言，前方是一片黑暗。我也必须去米纳斯提力斯，但我还看不到路在何方。一个准备已久的时刻正在临近。”

“别丢下我！”梅里说，“我一直还没有派上用场，但是我不想像一个包袱似的被抛在一边，等到一切都结束了，才有人理会。我想那些骑兵现在并不想受我拖累。可国王也确实说过，等他返回自己的宫殿，要我坐在他旁边，给他讲跟夏尔有关的所有一切。”

“是的，”阿拉贡说，“梅里，我想你应该跟他一路，但别期待欢乐的结局。恐怕要过很久，希奥顿才能重新安坐在美杜塞尔德。许多希望将在这个残酷的春天凋零。”

众人很快就准备启程了，二十四匹马，吉姆利坐在莱戈拉斯身后，梅里坐在阿拉贡身前。不一会儿，他们就疾驰在黑夜中了。过了艾森河渡口的坟冢不久，一个骑兵从他们后面赶了上来。

“陛下，”他对国王说，“我们后面有骑兵。我们跨过渡口时，我就觉得我听见他们了。现在我们确定了。他们正在快马加鞭，追赶我们。”

希奥顿立刻下令停止前进。骑兵们掉转马头，抓起长矛。阿拉贡翻身下马，将梅里放到地上，然后拔剑站在国王的马镫旁。伊奥梅尔和他的侍卫骑到了队伍后方。梅里这时觉得自己比以往任何时候都像一个多余的包袱，他不知道，如果真的打起来，自己该怎么办。万一国王这支小卫队被围困伏击，而他逃进了黑暗：孤身一人流落在洛汗的原野中，茫茫路途不知何去何从。“这可不妙！”他想。他拔出自己的剑，束紧了腰带。

沉月被一大片游云遮住，但突然又突破云围，钻了出来。然后，他们全都听到了马蹄声，只见一群黑影从渡口沿着路飞速奔来，零散四处的矛尖上月光闪烁。追赶者人数辨不清楚，但看上去起码不比国王的卫队少。

当他们来到五十步开外时，伊奥梅尔高声喊道：“停！停下！何人在洛汗纵马奔驰？”

追赶者们骤然勒马止步，紧接着是一片沉寂。月光下，只见一位骑手翻身下马，慢慢地走上前来。他举起一只手，掌心朝外，空无一物，以示和平，但国王的护卫都抓紧了武器。来人在十步之外停下了。他很高大，身影漆黑。然后，他开口了，嗓音清晰。

“洛汗？你说洛汗？这真是一个令人高兴的词。我们从很远的地方匆匆赶来，就是在寻找此地。”

“你们已经找到了，”伊奥梅尔说，“你们越过那边的渡口，就进入了洛汗。不过这是希奥顿王的领土，没有他的允许，不准在此纵马奔驰。你们是什么人？为何如此匆忙？”

“我是北方的游民，登丹人哈尔巴拉德。”那人大声叫道，“我们在寻找阿拉松之子阿拉贡，我们听说他在洛汗。”

“那你们也找到他了！”阿拉贡叫道。他将手上的缰绳交给梅里，跑上前去拥抱来人。“哈尔巴拉德！”他说，“这可真是一个意外惊喜！”

梅里松了一口气。他还以为这是萨鲁曼的最后一点诡计：趁国王只有少数护卫时在半路上伏击。不过看来似乎不需要为保卫希奥顿而牺牲了，至少眼下不需要，他把剑插进了剑鞘里。

“没事了，”阿拉贡转身道，“他们是来自远方我家乡的族人。他们为什么来，来了多少人，哈尔巴拉德会告诉我们的。”

“我带来了三十人，”哈尔巴拉德说，“仓促之间我们只能召集到这么多族人。不过埃尔拉丹和埃洛希尔两兄弟跟我们来了，他们渴望参战。你的召唤一到，我们就以最快的速度赶来了。”

“可我并没有召唤你们啊，”阿拉贡说，“我只是有所期盼。我常常想到你们，今晚尤甚，但我没有送出只言片语。不过算了！所有这些事等以后再说。你们找来时，我们正冒着危险匆促赶路。现在，如果国王恩准，你们就跟我们一起走吧。”

希奥顿听了这个消息确实很高兴。“这可太好了！”他说，“我的阿拉贡大人，如果你的这些族人有任何像你之处，那这样的三十位骑士就是一支劲旅，其实力是不能用人数估算的。”

骑兵们再次出发了。阿拉贡与登丹人一起骑行了一会儿。当他们说完北方和南方的消息后，埃洛希尔对阿拉贡说：“我给你带来了我父亲的口信：‘时日短促，汝欲急行，勿忘亡者之路。’”

“我总感觉时日苦短，欲望难成，”阿拉贡回答，“不过除非确实紧迫，我不会选那条路。”

“这很快就知道了，”埃洛希尔说，“不过，我们就别在大道上谈论这些事了！”

阿拉贡又对哈尔巴拉德说：“兄弟，你拿的那是什么东西？”他看到对方拿的不是长矛，而是一根长杆，看起来像是旗杆，但又用黑布包裹着，还绑了很多道皮绳。

“这是我给你带来的幽谷公主的礼物，”哈尔巴拉德答道，“她暗地里花了很长时间才制成。她也有话给你：‘如今时日短促，要么我们的希望到来，要么所有的希望破灭。因此，我赠你为你所制之物。再会了，精灵宝石！’”

阿拉贡说：“我知道你带来的是什么了，先暂时替我保管吧！”他转身看了一眼明亮星辰下的北方，陷入了沉默。剩下的夜旅中，他再也没有开口。

当他们终于从深谷的宽谷骑行而上，回到号角堡时，黑夜将尽，东方既白。他们躺下休息了片刻，就开始商议事情。

梅里一直睡到被莱戈拉斯和吉姆利叫起来。“日上三竿啦！”莱戈拉斯说，“其他人都起来做事了。快起来，懒虫先生，趁还有机会看看这个地方吧！”

“三个晚上之前，这里发生过一场大战，”吉姆利说，“莱戈拉斯跟我来了一场比赛，我就赢了他一个兽人。来瞧瞧这个地方怎么样吧！这里有山洞，梅里，奇妙的山洞！我们要不要去看看？莱戈拉斯，你觉得呢？”

“不行！没有时间，”精灵说，“匆匆忙忙的，会糟蹋了美景！我承诺过你，等和平与自由的日子再度来临，我会和你一同返回这里。现在都快中午了，我听说我们吃过午饭，就要再次出发。”

梅里打着呵欠，爬了起来。几个小时的睡眠根本不够，他很疲倦，也相当沮丧。他想念皮平，人人都在为一件他不完全明白的事加紧计划着，而自己却好像只是一个负担。“阿拉贡在哪儿？”他问。

“在号角堡里的议事室，”莱戈拉斯说，“我想他没休息也没睡觉。几个小时前，他去那边了，说必须思考一下，只有他的族人哈尔巴拉德跟着他。他看起来忧心忡忡的。”

“他们是一群异人，就那些新来的人，”吉姆利说，“他们强壮、贵气，洛汗的骑兵在他们身边看上去几乎就像小男孩。他们神情严肃，大都面容沧桑，就像饱经风霜的岩石，连阿拉贡自己也是，而且他们都沉默寡言。”

“而他们开口时，也跟阿拉贡一样彬彬有礼，”莱戈拉斯说，“还有，你注意到埃尔拉丹和埃洛希尔兄弟了吗？他们跟精灵贵族一样俊美尊贵，而且衣甲不像其他人的那么灰暗，不愧是幽谷的埃尔隆德之子。”

“他们为什么来？你们听说了吗？”梅里问道。这时，他已经穿好衣服，披上了灰斗篷。三个人一起朝破损的堡门走去。

“如你所闻，他们是回应了一项召唤，”吉姆利说，“他们说，有话传到幽谷：‘阿拉贡需要他的族人，让登丹人去洛汗找他！’不过这口信是谁送去的，他们现在感到很疑惑。我猜，应该是甘道夫送去的。”

“不，是加拉德瑞尔，”莱戈拉斯说，“她不是借着甘道夫的口提到了从北方来的灰衣劲旅吗？”

“对，你说得没错，”吉姆利说，“森林夫人！她能读出很多人的心思和渴望。那，莱戈拉斯，我们何不也希望来一些我们的族人帮忙呢？”

莱戈拉斯站在大门前，明亮的双眼望向遥远的北方和东方，英俊的脸上忧虑重重。“我不认为会有人来。”他答道，“他们不需要骑马来参战。战火已经烧到我们的家园了。”

三个伙伴一起漫步着。他们一边走一边聊之前那场战斗的波折。他们从破损的大门走下去，经过路边草地上阵亡将士的坟冢，直到站在海尔姆护墙上，眺望宽谷。死岗已经伫立在那儿，阴沉、高耸、山石累累，草地被胡奥恩大肆践踏过的痕迹依然清晰可见。黑蛮地人和号角堡的许多守军还在护墙、原野和后方损坏的护墙周围忙碌着。不过一切似乎异乎寻常地平静：这是一座历经浩劫之后疲倦休憩的山谷。

没过多久，他们转身回去，到堡中大厅吃午饭。

国王已经在那里了，他们一进去，他就招呼梅里，让他过去坐在自己旁边。“这并不合我的意，”希奥顿说，“因为这里一点都不像我在埃多拉斯的美丽宫殿。你的朋友已经走了，他本来也应该在这儿的。可能还要等很久，你我才能坐在美杜塞尔德的大桌前，我回到那儿时，没有时间设宴。不过，来吧！先吃点喝点，趁现在还可以，让我们一起聊聊。然后，你跟我一起骑行。”

“我可以吗？”梅里又惊又喜，“这可太荣幸了！”任何善意的言辞，都不曾令他如此感激。“恐怕我只会碍大家的事，”他结结巴巴地说，“但您是知道的，我愿意尽力去做力所能及的任何事。”

“这我不怀疑，”国王说，“我已经让人给你准备了一匹山地小良驹。它能和任何大马一样，驮着你在我们要走的路上飞速奔驰。因为我将选择从号角堡走山路而不是平原，取道黑蛮祠前往埃多拉斯，伊奥温公主正在黑蛮祠等我。你如果愿意，可以做我的侍从。伊奥梅尔，这里有适合我这个佩剑侍从使用的武器铠甲吗？”

“陛下，这里没有大兵器库，”伊奥梅尔答道，“也许可以找到一顶适合他的轻盔，但我们没有适合他的身材的铠甲或佩剑。”

“我有剑。”梅里从座位上爬起来，从黑色剑鞘中拔出了他的小亮剑。他心中突然充满对这位老人的敬爱，于是单膝跪地，执起国王的手亲吻。“希奥顿陛下，我，夏尔的梅里亚达克，可以将短剑置于您的膝上吗？”他大声说，“您若愿意，请接受我的效忠！”

“我欣然接受，”国王说着，将修长苍老的手放在这位霍比特人的棕发上，祝福他，“洛汗美杜塞尔德家族的侍从，梅里亚达克，平身！”他说，“拿起你的剑，带上它去争取好运吧！”

“我将视您如父。”梅里说。

“暂时如此吧。”希奥顿说。

然后，他们一边吃一边聊。过了一会儿，伊奥梅尔开口道：“陛下，我们出发的时间快要到了。要我吩咐人吹响号角吗？可是阿拉贡在哪里？他的位置空着，他还没吃饭。”

“我们准备出发，”希奥顿说，“派人去通知阿拉贡大人，就说时间快到了。”

国王带着他的护卫和梅里一起走出堡门，来到骑兵集结的草地上。许多人已经上了马。这将是一支庞大的队伍，因为国王只留下一小部分守军驻守在号角堡，其余可抽调出来的人全都前往埃多拉斯。的确，有一千名执矛骑兵已经趁夜先行了，但仍有五百多人将与国王一起走，他们大多数来自平原和西伏尔德山谷。

那些游民沉默地坐在与大部队稍微分开一点的地方。他们井然有序，手持长矛、弓与剑，身披深灰色斗篷，这时都戴上兜帽遮住了头盔和头。他们的马非常强壮，威风凛凛，但是鬃毛凌乱。有一匹马站在那里没有骑手，那是阿拉贡的马，是他们从北方带来的，名叫洛赫林。他们所有的马具和装备上都没有闪耀的宝石或黄金，也没有任何漂亮的装饰；它们的骑手也不佩戴任何徽章或标记，只是每个人的斗篷都用一枚形状如射星的银别针别在左肩。

国王翻身骑上他的马雪鬃，梅里骑着他的小马走在旁边，小马名叫斯蒂巴。不一会儿，伊奥梅尔也从大门出来了，随他一起出来的是阿拉贡和哈尔巴拉德，后者仍然带着那根用黑布包裹的长杆，后面还有两个高大的人，既不年轻也不年老。他们是埃尔隆德的儿子，长得很像，以至于几乎没有人能分辨出谁是谁：两个人都是黑发灰眼，面如精灵般英俊，穿着同样的亮铠甲，外披银灰色斗篷。走在他们后面的是莱戈拉斯和吉姆利，但梅里只盯着阿拉贡一个人，因为他的变化太惊人了，仿佛一夜之间老了好多岁。他神情严肃，面容灰暗而又疲惫。

“陛下，我心里很焦虑，”他站在国王的马旁边，说道，“我听见了诡异的话语，看见了远方新的危险。我已苦思良久，恐怕现在我必须改变我的目标了。告诉我，陛下，你现在骑往黑蛮祠，要多长时间才能到？”

“现在中午刚过了一个小时，”伊奥梅尔说，“从现在算起，第三天入夜前，我们应该能到达要塞。那时满月刚过两夜，国王的召集将在隔天进行。要集结洛汗的兵力，这已经是最快的速度了。”

阿拉贡沉默了片刻。“三天，”他喃喃道，“那时洛汗的集结才刚刚开始。不过我明白，如今也无法再快了。”他抬起头，似乎已经下定了某种决心，神情不那么忧虑了，“那么，陛下，请您恩准，我必须为我自己和我的族人采取新的计划。我们必须走自己的路，不再隐藏行踪。对我来说，秘密行动的时间已经过去了。我会朝东走最快的路，走亡者之路。”

“亡者之路！”希奥顿不寒而栗，“你为什么提到那条路？”伊奥梅尔转身盯着阿拉贡，梅里觉得听见这句话的骑手全都脸色煞白。“如果真有这样一条路，”希奥顿说，“它的入口就在黑蛮祠。可是没有活人能够通过。”

“唉！阿拉贡，我的朋友啊！”伊奥梅尔说，“我本希望我们能一同奔赴战场，但如果你要走亡者之路，那你我分别的时刻就到了，我们极有可能再也不会在日光下见面。”

“无论如何，我都要走那条路。”阿拉贡说，“不过我想对你说，伊奥梅尔，我们也许还会在战场上重逢，即使魔多的千军万马隔在我们中间。”

“你就按照自己的意愿做吧，我的阿拉贡大人。”希奥顿说，“那也许就是你的命运：踏上其他人不敢走的陌生道路。这次分别令我悲伤，我的力量也因此被削弱了，但现在我必须取道山路，不能再耽搁了。再会！”

“再会，陛下！”阿拉贡说，“愿您此去威名远扬！再会，梅里！我将你托付给了值得信赖的人们，这比我们一路追猎兽人到范贡森林时所抱的希望好多了。我希望，莱戈拉斯和吉姆利仍将与我一起追猎，但我们不会忘记你的。”

“再见！”梅里说。他说不出别的话来。他感觉自己很渺小，这些黯淡的言辞令他困惑而又沮丧。更甚的是，他此刻比任何时候都想念皮平那异常活跃的快乐。骑兵们都准备好了，他们的马也跃跃欲行。他希望他们能就此出发，让一切都有个了断。

希奥顿这时跟伊奥梅尔说了几句话，后者举起手，大喊一声，骑兵们闻言而动，出发了。他们骑马穿过护墙，下了宽谷，然后迅速往东转，沿着山麓边的一条路，走了一英里左右，直到这条路往南一转钻进丘陵中，消失不见了。阿拉贡骑马上了护墙，目送国王的人马远远走下宽谷。然后，他转向了哈尔巴拉德。

“三个我爱的人走了，特别是最矮的那个，”他说，“他不知道自己此行的结局，但就算知道，他仍然会去的。”

“夏尔人虽然矮小，却非常重要。”哈尔巴拉德说，“他们并不太知道我们长久以来都在辛苦守护他们边界的安全，但我并不因此心生怨恨。”

“现在我们的命运交织在一起了，”阿拉贡说，“不过，唉！我们必须在这里分别。好了，我得吃点东西，然后我们也得快点走了。来吧，莱戈拉斯和吉姆利！我吃饭的时候要跟你们谈一谈。”

他们一起回到了堡中。然而，阿拉贡在大厅的桌边沉默地坐了好一会儿，也不说话。另外两个人都等着他开口。“说吧！”最后，莱戈拉斯说，“说出来会舒服一点，甩开那些阴影！自打我们在灰蒙蒙的早晨回到这个阴冷的地方之后，发生了什么事？”

“一场对我来说比号角堡之战还要严酷的斗争，”阿拉贡答道，“朋友们，我看了欧尔桑克的晶石。”

“你看了那该死的魔法石头！”吉姆利一脸害怕和震惊地叫道，“你跟——跟他说什么了吗？就连甘道夫都害怕那样的相遇。”

“你忘了你在跟谁说话！”阿拉贡眼中精光闪闪，厉声道，“我对他说话，你有什么害怕的？我不是在埃多拉斯门前公开宣告了我的名号吗？别怕，吉姆利。”他放轻了声音，脸上的严厉也消失了。他看起来就像一个被失眠的痛苦折磨了好多个夜晚的人。“别怕，朋友们，我是晶石的合法主人，我有权利也有力量使用它，至少我是这么判断的。我的权利毋庸置疑，力量也足够，刚刚够。”

他深吸了一口气：“那是一场激烈的斗争，因之而来的疲惫过去得也很慢。我没有跟他说话，最后我转变了晶石，让它服从我的意志。仅这一点，就会让他难以忍受。他还看见了我。是的，吉姆利先生，他看见了我，不过他见到的是另一个身份的我，不是现在你们眼前的我。如果这对他有帮助，那我就做错了。可我认为并非如此。我认为，得知我活着，尚行走于世间，对他的心灵是一个沉重的打击，因为在此之前他一直不知道这个。欧尔桑克的魔眼没能看透希奥顿的盔甲，

但是索伦没有忘记伊熙尔杜和埃兰迪尔之剑。现在，就在他要一展宏图之际，伊熙尔杜的继承人和那把剑都现身了，因为我向他展示了重铸的剑。他还没有强大到无所畏惧。不，怀疑始终都在啃噬他。”

“尽管如此，他仍然拥有庞大的统治权，”吉姆利说，“现在，他会更迅速地发动攻击。”

“仓促的攻击往往会出差错，”阿拉贡说，“我们必须逼迫我们的大敌，不能再等着他采取行动。看吧，朋友们，当控制晶石之后，我获悉了许多事。我看见一种重大危险正从南方意料不到地逼近刚铎，它会牵制大量本可防御米纳斯提力斯的力量。如果不迅速采取对策，我估计白城将在十天之内陷落。”

“那它必定陷落，”吉姆利说，“因为，还有什么援兵可以派去那里呢？就算有，又如何及时赶到那里呢？”

“我没有援兵可派，所以我必须亲自去，”阿拉贡说，“但在一切无可挽回之前，只有一条穿过山脉的路能将我带到海滨。那就是亡者之路。”

“亡者之路！”吉姆利说，“这是一个可怕的名字。据我所知，洛汗的人类不怎么喜欢它。活人走过那样一条路还能不毁灭吗？即使你通过了那条路，如此少的兵力又怎么能够抵挡魔多的进攻？”

“自从洛希尔人来了之后，活人从未用过那条路，”阿拉贡说，“因为那条路对他们封闭，但在这个黑暗的时刻，伊熙尔杜的继承人如果有胆量，也许可以利用它。听着！埃尔隆德的两个儿子从幽谷给我捎来了他们父亲的口信，他是最博学的人：‘阿拉贡，切记先知所言，以及亡者之路。’”

“先知所言又是什么？”莱戈拉斯问。

阿拉贡说："佛诺斯特末代国王阿维杜伊的时代，先知瑁贝斯曾说过这样的话。"

一道长影罩大地，
黑暗之翼抵西方。
塔震颤，末日逼近王陵墓。
亡者醒，时辰临至毁誓者：
再立埃瑞赫黑石山，
且听丘陵间号角鸣。
黯淡暮光中，
谁将吹响号角？
谁将召唤他们？
被遗忘的人们啊！
他的后裔，他们立誓效忠，
他将从北方来，身负使命：
他将穿越禁门，踏上亡者之路。

"无疑是黑暗之路。"吉姆利说，"不过在我看来，不会比这些诗句更黑暗。"

"如果你想更好地理解它们，我就邀请你跟我一起走，"阿拉贡说，"因为我现在就要走这条路。不过我并非欣然前往，只是迫于需要。因此，只有你自愿，我才会带你走，因为你将会遇到艰难险阻和巨大的恐怖，也许更糟。"

“我愿意跟你一起走，哪怕踏上亡者之路，也不管它会将我领到哪里。”吉姆利说。

“我也愿意，”莱戈拉斯说，“因为我并不害怕亡者。”

“我希望那些被遗忘的人没有忘记如何战斗，”吉姆利说，“否则，我不明白为什么要打扰他们。”

“这一点，等我们到了埃瑞赫，你就知道了。”阿拉贡说，“不过，他们当初背弃的誓言，就是去跟索伦作战，所以他们如果要履行誓言，就必须作战。据说，埃瑞赫仍然立着一块黑石，是伊熙尔杜从努门诺尔带来的。它立在一座山岗上，山中之王曾在刚铎建国之初，对着那块黑石发誓效忠于伊熙尔杜。而当索伦归来，再次变得强盛，伊熙尔杜召唤山中之民履行他们的誓言，他们却不愿意：因为在黑暗的年代，他们曾经崇拜过索伦。

“于是，伊熙尔杜对他们的国王说：‘汝将成末代之王。如若西方证明强过汝等之黑暗君主，吾之诅咒将临于汝及汝子民：汝等永远不得安息，直至履行誓言之日。因这场战争将旷日持久，尘埃落定之前汝等必再蒙召唤。’他们在伊熙尔杜的盛怒前逃走，也不敢为索伦那边出兵作战。他们隐藏在山中秘密之地，不跟其他人打交道，却在荒山野岭中渐渐式微。不眠亡者的恐怖笼罩了埃瑞赫山和那支民族曾经流连、逗留的所有地方。而我必须走那条路，因为没有活人能够援助我。”

他站了起来。“来吧！”他拔出剑喊道，剑光在号角堡光线昏暗的大厅中一闪，“前往埃瑞赫黑石！我去寻找亡者之路，愿意去的人跟我来。”

莱戈拉斯和吉姆利没有应答，但都起身跟着阿拉贡出了大厅。戴着兜帽的游民仍然静默地在草地上等待。莱戈拉斯和吉姆利上了马。阿拉贡飞身上了他的马洛赫林。然后，哈尔巴拉德举起一支大号角，嘹亮的号声回荡在海尔姆深谷。随即，他们跃马而起，风驰电掣般奔下宽谷，留在护墙上或号角堡中的人无不惊愕地盯着他们看。

当希奥顿在山中小道上缓慢前行时，这支灰衣劲旅在平原上飞速驰骋，第二天下午就到了埃多拉斯。他们只在那里短暂停留，便又沿着山谷而上，天黑时到了黑蛮祠。

伊奥温公主接待了他们，欣喜于他们的到来，因为她不曾见过比登丹人和埃尔隆德的两个儿子更强健的人，但她的目光最常追随着阿拉贡。他们与她共进晚餐，一同交谈，她得知了自从希奥顿骑马离去后发生的一切，关于这一切她之前只获知了一些仓促的消息。当听到海尔姆深谷发生战斗，敌人伤亡惨重，以及希奥顿与麾下骑士冲锋时，她的双眼闪闪发亮。

最后，她说："诸位大人，你们旅途疲累，请先到我们仓促间准备的寝室休息一晚，明日我们会为各位准备更舒适的住处。"

阿拉贡说："不，公主，不必为我们费心了！今晚能在此睡一夜，明天吃顿早饭，就已足够。因为我有紧急要务在身，明天天一亮我们就必须走。"

她微笑地看着他说："那大人真是好心：绕这么多英里路，给伊奥温送来消息，陪流亡的她说话。"

"确实，没有人会认为这一趟是浪费时间。"阿拉贡说，"不过公主，如果不是因为我必须走的路领我来到黑蛮祠，我是来不了这里的。"

这话令她有些不快，于是她答道："那么，大人，您走错路了，因为出了祠边谷，并没有向东或向南的路。您最好还是回头往来路去吧。”

“不，公主，”他说，“我没有走错路。在您的出生使这片大地更优雅之前，我就已经在其间行走了。这座山谷有一条出路，那就是我要走的路。明天我将骑马走亡者之路。”

她闻言一愣，脸色煞白，如受重击，盯着他许久说不出话来。所有人都默然静坐。“可是，阿拉贡，”最后，她终于开口道，“你的任务是寻死吗？在那条路上，能找到的只有死亡。他们决不能容忍活人通过。”

“他们也许会容忍我通过。”阿拉贡说，“至少我要冒险试一试。没有其他的路可走了。”

“可这太疯狂了，”她说，“这里的各位都是有名望有能力的人，你不应该将他们带进阴影，而应该领着他们奔赴急需战士的战场。我请求你留下来，与我哥哥同行。那样，我们的心绪将会更昂扬，我们的希望也会更明朗。”

“这不是疯狂之举，公主，”他回答道，“因为我踏上的是一条命定之路。而那些跟随我的人都是出于自愿。如果现在他们想留下，与洛希尔人同行，他们可以留下，但我将取道亡者之路，必须的话，就独自上路。”

然后，他们不再说话，全都沉默用餐。伊奥温的目光始终在阿拉贡身上，其他人也看出了她心中痛苦万分。最后，他们起身向公主告辞，感谢她的款待，就去休息了。

阿拉贡走向他和莱戈拉斯、吉姆利同住的房间。当他的两个同伴进去后，跟在后面的伊奥温公主叫住了他。他转过身，见她如夜色中的一团辉光，因为她一身白衣，目光却炽烈如火。

“阿拉贡，”她说，“你为什么要走这条致命的路？”

“因为我必须走，”他说，“只有这样，我才有希望在这场对抗索伦的战争中扮演好自己的角色。伊奥温，我并没有选择危险之路。假如我能前往遥远的北方，我心所在之地，那我现在就会徜徉在幽谷美丽的山谷里。”

她沉默了片刻，仿佛在思索他这话的含义。然后，她突然将手搭在他的胳膊上。“你是一位刚毅坚定的领袖，”她说，“这样的人才能赢得荣誉。”她顿了顿，又说，“大人，如果你必须走，请让我跟你一起去。我已经厌倦了在山中躲躲藏藏，希望去面对危险和战斗。”

“你的责任是跟你的民众在一起。”阿拉贡答道。

“我总是听到责任！”她叫道，“难道我不是埃奥尔家族的一员吗？我是一个执盾的女战士，不是保姆！我已经迟疑得够久了。既然我的双脚似乎不再踌躇，难道我现在还不能按照我的意愿去生活吗？”

“很少有人能带着荣耀那样做，”阿拉贡答道，“至于你，公主，你不是接受了治理百姓的责任，直到他们的王归来吗？如果你不曾被选中，那么就会有某位元帅或将领被指派负起同样的责任，而他也不能擅离职守，去战场驰骋，无论他是否厌倦这项工作。”

“为什么总是选中我？”她气恼地说，“每次骑兵出征，我都该被留下吗？在他们赢得荣誉时，我却在打理家务，在他们归来时，又要为他们张罗食宿？”

“也许，一个无人归来的时刻很快就会到来了。”他说，“那时会需要没有荣誉的英勇，因为在包围你们家园的最后一战中，没有人能活着记住那些事迹。而那些英勇的事迹，并不会因为不被赞颂而失色。”

“你这些话的意思其实是在说：你是一个女人，你的角色就是待在家里。”她答道，“当男人在战斗中光荣阵亡，你就得留在房子里被烧死，因为男人再也不需要家了。可我出身于埃奥尔家族，我不是女仆。我会骑马，我会使剑，我不怕痛苦，也不怕死亡。”

“那你怕什么呢，公主？”他问。

“怕牢笼，”她说，“怕待在栅栏后面，习以为常，年老体衰，所有建功立业的机会都化为乌有，再无召唤，再无欲望。”

“可你却劝我别去冒险走我已经选择的那条路，是因为它危险？”

“一个人可以这样劝说另一个人，”她说，“但我并不是让你逃离危险，而是请你奔赴战场，你的剑可以在那里赢得荣誉和胜利。我不愿见到一位崇高杰出之人无谓地放弃生命。”

“我也不愿意，”他说，“所以，公主，我要对你说的是：留下吧！你的使命不在南方。”

“那些跟随你去的人也一样。他们去，只是因为不愿与你分离，因为他们爱你。”说完，她转身离开，消失在夜色里。

天光渐亮，但太阳还没有升到东方的高山脊上。阿拉贡已经准备出发。他的同伴们全都骑马等待着。他正要跳上马鞍，伊奥温公主前来跟他们道别。她一身骑兵装束，并佩戴着一把剑。她手捧一只酒杯，先举到唇边略饮一口，祝他们一路顺风，然后她将酒杯递给阿拉贡。他一饮而尽，说道：“再会，洛汗的公主！我祝你、你的家族，还有你所有的民众好运！请告诉你的兄长：阴影之外，我们终将重逢！”

此言一出，近旁的吉姆利和莱戈拉斯觉得她似乎哭了，如此坚强又高傲的人更显得悲伤。不过她说：“阿拉贡，你一定要走？”

“是的。”他说。

“你真的不肯答应我的请求，让我与这队伍同行？”

“我不能，公主，”他说，“没有国王和你兄长的首肯，我不能答应，他们明天才能回来，但我现在一时一刻都不能等了。再会！”

然后，她双膝一跪，说道：“我恳求你。”

“不行，公主。”他说着，便搀着她的手，将她扶起来，又吻了吻她的手，然后飞身上马，头也不回地策马而去。只有那些非常了解他又离他很近的人，才看出了他所承受的痛苦。

伊奥温如一尊石雕一动不动地站着，垂在身侧的双手握成拳头，望着他们策马奔进鬼影山德维莫伯格的漆黑阴影中，亡者之门就在此山中。等他们从视野中消失，她转过身，像盲人一样踉踉跄跄地返回她的住处。不过她的百姓谁都没有看到这场离别，因为他们害怕地藏了起来，直到日头高照，那些鲁莽的陌生人已经离去，他们才出来。

有人说：“他们是精灵怪，就让他们去该去的地方吧，进入那些黑暗的地方，永远别再回来。这个时代已经够邪恶了。”

他们骑马离开时，天还是灰蒙蒙的，因为太阳还没有爬过前方鬼影山的山脊。就在他们经过成行的古老岩石，终于来到迪姆霍尔特时，一股恐惧攫住了他们。黑树林的幽暗，就连莱戈拉斯都无法忍受太久。他们发现了一个洼地，开口在山脚下。一块巨大的石头兀自立在他们的路中央，就像一根厄运手指。

“我的血冰冷。”吉姆利说。然而其他人都默不作声，他的声音消失在他脚下阴湿的冷杉针叶上。马匹都不愿意从那块看着很邪恶的石头旁走过，骑手们只好下马，牵着马绕过去。就这样，他们终于进入峡谷深处，那里矗立着一堵陡峭的石墙，黑暗之门就开在石墙上，在他们面前像夜之嘴一样大张着。它宽大的拱门上方刻着符号和数字，可是太模糊了，难以辨认。恐怖从门内流荡而出，像是灰色的蒸汽。

一行人停了下来。没有人心里不感到畏怯，除了莱戈拉斯：对精灵而言，人类的鬼魂并不可怕。

“这是一道邪恶之门，”哈尔巴拉德说，“死亡就等在门的另一边。尽管如此，我敢穿过，但没有马会进去的。”

“我们必须进去，所以马也必须进去，”阿拉贡说，“如果我们真能穿过这片黑暗，往后的路还有很多里格，每耽搁一个时辰，都会让索伦更接近胜利。跟我来！”

于是，阿拉贡率先而行。那一刻，他的意志力如此强大，以至于所有登丹人和他们的马匹都跟着他。的确，游民的马对它们骑手的爱至甚，只要它们的主人心智镇定地走在旁边，它们甚至愿意面对亡者之门的恐怖。可是阿罗德，洛汗的马，拒绝上前，它站在那里吓得发抖，冷汗直流，让人看着很不忍。莱戈拉斯用手遮住它的眼睛，对它轻声吟唱，这声音在幽暗中听起来很温柔，直到它容忍被领着前进，莱戈拉斯就这样也进去了。只剩下矮人吉姆利独自站在那里。

他双膝打战，这让他很生气。“这种事闻所未闻！”他说，“精灵能走地道，而矮人却不敢！”说完，他一头钻了进去，但他觉得双脚像灌了铅一样沉重，而跨进门槛后，致盲的黑暗立刻笼罩了他，即便他是格洛因之子吉姆利，曾经无所畏惧地走过这世间的许多深处。

阿拉贡从黑蛮祠带了火把。此刻，他高举着一支火把走在最前面，埃尔拉丹和另一个人走在队伍最后面。落在后面的吉姆利跌跌撞撞，努力想要赶上大家。除了火把的微光，他什么都看不见。倘若一行人暂时停顿一下，他周围似乎又充满了无休止的低语声，以他以前从未听过的一种语言喃喃说出的言辞。

没有什么袭击他们，也没有什么阻挡他们通过，可矮人却越走越害怕，主要是因为：他知道这时已经不可能回头，后面所有的路上都挤满了一支看不见的大军，在黑暗中紧跟着他们。

时间就这样不知不觉地流逝，直到吉姆利看见了他日后始终不愿回想的一幕。据他判断，这条路很宽，但现在队伍突然进入了一片空旷的大空间，这里两边都没有任何石墙。沉重的恐惧让他几乎迈不开腿。随着阿拉贡的火把越来越近，左边远处有什么东西在幽暗中闪烁。于是，阿拉贡停了下来，走过去看个究竟。

“他不觉得害怕吗？”矮人嘀咕道，“在其他任何洞穴里，格洛因之子吉姆利肯定是第一个奔向黄金闪光的！可是在这里不行！就让它待在那儿吧！”

尽管如此，他还是凑了过去。阿拉贡跪下去，埃尔拉丹高举起两支火把。他面前是一副身材高大之人的骸骨。这人穿着铠甲，马具都还完整地摆在一旁，因为这山洞中空气非常干燥，而且他的胸甲是镀金的。他的腰带是用黄金和石榴石制成的，他脸朝下伏在地上，骷髅头上戴的头盔装饰了很多黄金。这时大伙看清了，这人就倒在山洞另一头的墙前，面前是一道紧闭的石门。他的指骨仍然紧抠在石缝里。一把缺口卷刃的断剑躺在他旁边，仿佛在最后的绝望中，他用剑劈砍过岩石。

阿拉贡没有碰他，默然凝视片刻后，他起身叹了口气。“直至世界终结，辛贝穆内的花朵也不会来此盛开。”他喃喃道，“九座坟冢和那里的七座，如今已经覆满青草，而在这么漫长的岁月中，他却一直躺在这道他无法打开的门前。它将通往何处？他为什么要通过？永远不会有人知道了！”

“因为那不是我的使命！”他喊道。然后，他转过身，对后面那片充斥着低语的黑暗说：“留着你们的宝物和隐藏在那被诅咒年代的秘密吧！我们只要快速通过。让我们过去，然后来吧！我召唤你们去埃瑞赫黑石！”

后面没有回答，只有一片比之前的低语声更可怕的死寂。然后，一股寒冷的强风扫过，火把闪了几闪，熄灭了，再也不能点燃。接下来的时间，一个小时抑或几个小时，吉姆利都不记得什么了。其他人继续奋力前进，但他始终落在队尾，一股摸摸索索的恐怖追赶着他，总是仿佛就要抓住他，身后还有许多窸窸窣窣似脚步的声音如影随形。他跌跌绊绊地前进着，到后来就像野兽一样在地上爬行起来，感觉自己忍受不了多久了：必须找到出口逃离，要么就在癫狂中往回跑，去迎向那紧随其后的恐惧。

突然，他听到了叮咚的水声，如同一块石头落进影之梦，干脆又清晰。光线渐明，嚯！队伍穿过了另一道高大宽阔的拱门，他们旁边，一条小溪也流了出来。前方的路陡然向下，夹在两边陡直的悬崖中间，在远方高空的映衬下，崖壁边缘锐利如刀。这是一个极深又极窄的裂谷，显得天空也阴沉沉的，遥远的星星一闪一闪的。不过，吉姆利后来得知，这还是他们从黑蛮祠出发的那一天，离太阳下山还有两个小时。不过在当时，他却感觉大概已经过了好多年，在某个异域世界里。

一行人再度上马，吉姆利回到莱戈拉斯身边。他们鱼贯而行，黄昏降临，暮色幽蓝，恐惧仍然在追逐他们。想要跟吉姆利说话的莱戈拉斯转过头，矮人看到精灵明亮的眼睛里熠光闪闪。骑马跟在他们后面的是埃尔拉丹，一行人的断后者，但他并不是最后一个在走这条下坡路上的。

“亡者跟在后面，”莱戈拉斯说，“我看见了人形、马形，还有像云絮一样的苍白旗帜，以及像冬日雾夜中的灌木丛一样的长矛。亡者跟在后面。”

“是的，亡者骑马跟在后面。他们被召唤了。”埃尔拉丹说。

一行人终于从裂谷中穿了出去，突然得仿佛从墙上的一条缝隙钻了出去。展现在他们面前的，是一个大山谷的高地，他们旁边的那条溪流向下落去，形成许多瀑布，水声泠泠。

“我们这是在中州的哪里？”吉姆利问。

埃尔拉丹答道：“我们已经从墨松德河上游下来了。就是这条冰冷的长河，最终会流进冲刷着多阿姆洛斯城墙的大海。今后，你不需要问它是如何得名的了：人类称之为黑根河。”

墨松德山谷造成一个巨大的河湾，河水拍打着山脉陡峭的南面山壁。陡坡上长满了绿草，但此刻一切都灰蒙蒙的，因为太阳已经下山了。下方，遥遥可见人类的住家灯火闪闪。这座山谷富饶肥沃，许多百姓居住于此。

然后，阿拉贡高喊起来，他没有回头，但所有人都听得见：“朋友们，忘掉你们的疲惫吧！现在策马奔驰！奔驰！我们必须在今天结束之前到达埃瑞赫黑石，路还很长。”就这样，他们全都没有回望，继续策马奔驰在山野中，直到来到一座横跨奔腾急流的桥前，找到了一条通往下方大地的路。

随着他们的接近，房屋里、村庄中的灯熄灭了，家家户户门窗紧闭。那些在屋外的人吓得大叫，就像被追猎的鹿一样疯狂乱窜。渐浓的夜色中，同样的呼喊声此起彼伏：“亡者之王！亡者之王来了！”

远处钟声响起，阿拉贡面前的所有人四散逃开，但这支灰衣劲旅像猎人一样匆匆疾驰，直到他们的马因疲乏而步履蹒跚。就这样，将近午夜时，在漆黑如山中洞窟的黑暗中，他们终于来到了埃瑞赫山。

亡者的恐怖长久笼罩着这座山和周围的空旷原野。山顶立着一块黑石，像一个巨大的圆球，有一人高，不过一半埋在地里。这黑石看起来很怪异，仿佛是从天上掉下来的：有些人就是这么认为的，但那些还记得西方之地传说的人，都说它出自努门诺尔废墟，伊熙尔杜登陆后将它立在此处。山谷里的居民都不敢接近它，也没有人敢住在附近。他们说，那是幽灵的聚会地，他们会在恐怖时期聚集起来，簇拥在黑石周围，喃喃低语。

众人来到黑石前，停在死寂的夜里。然后，埃洛希尔递给阿拉贡一支银号角，后者吹响号角，站在附近的人都觉得似乎听见了回应的号声，仿佛是从遥远的洞穴深处传来的回音。他们没有听见别的声音，却感觉有一支大军聚集在他们伫立的山丘周围，还有一阵冷风从山脉吹来，就像鬼魂的呼吸。阿拉贡翻身下马，站在黑石前，用洪亮的声音喊道：“背誓者，你们为何而来？”

黑夜中传来一声回答，仿佛来自远方：“为了履行我们的誓言，求得安息。”

于是，阿拉贡说：“这个时刻终于到了。现在，我要去安度因大河上游的佩拉基尔，你们当随我前去。待这片大地上索伦的爪牙都被清除，我将认定誓言已经履行，你等将获得安息，永远离去。因为我是埃莱萨，刚铎伊熙尔杜的继承人。”

说完，阿拉贡吩咐哈尔巴拉德展开他带来的那面大旗。看啊！旗是黑色的，即便上面有任何图案，也都隐藏在了黑暗里。四野寂静，长夜中再也听不到一声低语、一声叹息。众人在黑石旁扎营，但都没怎么睡着，因为那些可怕的鬼影团团围在他们周围。

黎明来临，寒冷苍白，阿拉贡立刻起身，领着队伍踏上了征程。除了他自己，大伙都感觉这是有史以来赶过的最急速也最疲惫的一趟旅程，也只有他的意志才能支撑他们前进。除了北方的登丹人以及与他们同行的矮人吉姆利和精灵莱戈拉斯，没有任何凡人能忍受这样的征程。

他们经过塔朗颈，进入拉梅顿。幽灵大军紧跟在后面，散发着先于其影的恐怖。最后，他们来到了奇利尔河旁边的卡伦贝尔镇。西方远处的品那斯盖林丘陵后方的天空下，残阳如血。他们发现小镇和奇利尔河渡口都已荒废，因为许多男人都去征战了，留下的人听说了亡者之王即将到来的传言，也全都逃进山里去了。第二天黎明并没有到来，灰衣劲旅继续前进，进入了魔多风暴的黑暗中，消失在凡人的视野里。而亡者大军继续跟随着他们。

第3章 洛汗大军集结

现在，所有大路都奔向东方，迎接战争的到来和魔影的降临。就在皮平站在白城的主城门前，观看多阿姆洛斯亲王率领他的骑兵扬旗进城时，洛汗之王也策马出山了。

白日将尽。夕阳的余晖中，骑兵们在前方投下了长长的影子。黑暗已经在陡峭山坡上沙沙作响的浓密冷杉林下悄悄蔓延开来。在这日暮时刻，国王骑行的步伐慢了下来。不一会儿，道路绕过一块光秃秃的巨大山肩，突然扎进婆娑的树影中。骑兵队伍排成蜿蜒的一长溜，向下，向下，再向下。当终于来到这峡谷的底部时，他们发现夜色已降临到深处。太阳逝去，暮光洒落在瀑布上。

一条从后面的高隘口流出的潺潺小溪，一整天都在他们下方深处往下流淌，在青松叠翠的山壁间开辟它的窄道。这时，它穿过一道石门，流进一个比较宽阔的山谷。骑兵们跟着小溪走，祠边谷突然就出现在他们面前，黄昏中水声喧哗，听着很响。在那里，这条窄窄的溪流汇入了清亮的雪河，奔涌而去，在岩石上溅起阵阵水雾，流向埃多拉斯和青山以及平原。右边远处，雄伟的尖刺山耸立在大山谷的最前面，庞大的峰底云雾缭绕，影影绰绰，锯齿状的峰顶却终年白雪皑皑，高昂于世间，微光闪闪，东面雪青，西面在夕阳余晖的点染下，红彤彤一片。

梅里惊奇地眺望着这片陌生的乡野。这长长的一路，他已经听了许多关于这个地方的故事。在他眼中，这是一个没有天空的世界：透过昏暗山谷中的迷蒙空气，他只能看见不断攀升的山坡、大岩壁之后的大岩壁，以及笼罩在迷雾中的嵯峨绝壁。他坐在马上，刹那间如坠梦境，听着水声喧哗，暗林婆娑，裂石轻响，以及在所有声音后面蠢蠢欲动的无边寂静。他热爱山脉，或者说，他热爱对山脉的想象：在那些从远方带来的故事中，山脉绵延不绝。然而此刻，他被中州那无法承受的重量压垮了。他渴望坐在一间静室的炉火边，将这份沉重关在门外。

他非常累。他们虽然骑得很慢，却几乎没有休息。一个小时又一个小时，在将近三天的疲惫时间里，他骑马上跑下跳，跨越隘口，穿越长谷，渡过许多溪流。路比较宽的时候，他就骑行在国王的身侧，并没有注意到许多骑兵见这两人同行都忍俊不禁：霍比特人骑在他毛蓬蓬的小灰马上，洛汗国王骑在他的高头大白马上。这种时候，他就跟希奥顿聊天，讲自己的家乡和夏尔百姓的日常活动，或者听希奥顿讲马克的故事和古代勇士的事迹。大部分时间，尤其是最后这一天，梅里只是跟在国王后面，默默独行，试着想听懂后面骑手用缓慢、圆润、低沉的嗓音所说的话。那是一种好像很多单词他都懂的语言，只是发音比夏尔的发音更饱满有力，但他无法把这些单词凑成句子。有时会有骑手提高清亮的嗓门，唱上一支激动人心的歌，梅里虽然不知道他唱的是什么，却也感到心潮澎湃。

尽管如此，他还是觉得孤单，尤其是在白日将尽的时刻。他想知道在这个奇怪的世界，皮平身在何处，阿拉贡、莱戈拉斯和吉姆利又怎么样了。然后，他突然心一凉，想起了弗拉多和山姆。“我都要忘记他们了！”他暗暗自责道，“他们可比我们所有其他人都重要。我是来帮他们的，可现在他们必定在千里万里之外，倘若他们还活着的话。”他感到不寒而栗。

“祠边谷终于到了！”伊奥梅尔说，“我们的旅程就快结束了。”他们停下了。出了狭窄的峡谷，道路陡然下降，只需一瞥，如同透过一扇高窗，就能见到下方薄暮中的大山谷。河边有一点孤单的小灯火在闪烁。

“这段旅程也许结束了，”希奥顿说，“但我还有很远的路要走。两个晚上前，月亮就已经圆了，明天早晨我要骑往埃多拉斯，集结马克的大军。”

“不过如果您愿意采纳我的建议的话，”伊奥梅尔低声道，“那之后，您应该回到这里来，直到战争结束，无论胜败。”

希奥顿笑了：“不，我儿——以后我就这样称呼你，别在我这老人耳边说佞舌的那些软话！”他挺起腰身，回望身后融进暮色中的长长的队伍。“自我西征以来，短短数日，却似过了漫长的岁月。而我再也不会倚靠一根拐杖。如果战败，我躲在这山里又有什么用？而如果胜利，即使我耗尽最后的力气倒下，又有什么可悲伤的呢？不过，我们暂且不说这个。今晚我会在黑蛮祠的要塞安歇，至少我们还能度过一个平静的夜晚。继续前进吧！”

苍茫暮色中，他们走进了山谷。这里，雪河贴着山谷西边的山壁流淌，小路很快就将他们领到一个渡口，浅水潺潺流过卵石滩。渡口有人把守。国王走近时，许多人从岩石的阴影中跳出来。当看到国王时，他们都大声欢呼起来："希奥顿王！希奥顿王！马克之王回来了！"

然后，有人吹响了长号，号声在山谷里回荡。回应的号角声随即响起，河对岸也亮起了许多灯火。

突然，上方高处传来一阵号角的和鸣，听起来像是从某个空旷的地方响起，它们的音符汇成一个声音，滚滚而来，撞击着山壁。

就这样，马克之王从西方凯旋，回到了白山脚下的黑蛮祠。他发现，他的子民已经在这里集结了剩余的兵力，因为他归来的消息刚一传开，将领们就骑行到渡口迎接他，并带来了甘道夫的口信。祠边谷百姓的族长敦赫尔，是他们的头领。

"陛下，三天前的黎明时分，"他说，"捷影像一阵风从西方来到埃多拉斯。甘道夫带来了您战胜的消息，这让我们心花怒放。他也带来了您的口信，要骑兵们紧急集合。然后，飞行黑影来了。"

"飞行黑影？"希奥顿说，"我们也看见它了，不过那是在甘道夫离开我们之前的死寂深夜里。"

"也许吧，陛下，"敦赫尔说，"可是，同一团，或者跟它一样的另一团飞行阴影，那天早晨飞过了埃多拉斯，它的形状就像一只骇人的怪鸟，人们全都吓得发抖。它朝美杜塞尔德俯冲下来，飞到低处，差点碰到屋顶的三角墙时，尖叫了一声，让人心跳骤停。之后，甘道夫建议我们不要在平原上集结，而是到山脉下的山谷中来迎接您。他还吩咐我们，不到万不得已不要点太多的灯火。我们都照办了。甘道夫说话很有权威。我们相信那也是您所希望的。祠边谷从来没有见过这种邪恶可怕的东西。"

“做得好，”希奥顿说，“我现在要去要塞。在休息前，我要见一见元帅和将领们。让他们尽快去见我！”

道路这时朝东横跨山谷，此处山谷只有半英里多宽。四周杂草丛生，有些平整，有些凹凸不平，但全都在渐浓的夜色中灰蒙蒙一片。不过在前方谷地的另一边，梅里看见了一道嶙峋的墙，那是尖刺山最后一片巨大的山根，在很久很久以前被河流割裂开的。

人群汇聚在所有的平地上。有些人挤到路边，向从西边归来的国王和骑兵高声欢呼。而在人群后面，一排排整齐的帐篷和棚屋，一行行拴在木桩上的马，伸展向远处，旁边还有大量武器储备，成堆的长矛如新栽的树木根根竖立。现在，全部集结的大军逐渐没入夜影，尽管高处吹来寒冷的夜风，却没有灯亮起，也没有火燃起。哨兵们裹着厚重的披风，来回走动巡逻。

梅里不知道究竟有多少骑兵。渐浓的昏暗里，他猜不出他们的数量，但感觉这是一支庞大的军队，有成千上万人之多。就在他东张西望时，国王一行人已经来到了山谷东面耸立的悬崖下面。小路在这里突然开始攀升，梅里吃惊地抬头望去。他现在正走在一条以前从未见识过的路上。这是远在歌谣诞生之前的久远年代里，人类手工建成的伟大作品。它蜿蜒而上，如一条盘绕的长蛇，在陡如阶梯的岩石坡间蹿行，忽前忽后地盘旋着爬升。这条路马可以走，大车也能慢慢拉上去，但只要上方有人把守，敌人就不可能攻上去，除非从天而降。路的每个拐弯处都伫立着雕刻成人形的巨石，它们四肢庞大笨拙，盘腿蹲坐，粗短的胳膊交叠着放在胖肚子上。有些因为岁月的剥蚀，已经失去了面部特征，除了眼部的两个黑洞仍悲伤地盯着过路者。骑兵们几乎看都不看这些石像。他们称其为菩科尔人，几乎不怎么在意他们，因为他们内在的力量和恐怖已所剩无几。梅里惊奇地盯着他们，见他们这样凄凉地立在暮色中影影绰绰，他几乎生出同情来了。

过了一会儿，他回头一看，发现自己已经爬到山谷上方几百英尺高了，不过在遥遥的下方，仍然依稀可见蜿蜒成一线的骑兵正在跨过渡口，然后鱼贯而行，去往为他们准备好的营地。只有国王和近卫军在往要塞走。

最后，国王一行人来到一个锐利的边缘，攀升的路在此穿进岩壁之间的缺口，就这么上行了一小段斜坡后，来到一片宽阔的高地上。人们称这片高地为菲瑞恩费尔德。这是一片长满青草和欧石楠的青翠山地，高踞在雪河深深的河道上方，又铺展在后方大山的膝部：往南是尖刺山，往北则是锯齿状的大山艾伦萨加，而在两者之间面对骑兵们的，是德维莫伯格冷峻的黑山壁，这座被称为鬼影山的大山是从沉郁苍松覆盖的陡坡中高拔而起的。菲瑞恩费尔德高地被两排不成形状的立石一分为二，这些立石延伸出去，逐渐隐匿在暮色中，消失在树林里。倘若有人胆敢沿着此路走下去，那他很快就会来到德维莫伯格山下黑暗的迪姆霍尔特，面对那根石柱的恐怖，以及禁门那难以逾越的阴影。

这就是黑暗的黑蛮祠，早已被遗忘之民的作品。他们的名号已经失传，也没有歌谣或传说记载。他们为什么建造这个地方，是把它当作一个镇子还是一个秘密的神庙，抑或是诸王的墓冢，洛汗无人知晓。在黑暗年代，在有船只来到西海岸之前，或者说在登丹人的刚铎王国建立之前，这些人就在此劳作。如今他们已经消失，只留下古老的菩科尔人仍然坐在道路的拐弯处。

梅里盯着那两排延伸而去的岩石：它们黑漆漆的，磨损严重，有的倾斜，有的倒塌，有的裂了缝，有的破断了，看上去就像两排衰老又饥饿的牙齿。他很好奇它们究竟是什么。他希望国王不要顺着这两排立石走进那边的黑暗中。然后他看到，这石路的两边，有成簇的帐篷和棚屋，但它们并不是靠近树林搭建的，反倒像是避开树林，挤在悬崖边的。菲瑞恩费尔德高地的右边比较宽阔，帐篷和棚屋数量也较多，左边的营地小一些，中间搭建了一个高大的帐篷。这时有一位骑兵从这一边出来迎接他们，他们转身离开道路迎向他。

待走近了，梅里才发现，这位骑兵是一个女子，她那编成辫子的长发，在暮光中闪闪发亮，但她戴着头盔，像战士一样穿着护腰短甲，腰间挂着长剑。

“马克之王，向您致敬！”她喊道，“我心为您归来而欢欣。”

“你呢，伊奥温？”希奥顿说，“你一切都好吗？”

“一切都好。”她答道。可梅里觉得，她的嗓音似乎出卖了她：如果不是因为她的面容如此坚定不屈，他会以为她此前其实一直在哭。“一切都好。只是人们突然背井离乡，这条路走得很疲倦。也有怨言，因为我们很久不曾被战争驱赶着离开青翠的原野了。不过并没有发生什么恶事。正如您所见，现在一切都井然有序。您歇息之所已经准备好了，因为我得到了关于您的详细消息，知道您会几时到来。”

“这么说，阿拉贡已经来了。”伊奥梅尔说，“他还在这里吗？”

“不在，他走了。”伊奥温转过身，望着映衬在东方和南方天空下的黑暗山脉。

“他往哪里走了？”伊奥梅尔问道。

“我不知道。”她答道，“他是夜里来的，昨天一早太阳还没爬过山顶，他就离开了。他走了。”

“女儿，你很悲伤，”希奥顿说，“出了什么事？告诉我，他是不是提到了那条路？”他顺着黑暗中那两排通向德维莫伯格的立石，指向远处，“那条亡者之路？”

“是的，陛下。”伊奥温说，“他已经进入了那片无人归来的阴影。我劝阻不了他。他走了。”

“那我们的路就分开了，”伊奥梅尔说，“他迷失了。我们必须在没有他的情况下出征，我们的希望减少了。”

他们不再说话，缓步穿过矮石楠丛和高地草丛，来到国王的大帐前。梅里发现一切都准备好了，他自己也没有被忽略。国王的住处旁边有一个为他搭建的小帐篷，他独自坐在那儿。人们来来去去，走进国王的帐篷，与他商议事情。夜幕降临，西边山脉半隐半现的峰顶上星光闪闪，但东方却漆黑苍茫。那两排立石渐渐从视野里消失，但它们的尽头，仍然蛰伏着德维莫伯格的广袤阴影，比幽暗更黑。

“亡者之路，”他喃喃自语道，“亡者之路？这究竟是什么意思？现在他们全都离开我了。他们全都奔赴某种厄运：甘道夫和皮平参战去了东方，山姆和弗拉多去了魔多，大步、莱戈拉斯和吉姆利去了亡者之路。我猜，很快就会轮到我了。我想知道他们都在谈什么，国王打算怎么做，因为现在我必须去他要去的地方。”

想着这些令人沮丧的事，他突然记起自己肚子很饿，于是起身想去看看这陌生的营地里有没有人跟他有同感。然而就在这时，一声号角响起，有一个人过来召唤他，请他这位国王的侍从去国王的餐桌旁待命。

大帐篷靠里的部分有一小片空间，是用刺绣挂毯隔开的，地上铺着兽皮。那里设有一张小桌子，桌前坐着希奥顿、伊奥梅尔和伊奥温，以及祠边谷的领主敦赫尔。梅里站在国王的高脚凳旁待命。过了一会儿，老人从沉思中回过神来，转向他，微笑道："来吧，梅里亚达克先生！你不应该站着。只要我还在自己的土地上，你就应该坐在我旁边，讲故事来宽慰我的心。"

他们在国王的左手边给这位霍比特人挪出了空位，但并没有人想听什么故事。事实上，几乎没有人说话，大部分时间，他们都只是默默地吃着喝着。直到最后，梅里终于鼓起勇气，问了那个一直折磨着他的问题。

"陛下，我已经听到两次亡者之路了，"他说，"那到底是什么？大步，我是说阿拉贡大人，他去了哪里？"

国王叹了口气，但是没有人回答。直到最后，伊奥梅尔开口了："我们不知道，我们的心情也很沉重。至于亡者之路，你自己已经走上了此路的第一段。不，我不该讲不吉利的话！我们爬上山来的这条路，就通往迪姆霍尔特那边的那道门，但进了门之后是什么情况，没有人知道。"

"没有人知道，"希奥顿说，"不过古代传说中有一点记述，只是现在很少提及了。如果埃奥尔家族这些世代相传的古老故事是真的，那么德维莫伯格山下的那道门通往一条从大山底下穿过的密道，去往某个已被遗忘的终点。不过，自从布雷戈之子巴尔多进了那道门，却再也没有出现在世间后，就再也无人敢冒险去探索它的秘密了。当时美杜塞尔德刚刚建成，布雷戈设宴祝福，巴尔多痛饮之后轻率发誓，结果他再也没有回来登上他这个继承人该坐的王座。

"老百姓说黑暗年代的亡者把守着那条路，不容许活人前往他们隐匿的殿堂。不过，有时候他们自己被看见从那道门里出来，像一个个鬼影，走过那条立石之间的路。这种时候，祠边谷的百姓家家户户都门窗紧闭，十分害怕。不过亡者很少出来，除了大动荡，或者死亡将临时。”

“不过，”伊奥温低声说，“据说在祠边谷，不久前的几个月黑之夜，有一队装束奇怪的大军经过。无人知道他们从何处来，但他们沿着这条立石之间的路走了上去，消失在山里，仿佛是去赴一趟密约。”

“那阿拉贡为什么要走那条路？”梅里问，“你们一点都不知道他为什么那么做吗？”

“除非他跟你这个朋友说了我们没有听到的话，”伊奥梅尔说，“现在，活人之地没有人说得出他的目的。”

“我觉得，比起我第一次在王宫中见到他时，他发生了极大的变化，”伊奥温说，“变得更严厉，也更苍老了。我以为他是鬼迷心窍，就像是受到了亡者的召唤。”

“也许他是受到了召唤，”希奥顿说，“我的心告诉我，我再也见不到他了。不过他有王者之范，注定不凡。女儿，既然你为这位客人哀伤，似乎需要安慰，那就听听这个故事，从中获得一些慰藉吧。据说，当埃奥尔一族从北方而来，最终沿着雪河而上，寻找坚固的避难所时，布雷戈和他的儿子巴尔多爬上要塞阶梯，来到了那道门前。一位老人坐在门槛上，已经老得无法猜测年纪。他曾经身躯高大，具有王者风范，但当时枯槁得像一尊老石像。他们也确实把他当成了石像，因为他一动不动，一言未发，直到他们打算从他旁边经过，进入门去。就在这时，他出声了，声音仿佛来自地底，令他们震惊的是，他说的是西部通用语：‘此路不通。’

“他们停下来，看着他，发现他还活着，但他没有看他们。‘此

路不通，’他又说了一遍，‘它由亡者所建，也由亡者看守，除非时机到来，否则此路不通。’

“‘时机是什么时候？’巴尔多问。可他始终没有得到回答，因为就在那一刻，老人脸朝下倒在地上死了。从那以后，我们的百姓再也不曾得知这群古老的山中居民的事迹。不过，也许预言中的时机终于到了，阿拉贡能够通过。”

“可是如果不去大胆闯门，那又如何发现时机到了没有呢？”伊奥梅尔说，“我是不会走进那条路的，哪怕魔多的大军站在我面前，而我孤身一人，没有别处可以躲避。唉！在这危难时刻，一个如此勇敢无私之人，却鬼迷心窍，失去了理智！这世上的邪恶之物已经够多了，为什么还要去地底找？战争就要来了。”

他顿住了，因为这时外面传来了喧闹声，一个声音在喊希奥顿的名字，近卫军正在盘问。

不一会儿，卫队长掀开帐帘说：“陛下，刚铎的一个信使来了，他希望马上见您。”

“让他进来！”希奥顿说。

一个高大的人走了进来，梅里一窒，差点喊出声来，因为有那么一瞬，他以为波洛米尔复活了，又回来了。然后，他发现那不是波洛米尔，而是一个陌生人，不过跟波洛米尔非常像，仿佛是他的一个血亲：一样的高大，一样的灰眼睛，一样的高傲气质。他穿得像一个骑手：精致的铠甲，墨绿的披风，头盔的正面镶嵌了一颗小银星。他手中拿着一支箭，黑色翎毛，带钢倒钩，箭尖涂成了红色。

他单膝跪下，箭呈希奥顿。“向您致敬，洛希尔人之王，刚铎之友！”他说，“我是希尔巩，德内梭尔的信使。我给您带来这个战争信物。刚铎情势危急。洛希尔人经常帮助我们，但现在德内梭尔城主请您倾尽全力，全速发兵，否则刚铎最终将会沦陷。”

“红箭！”希奥顿接过箭叹道，仿佛很久以前就料到有此召唤，但当它真的到来时，却感觉极其可怕，他的手在颤抖，“我这一生从未在马克见过红箭！真的已经到了如此地步吗？在德内梭尔城主看来，我怎样才算倾尽全力，全速发兵？”

“陛下，这只有您自己最清楚，”希尔巩说，“但过不了多久，米纳斯提力斯就会被围困。除非您有突破众多势力围攻的实力，否则洛希尔人的强兵在城墙内会比在城墙外好，这是德内梭尔城主的判断，他让我告诉您。”

“可他知道我们是一支擅长在马背上和平原上作战的民族，而且我们是一支散居的民族，集结我们的骑兵需要时间。希尔巩，米纳斯提力斯的城主知道的比他口信中提到的要多吧？如你所见，我们已经处于战争状态，并非毫无准备。灰袍甘道夫曾经来到我们中间，而就是现在，我们也在为东方的大战集结兵力。”

“德内梭尔城主对这一切知不知道，或者是否有所猜测，我不能妄言，”希尔巩答道，“但我们的情况确实非常危急。我们城主并不是向您下达任何命令，他只是恳求您记起旧日的友谊和很久以前发下的誓言，也为了您自己的利益，尽您所能。根据我们获悉的情报，有许多君王已经从东方出发，去为魔多效力。从北方到达戈拉德平原，已经有小冲突和战争传闻。在南方，哈拉德人正在调兵遣将，我们的滨海地区全都危机重重，因此我们从那边得不到多少支援。请尽快发兵！因为我们这个时代的命运，将在米纳斯提力斯的城墙前决定。如果这股狂潮不能在那里受到遏制，那它将会淹没洛汗所有的美丽原野，甚至山脉中的这座要塞也无法避难。”

“不幸的消息啊！”希奥顿说，“却也并非全都出乎意料。不过，请告诉德内梭尔：即使洛汗自身不受威胁，我们也会去援助他。不过我们在对抗叛徒萨鲁曼的战斗中损失惨重，而且如他自己的消息清楚表明的那样，我们仍要考虑我们北部和东部的边防。黑魔王这次似乎集结了极大的力量，很可能将我们牵制在石城前的战斗中，同时在双王之门远处调遣大军渡过大河发动袭击。

“不过我们不会再谈论审慎的策略了。我们会去的。出征礼已经定在明天，待一切就绪，我们就出发。我本来打算发兵一万，越过平原打击敌人的士气。现在恐怕会减少一些，因为我不能让我的要塞处于无人看守的状态，但至少六千骑兵会跟我前去。告诉德内梭尔：在这危急时刻，马克之王会亲自前往刚铎的领土，尽管有可能再也回不来了。只是，那是一段遥远的路程，人和马在抵达目的地时都必须还有力气作战。从明天早晨起，一周之内，你们将会听见自北方而来的埃奥尔子孙的呐喊。”

“一周！”希尔巩说，“如果必须一周，那也只好这样了，但从现在起七天后，您很可能只能看到一片城墙废墟，除非另有援军不期而至。不过，您至少还可以扰乱兽人和黝黑的人在白塔里的宴乐。”

“我们至少能做到这个，”希奥顿说，“但我本人刚从战场上回来，又长途跋涉了很久。现在我要去休息了。今晚你在这里过夜吧，明天你应该观看一下洛汗大军的集结再离开，因为那样的景象会令你感到些许宽慰，休息一夜也会骑得更快。早晨议事才是最好的，夜晚会改变许多想法。”

说完，国王站了起来，他们也全都站了起来。“现在每个人都去休息，睡个好觉。”他说，“至于你，梅里亚达克先生，今晚我不需要你了。不过明早太阳一出来，你就要准备听从我的召唤。”

“我会准备好的，”梅里说，“哪怕您吩咐我随您踏上亡者之路。”

“不要说不吉利的话！”国王说，“因为也许不止一条路可以冠上那个名字。不过我并没有说我会吩咐你跟我踏上任何路。晚安！”

“我决不要留下，决不要等大家回来时才被召唤！”梅里说，“我决不要留下，决不。”他一遍又一遍地对自己这么说，直到最后在帐篷里睡着了。

他是被人摇醒的。“醒醒，醒醒，霍尔比特拉先生！”那人喊道。梅里这下才从沉沉的梦中醒来，猛地坐起。天似乎还很黑哟，他想。

“什么事啊？”他问。

“国王召唤你。”

“可是太阳还没出来呀。”梅里说。

“是没出来，今天也不会出来了，霍尔比特拉先生。在这样的乌云下，没有人认为太阳还会出来。可是就算没有太阳，时间也不会停止。快点吧！”

梅里匆匆穿上衣服，向外看去。黑暗的世界中，空气似乎都是棕色的，周围万物黑漆漆、灰蒙蒙的，没有影子，似乎一切都静止了。天空中看不见云的形状，除了遥远的西方：那只庞大幽暗的手掌，依然向前摸索着，指间漏下一点光。天空乌沉沉压顶，阴郁单调，天光不是越来越亮，倒像是越来越暗。

梅里看见许多人站着，抬头望天，嘀嘀咕咕。他们的脸色全都苍白悲伤，有些人还很害怕。他心情沉重地去找国王。刚铎的信使希尔巩已经先于他在那儿了，旁边还站着另外一个人，模样跟装束都很像他，不过矮一些壮一点。梅里进去时，他正在对国王说话。

“它是从魔多来的，陛下，”他说，“是昨晚太阳下山后开始的。从您的领土东伏尔德的山岭上，我看见它升起来，慢慢地爬过天空，我奔驰了一整夜，而它紧跟在后面，吞噬了每一颗星星。现在，这团大乌云就悬在这里和阴影山脉之间的所有大地上，而且还在加深。战争已经开始了。”

国王沉默地坐了片刻。最后，他开口道：“看来，我们终于还是到了这一步：这是我们这个时代的大战。许多事物将在这场战争中逝去。不过，至少再也不必躲躲藏藏了。我们将走直路，走大道，全速奔驰。集结应当马上开始，不再等耽搁的人了。米纳斯提力斯的储备足够吗？如果我们现在全速前进，就必须轻装骑行，只携带足够我们抵达战场的粮食和水。”

“我们早就做好了准备，存储很充足。”希尔巩答道，“现在请您尽可能轻装疾行吧！”

“那就召传令官，伊奥梅尔，”希奥顿说，“下令骑兵集合！”

伊奥梅尔出去了，不一会儿，军号在要塞中响起，下方其他地方随即响起了很多回应的号声。不过梅里觉得它们的声音听起来没有昨晚那么清晰勇敢了。在滞重的空气中，它们听起来嘶哑沉闷，预告着不祥。

国王转向梅里。“我要去打仗了，梅里亚达克先生，”他说，“一会儿就要上路。我解除你的职务，但不解除我们的友谊。你应该留在这里。如果你愿意，就为伊奥温公主效力吧，她会代替我治理百姓。”

“可，可是，陛下，”梅里结结巴巴地说，“我向您献上了我的剑。我不想就这样与您分别，希奥顿王。更何况，我所有的朋友都去打仗了，我若留在后方就太丢脸了。”

“可我们骑的都是高大的快马，”希奥顿说，“你虽有雄心，却不能骑这样的马呀。”

“那就把我绑在马背上吧，或者把我挂在马镫或别的什么东西上。”梅里说，“这条路跑起来很长，如果不能骑马去，那我就跑着去，哪怕跑断腿，哪怕会晚到几个星期。”

希奥顿笑了。“与其那样，还不如我带着你一起骑雪鬃，”他说，“你至少可以跟我一起骑到埃多拉斯去，看看美杜塞尔德，因为我会走那条路。目前，斯蒂巴可以先载着你，我们要到达平原之后，才会开始飞速驰骋。”

伊奥温站起身来。“来吧，梅里亚达克！”她说，“来看看我给你准备的装备。”他们一起出去了。“阿拉贡只向我提了这一个要求，”他们在帐篷间穿行时，伊奥温说，“他说你应该武装备战。我答应尽我所能，因为我的心告诉我，在结局之前，你会需要这些装备的。”

她领着梅里到了一间国王近卫军住的棚屋，一个军械官拿给她一顶小头盔和一面圆盾牌，以及其他装备。

“我们没有适合你穿的铠甲，”伊奥温说，“也没时间为你打造一套合适的锁子甲。不过这里还有一件结实的皮背心，一条皮带和一把刀。剑你已经有了。”

梅里鞠躬致谢，公主又把盾牌递给他，跟之前给吉姆利的那面很像，上面嵌有白马纹章。“把这些都拿着吧，”她说，“穿上它们，祝你好运！再会了，梅里亚达克先生！也许我们还会重逢的，你和我。”

就这样，在愈来愈浓的幽暗中，马克之王为率领麾下所有骑兵踏上东征之路做好了准备。人们心情沉重，许多人在阴影中感到胆怯沮丧，但他们是坚定的民众，忠于他们的君主，甚至从埃多拉斯流亡来到这里的妇孺与老人，都不见有谁哭泣或抱怨。厄运悬在他们头顶，但他们沉默以对。

两个小时转瞬即逝。国王坐在他的白马背上。半明半昧中，这匹马遍体生光。看上去，国王高大自豪，尽管他的高头盔下飞扬着雪白的头发。很多人惊诧地望着他，见他姿态自信，无所畏惧，也深受鼓舞。

水声喧闹的河边，宽阔的平地上集结了许多中队，将近五千五百名全副武装的骑兵，还有好几百带着轻装备用马匹的士兵。号角吹响，国王举起手，马克的大军开始默默移动。走在最前面的是国王近卫军的十二位成员，都是声名显赫的骑兵。接着是国王，伊奥梅尔跟随在他右侧。在上方要塞，他已经跟伊奥温道过别，那是一幕哀伤的记忆，不过现在他已经将心思转向了前方的路途。他后面是骑着斯蒂巴的梅里和刚铎的两个信使，他们后面又是国王的十二位近卫兵。他们从列成长队等候的人们面前经过，众人神情皆坚毅冷静。就在他们快要走到队伍的尽头时，有一个人抬起头，目光锐利地扫向霍比特人。那是一个年轻人，梅里回看了他一眼，他个头不高，也比大多数人瘦。梅里捕捉到那双清澈灰眸中的亮光，顿时一颤，因为他突然意识到，那是一张不抱希望、慷慨赴死的脸。

他们沿着雪河旁边灰蒙蒙的路骑行，流水冲刷着岩石。他们途经下祠村与上河村，村中许多女人满脸悲伤，从黑漆漆的门洞朝外张望。就这样，没有号角，没有竖琴，没有歌声，这场日后在洛汗的歌谣中被世代传唱的大东征开始了。

在昏暗的早晨，

从黑暗的黑蛮祠，
森格尔之子策马飞奔，
领主与将士与之同行，
他们回到埃多拉斯，
马克统领的古老厅堂。
金色堂柱罩在雾中，
幽暗中郁影沉沉。
告别自由的百姓，
告别炉火与王座，
告别那神圣的处所，
他曾在此彻夜欢宴。
恐惧抛诸脑后，
奔向前方的命运！
守约承诺，奔驰，奔驰！
希奥顿纵马奔驰！
五日五夜，埃奥尔一族一路往东：
穿过伏尔德，穿过芬马克，穿过菲瑞恩丛林，
六千精兵奔赴桑伦丁，
明多路因山脚下的雄伟蒙德堡，
南方国度的海之主城，
敌寇围城，狼烟四起。
厄运驱赶，黑暗吞没，
马蹄声远，沉入寂静，
只有歌谣传唱世间。

国王确实是在不断加深的幽暗中到达埃多拉斯的，不过那时只是中午时分。他在那里只停留了一小会儿，大约六十位没来得及参加出征礼的骑兵加入了大军。吃过午饭后，他和蔼地跟自己的侍从道别，准备再次出发。梅里最后一次乞求不要把自己留下。

“我跟你说过，这不是斯蒂巴这种小马能够胜任的行程，”希奥顿说，“而且，我们估计要在刚铎的平野上打一场大仗。在这样一场战斗中，梅里亚达克先生，虽然你身为佩剑侍从，拥有超过身材的雄心壮志，但又能做什么呢？”

“这个谁知道呢？”梅里回答道，“可是，陛下，如果您不把我留在身边，那为什么要接受我做佩剑侍从呢？我可不愿意歌谣唱到我时，说我总是那个被留在后面的人！”

“我接受你是为了保护你的安全，”希奥顿答道，“也希望你遵从我的吩咐行事。我的骑兵没有人能带上你这个负担。如果这场战斗是在我的国门前打响，那你的事迹也许会被游吟诗人传唱，但这里距离德内梭尔统治的蒙德堡一百零二里格。你不要再多说了。”

梅里鞠了一躬，闷闷不乐地走到一边，盯着骑兵队列。所有队伍都准备出发了：有的人在系紧腰带，有的人在检查马鞍，有的人在抚摸他们的马，还有的人不安地凝望着低垂的天空。有一个骑兵趁人不注意，悄悄地走到霍比特人身边，低声开口了。

“俗话说，路途常在意想不到之处，”他低语道，“我自己就是这样找到路的。”梅里抬头一看，发现正是他早上注意到的那个年轻骑兵，“你希望跟马克之王同行吧？你的脸上都写着呢。”

“是的。”梅里说。

“那你就跟我走吧。”那个骑兵说，“你坐我前面，躲在我的斗篷下面，等我们到达更远的地方再说。这黑暗还会更黑的。这番好意不该被拒绝。别再跟任何人说话了，跟我走就是了！”

“真是太感谢了！”梅里说，“谢谢你，先生，可我还不知道你的名字。”

“你不知道吗？”那个骑兵轻声说，“那就叫我德恩海尔姆吧。”

就这样，当国王出发时，德恩海尔姆前面坐着霍比特人梅里亚达克。这对他那匹叫追风驹的高壮灰马而已并不算什么负担，因为德恩海尔姆比大多数人都轻。不过，他的身体柔韧而结实。

他们迎着阴影奔驰而去。那天晚上，他们在埃多拉斯以东十二里格，雪河汇入恩特河处的柳树林中安营歇息。然后，他们继续前进，先穿过伏尔德，又穿过芬马克。在芬马克，他们右方，大片橡树林往丘陵外缘上方攀延着，隐没在刚铎边界那座黑暗的哈利菲瑞恩山的阴影下；而在左方远处，迷雾笼罩在许多河口注入恩特河的那片沼泽上。他们一路前行，北方战争的传言也随之而行。单枪匹马的人狂奔而来，带来敌人攻击东面边界以及成群结队的兽人正朝洛汗北高原进军的消息。

“前进！前进！”伊奥梅尔大喊着，“现在掉头太迟了。我们的侧翼只能交给恩特河的沼泽来庇护了，现在我们需要加速，前进！”

就这样，希奥顿王从他的王国启程，一英里又一英里地蜿蜒前进。烽火丘卡伦哈德、明里蒙、埃瑞拉斯、纳多，一一向后退去，但它们的火已经熄灭了。所有大地都灰暗寂静，前方的阴影越来越深，每个人心中的希望也越来越渺茫。

第4章 刚铎之围

皮平是被甘道夫唤醒的。他们的房间里点着蜡烛，因为只有一缕暗淡的微光透过窗户照了进来。空气滞重，似乎有风暴将至。

“几点了？”皮平打着呵欠问道。

“过了第二个小时，”甘道夫说，“是起床收拾好你自己，准备觐见的时候了。城主召唤你去熟悉你的新职责。”

“他提供早餐吗？”

“不提供！我给你拿来了：都在这儿了，你得等到中午才有下一顿。按照命令，现在食物是定额配给的。”

皮平悲伤地看着给他摆上的一小块面包，以及（他认为）完全不够抹面包的黄油，外加一杯稀牛奶。“你为什么带我来这里哟？”他说。

“你不是很清楚嘛！”甘道夫说，“是为了防止你捣蛋惹事。如果你不乐意待在这儿，那你记住，这可是你自找的。”皮平不说话了。

不久，他跟随甘道夫再次走下那条冷冰冰的长廊，来到白塔大殿的门前。德内梭尔坐在大殿里一片灰蒙蒙的幽暗中，像一只耐心的老蜘蛛，皮平心想。自昨天以来，他似乎就没动过。他示意甘道夫就座，却把皮平晾在一边站着。过了一会儿，老人才转向他："哦，佩雷格林先生，我希望你喜欢昨天度过的时间。不过，恐怕本城的膳食供应不如你所希望的丰盛。"

皮平有一种很不舒服的感觉，那就是大部分他说过的话和做过的事，不知怎么的，城主都很清楚，就连他心里想的都被猜了个八九不离十。他没有答话。

"你要如何为我效力？"

"我以为，大人，您会告诉我，我的职责是什么。"

"我会的，等我知道你适合做什么的时候。"德内梭尔说，"不过，也许把你留在我身边，知道得最快。我的内室侍从恳求我允许他调到外防的戍卫队去，所以你可以暂时顶替他的职位。你要服侍我，帮我传令，如果我能从战事和会议中偷闲，你还要陪我聊天。你会唱歌吗？"

"会，"皮平说，"呃，会唱，我家乡的人觉得我唱得还行，但我们没有适合在大殿高堂和邪恶时期唱的歌啊，大人。我们很少唱比风和雨更可怕的东西。我会唱的歌，大部分都是能让我们大笑的事，当然，还有吃吃喝喝之类的事。"

"为什么这样的歌不适合我的殿堂，不适合现在这种时刻？我们长期生活在魔影之下，是不是可以听听那些来自不受魔影困扰之地的歌声？那样的话，也许我们会觉得我们日夜不停地警戒并不是毫无成效，尽管没有收到感谢。"

皮平的心一沉。他可不觉得在米纳斯提力斯城主面前唱任何夏尔的歌曲是一个好主意，特别是他最熟悉的那些滑稽小曲：对这种场合来说，它们实在太……呃，太粗俗了。然而，他暂时免除了那种折磨，没有被命令唱歌。德内梭尔转向甘道夫，询问起洛希尔人和他们的政策，以及国王的外甥伊奥梅尔的地位。皮平非常惊讶，他想，德内梭尔肯定已经很多年没有出过国门，但对住在远方的那支民族却知之甚详。

过了一会儿，德内梭尔挥手示意皮平暂时离开。“去王城的武器库，”他说，“去领白塔侍从的制服和装备。我昨天已经吩咐下去，现在应该准备好了。等你穿好后再回来！”

果然如城主所言，皮平很快就穿上了一身奇怪的制服，全是黑银二色：一件小锁子甲，其环甲可能是钢铁锻造的，但黑如墨玉；一顶高冠头盔，侧耳一边一个饰着小小的渡鸦翅膀，盔环中央镶嵌着一颗银星；锁子甲外面还套着一件黑色短外套，胸前用银线绣着白树纹章。他的旧衣服叠好被收走了，但他获准保留罗瑞恩的灰斗篷，不过值勤时不能穿。他不知道，现在他看起来实打实就像老百姓称呼的半身人王子（*Ernil i Pheriannath*）。不过他觉得很不舒服，那幽暗也开始令他心情沉重起来。

这一整天都黑暗昏沉。从没有太阳的黎明直到傍晚，沉重的阴影愈来愈深，白城中所有的人心情都很压抑。高空之上，一团巨大的乌云乘着战争的阴风，从黑暗之地慢慢朝西涌来，吞噬着光明。云下空气凝滞，令人窒息，仿佛整个安度因河谷都在等待一场毁灭性的风暴到来。

大约第十一个小时的时候，皮平终于可以暂时休息一会儿了。他离开大殿，去寻找吃的喝的，想鼓舞一下自己沉重的心情，让自己更撑得住这份服侍的工作。在食堂，他又碰到了贝瑞刚德，后者去主路上的戍卫塔楼执行任务，刚从佩兰诺平野那边回来。他们一起溜达出去，上了城墙，因为皮平觉得待在室内活像坐牢，即便是在高耸的王城里，也感到压抑。现在，他们又肩并肩地坐在了昨天一起吃东西聊天的那个东向的箭眼前。

正是日落时分，但那片巨大的阴影已经远远地蔓延至西方，太阳在最后沉入大海的那一刻，才得以逃脱云围，在夜幕降临之前送出了短暂的告别辉光。也就是这一刻，弗拉多在十字路口看见它照亮了倒下的国王石像的头颅，但是笼罩在明多路因山阴影下的佩兰诺平野阴沉晦暗，不见一丝微光。

皮平觉得，从上次坐在这儿到现在，似乎已经过去了好多年。在某些半被遗忘的时光里，他还是一个霍比特人，一个无忧无虑的闲人，没怎么接触过他后来经历的那些危险。而现在，他在准备迎接大攻击的白城中，成了一名小士兵，身上穿着守卫之塔那令人自豪但色调暗淡的制服。

如果是在别的时间和地点，皮平也许会很满意他的新装束，但他现在知道这不是儿戏。他是绝对认真地成了一位处于极大危机中的严厉君主的侍从。身上的锁子甲很沉，头盔重重地压在他的头上。斗篷被他扔在了一旁的坐处。他将疲倦的视线从下面昏暗的平野上挪开，打了个呵欠，叹了口气。

“你今天很累？”贝瑞刚德问道。

“是啊，”皮平说，“非常累，无所事事和服侍人让我精疲力竭。城主跟甘道夫、亲王，还有其他大人物在辩论，我站在他内室的门口无聊地等待了漫长的好几个小时。而且，贝瑞刚德大人，我很不习惯饿着肚子伺候别人吃饭。这对霍比特人来说是一种痛苦的考验。你无疑会认为我应该深感荣幸，可这样的荣幸有什么好的？说真的，在这悄悄潜行的阴影底下，就算有吃有喝又有什么好的？这到底意味着什么？连空气似乎都又浓又暗的！你们这里刮东风的时候经常这么昏暗吗？”

“不，”贝瑞刚德说，“这不是世间的正常天气，这是他的某种恶意策略。他将火焰之山喷出的炙人烟雾送过来，意图致人心沉，惊慌失措。他确实办到了。我真希望法拉米尔大人回来。他是不会被吓倒的。可现在，谁知道他是不是能穿过黑暗，渡过大河回来呢？”

“是啊，”皮平说，“甘道夫也很焦虑。我想，发现法拉米尔不在这里，他很失望。可他自己又到哪儿去了呢？午餐前他就离开了城主的会议，而且我看他心情也不好。也许他有了一些不好的预感。”

他们说着说着，突然如遭重击般住了口，一时间呆若木鸡。皮平两手捂着耳朵蜷缩起身子，而贝瑞刚德自从提到法拉米尔后就一直朝城垛外眺望着，此刻顿在原地，全身紧绷，满眼震惊地瞪着外面。皮平知道这个令人战栗的声音，他曾经听见过，跟很久以前在夏尔的泽地听到的一样，只是现在它包含的力量和憎恨都增强了，带着一股刺穿心脏的恶毒绝望。

最后，贝瑞刚德费劲地开口道：“他们来了！鼓起勇气，来看看！下面有凶残的东西。”

皮平勉强爬到座位上，朝城墙外望去。下方的佩兰诺平野笼罩在一片昏暗中，远处影影绰绰的是大河一线。这时他看见，就在下方空中，有五个似鸟的东西，恐怖如腐尸禽，但比鹰还大，残酷如死神。它们就像突然出现的黑夜暗影，盘旋着越过大河疾飞而来。它们时而俯冲靠近，几乎闯进城墙的弓箭射程之内，时而又盘旋飞走。

“黑骑士！”皮平喃喃道，“飞行的黑骑士！可是，你瞧，贝瑞刚德！”他喊道，“它们肯定是在找什么东西吧？你看它们总是盘旋着朝那边俯冲下去！你能看见地面上移动的东西吗？小小的黑影。是的，是骑在马上的人，四五个。啊！我受不了了！甘道夫！甘道夫快救救我们！”

又一声长长的尖叫响起又消落，皮平猛地从城墙边退后，像被追猎的动物一样气喘吁吁。透过那令人战栗的尖叫，他还听见下方似乎遥遥传来了微弱的号角声，尾音长而高亢。

“法拉米尔！法拉米尔大人！这是他的呼号！”贝瑞刚德喊道，“真勇敢啊！可是如果这些邪恶的地狱鹫鸟还有恐惧之外的武器，那他又怎么能抵御住城门呢？你看！他们挺住了，他们会冲到城门口的。不！马发狂疯跑起来了。天啊！人被摔出去了，他们徒步在跑。不，有一个人还在马上，但他骑回去了。那一定是统帅大人：牲畜和人，他都能掌控。哎呀！有一个邪恶的东西朝他俯冲下去了。救救他！救救他啊！没有人出去援助他吗？法拉米尔！”

贝瑞刚德说罢拔腿就跑，冲进了昏暗中。皮平为自己的胆怯感到羞愧，卫士贝瑞刚德首先想的却是他敬爱的统帅。他爬起来，朝外望去。就在那一刻，他瞥见一道银与白的闪光从北方而来，就像一颗小星星落进昏暗的平野。它箭一般飞速移动，并且越来越快，迅速向那正朝城门奔逃的四人飞去。皮平觉得它的周围好像散发着一团淡淡的光晕，将面前的浓重阴影驱散开去。它越来越近，皮平觉得自己听见一个洪亮的声音在呼喊，就像城墙之间的回音。

“甘道夫！”他喊道，“甘道夫！他总是在最黑暗的时刻出现。前进！前进，白骑士！甘道夫，甘道夫！”他疯狂地呼喊着，就像在旁观一场大比赛，并为那根本不需要鼓励的赛跑者加油。

而就在这时，那俯冲的黑影意识到了新来者。有一只盘旋着朝他飞去，皮平觉得他举起了手，一束白光从手中朝上刺去。那个那兹古尔长嚎一声，一个急转飞走了，其他四个见状犹豫一瞬，也迅速盘旋上升，向东消失在上方低垂的乌云中。片刻间，佩兰诺平野似乎不那么黑暗了。

皮平张望着，见那个骑马的人跟白骑士会合后，停下来等候那些步行的人。这时人们也从城中出来，匆匆迎向他们。很快，他们全都从外墙下经过，消失在他的视野里。皮平知道他们正在进入城门，猜测他们会立刻去白塔见宰相，便急忙赶往王城的入口。在那儿，他遇到了许多同样在高高的城墙上目睹了这场比赛与救援的人。

不久，从外环城通上来的街道上传来一阵喧嚣，人们欢呼着，喊着法拉米尔和米斯兰迪尔的名字。过了一会儿，皮平看见了火把，两位骑手在人群的簇拥下缓缓而来：一个一身白衣但不再闪亮，在微光中显得灰白，仿佛他的火焰已然耗尽或隐藏起来了；另一个垂着头，衣色暗沉。他们翻身下马，马夫牵走了捷影和另一匹马，两人走向门口的哨兵。甘道夫步履稳定，灰斗篷掀到背后，双眼中仍有余烬。另一个人一身绿衣，走得很慢，像是很疲惫，抑或受了伤，脚步有点蹒跚。

当他们经过拱门下方的灯下时，皮平挤到了前面。看到法拉米尔那张苍白的脸，他不由得呼吸一窒。那是一张遭受过极大恐惧或痛苦的袭击，但已经控制住并平静下来的脸。法拉米尔庄重而又严肃地站着跟卫士说了一会儿话。皮平盯着他看，发现他跟他哥哥波洛米尔极其相像。从一开始，皮平就喜欢波洛米尔，赞赏那位杰出的人高贵而又亲切的态度。见到法拉米尔，他心里突然涌起一股前所未有的莫名感动。这个人有一种高贵的气质，跟阿拉贡偶尔流露出来的一样，也许他不那么高大，也没那么不可估量、遥不可及，但他是一位晚世之王，带着长者的智慧与悲哀。现在皮平明白了，为什么贝瑞刚德提起法拉米尔的名字，满怀敬爱。法拉米尔是一位人们愿意追随的统帅，是他愿意追随的统帅，即使是在黑翼的阴影之下。

“法拉米尔！”他跟着其他人大喊道，“法拉米尔！”

法拉米尔从众声喧哗中捕捉到了他的陌生口音，转身低头看着他，大为惊奇。

“你是从哪里来的？”他问，“一个半身人，还穿着白塔的制服！从哪里……”

不等他说完，甘道夫就走上前，开口道：“他是从半身人之地来的，是跟我一起来的。不过咱们别在这里逗留了。要说的话、要做的事很多，而且你也累了。他会跟我们一起去的。的确，如果他不像我一样那么容易忘记自己的新职责，就必须跟来，因为这个时辰他必须在城主身边听差了。走吧，皮平，跟我们走！”

就这样，他们最后来到了城主的内室。室内有深座椅，绕着一个烧木炭的黄铜火盆摆放着，酒被送了上来。皮平站在德内梭尔的椅子后面，几乎不为人所注意，他热切地听着每一句话，几乎忘记了疲倦。

法拉米尔吃了一些白面包，喝了一口酒，然后在他父亲左手边的一张矮椅上坐下了。甘道夫离得稍远些，坐在另一边的一把雕花木椅上。起初他似乎睡着了，因为法拉米尔一开始只是提到了他十天前被派出去执行的任务。他带回了伊希利恩的消息，还有大敌及其同盟的动向。他还讲述了大路上那场击败哈拉德人及其巨兽的战斗。这听起来就是一位统帅在向他的君主报告军情，都是一些边界冲突的琐事，此刻显得既无用处，也不重要，没什么光彩可言。

然后，法拉米尔突然看向皮平。“不过现在我们要说到奇怪的事了，”他说，“因为，这位并不是我见到的第一个从北方的传奇中来到南方的半身人。”

一听到这话，甘道夫立刻坐直身子，紧紧地抓住椅子的扶手，但他什么也没说，并且一眼制止了皮平已经冲到嘴边的惊呼。德内梭尔看着他们的脸，点了点头，仿佛在表示，早在它被说出来之前他就已经知晓不少了。其他人都默然静坐，法拉米尔慢慢地讲了他的故事，他的目光大部分时候都在甘道夫身上，但时不时地会扫视皮平一眼，仿佛是为了唤醒他对见过的另外两人的记忆。

他的故事缓缓展开：与弗拉多和他的仆人相遇，以及在汉奈斯安努恩发生的事。听着听着，皮平开始意识到甘道夫紧紧抓着雕花木椅的手在颤抖。此刻，这双手似乎非常苍老，皮平盯着它们，全身突然漫过一阵恐惧的战栗，他明白了：甘道夫，甘道夫自己也无比忧虑，甚至害怕。室内的空气压抑而滞重。最后，当法拉米尔说到他和那些旅人分别，他们决定要去西力斯昂戈时，他的声音低落了下去。他摇了摇头，叹了口气。甘道夫猛地站了起来。

“西力斯昂戈？魔古尔山谷？”他问道，“时间，法拉米尔，时间？你什么时间跟他们分开的？他们什么时候会到达那个被诅咒的山谷？”

“我跟他们是在两天前的早晨分开的，”法拉米尔说，“如果他们朝南直走，从那里到魔古尔都因河谷是十五里格，之后他们离那个被诅咒的高塔西边还有五里格远。他们最快也得今天才可能到达那里，也许现在还没到。事实上，我明白你在害怕什么，但这股黑暗并不是

他们的冒险引起的。它起于昨天傍晚，昨夜整个伊希利恩都笼罩在这片阴影下。在我看来，情况很明显了：大敌早就计划要攻击我们，而且攻击的时间早在那些旅人还处于我的保护之下时，就已经确定了。”

甘道夫来回踱着步：“两天前的早晨，将近三天的路程！这里离你们分开的地方有多远？”

“直线距离大约二十五里格，”法拉米尔回答道，“但我无法更快地赶回来。昨晚我在凯尔安德洛斯，那是大河北边我们防守的一个长岛，马匹就留在这边的河岸上了。随着黑暗蔓延，我知道必须快点行动了，所以带着另外三个会骑马的人赶了回来。其余的战士，我派往南边去增援欧斯吉利亚斯渡口的守卫部队了。我希望我没有做错。”他说着看向父亲。

“错？”德内梭尔双眼突然精光一闪，吼道，“你为什么问我？那些人是由你指挥的。或者你是想问我对你的所有作为的看法？你在我面前谦恭有礼，但你早就一意孤行，不把我的建议放在心上。瞧，你一如既往，说话很有技巧，但我看到，你的目光却是胶着在米斯兰迪尔身上，你是在询求自己是说得好还是说得太过吗？他早就让你对他言听计从了。

“我的儿子啊，你父亲老了，但还没有糊涂。我看得见听得到，像惯常一样。你说出来的一半以及你藏着没说的那一半，我都清清楚楚。我知道许多谜题的答案。唉！唉！波洛米尔啊！”

“父亲，如果我所做的令您不悦，”法拉米尔低声道，“我真希望在如此沉重的批评戳向我之前，能事先得知您的看法。”

“可那会改变你的做法吗？”德内梭尔问道，“我认为不会，你依然会自行其是。我很了解你。你一向渴望如古时的王者一样，表现得高贵、慷慨、宽厚、仁慈。这对和平时期大权在握的君王也许很恰当，但在危难关头，回报仁慈的可能是死亡。”

“那就死吧。”法拉米尔说。

“那就死吧！”德内梭尔大吼道，“但那不只是你死，法拉米尔大人！还有你父亲的死，你所有百姓的死。波洛米尔既然已死，保护他们就是你的责任！”

“那么，您是不是希望我们的位置互换？”法拉米尔说。

“是的，我确实这么希望，”德内梭尔说，“因为波洛米尔忠于我，而不是巫师的门生。他会记得他父亲的需要，不会白白浪费机会的赏赐。他本来会给我带来一件强大的礼物。”

一时间，法拉米尔的自制力垮了：“父亲，我想提醒您，为什么在伊希利恩的是我，而不是他。在不久之前，您的看法至少在某个场合占了优势。是城主您，把那项任务交给他的。”

“那是我自酿的苦酒，不要去搅动它！”德内梭尔说，“多少个夜晚，我不都是品尝着这杯苦酒，预感杯底的沉渣更苦吗？现在确如我所发现的。真希望事情不是这样！真希望这东西是来到我的手上！”

“你应该感到安慰！”甘道夫说，“无论如何，波洛米尔都不会把它带给你。他已经死了，死得光荣。愿他安息！而你却在自欺欺人。倘若夺得这东西，他必将沉沦。他会自己占有它，而当他归来，你不会再认得你的儿子。”

德内梭尔的脸色变得冷硬起来。“你发现波洛米尔没那么好摆布，是不是？”他轻声说，“可我是他父亲，我说他会把它带给我。米斯兰迪尔，你也许很睿智，但智者千虑，必有一失。办法是有可能找到的，但既不是巫师的罗网，也不是愚人的草率。在这件事情上，我拥有的学问和智慧，比你以为的多。”

“那么你的智慧是什么？”甘道夫问。

“我的智慧让我认识到，有两件蠢事不能做。其一，使用这东西极其危险。其二，如你和我这个儿子所做的那样，在这个危急时刻，把它交到一个没脑子的半身人手中，带进大敌的领土，这太疯狂了。”

“那么，德内梭尔大人会怎么做呢？”

“都不做，但毫无疑问，我不会冒着假如大敌重获其所失之物，我们将彻底毁灭的风险，仅仅因为一个愚蠢的希望，就把这东西置于大危险中。不，它应该被保存起来，隐藏起来，藏得深，藏得隐秘。不用它，我是说，不到万不得已的时候，决不用它，但要把它放在他不可及之处，除非他赢得最后的胜利。不过到那时，不管什么降临到我们身上，都无所谓了，因为我们都已经死了。”

“大人，你只考虑了刚铎，你一贯如此，”甘道夫说，“但这世上，还有别的人和别的生命，时间仍将流逝。而我，甚至同情他的奴隶。”

“如果刚铎陷落，其他人又到哪里去寻求帮助呢？”德内梭尔答道，“如果现在我把这东西藏在王城的地窟深处，那我们就不会在这片昏暗中胆战心惊，害怕最坏的情况出现，我们也能不受干扰地制定策略。如果你不相信我能经受住这个考验，那你还是不了解我。”

“尽管如此，我还是不相信你，”甘道夫说，“我若相信你，早就把这东西送来给你保管，免去我和其他人的许多烦恼。现在听你说了这些，我就更不相信你了，就跟我不相信波洛米尔一样。不，不要发怒！面对这东西，我连自己都不相信，甚至在这东西被当作礼物心甘情愿地送给我时，我也拒绝了它。德内梭尔，你很坚强，在某些事情上仍然能控制住自己，但如果你得到了这东西，它将会击垮你。即使把它埋在明多路因山的山基下，随着黑暗的增长，那些很快就要扑向我们的更坏的事情接踵而至，它还是会摧毁你的心智。”

一时间，德内梭尔面对甘道夫，双眼精光闪闪。皮平又一次感觉到两人剑拔弩张，但这次两人的对视几乎就像刀光剑影的火花四射。皮平哆哆嗦嗦，担心会有某种致命的攻击，但德内梭尔突然放松下来，又恢复了冷酷。他耸了耸肩。

“如果我有！如果你有！”他说，“这些言辞和假设都没用。它已经进入了魔影之地，只有时间才能证明，什么样的命运在等着它，等着我们。时间不会太久了。在那之前，让所有以自己的方式对抗大敌的力量拧成一股绳，尽量保持希望，希望之后还有坚强不屈，去自由赴死。”他转向法拉米尔，“你认为欧斯吉利亚斯的防御怎么样？”

“不强，”法拉米尔说，“我之前说了，我已经派伊希利恩的兵力去增援了。”

“我认为还不够，”德内梭尔说，“敌人的首攻应该是在那里。那里需要一位强壮的将领。”

“那里以及许多地方都需要，”法拉米尔说着叹了口气，“唉，我一样挚爱着的哥哥啊！”他说着站起身，“父亲，我可以告退了吗？”说着他身子一晃，歪靠在他父亲的椅子上。

“我看，你很累了。”德内梭尔说，“你赶了很远的路，我听说，还遭到了空中恶影的袭击。”

“别提他们吧！”法拉米尔说。

“那我们就不提，”德内梭尔说，“你去好好休息一下吧。明日的考验会更严峻。”

所有的人都向城主告退，趁还能休息的时候都去休息了。外面黑漆漆的，不见星光。甘道夫和他身边举着一支小火把的皮平往他们的住处走去。两人都没有说话，直到进屋关上门。然后，皮平终于抓住了甘道夫的手。

“告诉我，”他说，“有什么希望吗？我是说弗拉多，至少弗拉多的希望还很大吧？”

甘道夫把手放在皮平头上。“从来就没有多大希望。”他答道，“就像刚才我被告知的那样，只是傻瓜的希望。当我听到西力斯昂戈——”他突然顿住，大步走到窗边，仿佛目光能穿透东方的黑夜，“西力斯昂戈！”他喃喃道，“为什么走那条路呢？真奇怪啊！”他转过身，“皮平，刚才我听见那个名字，心跳差点停了。不过说真的，我相信法拉米尔带回来的消息中包含了某些希望。因为很显然，在弗拉多仍然自由时，我们的大敌却终于开战，采取了第一步行动。因此，从现在起的很多天里，他的眼睛会从自己的地界上挪开，四处转悠。不过，皮平，我在这么远的地方，都能感觉到他的仓促和恐惧。他比计划的提前行动了，一定是有什么事刺激了他。”

甘道夫站在那儿沉思了片刻。“也许，”他喃喃道，“小子，也许连你的愚蠢都帮了忙。让我想想：大约五天前的这个时候，他应该发现我们推翻了萨鲁曼，取得了真知晶石。可那又怎么样？我们拿它派不上多大用处，或者说不能不被他知道地使用它。哎！真奇怪。阿拉贡吗？他的时刻近了。皮平，他的内心强大而又坚定。他大胆果断，能自己拿主意，必要时敢冒大险。可能就是这样。他有可能用了晶石，向大敌展示了自己的存在，挑衅他，刺激他，这正是他的目的。是这样吧？嗯，等洛汗的骑兵到来，我们就知道答案了，希望他们不要来得太迟。前面的日子可糟糕着呢。抓紧机会睡觉吧！”

“可是……”皮平说。

“可是什么？”甘道夫说，“今晚我只允许一个‘可是’。”

“咕噜姆，”皮平说，“他们究竟怎么会跟他搅在一起，居然还跟着他走？我看得出来，法拉米尔不喜欢他要带他们去的那个地方，跟你一样不喜欢。有什么不对劲吗？”

“现在我回答不上来，”甘道夫说，“不过我猜测，在一切都了结之前，弗拉多和咕噜姆终究会碰面，不管是凶还是吉。不过我今晚不想说西力斯昂戈。背叛，恐怕是背叛，那个悲惨家伙的背叛。一定是这样的。让我们记住，一个叛徒也会背叛自己，做出并非出自他本意的好事来。有时候就是如此。晚安！”

第二天伊始，早晨如晦暗的黄昏。因法拉米尔归来而暂时振奋起来的人心，又消沉了下去。那天再也没有看见飞行的魔影，但从早到晚，高空中一直有隐隐的叫喊声，很多听到的人刹那间全身战栗，不敢动弹，而胆小的人哆哆嗦嗦，害怕得直哭。

法拉米尔这时又出城了。“他们不让他休息。”有人嘟囔道，“城主把他的儿子逼得太狠了。现在他必须担起两个人的责任，一个是他自己，一个是那个再也回不来的人。”人们不断地朝北眺望，问道：“洛汗的骑兵在哪里？”

的确，法拉米尔出城并非自己的选择，但城主是议会的首脑，这天他没有心情听从他人的意见。会议一大早就召开了。会上所有的将领一致判定，由于南方的威胁，他们的兵力太薄弱，除非洛汗的骑兵前来增援，否则他们这边无法主动出击。在此之前，他们必须加强城墙防卫，做好准备。

“不过，”德内梭尔说，“我们不能轻易放弃外围防御。拉马斯是费了很大力气修建的。大敌要渡过大河必须付出巨大的代价。他要大举进攻本城，既不能走北边的凯尔安德洛斯，因为那里有沼泽，也不能从南边的莱本宁过来，因为那里河面宽阔，需要大量船只。欧斯吉利亚斯才是他会重兵攻击的地方，正像以前波洛米尔阻挡他渡河那次一样。”

“那只是一次试探，”法拉米尔说，“今天我们可以让大敌在渡河时付出十倍于我们损失的代价，但这不值得，因为他承受得起损失一支大军，而我们却经受不起损失一个小队。而且，如果他强攻渡过大河，那我们派到前线的那些人撤退，就会非常危险。”

“那凯尔安德洛斯呢？”多阿姆洛斯亲王说，“如果要守欧斯吉利亚斯，那边也要守才行。别忘了我们左翼的危险。洛希尔人可能来，也可能不来。然而法拉米尔告诉过我们，大量的兵力正在不断地接近黑门。可能不止一支大军从那里出发，攻击不止一个渡口。”

“战争中必须冒的险很多，”德内梭尔说，“凯尔安德洛斯有驻军，目前也没有更多兵力可派，但我不会不战而退，把大河和佩兰诺平野拱手送给敌人。不，只要这里还有一位将领仍有勇气遵照他主上的意愿行事，就不会。”

所有的人都沉默不语。最后，法拉米尔说：“父亲大人，我不反对您的意愿。既然您已失去波洛米尔，那我会代替他去，尽我所能——只要您下令。”

“我下令。”德内梭尔说。

“那么，告辞了！”法拉米尔说，“但如果我能归来，请改善对我的看法！”

“那取决于你归来的方式。”德内梭尔说。

法拉米尔东去之前，甘道夫是最后一个跟他说话的人。“不要因为痛苦愤懑就轻率地抛弃自己的生命！”他说，“除了战争，这里还有其他的事需要你。法拉米尔，你父亲爱你，他终究会想起这点的。再会了！”

法拉米尔就这样又出征了，他带走了志愿者和能抽调出来的兵力。城墙上，有人透过昏暗眺望着那座毁灭的城市，不知道那边状况怎么样，什么都看不见。还有人跟以往一样，望着北方，估算着洛汗的希奥顿到这里的距离。“他会来吗？他会记得我们的古老盟约吗？”他们说。

“会的，他会来的，即使可能来得太迟。”甘道夫说，“可想想吧！红箭最快不过两天前才送到他手上，埃多拉斯离这里可远着呢。”

消息传来之前，夜晚又降临了。有人骑马从渡口匆匆赶来，说有一支大军从米纳斯魔古尔出发，已经接近欧斯吉利亚斯了，而且从南方来的残酷又高大的哈拉德人军团，也加入了这支大军。“我们获悉，”这位信使说，“那位黑统帅再次统领，他带来的恐惧已经先他一步过了大河。”

皮平来到米纳斯提力斯的第三天，就在听说这噩耗中结束了。很少有人去休息，因为现在就连法拉米尔长时间守住渡口的希望也很渺茫了。

接下来的一天，黑暗已达极致，不再加深，却更加沉重地压在人们心上，一股巨大的恐惧攫住了他们。噩耗很快又来了：安度因河渡口被大敌攻破了。法拉米尔正朝佩兰诺护墙撤退，重整队伍往主道双堡退去。然而敌人的兵力是他的十倍之多。

“就算他能成功越过佩兰诺平野返回，敌人也会紧追其后。”信使说，“敌人在渡河时损失惨重，但没有我们希望的那么惨重。他们的计划十分周密。现在看来，自很早以前，他们就一直在东欧斯吉利亚斯秘密制造大量的浮筏和驳船。他们像甲虫一样蜂拥渡河，但真正击败我们的是那个黑统帅，甚至他到来的传言，都很少有人能抵挡或忍受得住。他自己的人也都畏惧他，他若下令，他们会领命自杀。”

“那么，那儿比这里更需要我。”甘道夫说着立刻骑马离去，微光闪闪的身影很快就消失在众人的视野里。皮平一夜未眠，一个人站在城墙上凝望东方。

报晓的钟声再度响起，在无光的黑暗中听着格外讽刺。他远远地看见对面昏暗的地方有火光腾起，那正是佩兰诺护墙所在的地方。哨兵们高声呐喊，城里所有的人都起身拿起了武器。现在，一道红光不时蹿起，透过凝重的空气，渐渐传来了隆隆的闷响。

“他们占领佩兰诺护墙了！”人们叫道，“他们正在墙上炸口子。他们攻进来了！”

“法拉米尔在哪里？”贝瑞刚德焦虑地喊道，“别告诉我他已经阵亡了！”

第一拨消息是甘道夫带回来的。上午过半时，他和几个骑兵护送一列大车回来，车里装满了伤兵，全都是从被摧毁的主道双堡废墟中抢救出来的。他立刻去见了德内梭尔。城主现在坐在白塔大殿上方的一间高室中，皮平站在他旁边。透过昏暗的窗户，他朝北朝东朝南眺望着，仿佛要戳透环绕着他的命运阴影。大多数时候他朝北望去，不时地也会停下来聆听，仿佛借着某种古老的技艺，他的耳朵可以听见远方平原上隆隆的马蹄声。

“法拉米尔回来了吗？”他问。

“没有，”甘道夫说，“但我离开时他还活着。他决定留下，跟后卫部队在一起，以免往佩兰诺的撤退变成一场混乱的大溃败。也许他能让队伍坚持得够久，不过我对此表示怀疑。他要对抗的敌人过于强大，因为我害怕的那位来了。”

“难道，是黑魔王？”皮平叫道，惊恐中忘记了自己的身份。

德内梭尔苦笑道：“不，佩雷格林先生，除非他大获全胜，才会趾高气扬，向我示威而来。他把他人当作武器。半身人先生，所有伟大的君主都如此，倘若他们足够聪明的话。否则，我为什么要坐在我的塔楼里，思考、观察、等待，甚至不惜牺牲我的儿子？要知道我还能上阵杀敌。”

他站起来，掀开他的长黑斗篷。啊！斗篷底下，他穿着铠甲，腰佩长剑，剑柄粗大，剑插在银黑两色的剑鞘里。“我曾如此行走，也已经如此睡卧多年，”他说，“免得身体随着年纪增长而变得虚弱不堪。”

“然而，巴拉督尔之主麾下那些大将中最凶残的一位，现在已经控制了你的外围城墙，”甘道夫说，“也就是很久以前的安格玛之王，他是妖术师、指环幽灵、那兹古尔之首，是索伦手中的恐怖之矛，是绝望的阴影。”

“那么，米斯兰迪尔，你遇上与你匹配的敌人了。”德内梭尔说，“而我自己，早就知道黑塔大军的统帅是谁。这就是你回来要说的吗？抑或你之所以撤退，是因为被打败了？”

皮平哆嗦了一下，害怕甘道夫会被激怒，不过他多虑了。“也许是吧，”甘道夫轻声答道，“但考验我们实力的时刻尚未到来。如果古时传言为真，他将不会败于人手。等待着他的命运，智者不得而知。

然而无论如何，那位绝望统帅并未奋力进攻，至少还没有。他正是按照你刚才所说的聪明方式来统治，躲在后方，驱赶奴隶打头阵，去疯狂拼命。

“不，我回来为的是守护那些尚可治愈的伤员。因为拉马斯到处都被炸出了缺口，魔古尔的大军很快就会从多处缺口拥进来。我主要是来说这件事的。很快平野上就会开战，必须准备发动一次突击。让骑兵接受这项任务，我们短暂的希望就寄托在他们身上，因为只有一件事敌人依然准备不足：他的骑兵很少。”

“我们的骑兵也很少。在这紧要关头，洛汗的骑兵要是赶到就好了。”德内梭尔说。

“我们很可能会先看到其他新到者，”甘道夫说，“凯尔安德洛斯的败兵已经到达这里了，那个岛已经沦陷。另一支从黑门来的军队正从东北方向渡河。”

“米斯兰迪尔，有人指责你喜欢带来坏消息。”德内梭尔说，“不过这对我而言已经不是新消息了：昨天入夜前我就知道了。至于突击，我已经考虑过了。我们下去吧。”

时间流逝。终于，城墙上的哨兵看见撤退回来的外围守军了。先是一小队一小队凌乱的队伍，都是一些疲惫不堪的负伤士兵，有些人仿佛受到追赶一般拼命狂奔。东方远处，火光闪烁，星星点点。此时，他们似乎漫过了平原。房屋和谷仓烧了起来。然后，红色的火流从许多地方奔涌向前，蜿蜒着穿过昏暗，朝城门通往欧斯吉利亚斯的那条大道一线汇聚。

“是敌人。”人们喃喃道，“护墙被攻破了。他们从缺口拥进来，往这儿来了，似乎都带着火把。我们的人在哪里？”

此刻已近黄昏，光线晦暗到连视力极好的人，都无法从王城上看清平野的情况，唯一能看清的是：燃烧点不断地成倍增加，火线不断地加长，移动得越来越快。最后，在离城不到一英里处，一支相对整齐的队伍进入了众人的视野，他们没有奔跑，仍然保持队形前进。

哨兵们屏住了呼吸。“法拉米尔一定在那里！”他们说，“人和马匹都会听从他的指挥。他会撤回来的。”

撤退的主力离城几乎不到两弗隆远了。一小队骑兵从后方的昏暗中冲出来，那是后卫余兵。他们勒马转身，面对上前的成排火把。突然，一阵凶猛的号叫乱哄哄地响起，敌人的骑兵猛冲了上来。一道道火线变成汹涌急流，一行行举着火把的兽人、挥着红旗子的南方野蛮人，粗鲁地吼叫着蜂拥而来，追上了撤退的部队。随着一声刺耳的尖叫，一群飞行的魔影冲破昏暗的天幕，那兹古尔俯冲下来开始杀戮。

撤退变成了溃败。已经有人脱队逃窜，他们发疯地四散狂奔，扔掉手中的武器，惊恐地大叫，跌倒在地。

这时，王城中传来了号角声，德内梭尔终于下令突击。集结在城门阴影下和高耸的城墙外侧所有余部骑兵，就等着他的号令呢。他们策马而出，队伍有形，加速疾驰，一声大喝冲锋向前。城墙上也扬起一片呐喊助威的呼应。平野上，冲在最前面的是多阿姆洛斯的天鹅骑士，为首的是他们的亲王和他的蓝军旗。

“多阿姆洛斯为刚铎而战！”他们喊道，“多阿姆洛斯支援法拉米尔！”

他们闪电般从撤退大队的两翼掠过，势如破竹袭向敌人。其中一位骑士更是越众而出，疾风般掠过草地：捷影载着周身闪耀、再次展露原貌的甘道夫，一道光从他高举的手中发出。

那兹古尔尖叫着飞旋退去，因为他们的统帅还未打算挑战这个发出白色火焰的敌人。魔古尔大军一心盯着他们的猎物，冷不防遭到猛烈攻击，顿时溃散，像大风中的火星零落四方。撤退的队伍大受鼓舞，转身痛击追赶者。猎人变成了猎物，撤退变成了进攻，被斩杀的兽人和敌兵尸横遍野，被丢弃的火把臭气熏天，袅袅盘旋，相继熄灭。骑兵们继续向前冲杀。

不过，德内梭尔不允许他们追出去太远。虽然敌人攻势受阻，暂时被击退，但庞大的兵力仍从东方源源不断而来。号角再次吹响，这是撤退的信号。刚铎的骑兵停止了追击。在他们的掩护下，撤退部队重整队伍，稳步后退。他们经由王城大门进了城，步履骄傲。城里的百姓也以敬佩的目光望着他们，高声赞颂。然而他们心中疑虑，因为这支队伍损失惨重，法拉米尔损失了三分之一的部下。他自己又在哪里呢？

他在队伍的最后。他的部下都已经进城了。骑兵们归来了，断后的是多阿姆洛斯的军旗和亲王，他骑在马上，怀中抱着从狼藉一片的战场上找到的他的亲外甥，德内梭尔之子法拉米尔。

“法拉米尔！法拉米尔！”站在街上的人们大声哭喊着，但他没有回应。他们载着他踏上曲折的道路，送去王城中他的父亲身边。那兹古尔在白骑士的攻击下急转逃离时，法拉米尔正跟一个骑马的哈拉德士兵对峙，一支致命的箭飞来射中了他，他从马背上掉了下来。如果不是多阿姆洛斯骑兵的冲锋将他从南方之地的赤红刀剑下救出来，他们可能已经把倒地的他乱刀砍死了。

伊姆拉希尔亲王将法拉米尔送到了白塔，说道：“大人，您的儿子在立下彪炳战功后回来了。”他讲述了他所见的一切。德内梭尔站起身，沉默地看着他儿子的面孔。然后，他命人在他的内室中安了一张床，将法拉米尔放在床上，再命众人退下，他则独自去了塔楼顶上的密室。当时，抬头望向那里的许多人，都看见窄窗内有淡光微烁了一会儿，然后骤亮而熄。德内梭尔下来后，坐在法拉米尔的床边，一言不发，但面色灰白，比他的儿子更像垂死之人。

就这样，白城最后被围，陷入了敌人的包围圈。拉马斯护墙被攻破，整个佩兰诺平野弃败于大敌。城门关闭之前，一队从北大道飞奔回来的士兵带回了关于外界的最后消息。他们是驻守在从阿诺瑞恩和洛汗进入城关地区要道的残余部队，为首的是英戈尔德，大约五天之前，就是他给甘道夫和皮平放行的，那时太阳依然升起，早晨仍存希望。

“没有洛希尔人的消息，”他说，“洛汗骑兵现在不会来了。就算他们来了，对我们也无济于事。我们之前听说的新增大军已经先到了，据说是取道安德罗斯，渡过大河而来的。他们兵力强大：有大批魔眼麾下的兽人，还有无数的人类部队，而且是我们之前没有遇到的新人种，个子不高，但很健壮，模样凶狠，留着矮人一样的胡子，挥舞着大斧。我们认为他们来自东方旷野某个未开化的地方。他们把守了北大道，很多已经侵入了阿诺瑞恩。洛希尔人来不了了。”

城门关闭了。一整夜，城墙上的哨兵都听得见敌人在外面游荡的动静。他们焚烧田野、树木，乱砍他们在外面发现的任何人，不管死人还是活人。黑暗中猜不出已经有多少敌人渡河，但到了早晨，或者说在早晨那暗淡的阴影悄然笼罩平原时，就可以看出即使在夜晚的恐惧中也几乎没有高估敌人的数量。平原上黑压压的都是行进的敌军，昏暗中目之所及，全是漆黑或暗红的帐篷组成的营地，它们像毒蘑菇似的冒了出来，数量众多，团团围绕在这座被困之城四周。

兽人忙忙碌碌，像蚂蚁一样，在距离城墙一箭之遥的地方，挖了又挖，挖出一圈巨大的环形深壕沟。壕沟一挖好，沟中便燃起了大火，但那火是怎么点燃的，又是怎么添加燃料的，靠的是技巧还是妖术，没有人能看见。他们一整天都在持续劳作，而米纳斯提力斯的人只能眼睁睁看着，无力阻止。每当一段壕沟挖成，就有巨大的车辆被推上前来，紧接着便来了更多的敌军队伍，每段壕沟的掩体后方都躲了一队。他们迅速组装起巨大的机械，以便发射飞弹。城墙上没有任何足够大的器械能投掷到那么远，也无法制止他们的工作。

一开始人们哈哈大笑，并不怎么害怕这类装置，因为石城的主墙非常高，而且厚得惊人，是流亡的努门诺尔人在势力和技艺衰颓之前建造的，其外墙面如同欧尔桑克高塔，坚硬、漆黑、光滑，无论是钢铁还是大火都难以破坏，坚不可摧，除非有巨震使其地基所在的大地崩裂塌陷。

“不可能，”他们说，“那不提其名者不亲自前来就不可能，只要我们还活着，就连他也不可能进来。” 可是有些人答道：“只要我们还活着？能活多久？他拥有一样自世界伊始就曾使许多固若金汤之地沦陷的武器，那就是饥饿。道路都被切断了。洛汗人不会来了。”

不过那些机械装置并未在坚不可摧的城墙上浪费弹药。命令对魔多之主最强大的敌人发动攻击的，并不是强盗或兽人头领。一股恶意满满的力量与意志操纵着这一切。那些巨大的弹射器一安装好，便立刻在许多叫嚣声和绳索滑轮的吱嘎声中，开始抛射飞弹，射程之高，令人惊愕。它们飞过城垛上方，砰砰砰砸落在石城的第一环内，其中有许多是经过某种秘法处理的，在滚落时爆炸成一团团的火焰。

很快，城墙后面就变成一片大火海，所有能抽调出来的人都忙着扑灭四处飞蹿的火焰。接着来了另一拨杀伤力较小却更可怕的弹丸，它们夹杂在更大的飞弹中，如冰雹般落下。这些弹丸小而圆，翻滚着，落在城门后面的大街小巷中，并没有爆燃。然而当人们奔过去察看那究竟是什么时，却莫不惊声大叫，痛哭流涕，因为敌人抛进城里来的，是那些在欧斯吉利亚斯，或者在拉马斯，或者在平野上阵亡的将士们的头颅。他们的模样十分可怕，尽管有的摔得不成形，有的被残忍地剁砍过，但五官仍可辨认，他们看起来都是在痛苦中死去的。所有的头颅都被烙上了那个邪恶的标记：一只无睑魔眼。尽管这些头颅被毁损、被玷污，人们多少还是能从中辨认出一些过去认识的人来，这些人曾身着戎装骄傲地行走，或在田里耕作，或假日里在山中青翠的谷地骑行。

人们徒劳地朝蜂拥在城门前的残酷敌人挥舞着拳头。对方不理会他们的咒骂，也听不懂西部人的语言，只是以粗粝的嗓音像野兽和食腐鸟一样叫喊着。不过很快，米纳斯提力斯城中敢挺身对抗魔多大军的人，就剩不下几个了，因为黑塔之王还有另一样比饥饿见效更快的武器：恐惧和绝望。

那兹古尔又来了。随着他们的黑魔主实力增长，并释放出他的力量，他们那只为他的意志和恶毒代言的声音也充满了邪恶与恐怖。他们始终在白城上空盘旋，像等着用注定一死之人的血肉填饱肚子的秃鹰。他们飞在视野和射程之外，但一直都在，致命的声音破空而至。每一声新的叫喊都变得愈加让人无法忍受。到了最后，在这隐匿的威胁掠过头顶上空时，哪怕是最勇敢坚毅的人，也会即刻扑倒在地，或是呆站着，脑海里黑暗一团，任由武器从无力的手中坠落。他们再无战意，只想躲藏、爬行、死亡。

在这黑暗的一整天里，法拉米尔躺在白塔内室的床上，高烧昏迷不醒。有人说他快死了。很快，城墙上、街巷里，所有人都说他“快死了”。他的父亲坐在他身边，一言不发，只是看着他，不再关心任何防务。

这是皮平经历过的最黑暗的时刻，比他被乌鲁克族兽人抓住时更甚。他的职责是伺候城主，他也确实一直站在未点灯的内室门边候着，竭力控制着自己的恐惧，但他却好像被遗忘了。皮平望着德内梭尔，觉得他似乎变老了，他那高傲的意志中仿佛有什么崩塌了，他坚定的心志被击溃了，也许是悲伤所致，还有悔恨。他看见那张曾经无泪的脸上有了泪水，这比愤怒更让人难以忍受。

“别哭，大人。”他结结巴巴地说，“也许他会好起来的。您问过甘道夫了吗？”

“别拿巫师来安慰我！”德内梭尔说，“那个傻瓜的希望已经破灭了。大敌已经找到它了，现在他的力量增强了，他看得见我们的所思所想，我们所做的一切都一败涂地。

“我派我的儿子去冒无谓的危险，未获感谢，没有祝福，现在他躺在这里，剧毒渗透在他的血液中。不，不，现在不管这场战争的局面如何演变，我的血脉都将断绝，甚至宰相家族也将绝承。等隐藏在山里的人中王者最后的幸存者最终也被尽数搜寻出来，贱民将统治他们。”

人们来到门前，呼喊求见城主。“不，我不会下去。”他说，“我必须待在我儿身边。也许他在死前还会开口，但那个时刻不远了。你们愿意追随谁就去追随谁吧，就算是那个灰袍蠢货也无妨，尽管他的希望已经破灭了。我就待在这里。”

就这样，甘道夫接过了刚铎之城最后的防御指挥权。他走到哪里，哪里的人心就会再次振奋起来，飞行魔影也从记忆中消失了。他不知疲倦地大步从王城到城门，从北到南在城墙周围巡视。多阿姆洛斯亲王一身闪亮的铠甲，紧跟着他。亲王和他的骑士仍然像那些真正具有努门诺尔人血统的贵族一样，始终处变不惊。看见他们的人都悄声说:“老故事说的可能是真的，那一族的人血脉中确实流着精灵的血，因为宁洛德尔的族人很久以前曾一度居住在那片土地上。”然后，有人在昏暗中唱起了《宁洛德尔之歌》中的一些词句，还有其他出自消失的年代里安度因河谷的歌谣。

然而，他们一离开，阴影就再度笼罩住人们，他们的心又变冷了，刚铎的英勇灰飞烟灭。就这样，人们在恐惧中慢慢地熬过了昏暗的白昼，进入了绝望的黑夜。第一环城的大火此刻烧得肆虐，控制不住，外墙戍卫部队已经在多处被截断了退路。仍然留在岗位上忠于职守的人很少，大部分人已经逃进了第二环城内。

战场后方远处，大河上已经迅速搭起了桥，一整天都有更多的兵力和武器装备被运送过来。到了半夜，攻击终于放缓了，敌人的前锋借由众多特意留下的曲折路径穿过火沟。他们一小队一小队，全然不顾损失地冲进城墙上弓箭手的射程内。其实，此时留在城墙上的人很少，不足以给他们造成太大的损失，尽管火光照耀，使许多敌人成为刚铎曾经自傲的神射手的靶子。这时，察觉到刚铎的英勇士气已经被打垮，那隐匿的黑统帅释放出了他的力量。在欧斯吉利亚斯搭建起来的巨大攻城塔，穿过黑暗被缓缓地推上前来。

信使们再次来到了白塔中的内室，因为事态紧急，皮平让他们进去了。德内梭尔慢慢地将目光从法拉米尔脸上挪开，转头沉默地看着他们。

“大人，白城的第一环城烧起来了，您有何命令？”他们问，“您还是城主和宰相。不是所有的人都愿意听命于米斯兰迪尔。人们纷纷逃走，留下城墙无人防守。”

“为什么？那些笨蛋为什么逃走？”德内梭尔说，“早烧死比晚烧死好，反正我们一定会被烧死。回你们的火堆去吧！我呢？我现在要去我的火葬堆。去我的火葬堆！德内梭尔和法拉米尔不要坟墓，不要坟墓！不要经过防腐处理的漫长的死亡睡眠！我们要像一条船都不曾从西方航行来到此地时，那些野蛮人的王一样火葬。西方已经失败了。回去，燃烧吧！”

信使们没鞠躬，也没答话，转身逃走了。

德内梭尔站起身，松开了他一直握着的法拉米尔发烫的手。“他在燃烧，已经在燃烧了。”他悲哀地说，“他灵魂的居所瓦解了。”然后，他缓步走向皮平，低头看着他。

“永别了！”他说，“永别了，帕拉丁之子佩雷格林！你效力的时间很短，而现在已近尾声。在余下的时间里，我解除你的职务。去吧，去选一个你觉得最好的死法。要跟着谁死也随你，甚至跟着那个因为一己的愚蠢把你带来送死的朋友也行。叫我的仆人来，然后你走吧。永别了！”

“大人，我不说永别。”皮平跪下说。突然，他又恢复了霍比特人的气势，起身直视着老人的双眼。“大人，您准许我离开，这我接受，”他说，“因为我确实非常想去见甘道夫。可他并不愚蠢，我也绝不会去寻死，除非他都觉得已无生路。不过，只要您还活着，我就不希望抛弃我的誓言，被解除职务。如果他们最后真的打到王城来，那我希望我就在这里，站在你旁边，说不定还能让你授予我的武器派上用场。”

“那就随便你吧，半身人先生，”德内梭尔说，“但我的生命已经破碎了。叫我的仆人来！”他转过身，回到法拉米尔身边。

皮平离开去叫仆人。他们来了：六个王室仆人，壮实英俊，却在听到召唤时浑身颤抖。德内梭尔以平静的声音吩咐他们给法拉米尔盖上保暖的毯子，然后将床抬起来。他们照做，将床抬起来离开内室。他们走得很慢，尽量不惊扰到发烧的人，而德内梭尔拄着手杖，跟着他们。皮平走在最后。

他们走出白塔，走进了黑暗，仿佛在参加丧礼。低垂的乌云下缘闪烁着暗红色的光。他们步履轻缓地走过宽阔的广场，又应德内梭尔的吩咐，在那棵枯树旁暂停。

一切皆寂，除了城下战事的喧嚣和从枯枝上悲伤地落到黑池里的滴水声。他们继续前行，穿过王城大门，守门的卫兵惊讶地盯着他们，又茫然地看着他们走过。他们向西转，最后来到第六环城后方城墙的一扇门前。这扇门被称作“芬霍伦”，通常是关闭的，只有举行丧礼时才打开，并且只有城主，或那些佩着陵园的徽章，负责照管墓室的人才可以进入。进门后是一条蜿蜒下行的路，转了许多弯，通到明多路因山峭壁阴影下的一处窄地，那里坐落着诸位先王以及宰相的墓室。

路旁的一间小屋里，坐着守门人，他提着灯走上前，眼露惧色。在城主的命令下，他打开锁，门无声地开启。他们走进去，从他手中拿过提灯。这条下行的路夹在古老城墙和许多栏柱之间，在摇晃的提灯映照下阴森森的。他们一路往下走，缓慢的脚步回声荡荡。最后，他们来到了寂街拉斯狄能，走在灰白的圆顶、空荡荡的厅堂和死亡已久之人的遗像间，然后进入宰相家族的墓室，放下法拉米尔的床榻。

皮平不安地打量四周，发现自己置身于一个穹顶宽阔的厅室，小提灯的光在墙上投出了巨大的影子，恍若给厅室四壁都挂上了帘幕。室内依稀可见许多大理石雕出的桌子，每张桌子上都躺着一个沉睡的人形，他们双手交叠，头枕着石枕，但近旁一张宽大的桌子是空的。在德内梭尔的示意下，他们将法拉米尔和他的父亲并排放在桌上，并盖上一张毯子，然后低头侍立在旁，如同在死者床边哀悼。这时德内梭尔低声开口了。

“我们就等候在此，”他说，“但不要叫防腐师来了。拿些易燃的木柴来，堆在我们周围和身下，倒上油。等我吩咐时，你们就往柴堆里插一支火把。就这么做，别多说话。永别了！”

“大人，容我告辞！”皮平说着转身惊恐地逃离了这间亡者之屋。“可怜的法拉米尔！”他心想，“我一定得找到甘道夫。可怜的法拉米尔！比起眼泪，他显然更需要医药。哎呀！在哪里能找到甘道夫呢？估计是在战斗最激烈的地方，而且他肯定抽不出时间来管垂死的人和疯子。”

到了门口，他转身对留守在那里的仆人中的一位说：“你们的主人疯了。请你们行动慢一点！只要法拉米尔还活着，就别给这地方拿火来！什么都别做，等甘道夫来了再说！”

“谁是米纳斯提力斯的主人？”那人回应道，“德内梭尔大人还是灰袍漫游者？”

“会是灰袍漫游者的，不然就没人了。”皮平说着后退一步，拼尽全力快速奔上那条蜿蜒的路，掠过惊愕的守门人，冲出门继续跑，一直跑到近王城大门处。过大门时，哨兵跟他打招呼，他听出了那是贝瑞刚德的声音。

“佩雷格林先生，你这是往哪儿跑呢？”他喊道。

“去找米斯兰迪尔。”皮平答道。

“城主的差事紧急，我不该耽误你，”贝瑞刚德说，“但如果可以，快告诉我出了什么事！城主大人去哪里了？我刚上岗，却听说他朝禁门去了，还有人抬着法拉米尔走在他前面。”

“是的，”皮平说，“去了寂街。”

贝瑞刚德低头藏住眼泪。“他们说他快死了，”他叹息道，“现在他死了。”

“没有，”皮平说，“还没死呢。即使是现在，我认为他的死也是可以避免的。可是，贝瑞刚德，城还没有沦陷，城主就先崩溃了。他鬼迷心窍了，很危险。”他飞快地讲述了德内梭尔的奇怪言行，“我必须立刻找到甘道夫。”

“那你得到下面的战场上去。”

“我知道。城主准许我离开。不过，贝瑞刚德，如果可以，你得做点什么，制止任何可怕的事情发生！”

“城主不允许任何身穿银黑二色制服的人因为任何理由擅离职守，除非有他的命令。”

“那你就必须在命令和法拉米尔的性命之间做出选择了，”皮平说，“至于命令，我想你要对付的是一个疯子，而不是城主。我必须得跑了。如果可以，我一定会回来的。”

他朝着外环城跑啊跑，一直跑。那些从大火中逃回来的人经过他身旁，有人看到他的制服，转身对他大喊，但他不予理会。终于，他穿过二环城门，门外大火在城墙间蹿跃，但四周却静得出奇。没有战斗的喧嚣和呐喊，也不闻金铁交鸣之声。突然，远处传来一声恐怖的叫喊，一阵巨大的震动，以及一声深沉回荡的爆鸣。皮平强迫自己前进，对抗着一股猛烈袭来、几乎令他膝盖发抖的恐怖。他拐了一个弯，主城门后的开阔地带出现在眼前。他戛然止步，呆住了。他找到了甘道夫，但他吓得往后一缩，躲进一团阴影中。

自午夜开始，强攻就不曾停息。战鼓雷雷，从北到南，一队又一队敌人扑向城墙。来的还有庞然巨兽：哈拉德人的猛犸拖着巨大的攻城塔和机械穿过火海间的一条条小道，在忽明忽暗的火光中如同移动的房屋。不过，他们的统帅并不怎么关心他们做了什么，或有多少伤亡：他们的目的只是测试防御的力量，让刚铎的人四处奔忙，疲于应战。攻打城门，才是他们的重中之重。钢铁打造的城门也许非常坚固，且有坚不可摧的岩石建造的塔楼和堡垒守卫，但城门是关键，是整个无法穿透的高大城墙上最薄弱的一点。

战鼓更响。火焰高蹿。巨大的机械慢慢地越过平野，其中间是一根巨大的攻城槌，长度如一棵百英尺高的巨树，以粗大的铁链悬起摆动。它是在魔多那些黑暗的锻造坊中花了很长时间制造出来的，丑恶的槌头由黑铁铸造，形状像是凶猛的饿狼。它被施加了许多毁灭性的魔咒。他们以格龙德命名它，以此纪念古代那柄“地狱之锤”。庞大的野兽拖拉着它，兽人簇拥着它，操纵它的食人妖走在后面。

城门周围，多阿姆洛斯的骑士和戍卫部队中最强壮的精兵都在坚守，顽强地抵抗着敌人的进攻。箭矢镖矛纷纷坠落，攻城塔或被撞毁，或如火炬般突然炸开。城门两侧的城墙前，堆满了尸体和武器残骸，但仍然有越来越多的敌人疯狂地扑上来。

格龙德缓缓前进。它的外壳不会着火，尽管拖拉它的巨兽不时地发狂，胡闯乱撞踩死不计其数的兽人，但他们的尸体立刻被拖到一边，由其他兽人取代他们的位置。

格龙德缓缓前进。战鼓疯狂擂动。堆积如山的尸体上出现了一个丑陋的身形：一个戴着兜帽，裹在黑斗篷中的高大骑士。他踏着尸体缓缓往前骑行，不在乎任何箭矢。他停下来，举起一把苍白的长剑。他这一举，一股巨大的恐惧攫住了攻守双方。人们垂手身侧，松开了弓弦。刹那间，一切都静止了。

战鼓雷雷。随着轰然一声巨响，格龙德被众多巨手猛拖上前。它撞上了城门。城门一晃。深沉的巨响穿透白城，如霹雳划破云层。铁铸的城门与钢打的门柱顶住了这一撞。

黑统帅踩着马镫直起身，以可怕的声音高声呼喊出某种已被遗忘的语言，言辞中挟着撕裂人心和岩石的力量与恐怖。

他喊了三次。巨大的攻城槌撞了三次。最后一击之下，刚铎的城门骤然破开。仿佛被某种爆炸的咒语击中，一道灼烈的强光闪过，城门轰然裂成碎片，坍塌在地。

那兹古尔之首逼上前来。在火光的映衬下，一个巨大的黑影赫然耸现，扩展成一股庞大的绝望威胁。那兹古尔之首逼上前来，立在那从未有敌人穿过的拱道下，众人皆从他面前奔逃而去。

除了一个人。在城门前的空地上，甘道夫坐在捷影背上，默然不动地等待着。世间自由的骏马中，只有捷影经受得住如此恐怖，它一动不动，稳如拉斯狄能的雕像。

“你不能进入这里！”甘道夫说，那巨大的阴影一顿，“滚回为你准备的深渊去！滚回去！堕入等着你和你主人的虚空中去。滚！”

黑骑士把兜帽往后一甩。嗬！他戴着一顶王冠，但王冠下的脑袋却看不到。在王冠与披着斗篷的漆黑宽肩之间，红火耀动。从一张隐

形的嘴里传来了致命的大笑。

“老蠢货！”他说，“老蠢货！这是我的时刻。你见到死亡时，难道认不出来吗？去死吧，诅咒是没有用的！”言毕，他高举长剑，火焰在锋刃上流淌。

甘道夫没动。就在这一刻，后方城中某个院子里，传来了一只公鸡的打鸣声。它的叫声尖锐响亮，丝毫不在意妖术和战争，单纯地欢迎着早晨，欢迎着在死亡阴影之上的高天之中即将到来的黎明。

仿佛回应一般，远方传来了另一种音符：号角声，号角声，号角声。明多路因山漆黑的山壁上，号声荡荡。北方宏大的号角正在猛烈吹响。洛汗的援军终于来了。

第5章 洛希尔人的驰援

梅里裹着毯子躺在地上。夜色漆黑，他什么也看不见。虽然空气滞重，一丝风都没有，但他周围那些隐而不见的树却在轻声叹息。他抬起头，又听见了：一种似鼓响的微弱声音，在林木葱郁的丘陵和山坡上回荡。这声音一阵一阵的，似脉动，会突然停止，然后又在另一个地点响起，时远时近。他不知道哨兵们有没有听见。

他看不见他们，但他知道周围都是洛希尔人的骑兵。黑暗中，他能闻到马的味道，能听到它们踱着步，轻踏针叶地面的声音。大军在艾莱那赫烽火丘周围簇生的松林里露营。德鲁阿丹森林在东阿诺瑞恩的大道旁，高高的烽火丘就屹立在森林覆盖的绵长山脊上。

尽管很累，梅里却睡不着。他已经连续骑行了四天，不断加深的昏暗慢慢地压在他的心上。他开始怀疑，为什么要这么热切地前来，明明他有那么多理由可以留在后方，就连他的陛下也是这么命令他的。他也不知道，如果老国王知道他违背了命令，会不会生气，也许不会。德恩海尔姆和埃尔夫海尔姆之间似乎有某种默契，后者是指挥他们所在的这支伊奥雷德的元帅。他和他手下的所有骑兵都当梅里不存在，梅里开口说话时他们也假装没听见。他大概又成了一个包袱，归德恩海尔姆携带。德恩海尔姆也不是会安慰别人的人：他从不跟任何人说话。梅里感到自己渺小、多余、孤单。现在时间紧迫，大军处于险境。他们距离环绕城区的米纳斯提力斯外墙只剩下不到一天的骑程。侦察兵已经被派往前方，有些一去不返，有的匆忙赶回，报告说前方道路已被大批敌军封锁。一支敌军就驻守在阿蒙丁以西三英里的大道上，还有些人类的兵力已经沿着大道逼近，离此不到三里格远。兽人在道旁的山岭和树林里游荡。国王和伊奥梅尔正连夜商讨对策。

梅里想找个人说话，他想起了皮平，但这只能徒增他的不安。可怜的皮平，被关在巨大的石城里，孤单又害怕。梅里真希望自己是一个像伊奥梅尔那样的高大骑兵，能吹响号角，快马加鞭去救他。他坐起来，聆听再次敲响的鼓声，此时鼓声近在咫尺。不一会儿，他听见了低低的说话声，看见了半罩着的昏暗提灯穿过林间。附近的人开始在黑暗中摸索着移动。

一个高大的人影赫然出现，脚碰到他绊了一下，那人咒骂了一句“该死的树根”。他听得出那是元帅埃尔夫海尔姆的声音。

“大人，我不是树根，”他说，“也不是行李袋，而是一个被踢青了的霍比特人。作为赔礼，您至少也得告诉我要干什么。”

“在这邪门的黑暗里，干什么都有可能。”埃尔夫海尔姆答道，“陛下派人传令说，我们必须做好准备，可能随时都会出发。”

“是敌人要来了吗？”梅里焦虑地问道，“那是他们的鼓声吗？我都开始以为那是我的错觉，因为似乎没有其他人注意到它们。”

“不是，不是，”埃尔夫海尔姆说，“敌人在大道上，不在山里。

你听到的是沃斯，森林中的野人，他们就是靠鼓声远距离交流的。据说，他们仍然在德鲁阿丹森林中出没。他们是更古老时代的遗民，人数不多，生活也很隐秘，像野兽一样警觉又不开化。他们不跟刚铎或马克打仗，但眼前的黑暗和兽人的到来都令他们不安，他们害怕黑暗年代又要来了，而目前看来这很有可能。我们得感激他们没有打算猎杀我们，因为据说他们用的是毒箭，丛林生存技能无可匹及。不过，他们愿意为希奥顿提供帮助。现在他们的一个头领被领去见国王了，灯光往那边去了。我听说的就这么多了。现在我得赶快去传达陛下的命令。你也收拾起来吧，袋子先生！” 他说完便消失在了阴影中。

梅里不喜欢这段关于野人和毒箭的话，但还有一股更沉重的恐惧压在心头。等待是难以忍受的，他非常想知道会发生什么事。他站起来，很快就在最后一盏提灯消失在林间之前，小心地跟了上去。

过了一会儿，他到了一处开阔地，国王的小帐篷就搭在那里的一棵大树下。一盏顶上遮了罩的大提灯挂在一根粗树枝上，投下一圈苍白的光晕。希奥顿与伊奥梅尔坐在那里，他们面前的地上，坐着一个奇怪的矮胖子。他像一块古老的岩石，身形扭曲，稀疏的胡子像干苔藓一样蓬乱地长在粗糙的下巴上。他双腿很短，手臂很粗，矮墩墩的，只在腰间遮了一些草。梅里觉得好像在哪里见过他。突然，他想起了黑蛮祠的菩科尔人像。这个人就像那些古老的石像之一活生生地现身了，也许他正是很久以前那些被佚名匠人们当作雕塑原型的生灵历经无尽年岁传下来的后裔。

梅里蹑手蹑脚地走近时，众人正陷入沉默。然后，那个野人开始说话，似乎是在回答什么问题。他嗓音低沉沙哑，然而令梅里惊讶的是，他说的是通用语，只是不太流利，中间还夹杂了陌生的字词。

“不，骑马人之父，”他说，“我们不打仗，只打猎。杀死丛林里的格更[①]，我们痛恨兽人族。你们也痛恨格更。我们尽力帮忙。野人耳朵灵敏，眼睛锐利，知道所有的路。野人在石头房子建起来以前就住在这里，那时高大的人类还没有从海上来。”

“可我们需要的是战场上的援助，”伊奥梅尔说，“你和你的族人怎么帮助我们呢？”

“带来消息，”野人说，“我们从山上眺望。我们爬上高山往下看。石头城关了。外面大火燃烧，现在里面也烧起来了。你们想去那里？那你们一定要快。可是格更和远方的人类，”他朝东面挥舞了一下粗壮的短胳臂，“坐在马道上，非常多，比骑马的人还多。”

“你怎么知道这个？”伊奥梅尔问。

老人那扁平的面孔与漆黑的眼睛没有显露什么，但他的声音因不悦而沉郁。“野人天性自由，不受约束，但不是小孩子。”他答道，“我是伟大的头领，甘－不里－甘。我会数很多东西：天上的星星，树上的叶子，黑暗中的人。你们有二十个二十的十倍加五倍。他们有更多。大战，谁会赢？还有更多的，围着石头房子的墙走来走去。”

“唉！他很敏锐，说的这一切太对了。”希奥顿说，“我们的侦察兵说，他们还在路上挖了壕沟，打了木桩。我们不可能以突袭扫荡他们。”

“我们需要赶快，”伊奥梅尔说，“蒙德堡已经起火了！”

“让甘－不里－甘说完！”那野人说，“他知道的路，不止一条。他会带你们走没有坑洞，没有格更，只有野人和野兽的路。很多路是住在石头房子里的人更强大的时候修建的。他们像猎人切野兽的肉一

① 野人语言中的兽人——译者注。

样切开了山岭。野人以为他们把石头当食物。他们坐大车穿过德鲁阿丹去里蒙。他们已经不走那条路了。路被忘记了，但野人没忘。翻过山，在山后面，它还在青草和大树底下，在里蒙后面，下到阿蒙丁，然后回到骑马人的道路尽头。野人会带你们走那条路。然后你们杀掉格更，用明亮的铁赶走糟糕的黑暗，野人就可以回野森林里睡觉。”

伊奥梅尔和国王用洛汗语交谈了一会儿。最后，希奥顿转身面对野人。“我们接受你的帮助，”他说，“虽然这样，我们把敌人的大军留在了后方，但那又怎么样呢？如果石城陷落，我们就谁也回不去了。如果石城得救，那么兽人大军自己就会被截断退路。甘－不里－甘，如果你守信，我们会给你丰厚的回报，你将永远是马克的朋友。”

“死人不会是活人的朋友，也给不了他们礼物。”那野人说，“如果大黑暗之后你们还活着，那就不要再打扰森林中的野人，不要再像猎捕野兽一样猎捕他们。甘－不里－甘不会把你们领到陷阱里。他自己会跟骑马人之父一起走，如果他带错了路，你们可以杀了他。”

“那就这样吧！”希奥顿说。

“绕过敌人再回到大道上，要花多长时间？”伊奥梅尔问道，“如果由你带路，那我们得步行，我想那条路无疑很窄。”

“野人走路很快。”甘－不里－甘说，“路很宽，石车谷那边可以并排走四匹马，”他往南挥了挥手，“但开头路段和末尾路段都很窄。从日出到中午，野人可以从这里走到阿蒙丁。”

“那我们至少要给先锋队七个小时的时间，”伊奥梅尔说，“但我们必须考虑到全体到达的话需要大约十个小时，还有可能遇上预料不到的事情耽搁行程。如果我们的队伍全线拉长，那得花很长时间才能整队走出山岭。现在几点了？”

“谁知道呢，”希奥顿说，“现在全是黑夜。”

“全是黑暗，但不全是黑夜，”甘－不里－甘说，“当太阳出来时，我们能感觉到她，哪怕她是藏起来的。她现在已经爬到了东山脉上。天野中，白天已经开始了。”

“那我们必须尽快出发，”伊奥梅尔说，“即便如此，我们也没有希望今天就到达刚铎，帮上忙。”

梅里没有再往下听。他悄悄地溜走，准备听令出发。这是大战前的最后阶段了。在他看来，他们当中的很多人都不会幸存下来了。不过想到皮平和米纳斯提力斯的大火，他压下了自己的恐惧。

那天一切进展顺利，没看见也没听见等着拦截他们的敌人。野人派出了一群谨慎的猎人作掩护，因此，既没有兽人也没有游荡的奸细获悉山中的动静。他们越接近被围困的石城，光线就越昏暗，骑兵排成长列前进，人和马就像一个个黑暗的影子。每一队骑兵都由一个林中野人带路，但老甘－不里－甘走在国王身边。开头走得比期望的要慢，因为骑兵们费了不少时间牵着他们的马，从营区后面择路步行穿过密林覆盖的山脊，再下到隐藏的石车谷。临近黄昏时，先头部队到了一大片灰灌木林，这片林木一直伸向阿蒙丁东侧远处，东西蔓延，遮住了从纳多到阿蒙丁这一线丘陵中的一个大豁口。穿过这个豁口，那条很久以前就被遗忘的车行道往下延伸，回到从石城穿越阿诺瑞恩的主大道上。如今，许多人类世代之后，树木已经侵占了这条大车道，有的路段已经消失不见，有的路段断断续续，还有些路段被掩埋在不知堆积了多少年的落叶下面。不过，灌木林也给骑兵们提供了公然开战之前最后一丝隐藏行踪的希望，因为灌木林远处就是大道和安度因平原，而东边和南边的山坡全是岩石，光秃秃的，山岭本身又扭曲盘绕，聚在一起向上攀升，丘陵层叠，并入明多路因山巨大的山体和山肩。

先头部队暂停下来，等后方部队从石车谷的深沟中鱼贯出来后，他们才散开，进入灰树林中扎营。国王召集将领们前来议事。伊奥梅尔派出侦察兵去侦察道路，但老甘－不里－甘摇了摇头。

“派骑马人去没用，”他说，“这么坏的天气，野人已经看见能看见的一切了。他们很快就会来这里跟我报告。”

将领们都来了。这时，树林中悄然走出另外几个菩科尔身形的人，他们十分警觉，跟老甘－不里－甘长得如此之像，梅里几乎无法区分他们。他们用一种低沉沙哑的奇怪语言跟甘－不里－甘说话。

过了一会儿，甘－不里－甘转向国王。“野人说了许多事，”他说，“首先，要小心！阿蒙丁那边还有很多人扎营，距离这里一个小时的步行路程。”他朝西边黑色的烽火台挥了挥胳膊，“可这里和石城人的新墙之间，什么都看不见。许多人在那里忙着。那墙不再立着了：格更用地爆雷和黑铁棒子把它弄倒了。他们粗心，没有看看周围。他们以为他们的朋友监视着所有的路！”说到这里，老甘－不里－甘发出一种奇异的咯咯声，似乎在大笑。

“好消息！”伊奥梅尔叫道，“即使在这昏暗中，希望也又闪耀起来了。大敌的策略经常出乎他的意料，为我们所用。这可恶的黑暗本身对我们来说是一种掩护。现在，他那些渴望摧毁刚铎，将它一块一块拆掉的兽人，已经挪开了我最担心的事物。外墙本来会阻挡我们很长时间，现在我们只要能冲出这段路到达那里，就可以长驱直入了！”

“再次感谢你，森林中的甘－不里－甘，”希奥顿说，“感谢你给我们领路，带来这些消息，祝你好运！”

“杀了格更！杀了兽人！别的话都不能让野人高兴，”老甘－不里－甘答道，“用明亮的铁赶走坏空气，赶走黑暗！”

“我们骑行这么远，正是为了做这些事，”国王说，“我们会努力做到，但我们能做到什么程度，只有明天才知道。”

甘－不里－甘俯身向下，用坚硬的额头触碰大地，以示告别。然后，他站起身，像是要离开，却又突然站住，抬起头，像一只受惊的林中动物一样嗅着异样的空气。他眼中光芒一闪。

“风在变！”他喊道。随即，似乎眨眼之间，他和他的同伴就消融进幽暗中，洛汗的骑兵再也没有见过他们。不久，东边远处，隐隐约约的鼓声又响起来了。不过，整支大军已无人再担心野人不可靠，尽管他们模样奇怪，可能不好看。

“我们不需要进一步的引导了，”埃尔夫海尔姆说，“因为大军中有骑兵曾经在和平时期去过蒙德堡，我就是其中一个。等我们到达大道，就会发现它向南拐，在抵达环绕城区的外墙之前，还有七里格的路程。那条大道沿途两边大都是厚草地，刚铎的信使认为他们在那段路上能用最快的速度奔驰。我们可以快速前进而不会有太大动静。”

“那么，既然我们必须全力奔赴一场恶战，”伊奥梅尔说，“那我建议我们现在休息，到夜里再出发，这样明天一大早或者殿下发令时，就可以抵达那片平野。”

国王对此表示同意，将领们离去了，但埃尔夫海尔姆很快又回来了。“陛下，侦察兵在灰森林之外没有发现别的状况，”他说，“只看到了两个人：两个死人和两匹死马。”

“嗯？”伊奥梅尔说，“这是怎么回事？”

“是这样的，陛下：他们是刚铎的信使，其中一个大概是希尔巩，反正他的手上还紧握着那支红箭，但头被砍掉了。还有，从现场的迹象看，他们被杀之前，似乎正往西逃。据我判断，他们是在回去的时候，发现敌人已经占领了外墙，或者正在进攻外墙，那应该是两夜之前的事，如果他们照例在驿站换了新马才上路的话。他们无法进城，只好掉头回来。”

“唉！”希奥顿说，“这样的话，德内梭尔就得不到我们驰援的消息，就会断绝我们前往的希望。”

“紧急时刻不容耽搁，但迟到总比不到好。”伊奥梅尔说，“也许这一次，这句古谚比有史以来任何时候都更正确。”

夜晚，洛汗大军在大道两侧静悄悄地前进。大道此时绕着明多路因山的边缘转向南行。远处，几乎就在正前方，一片红光在漆黑的天空下闪动，在其映衬下，大山山侧影影绰绰。他们正接近佩兰诺的外墙拉马斯，但白日还没有到来。

国王骑马走在先头部队的中央，身边是他的近卫军。埃尔夫海尔姆率领的伊奥雷德紧随其后。这时，梅里注意到德恩海尔姆离开了他的位置，趁黑不断向前移动，最后到了国王近卫军的后方。队伍突然一顿，停下了。梅里听见了前方低低的交谈声。冒险接近石城城墙的侦察兵回来了。他们走到了国王面前。

“陛下，那里火势很大，”一个人说，“整座城都已陷入火海，平野上全是敌人。不过，似乎所有敌人都去攻城了。我们推测，只有很少的人在看守外墙，他们忙着破坏，对那里掉以轻心。”

“陛下，您还记得野人的话吗？”另一个人说，“和平时期，我住在北高原野外。我的名字叫维德法拉，对我而言，风也能带来消息。风已经转向了。从南方吹来一股风，夹杂着海洋的气息，尽管很淡。

这个早晨将会带来新的事物。当您越过外墙后，在那臭烟之上的将是黎明。”

“维德法拉，若你所言不假，愿你活过今日，往后年年都是祝福之年！”希奥顿说。他转向身旁的近卫军，以洪亮的嗓音说话，以便第一支伊奥雷德的许多骑兵也能听见：

“马克的骑兵，埃奥尔的子孙，现在时候已到！敌人和大火在前方，家园在遥远的后方，尽管你们在异乡征战，但战场上赢得的荣耀，仍将永远属于你们自己！你们曾经立下誓言，现在到了兑现的时刻，为君王、为故土、为盟友！”

众人以矛击盾，砰然有声。

“我儿伊奥梅尔！你率领第一支伊奥雷德，跟在中间王旗的后方。”希奥顿说，“埃尔夫海尔姆，我们越过外墙后，你率队去右翼，格里姆博德率队去左翼。后面的各队根据情况跟着这三支队伍。敌人聚在哪里，我们就攻击哪里。我们无法制订其他计划，因为还不清楚平野上的情况。现在，无惧黑暗，前进！”

先头部队以最快的速度策马飞奔，因为无论维德法拉预言的是什么样的变化，此时天色仍然是一片深暗。梅里坐在德恩海尔姆身后，左手紧抓着他，右手试图松开鞘中的剑。现在他痛苦地体会到了老国王话中的真实：在这样一场战争中，你能做什么呢，梅里亚达克？“只能拖累一个骑兵！”他心想，“希望至少在马鞍上坐住，别掉下去让飞奔的马蹄踩死！”

离外墙所在处已经不到一里格了。他们很快就抵达：对梅里而言，太快了。疯狂的喊叫声骤起，还有武器交击声，不过就短短一会儿。城墙周围忙活的兽人很少，惊愕间被杀了个措手不及，很快就被杀或被驱散了。在拉马斯的北门废墟前，国王又停下了。他身后和两侧的第一支伊奥雷德也勒马停步整队。尽管埃尔夫海尔姆的队伍远在右翼，但德恩海尔姆仍与国王保持着很近的距离。格里姆博德的人转向一旁，绕到东边远处城墙上的一个大开口处。

梅里从德恩海尔姆的背后偷偷往前看去。远处，大概十多英里远，有一片熊熊燃烧的大火，但在大火与骑兵之间，有一个巨大的新月形火焰堆，最近的燃烧点还不到一里格。漆黑的平野上，他几乎看不清什么，也没有任何黎明将至的感觉，甚至感觉不到一丝风，不管风向是不是改变了。

此刻，洛汗的大军静悄悄地前进到刚铎的平野上，缓慢而稳定，就像上涨的潮水漫过人们以为万无一失的堤坝。然而此时，黑统帅的心思和意念全都集中在即将陷落的石城上，而且还没有消息传来警告他，他的计划有任何瑕疵。

过了一会儿，国王领着近卫军往东移动，来到围城的大火与平野外围之间。他们还是没有受到阻挡，希奥顿也仍然没有发出任何号令。最后，他又一次停下了。石城现在更近了。空气中弥漫着燃烧的气味，游荡着死亡的阴影。马匹不安起来，但国王坐在雪鬃背上，一动不动，凝视着米那斯提力斯的惨状，仿佛突然被痛苦和恐惧重重一击。他似乎被岁月压垮，缩小了。梅里也感到一种巨大的恐怖和怀疑重重地压在身上。他的心跳都慢了。时间似乎不确定地停止了。他们来得太迟了！迟到比不到更糟糕！也许希奥顿会畏缩，垂下苍老的头颅，掉头偷偷溜走，躲进山中。

突然，梅里终于感觉到了。毫无疑问，变化来了。风吹在他脸上！天光渐亮。远方，遥远的南方，依稀可见云层如模糊的灰色暗影，翻滚、飘移——黎明就在它们后面。

就在同一时刻，一道闪光乍现，如同闪电从石城下的大地上腾空而起。在这电光石火之间，石城耀现，黑白分明，城顶高塔犹如一根亮晶晶的针。然后，当黑暗再次聚拢时，平野上传来一声巨大的轰鸣，如雷滚滚。

一听到这声音，国王佝偻的身影突然挺得笔直，恢复了高大自信的仪态。他踩着马镫直起身，大声高呼，这是有史以来凡人所能发出的最清晰的声音：

奋起！奋起！希奥顿的骑兵们！
邪恶苏醒，烧杀掳掠！
长矛震颤，圆盾迸裂！
拔剑征战，血染沙场，直到旭日重升！
冲啊！冲啊！冲向刚铎！

说完，他从掌旗的古斯拉夫手中抢过一支大号角，奋然吹响，力道之大，竟令号角爆裂。立刻，军中所有号角全都举起，一时间，洛汗的号角声如同一阵风暴吹响平野，霹雳般在山间回荡。

奋进！奋进！冲向刚铎！

突然，国王冲雪鬃大喝一声，骏马应声一跃而出。他身后，大旗迎风招展，旗上是一匹白马奔驰在绿色原野上的纹章，但他奔驰得比它更快。近卫军风驰电掣般紧跟着他，但他始终冲在他们前面。伊奥

梅尔纵马疾奔，头盔上那缕白色的尾鬃迎风飘扬。第一支伊奥雷德的前锋呼啸而去，如白沫飞溅的大浪奔向海岸，但没有人能赶得上希奥顿。先祖的战斗狂热如同新生的烈火，在他的血脉中燃烧，他疯狂地奔驰着。他骑在雪鬃背上，似古代的神明，更似世界还年轻时，维拉大战中伟大的欧洛米。他提着金色的盾牌——啊，它灿烂如同太阳！骏马白蹄所到之处，草叶也被照亮，青翠一片。因为黎明来临了，黎明，还有从大海吹来的风，黑暗被驱散，魔多的大军在哀号，恐惧攫住了他们，他们逃的逃，死的死，愤怒的马蹄从他们身上踏过。然后，洛汗大军唱起战歌，边唱边杀，沉浸在战斗的喜悦里。他们的歌声嘹亮而又可怕，甚至传进了石城中。

第6章 佩兰诺平野之战

然而领导这次刚铎之袭的不是兽人头子，也不是强盗。黑暗消散得太快，早于他的主人定下的日子：命运在这一刻背叛了他，世界转而对抗他。胜利在他伸手夺取时，从他指间溜走了。不过他的胳膊很长，他仍然在指挥，控制着强大的力量。他是君王，是指环幽灵，是那兹古尔之首，拥有许多武器。他离开城门口，消失了。

马克之王希奥顿已经抵达从城门通往大河的大道，他掉转马头，奔向距离不到一英里的石城。他把速度稍微放慢了一点，以便搜寻新的敌人，近卫军簇拥着他，德恩海尔姆也在其中。前面更近城墙处，埃尔夫海尔姆的部队在攻城装置中间劈砍杀戮，把敌人赶进燃火的沟渠里。佩兰诺北部大半已经被攻克，营区大火熊熊，兽人朝大河飞逃而去，就像被猎人追击的猎物。洛希尔人驰骋沙场，所向披靡，但尚未突破围城的局面，也未夺回城门。大批敌人守在城门前，远处那一半平野上，还有尚未投入战斗的其他大军。大道以南，还有哈拉德人的主力，他们的骑兵全都聚集在头领的旗帜下。那头领举目张望，在渐亮的天光中看见希奥顿王的王旗远在战场之前，周围只有几个人。他顿时怒火中烧，大吼一声展开自己的旗帜：猩红底色衬着一条黑蛇。他带领南方人向白马绿旗大举冲杀过来，短弯刀纷纷抽出，似繁星闪烁。

希奥顿这才注意到他，但不等他袭来，就对着雪鬃大喊一声，策马迎上前去。他们的照面交锋激烈慑人，但北方人白热化的怒火燃烧得更炽烈，骑术更高超，在马背上运用长矛的本领更高强。他们人数不多，却如火箭一般射进森林，劈开了南方人的队伍。森格尔之子希奥顿直接冲入敌阵，手中长矛一抖，将他们的头领挑下马来。他抽出长剑，策马奔向军旗，一剑砍断旗杆，斩杀旗手，黑蛇落地。一息尚存的敌军骑兵全都掉头，逃向远处。

可是，哎呀！就在国王意气风发之际，他的金盾突然变得暗淡。黎明天光被遮蔽，黑暗落在他身上。战马扬蹄而立，尖声嘶鸣。骑兵们被甩下马，滚倒在地。

“到我这儿来！到我这儿来！”希奥顿喊道，“起来！埃奥尔的子孙！不要害怕黑暗！”可是雪鬃怕得发狂，扬蹄高高立起，在空中踢蹬。突然，它长嘶一声，侧身翻倒在地：一支黑箭射穿了它。国王倒在它身下。

巨大的阴影如一片乌云，降落下来。啊！那是一只有翼生物：如果是鸟，那这鸟比其他所有的鸟都大，却全身光秃，无翎无羽，巨大的双翼像绷在尖长指间的皮膜，而且臭烘烘的。也许它是更古老世界的生物，其种类游荡于月光下被遗忘的寒冷山脉间，苟活过了它们的时代，在丑恶的巢穴中孵育出这不合时宜的最后一窝，性喜邪恶。黑魔王抓住它，用腐肉喂养它，直到它长得远远大过其他一切飞行生物，然后把它赐给自己的仆人当坐骑。下降，下降，它降落下来，收拢指爪撑起的皮膜，发出一声低沉沙哑的嚎叫，扑在雪鬃身上，爪子深抠进雪鬃的身体里，光秃秃的长脖子弯曲着。

它的背上坐着一个裹在黑暗中、充满威胁的庞大身躯。他戴着一顶钢制王冠，但冠缘和黑袍之间本该是头颅的位置，却空空如也，除了一双闪着致命光芒的眼睛：这是那兹古尔之首。之前他返回空中，在黑暗消散之前召来了自己的坐骑，此刻卷土重来，携带着毁灭，将希望化为绝望，将胜利转为死亡。他提着一杆乌黑的大狼牙棒。

不过希奥顿并没有完全被抛弃。他的近卫军要么被杀害倒在他四周，要么受制于发狂的坐骑，被驮到了远处，但仍有一人立在那里：年轻的德恩海尔姆。忠诚战胜了惧怕，他哭泣着，因为他敬爱国王如父。整个冲锋过程，梅里始终坐在他身后，毫发无伤，直到这个黑影来临。追风驹吓得将他们掀到地上，这时正在平野上狂奔。梅里四肢着地，像一只晕头转向的野兽爬来爬去，恐惧攫住他，令他头晕目眩。

“国王的卫士！国王的卫士！”他内心在呐喊，“你必须待在他身边。你说过：‘我将视您如父。’”可是他的意志没有反应，他的身体在颤抖。他不敢睁眼，也不敢抬头看。

茫然昏暗中，他想他听到了德恩海尔姆在说话，但此刻他的声音听着很奇怪，令他想起了另一个他认识的声音。

“滚开，肮脏的德维默莱克[①]，食腐鸟之王！让死者安息！”

一个冰冷的声音答道：“别挡在那兹古尔和他的猎物之间！否则轮到你时他不会杀你。他会将你带至哀悼之所，远在所有黑暗之外的那里，你的肉身将被吞噬，你枯萎的心智将赤裸裸地暴露在无睑之眼

① 洛汗语，意为死灵法术造就之物。

面前。”

长剑锵然出鞘：“悉听尊便，但我将尽力阻止你。”

“阻止我？你这蠢货。没有活着的男人能阻止我！”

然后，在那一刻的全部声音中，梅里听见了最奇怪的一个。德恩海尔姆似乎哈哈大笑起来，清亮的声音犹如钢铁交鸣：“可我不是活着的男人！你看到的是一个女人。我是伊奥蒙德之女伊奥温，你挡在我与我至亲的陛下之间。如果你不是并非不死，就快滚！无论你是活人还是黑暗的行尸走肉，只要你碰他，我就会劈了你。”

那只有翼生物对她尖叫，但指环幽灵没有作答，沉默不语，仿佛突然陷入了疑惑。震惊中，梅里暂时忘记了恐惧。他睁开眼睛，眼前的黑暗已经散开。那只巨兽距他只有几步之遥，周围似乎很黑，那兹古尔之首则赫然耸立其上，就像一个绝望的阴影。偏左一点，他们对面站着的，是他一直称为德恩海尔姆的伊奥温。此刻，那藏起她秘密的头盔已经跌落，她那摆脱了束缚的亮发披在肩上，淡光灿灿。她那灰如海洋的眼睛坚定而又凶猛，脸颊上却泪水涟涟。她手握长剑，举起盾牌挡住敌人可怕的目光。

这是伊奥温，也是德恩海尔姆。梅里脑海中闪过一张脸庞，是他从黑蛮祠出发时注意到的那张脸，那张不抱希望，一心前去赴死的脸。同情和惊诧顿时充满他的内心。突然，他这一族那缓慢点燃的勇气觉醒了。他握紧了拳头。她这么美丽，这么绝望，她不应该死去，至少不应该孤立无援地死去。

敌人的脸没有转向他，但他还是不怎么敢动，害怕那致命的眼神会落到他身上。慢慢地，他开始往旁边爬，而满心疑惑和恶毒的黑统帅正全神贯注地盯着面前的女人，当他是泥泞里的一条虫，不屑一顾。

突然，那只巨兽拍起丑恶的翅膀，掀起了恶臭的风。它再一次飞到空中，然后迅速冲向伊奥温，尖叫着，用喙和爪展开攻击。

她依然没有畏缩。她是洛希尔人的公主，马克诸王的后代，窈窕如钢刃，美丽却可怕。她迅速挥出一剑，巧妙而又致命的一剑。巨兽伸长的脖子被她一剑斩断，脑袋掉在地上，如同掉落了一块石头。她往后一跳，躲开轰然砸落在地的庞大躯体。那只巨兽摊开长翼，倒在地上，瘫作一团。随即，那片阴影也消失了。一道光照在她身上，她的头发在日出的阳光中熠熠生辉。

黑骑士从那只巨兽的遗骸上起身，高大而凶恶，塔一般俯视着它。随着一声充满恨意，犹如毒液灌耳般令人毛骨悚然的呼叫，他挥棒砸下，她的盾牌碎成很多片，手臂也被震断了。她踉跄着跪倒在地。他俯身如乌云般笼罩住她，眼中寒光一凛。他举起巨棒，要给予致命一击。

突然，他痛苦地嚎叫一声，向前一个踉跄，狼牙棒一歪，砸进了地里。梅里从后面刺了他一剑。短剑穿透黑斗篷，从锁子甲下方刺入了他强壮的膝盖后面的肌腱。

“伊奥温！伊奥温！”梅里喊道。伊奥温挣扎着蹒跚起身，趁那硕大的肩膀俯在面前，拼尽最后一丝力气，一剑刺在王冠和斗篷之间。长剑火星四溅，崩成无数碎片。王冠哐啷落地滚远。伊奥温扑在倒地的敌人身上。可是，哎哟！斗篷和锁子甲底下空无一物。此刻它们堆在地上不成形，破损、凌乱。一声嚎叫蹿上战栗的空中，又减弱成凄厉的哀嚎，随风飘散。一个微弱的、无形附丽的声音渐渐消逝，彻底湮没，消失在这个纪元的世界。

霍比特人梅里亚达克站在尸堆中，像日光里的猫头鹰一样眨着眼睛，因为泪水模糊了他的双眼。迷蒙中，他看着伊奥温美丽的头颅，她伏在那里一动不动；他又看着国王的面庞，他在意气风发时猝然陨落。雪鬃在痛苦挣扎中从他身上滚开了，但它仍然成了主人的灾星。

梅里弯下腰，抬起国王的手亲吻。啊！希奥顿睁开了眼睛，目光清明。他吃力地开口了，声音平静。

“永别了，霍尔比特拉先生！”他说，“我的身体已经不行了，我要去见我的先祖了。如今，我纵是跻身他们伟大的行列，也当之无愧。我砍倒了黑蛇。一个阴冷的黎明，一个愉快的日子，一轮金色的夕阳！”

梅里说不出话，又哭起来。“原谅我，陛下，”他最后开口道，“我没有遵守您的命令，除了哭泣，再也不能服侍您。”

老国王微微笑道：“别难过！我原谅你。雄心壮志是不会被拒绝的。愿你今后，生活幸福。当你在和平的日子里坐下来抽烟斗时，想一想我！看来，我是不能如我所承诺的那样，与你坐在美杜塞尔德，听你讲述烟斗草的传说了。”他合上了双眼，梅里垂首站在他身边。过了一会儿，他又开口了：“伊奥梅尔在哪里？我眼前发黑，临走前我想见见他。我走后他必须继承我的王位。我还有话留给伊奥温。她……她不愿意我离开她，现在我再也见不到她了，她比我女儿还亲。”

“陛下，陛下，”梅里泣不成声，“她——” 可就在这时，四周喧声鼎沸，号角喇叭齐鸣。梅里转头四顾：他已经忘了战争，忘了周围整个世界，自从国王倒下，似乎已经过了好几个小时，但其实不过才一小会儿。此刻他意识到，他们处在被卷入战斗的危险中，因为敌我双方即将交锋，大战在即。

大河那边，敌人的生力军正匆忙沿大道赶来，从城墙下来了魔古尔的大军，从平野南边来了哈拉德的大军，骑兵在前，步兵在后，步兵之后还出现了背着战塔的庞大猛犸的身影。而在北边，伊奥梅尔的白盔冠引领着重新集结起来的洛希尔人，正在冲锋陷阵。石城中的兵力也全部拥出，以多阿姆洛斯的银天鹅旗为开路先锋，正在驱赶城门前的敌人。

一时间，梅里脑海中闪过一个念头："甘道夫在哪里？他难道不在这儿吗？他不能救国王和伊奥温吗？"这时伊奥梅尔已策马疾驰而来，与之随行的是还活着的近卫军，他们已经控制住了身下的坐骑。他们惊愕地看着倒在地上的巨兽尸体，胯下的坐骑都不肯靠近。伊奥梅尔跳下马，来到国王身边，又悲又惊，默然肃立在那儿。

然后，一名近卫军战士从已经战死的旗手古斯拉夫手中拿起国王的旗帜，高高举起。希奥顿缓缓地睁开了眼睛。看到旗帜，他示意将它交给伊奥梅尔。

"马克之王，向你致意！"他说，"现在，奔向胜利吧！告诉伊奥温，永别了！"说罢，他溘然长逝，不知道伊奥温就躺在他近旁。那些立在旁边的人泣泪哭喊道："希奥顿王！希奥顿王！"

伊奥梅尔对他们说：

切莫过度悲伤！
雄王陨落，无愧其生。
待高陵垒起，妇女当哭，
现在，战斗在召唤我们！

然而，他自己却边说边哭。"近卫军留下，"他说，"将他的遗体光荣地护送出战场，以免战斗毁伤！对，还有躺在这里的其他近卫军战士。"他看着阵亡的人，回想着他们的名字。突然，他看见了躺在那里的妹妹伊奥温，他认出了她。他呆住了，如同一个高呼到中途突遭一箭穿心的人，他的脸变得煞白，冰冷的狂怒在他心中高涨，以至于一时间说不出话来。一股疯狂的情绪攫住了他。

“伊奥温，伊奥温！”他终于喊出了声，“伊奥温，你怎么会在这里？这是什么样的疯狂和邪恶啊？死，死吧，死吧！死亡把我们都带走！”

没有商议，也不等石城的人马前来会合，伊奥梅尔径直策马奔回大军前阵，吹响号角，高呼着进攻。整个战场都回荡着他清亮的高呼：“赴死！冲锋，冲向毁灭，冲向世界末日！”

大军随之开始移动，但洛希尔人不再歌唱。他们齐声高喊“赴死”，声音洪亮可怕。他们越奔越快，如一股大浪越过阵亡的国王周边，咆哮着向南冲去。

霍比特人梅里亚达克依然泪眼婆娑地站在那里，没人跟他说话，事实上，似乎就没人注意到他。他擦去眼泪，弯腰捡起伊奥温给他的绿色盾牌，背在背上。然后，他去找自己松手掉下的剑，因为他当时一剑刺下，手臂立刻就麻木了，现在只能用左手。啊！他的武器就在那里，可剑刃却在冒烟，就像插进火中的干树枝一样，在他的眼前扭曲、萎缩、灰飞烟灭。

这把来自古冢岗、由西方之地的工艺铸造的宝剑，就这么毁了。倘若当初铸剑之人知道它的命运，应当会感到欣慰：它是很久以前在北方王国铸造出来的，那时登丹人还很年轻，而他们的敌人，主要就是恐怖的安格玛王国和它的妖王。尽管挥动它的曾经是一双更强有力的手，但也不曾有其他剑曾给那个敌人带去如此痛苦的重创：切开那不死的肉体，破除那将他的意志与看不见的肌腱紧密结合的咒语。

人们把斗篷蒙在长矛杆上做成担架，抬起了国王。他们轮流抬着他向石城走去，其他人则轻轻地抬起伊奥温跟在后面。不过他们还无法将国王的近卫军全都从战场上带走，因为共有七位近卫军战士阵亡于此，他们的队长狄奥怀恩也在其中。于是，他们将阵亡者抬离敌人和那恶兽，周围插上长矛。等之后尘埃落定，人们回来在那里燃起大火，烧掉了那只巨兽的尸体。至于雪鬃，他们挖了一个坑埋葬它，还在坟上立了石碑，碑上分别用刚铎和马克的语言刻着：

忠实仆从，主人克星
捷足之后，骏逸雪鬃

雪鬃的坟上从此绿草常青，但是焚烧巨兽的地方却永远焦黑，寸草不生。

梅里悲伤地缓步走在抬遗体的士兵旁边，不再关注战况。他疲惫不堪，浑身疼痛，四肢冷得直打哆嗦。从大海上刮来一场暴雨，仿佛万物都在为希奥顿和伊奥温哭泣，用灰色的泪水浇灭城中的大火。过了一会儿，透过一片迷雾，他看见刚铎的先锋部队近了。多阿姆洛斯亲王伊姆拉希尔骑上前来，勒马停在他们面前。

“洛汗的人，你们抬的是谁？”他喊道。

“希奥顿王。”他们回答，“他去世了。伊奥梅尔王现在正在战场上驰骋，就是盔冠上白羽迎风飞扬的那位。”

亲王下马，在担架前屈膝跪下，流泪向国王与他发动的这场伟大进攻致敬。起身后，他看向伊奥温，吃了一惊。“真的吗，这是一位女子？”他说，“难道连洛希尔的女子都来参战援助我们了吗？”

“不！只有一位，”他们答道，“她是伊奥梅尔的妹妹，伊奥温公主。我们直到这个时候才知道她也来了，我们为此万分懊悔。”

亲王注意到了她的美丽，尽管她的脸苍白冰冷。他俯身想看得更仔细些，却碰到了她的手。“洛汗的人啊！”他叫道，“你们当中没有医者吗？她受伤了，也许垂危，但我认为她还活着。”他伸出穿着明亮光滑铠甲的前臂凑到她冰冷的唇边。看！铠甲蒙上了一层几乎难以察觉的淡淡水汽。

“需要赶快救治。”他说着派自己的一名骑兵飞驰回城，去找帮手。他向死者深深鞠了一躬，开口与他们道别，然后上马离开，奔赴战场。

这时，佩兰诺平野上的战斗已进入白热化，兵器相交震耳欲聋，其间夹杂着人的呐喊与马的嘶鸣。号角长吹，喇叭高亢，猛犸被赶上战场时也高声怒吼。石城南边的城墙下，刚铎的步兵正在奋力对抗仍然聚在那里的魔古尔军团。而骑兵已经朝东驰去，增援伊奥梅尔：掌钥官“长身”胡林，洛斯阿尔那赫的领主，绿丘陵的希尔路因，英俊的伊姆拉希尔亲王与簇拥着他的骑兵部属都在其中。

他们对洛希尔人的援助可谓及时，因为伊奥梅尔的愤怒扰乱了他，战场的态势转而对他不利。他在盛怒之下发动的进攻彻底击垮了敌人的前锋，他的骑兵组成的巨大楔阵干净利落地插进南方野蛮人的队列，打散了他们的骑兵，也摧毁了他们的步兵。然而，猛犸所到之处，马匹就不愿走，要么退缩，要么跑开。这些巨怪没有遇到任何进攻，像防御塔一样屹立，哈拉德人在它们周围集结。洛希尔人发动进攻时，哈拉德人的数量就已经是他们的三倍之多，很快他们的情况变得更糟，因为敌人的生力军从欧斯吉利亚斯源源不断地拥入佩兰诺平野。他们本来集结在欧斯吉利亚斯，等待黑统帅的召唤，准备洗劫石城，掠夺刚铎。现在黑统帅被灭，但魔古尔的副头领勾斯魔格驱使他们投入了战斗：手持利斧的东夷人、可汗德地区的瓦里亚格人、一身猩红的南方野蛮人，还有从远哈拉德来的白眼红舌像半食人妖的黑人。他们有一些正加紧赶往洛希尔人的后方，另一些则往西抵挡刚铎的军队，阻碍他们与洛汗人会合。

这样一来，形势开始对刚铎不利，他们的希望开始动摇。突然，石城中传来一声新的惊叫。当时早晨过半，大风狂吹，雨往北飘，而后太阳高照。就在这一片清明中，城墙上的哨兵看见远方出现了新的可怕一幕，他们最后的希望破灭了。

从哈龙德的河湾处往下绵延好几里格，安度因大河在石城人眼中一览无遗，视力好的人还能看见任何靠近的船只。这时，正往那边看的人惊愕地大喊起来，因为他们看到一支舰队正乘风而来，在波光粼粼的河面映衬下黑压压一片：既有大型快速帆船，也有吃水深、船桨多的大船，黑色的船帆鼓满了风。

“乌姆巴尔的海盗！”人们大喊道，“乌姆巴尔的海盗！看！乌姆巴尔的海盗来了！贝尔法拉斯看来被占领了，埃希尔和莱本宁都完了。海盗来攻打我们了！这是厄运的最后一击！”

石城中已找不到能指挥他们的人，有人没有接到命令就跑去敲钟示警，还有人吹响了撤退的号角。“回到城里来！”他们喊道，“回到城里来！在全军覆没之前回到石城里来！”然而吹着舰队疾驶而来的风，将他们的鼓噪全部吹散了。

洛希尔人其实不需要通报或警示，他们全都清清楚楚地看见了那些黑帆，因为伊奥梅尔现在离哈龙德不到一英里远。在他和那里的港口之间，第一批敌人已经大力逼近，而新的敌军已经绕到后方，将他跟亲王隔断了。他望着大河，心中的希望破灭了。他之前赞美过的风，此刻被他诅咒。而魔多的大军却都大受鼓舞，在新的欲望和狂怒刺激下，呐喊着发动了进攻。

伊奥梅尔冷静下来，心智又变得清明起来。他下令吹响号角，召集所有能来的人都聚到自己的旗下。他想筑起一道庞大的盾墙坚守最后的阵地，奋战到最后，在佩兰诺平野上立下可被歌谣传颂的功绩，哪怕西部世界再也没有人类留下来纪念马克的最后一位国王。他骑马奔上一座青翠的小丘，插上王旗，旗上那匹白马在风中飞驰。

冲出疑虑，冲出黑暗，冲向天明。
策马阳光下，拔剑高歌，
直到希望终结，直到生命终点，
为仇恨、为废墟，血战直到暗夜！

他大笑着高声吟咏，心头再次扬起战斗的渴望。他还毫发无损，年轻英勇。而且他是王，是一支强悍民族的君王。瞧！就在大笑以对绝望时，他再次望向那支黑色的船队，高举起手中的剑，以示抵抗。

然后，他惊愕地呆住了，接着心头涌起狂喜。阳光下，他把剑抛向高空，高呼着又接住它。所有人的目光都追随着他凝视的方向：看啊，为首的那艘船上赫然亮出一面大旗！船转向哈龙德港时，大旗迎风招展。旗上是一棵繁花盛开的白树，那是刚铎的标志；但还有七颗星环绕白树，上方是一顶高王冠，那正是埃兰迪尔的标志，已经不知有多少岁月，没有君王再戴过它了。七星在阳光下流光溢彩，因为它们是埃尔隆德之女阿尔文用宝石缝就的。王冠在晨光中亮堂堂的，因为它是用秘银和黄金绣成的。

就这样，阿拉松之子阿拉贡，埃莱萨，伊熙尔杜的继承人，走出亡者之路，乘着海风来到了刚铎王国。洛希尔人欣喜若狂，笑声如潮，众剑舞光。石城中号声嘹亮，百钟齐鸣，汇成惊喜交加的音乐。而魔多的大军却被困惑攫住，他们自己的船竟然载满了敌人，这得是多厉害的妖法啊！意识到命运的浪潮已经转而涌向他们，厄运就在眼前，一股黑暗的恐惧笼罩了他们。

东边，多阿姆洛斯的骑兵驱赶着敌人奔来：巨魔人、瓦里亚格人，以及恨恶阳光的兽人。南边，伊奥梅尔大步冲杀，敌人望风而逃，却发现自己腹背受敌。因为此时，船上的人已经跳下来，冲进哈龙德码头，像一场风暴向北横扫而去。莱戈拉斯来了，吉姆利挥舞着斧头来了，哈尔巴拉德擎着大旗来了，额上戴着星星的埃尔拉丹和埃洛希尔兄弟来了，还有北方的游民，坚毅不屈的登丹人，他们率领莱本宁、拉梅顿和南方各采邑的大批英勇百姓前来参战。而走在众人之前的，是阿拉贡。他手执西方之焰，安督利尔犹如新点燃的火炬，重铸的纳熙尔如古时一样致命。他额上戴着埃兰迪尔之星。

就这样，伊奥梅尔与阿拉贡终于在战场上相会了，他们倚剑互望，无比欣喜。

“我们重逢了，哪怕有魔多的千军万马阻隔，”阿拉贡说，“我在号角堡这么说过吧？”

“你是这么说过，”伊奥梅尔说，“可是希望常常具有欺骗性，我当时也不知道你有先见之明。不过，意料之外的援助是双倍的祝福，再也不会有比这更开心的朋友相聚了。”他们伸手紧紧相握。“而且确实不会有比这次更及时的相聚了。”伊奥梅尔说，“我的朋友啊，你来得正是时候。我们已经蒙受了惨重的损失，经历了巨大的悲痛。”

“那就让我们先去复仇吧！以后再聊！”阿拉贡说。他们一起骑马重返战场。

他们仍然有艰难而漫长的一仗要打，因为南方野蛮人强悍又无情，绝望时更凶猛，东夷人强壮又善战，至死不降。因此，在烧毁的家宅或谷仓边，在小丘或山岗上，在城墙下或平野中，他们仍然在会合、集结、战斗，直到白天渐渐流逝。

太阳沉落到明多路因山后面，霞光满天，丘陵和山岭都如同浸染在鲜血中。大河上红光粼粼，佩兰诺平野的青草在黄昏中也赤红一片。刚铎平野这一场大战，就在这个时刻结束。拉马斯环墙内没有留下一个活着的敌人，除了死在逃命途中的，或淹死在大河红色泡沫中的，全部被杀，往东回到魔古尔或魔多的也寥寥无几。只有一则遥远的故事传回了哈拉德人的地界——一则关于刚铎的愤怒与恐怖的传说。

阿拉贡、伊奥梅尔和伊姆拉希尔骑马往城门走去，他们已经疲累得感觉不到喜乐或悲伤。这三人因为他们的运气、武艺和强大的兵器，全都毫发无伤。确实，几乎没有敌人敢在他们盛怒之际抵挡或面对他们。不过，受伤、残废或战死在平野上的其他人很多。佛朗落马孤身作战，被斧头砍倒；墨松德的杜伊林和他的兄弟率领弓箭手逼近猛犸，射那些怪兽的眼睛时，被践踏而死。此外，白肤希尔路因再未回到品那斯盖林，格里姆博德再未回到格里姆斯雷德，而坚毅不屈的游民哈尔巴拉德也再未回到北方。无论声名显赫还是无名小卒，无论将领还是士兵，阵亡的人太多了。这是一场真正的大战，没有一则故事能完整地叙述它。很久以后，洛汗有一位诗人在他的《蒙德堡墓冢之歌》中写道：

山间号角长鸣，
南方王国刀光剑影，
战火已燃，
骏马如风，奔向石国。
伟大的希奥顿陨落在此，
再不曾回到他的金殿和北方绿野。
哈尔丁，古斯拉夫，敦赫尔，狄奥怀恩，
还有勇毅的格里姆博德，赫勒法拉，
赫鲁布兰德，霍恩与法斯特雷德，
英勇之士，战死沙场，
与他们的盟友，刚铎的统领们，
长眠在蒙德堡的丘陵下。
白肤希尔路因，永别故乡海边的丘陵，
老佛朗，回不到那鲜花盛开的山谷，
高大的弓箭手德茹芬与杜伊林，回不到黑水潭
那故乡群山山影下，墨松德的小湖。
那一天，从拂晓到日暮，
那一天，无论领主与平民，
死亡带走众将士，
他们安息在刚铎的青草下，大河边。
如今灰水粼粼，如银如泪，
那一天却是怒涛滚滚翻血浪，
残阳如血赤浪如火；
暮色中烽火点燃群山，
拉马斯埃霍尔的朝露也映着血红。

第7章 德内梭尔的火葬堆

那黑影从城门口撤退后，甘道夫依然坐在马上一动不动，但皮平站了起来，仿佛重担已从身上卸下。他站在那儿聆听着那一片号角声，感觉自己的心都要高兴得炸开了。自此以后，只要听见从远处传来的号角声，他就热泪盈眶。不过此刻，他突然想起了此行的目的，赶紧往前跑去。就在这时，甘道夫动了，对捷影说了一句话，准备骑出城去。

“甘道夫！甘道夫！”皮平大喊。捷影停下了。

“你在这里干什么？”甘道夫说，“白城的法律不是规定身穿银黑二色制服的人必须待在王城，除非城主允许才能离开吗？”

“他允许了，”皮平说，“是他让我走的。可我吓坏了。上面可能会发生可怕的事。我想城主已经疯了。恐怕他要自杀，还要杀死法拉米尔。你不能做些什么吗？”

甘道夫从洞开的城门望出去，听见平野上已经渐渐扬起战斗的声响。他握紧了拳头。“我必须走了，”他说，“黑骑士就在外面，他仍然会给我们带来毁灭。我没时间了。”

“可法拉米尔怎么办！”皮平喊道，“他还没死，他们要活活烧死他，得有人去阻止他们！”

“活活烧死？”甘道夫说，“到底怎么回事？快说！”

“德内梭尔去了陵墓，”皮平说，“他把法拉米尔也带去了，他说我们都会被烧死，但他不会等着。他们要弄一个火葬堆，把他放在上面烧了，连法拉米尔也一起烧。他已经派人去拿木柴和油了。我已经告诉了贝瑞刚德，但我怕他不敢擅离职守，他正在站岗。可他又能怎么办呢？”皮平一口气说完，探出颤抖的手碰了碰甘道夫的膝盖，“你不能救救法拉米尔吗？”

“也许我可以，”甘道夫说，“但如果我去救他，恐怕其他人就得死。唉，我必须去，因为没有别人能去帮助他，但不幸和悲伤将因此而生。没想到在我们的要塞腹地，大敌都有力量攻击我们：因为那是他的意志在作怪。”

既已拿定主意，甘道夫便迅速行动起来。他一把拎起皮平放在自己前面，对捷影说了一句话，就掉头了。马蹄声声，他们奔驰在米纳斯提力斯攀升的街道上，与此同时，战争的声音在他们身后喧嚣而起。到处都有人从绝望和恐惧中振作起来，抓起武器，互相大喊：“洛汗的援军来了！”队长们在高呼，连队在集合，很多人已经往城门冲去。

他们遇见了伊姆拉希尔亲王。他冲他们喊道：“去哪里，米斯兰迪尔？洛希尔人正在刚铎的平野上作战！我们必须集合所有能找到的兵力。”

“每个人都需要，越多越好。”甘道夫说，“让大家都快点！我一抽身就去，但现在我有急事要去见德内梭尔城主，不能等。城主不在的时候你指挥吧！”

他们一路狂奔，越来越接近王城时，感觉晨风扑面，也瞥见了远方曙光微明：南方天际一抹愈来愈亮的曙光。然而它并没有给他们带来多少希望，因为他们还不知道将要面临什么样的情况，担心去得太迟。

“黑暗正在消散，”甘道夫说，“但它仍然浓重地笼罩着白城。”

在王城的门口，他们没有发现守卫。“看来贝瑞刚德去了！”皮平心中燃起一些希望。他们转身离开，匆忙赶到禁门。禁门大开，守门人倒在门前。他被杀了，钥匙被取走了。

“大敌干的好事！”甘道夫说，“这是他最爱干的事：朋友相残，人心混乱导致忠诚分裂。”他翻身下马，吩咐捷影回马厩去，“朋友，你我早该奔赴战场，但我被其他事耽搁了。不过，如果我呼唤你，请飞速赶来！”

他们穿过禁门，走下那条陡峭曲折的小路。光线渐亮，路旁高大的石柱和雕像如同灰色的幽灵，慢慢后退。

突然，寂静被打破了，他们听见下面传来了叫喊声以及刀剑交击的叮当声：自白城建成以来，这种声音从未在这神圣的地方响起过。最后，他们到了拉斯狄能，急忙赶往宰相墓室，晨光中隐约可见其巨大的圆顶。

“住手！住手！”甘道夫喊着，一跃跳到门前的石阶上，“停下这疯狂的举动！”

德内梭尔的仆人们手里握着长剑和火把，身穿银黑二色制服的贝瑞刚德则孤身站在门廊最高一级台阶上，挡着门不让他们进去。已经有两名仆人倒在他的剑下，他们的鲜血玷污了这处圣地。其他人则咒骂他，说他违犯法纪，背叛了主人。

甘道夫和皮平奔向前去，只听墓室里传来了德内梭尔的喊声："快点，快点！照我的吩咐做！给我杀了这个叛徒！难道还要我亲自动手吗？"话音刚落，贝瑞刚德用左手拉住的墓室门被猛然打开，在他身后，城主赫然出现，高大威猛，眼中怒火熊熊，手里握着出鞘的长剑。

甘道夫跃上台阶，那些人遮住双眼，赶忙往后退开，因为他的到来如一道白光陡然照进黑暗之地，而且带着盛怒。他抬手一击，德内梭尔的剑脱手而飞，落到背后墓室的阴影里。德内梭尔连连后退，仿佛受到了惊吓。

"这是怎么回事，大人？"巫师说，"亡者的墓室不是活人该待的地方。城门口的大战还不够吗？为什么还有人在这圣地打斗？难道我们的大敌连拉斯狄能都侵入了？"

"刚铎的城主何时得向你负责了？"德内梭尔说，"难道我不能命令自己的仆人吗？"

"你可以命令，"甘道夫说，"但别人也可以违抗你的意志，倘若它变得疯狂和邪恶。你的儿子法拉米尔在哪里？"

"他躺在里面，"德内梭尔说，"正在烧，已经在烧了。他们在他的血肉里放了把火。很快所有一切都会烧起来。西方失败了。一切都将被大火吞噬，一切都将结束。灰飞烟灭！灰飞烟灭，随风而逝！"

甘道夫这就看出他是真的疯了，担心他已经做出可怕的事，立刻冲上前去，贝瑞刚德和皮平紧随其后，而德内梭尔步步后退，一直退到里面那张桌子旁。在那里，他们发现了法拉米尔。他躺在桌台上，仍然处于发烧昏迷中，台下已经堆起了木柴，四周也堆得很高，而且全都浇上了油，甚至连法拉米尔的衣袍和盖毯上都是，就等着点火了。甘道夫见状，显露出了隐藏在他体内的力量，就像那隐藏在他的灰斗篷下的力量之光。他跳上柴堆，轻轻地抱起病人，又一跃而下，抱着人往门口走去。就在这时，法拉米尔呻吟一声，在昏迷中呼唤着他的父亲。

德内梭尔从迷幻中惊醒，眼中的怒火熄灭了。他哭了起来，说道:“不要把我儿子从我身边带走！他在叫我。”

“他是在叫你，”甘道夫说，“可是你还不能接近他。他命在旦夕，必须寻医治疗，也可能治不好。而你的责任，是出去为你的白城战斗，也许死亡在那里等你。你心里明白这个的。”

“他不会再醒来了，”德内梭尔说，“战斗也是枉然。我们为什么希望活得久一点？我们为什么不能并肩赴死？”

“刚铎的宰相，你被赋予权力，不是为了让你决定自己的死期，”甘道夫答道，“只有那些没有信仰的君王，在黑暗力量的控制下，才会这么做：怀着高傲和绝望自杀，谋杀亲人以缓解自己死亡的痛苦。”说完，他抱着法拉米尔，穿过墓门，走出死气沉沉的墓室，将他放在已经摆在门廊口送他来的那副担架上。德内梭尔跟了出来，浑身颤抖地站在那里，热切地看着儿子的脸。一时间，所有的人都默然肃立，望着他们痛苦的城主，他动摇了。

“来吧！”甘道夫说，“那边需要我们。你还有很多事可以做。”

突然，德内梭尔大笑起来。他挺直身躯，重露骄傲神情，快步走回桌台前，拿起他曾经枕过的那个枕头，然后回到门口，掀开布罩。啊！他双手间是一个帕蓝提尔！当他举起它时，围观者都觉得那个圆球内部似乎燃起了火焰，开始发光，城主瘦削的脸庞因此被一团红光照亮，就像一张用坚石雕刻出的脸，轮廓清晰，高贵、骄傲、可怕。他的眼睛熠熠发亮。

“高傲和绝望！”他喊道，“你是不是以为，白塔之眼是瞎的？不，灰衣蠢货，我所见的比你所知道的更多。你的希望只是无知。去吧，去费劲治疗！去出征，去战斗！枉然徒劳。你也许可以在佩兰诺平野上暂时取胜，但要对抗如今已经崛起的这个力量，却无胜算。它不过伸出一根手指头来对付这座白城，整个东方却都行动起来了。即使是现在，你寄托希望的风也欺骗了你，它从安度因河吹来一支黑帆舰队。西方已经败了。所有不愿做奴隶的都走吧，是时候了。”

“这样的建议会让大敌确定取胜。”甘道夫说。

“那你就希望下去吧！”德内梭尔大笑道，“米斯兰迪尔，我还不知道你吗？你想取代我的位置，站在北边、南边或西边每个王座之后。我已经看穿了你的心思和策略。我不知道是你命令这个半身人保持沉默吗？我不知道你带他来此是做我内室的奸细吗？然而从我们的谈话中，我已经知道了你们所有同伙的名字和意图。很好！你用左手暂时利用我做挡箭牌对抗魔多，又以右手带这个北方的游民来篡我的位。

“可我告诉你，甘道夫，米斯兰迪尔，我不会做你的工具！我是阿纳瑞安家族的宰相，绝不会退位给一个新贵当一个年老糊涂的管家。就算他能向我证明他有资格，他也不过是出身于伊熙尔杜一脉，一个早就丧失了王权和尊严的破败家族。我绝不会向这样一个家族的最后一人鞠躬垂首！”

“如果事态发展依你所愿，”甘道夫说，“你会怎么做呢？”

“我会让一切如我这一生的每一天一样，”德内梭尔答道，“如同在我之前的先祖们的时代一样：和平地做这白城的城主，我死之后就将我的位子留给儿子，而他会是自己的主人，而不是巫师的门徒。

如果命运不允许我这么做，那我就什么都不要：不要生命衰颓，不要减半的爱，也不要减损的荣誉。”

“我认为，一位忠诚的宰相交出他的职权，似乎并无损于他享有的爱或荣誉。”甘道夫说，“至少你不应该在你儿子生死未卜之时剥夺他的选择。”

这些话让德内梭尔再次双眼冒火，他将晶石夹在胳膊下，抽出一把刀大步走向担架。不过贝瑞刚德一跃上前，挡在法拉米尔前面。

“看吧！”德内梭尔喊道，“你已经偷走我儿子一半的爱，现在又偷走我麾下骑士的心，令他们最后彻底夺走了我的儿子！可至少这一次，你不能阻止我的意愿：我要决定自己的结局。”

“过来！”他对仆人喊道，“过来！如果你们并非都是懦夫！”然后，有两人跳上台阶跑到他面前。他飞快地从其中一人手中夺过火把，旋即奔回墓室。在甘道夫来得及阻止他之前，他猛地把火把插进柴堆里，木柴立刻噼噼啪啪，腾起一片烈焰。

德内梭尔跳上桌台，站在烈火与浓烟中。他拿起躺在脚边的宰相权杖，抵在膝头将它折断，扔进火里，然后躬身在桌台上躺下，双手紧抱着那颗帕蓝提尔搁在胸前。据说，从此之后，如果有人凝视这颗晶石，除非意志强大到能将它的视线转向其他视点，否则看到的只有一双苍老的、在烈火中渐渐枯槁消失的手。

甘道夫在悲伤与震惊中别开脸，关上了门。一时间，他默默地站在门槛前陷入了沉思，外面的其他人听着室内火焰贪婪吞噬的咆哮。之后，德内梭尔大叫一声，没了声息，也再无凡人见过他。

“埃克塞理安之子德内梭尔就这样逝去了。”甘道夫说。然后，他转向贝瑞刚德和站在那儿吓得目瞪口呆的城主仆人：“同样逝去的还有你们所知的那个刚铎的时代，无论好还是坏，它都结束了。不幸的事已经在这里发生了，但现在请将横亘在你们之间的所有敌意都抛掷一旁吧，因为这一切全是大敌的诡计。你们落进了一张并非由你们编织的战争罗网。可是想想吧，你们这些盲目服从城主的仆人，如果不是贝瑞刚德抗命，白塔的统帅法拉米尔现在恐怕也烧成灰烬了。

“把你们倒下的同伴从这不幸之地抬走吧。我们会把刚铎的宰相法拉米尔抬到一个他可以平静安睡的地方，若他就此长眠，那也是他的命运。”

于是，甘道夫和贝瑞刚德抬起担架，将法拉米尔送往诊疗院。皮平垂头丧气地跟在他们后面，而如遭重击的城主仆人们仍然呆立在墓室前。甘道夫刚走到拉斯狄能的尽头，就听一声巨响，他们回头一看，只见墓室圆顶炸裂，浓烟滚滚冒出。接着轰隆一声，裂石坠落进一片火海中，但火势丝毫不减，火焰仍在废墟间跳跃摇曳。仆人们这才惊恐地飞奔而逃，跟上了甘道夫。

最后，他们回到了宰相陵墓门前，贝瑞刚德悲痛地看着守门人。“这件事我会悔恨一辈子，”他说，“当时我急疯了，他又不肯听我说，反而拔剑相对。”说着他关上门，用从守门人那里夺来的钥匙把门锁上了。“现在这个应当交给法拉米尔城主了。”他说。

“城主不在时，由多阿姆洛斯亲王指挥，”甘道夫说，“但既然亲王不在这里，那我就必须得自行安排了。我命令你留下钥匙，保管好，直到石城恢复秩序为止。”

最后，他们来到了石城的高层环城，走向晨光中的诊疗院。那是几所与其他房子分开修建的漂亮房屋，专门用来照料重病的人，但现在已经准备收治在战斗中受伤或垂死的战士了。它们坐落在第六环城，离王城的大门不远，靠近南边的城墙，房屋周围有一个花园和一片草坪，里面种着树。这样的地方石城只有这一处。几位获准留在米纳斯提力斯的妇女住在里面，因为她们擅长医术，或者是医者的助手。

然而，就在甘道夫和同伴们抬着担架走到诊疗院的正门时，却听见城门前的平野上传来一声大叫，尖锐刺耳的声音直冲云霄，然后消逝在风中。这叫声之可怕，一时间令所有的人都呆立不动。而当这声音消散后，大家突然都心情振奋起来，充满了一种自从东方的黑暗入侵以来一直不曾有过的希望。他们感觉天越来越亮，太阳破云而出。

甘道夫的脸色却沉重而又悲伤。他吩咐贝瑞刚德和皮平将法拉米尔送进诊疗院，自己则走到附近的城墙边。他站在旭日下向外张望，像一尊白色的雕像。靠着巫师的视力，他看见了发生的一切。当伊奥梅尔从战场的前阵纵马而出，站在平野上那些阵亡者身边时，甘道夫长叹一声，又用斗篷将自己裹住，离开了城墙边。贝瑞刚德和皮平从诊疗院出来时，见他正站在门前沉思。

他们看着他，他沉默了好一会儿。最后，他开口道："朋友们，这城中以及西部大地的所有人啊！刚刚发生了可歌可泣的事。我们该哭还是该笑呢？出乎意料啊！我们敌人的统帅被消灭了，你们都听到了他最后那绝望的呼叫。可他的死也给我们带来了痛苦和惨重的损失，如果不是因为德内梭尔发疯，我本来能阻止这一切的。大敌的手伸得可真长啊！唉！不过现在我明白他的意志是如何侵入白城核心的了。

"虽然宰相们都以为这是一个只有他们自己知道的秘密，但很久以前我就猜到，白城中至少有七颗晶石中的一颗。德内梭尔还明智的时候，知道自己力量的极限，估计不会用它去挑战索伦。可他变得越来越昏庸，恐怕在他的国家陷入困境时，他去看了晶石，被蒙骗了。

我猜测，自从波洛米尔离开后，他去看得太频繁了。他很强大，不可能屈从于黑暗力量的意志，然而他看见的只是那力量允许他看见的。无疑，他经常利用从中了解到的信息，但是那展示给他看的魔多盛大景象，令绝望在他的内心滋长，直到最后压垮了他的心智。”

“现在我明白那奇怪的感觉是怎么回事了！”皮平回忆道，觉得不寒而栗，“城主当时离开了法拉米尔躺着的房间，等他回来的时候，我第一次感觉他变了，变得苍老而又颓丧。”

“法拉米尔被送到白塔来的那一刻，我们好多人都看见顶层的房间里闪过一道奇怪的光，”贝瑞刚德说，“不过我们以前见过那种光，石城中很早就有传言说，城主不时会跟大敌进行思想角逐。”

“唉！那我就猜对了！”甘道夫说，“索伦的意志就是这样侵入米纳斯提力斯的，我也因此被羁绊在这里。而且我不得不继续留在这里，因为很快还有别的事情要我处理，不光是法拉米尔。

“现在我得下去跟那些前来驰援的人会面。我已经看见了平野上令我非常悲痛的一幕，但也许还会发生更悲痛的事。皮平，跟我一起去！贝瑞刚德，你应该回到王城去，把所有发生的事都告诉守卫部队的队长。恐怕他会把你从守卫部队里调离。不过你告诉他：如果可以的话，我建议把你派到诊疗院，担任你的统帅的侍卫，等他醒来时能在他身边，假如他还能醒来的话，因为是你把他从火焚中救出来的。现在去吧！我很快就回来。”

说完，他转身离开，皮平跟着他往下朝低层环城走去。就在他们匆忙赶路时，风带来了一场灰雨，所有的火焰都被浇熄了，浓烟在他们面前袅袅升起。

第8章 诊疗院

接近米纳斯提力斯已成废墟的城门时，疲惫不堪的梅里泪眼模糊，眼前像是蒙了一层迷雾。他几乎不怎么关注城门四周的残骸和杀戮。空气中烟火缭绕，臭气弥漫，因为许多攻城机械被焚毁了或者被扔进了着火的壕沟里，还有许多尸体。到处都是南方野蛮人的巨怪残骸：烧得半焦的、投石砸烂的、被墨松德的英勇弓箭手射穿眼睛的。飞雨已经停了一会儿，灿阳当空，但低层环城还笼罩在闷燃的臭气中。

人们已经努力从一片狼藉的战场上清理出来了一条路。这时，有些人抬着担架从城门出来。他们轻轻地将伊奥温放在软枕上，又用一大块金色织布盖上了国王的遗体。然后，他们举着火把簇拥在他周围，火焰迎风摇曳，火光在阳光下显得灰白。

就这样，希奥顿和伊奥温来到了刚铎之城，所有看见他们的人无不脱帽鞠躬致敬。一行人穿过环城被烧毁的灰烬与浓烟，沿着石街往上走。梅里觉得，这段上行之路似乎长得没有尽头，好像一个讨厌的梦中一段无意义的旅程，走啊走啊，走向一个记忆无法把握的昏暗终点。

前面的火把慢慢地闪了闪，熄灭了，梅里走在一片漆黑中。他想："这是一条通往坟墓的隧道，我们将永远待在那里。"可是突然，一个活泼的声音闯进了他的梦。

"哎呀，梅里！感谢老天爷，我可找到你了！"

梅里抬起头，眼前的迷雾消散了一些。那是皮平！他们面对面站在一条窄巷里，除了他们俩，周围空荡荡的。他揉了揉眼睛。

"国王在哪儿？"他说，"伊奥温呢？" 说着他一个踉跄，坐倒在一个门阶上，又开始哭起来。

"他们已经进入王城了，"皮平说，"我想你一定是走着走着睡着了，拐错了弯。我们发现你没跟他们在一起，甘道夫派我出来找你。可怜的老梅里！又见到你真是太高兴了！你累坏了，我不跟你叨叨了。你是不是哪里疼？你受伤了吗？"

"没有，"梅里说，"呃，没有吧，我想我没受伤。可是，皮平，我的右胳膊动不了了，自从刺了他一剑后，我就动不了了，我的剑就跟一块木头似的烧没了。"

皮平神色忧虑。"唉，那你最好跟我一起走，尽量快点。"他说，"我真希望我能抱得动你。你不适合再多走路了。他们根本不应该让你自己走来的，不过你得原谅他们。城里发生了那么多可怕的事，梅里，你这从战场上归来的可怜的霍比特人是很容易被忽略的。"

"被忽略不总是坏事。"梅里说，"我刚才就被忽略了，被——不，不，我说不出来。帮帮我，皮平！我的眼前又开始变黑了，我的胳膊好冷。"

"靠着我，梅里！"皮平说，"来吧！一步一步走，不远的。"

"你要去埋葬我吗？"梅里说。

“不，当然不是！”皮平说，虽然恐惧和痛惜让他心如刀割，但他仍然努力让声音听起来开心些，“不，我们要去诊疗院。”

他们从这条位于高屋和第四环城外墙之间的巷子转出来，重新回到往王城攀升的主街。他们一步一步地走着，梅里摇摇晃晃，喃喃呓语，就像一个睡梦中的人。

“我一个人永远也没法把他带到那里去！”皮平心想，“就没有人能帮我吗？我不能把他留在这里。”就在这时，他惊诧地发现，一个男孩从后面追了上来。他经过时，皮平认出那是贝瑞刚德的儿子贝尔吉尔。

“哈喽，贝尔吉尔！”他喊道，“你要去哪里？真高兴又见到你，你还活着，真好啊！”

“我正给医者跑腿办事呢！”贝尔吉尔说，“我不能耽搁。”

“不耽搁你！”皮平说，“但请你上去告诉他们，我这儿有一个病了的霍比特人，就是佩瑞安人，是从战场上回来的。我想他再也走不动了。如果米斯兰迪尔在那儿，他会很高兴听到这个消息的。”贝尔吉尔继续往前跑远了。

“我最好在这儿等着。”皮平心想。于是，他轻轻地扶着梅里在一处有阳光的人行道上躺下，然后在梅里身旁坐下，让梅里的头枕在他的大腿上。他轻轻地用自己的身体温暖着梅里的身体和四肢，把梅里的手握在自己手里。梅里的右手摸起来冰冷。

不久，甘道夫就亲自来找他们了。他弯腰察看梅里，抚摸他的额头，然后小心翼翼地将他抱起来。“他应该被光荣地抬进这城里来，”他说，“他一点都没有辜负我对他的信任。如果不是埃尔隆德对我让了步，你们俩谁都不会踏上这趟旅程，而那样的话，今天我们要遭受的不幸可能就更惨重了。”他叹了口气，“不过，这下我又多了一个要负责的，而战斗一直都还胜负未定。”

就这样，法拉米尔、伊奥温和梅里亚达克，最后全都躺在诊疗院的床上了。他们在那里得到了精心照顾。虽然古代全盛时期的所有学识，在如今这个时代都已失传，但刚铎的医术依然高明，擅长疗伤止痛，大海以东所有凡人的病患都能医治，除了衰老。他们发现衰老无可医治，的确，如今他们的寿命已经缩减到只比其他人类稍长一点，除了某些血统较为纯正的家族，他们当中能够精力充沛地活过百岁的人也越来越少。而如今，他们的技能和知识遇到了挑战，因为有一种病，许多人患上了，而他们却医治无方。这种病被称为黑魔影症，因为它源自那兹古尔。那些患上这种病的人会慢慢地陷入越来越深的睡眠，然后无声无息地死去，浑身冰凉。在照顾病人的看护人员看来，半身人和洛汗公主得的都是这种病，而且非常严重。一上午的时间，他们偶尔还会说话，或者在昏睡中呓语。看护人员聆听了他们所说的一切，希望或许能由此获知一些有助于他们了解病人伤情的事。可病人们很快就开始陷入昏迷，太阳渐渐西沉，他们的脸渐渐蒙上了一层灰影。而法拉米尔的高烧也迟迟不退。

甘道夫关切地从一张病床走到另一张病床，看护人员也把听见的话全都告诉了他。这一天就这么过去了，而外面依然在大战，形势时好时坏，不时有奇怪的消息传来，但甘道夫依然在等待观望，并未前去参战。直到最后，晚霞满天，从窗户透进来的霞光照在病人死灰的脸上，站在病床旁的人觉得患者的脸似乎泛起了淡淡的红晕，仿佛他们正在慢慢地恢复健康，但这只是对希望的嘲弄。

这时，诊疗院中最年长的一位医护人员，名叫伊奥瑞丝的老妇人，看着法拉米尔英俊的脸庞，哭泣起来，因为所有百姓都爱他。然后，她说：“唉！如果他死了，多么可惜啊！真希望刚铎能像很久以前一样，那时候有国王在位！因为古谚说‘王者之手乃医者之手’，于是众人就能知道谁是真正的国王。”

站在一旁的甘道夫说：“伊奥瑞丝，你这话人们会记很久的！因为这话里包含了希望。也许国王的确回到刚铎来了。你没听说那些传进城里来的奇怪消息吗？”

“我这里忙得团团转，没空理会那些大呼小叫。”她回答道，“我只希望那些杀人魔别到这诊疗院里来打搅病人。”

甘道夫急忙走了出去。天空中的晚霞已经消逝，山岗染上的暗红色也渐渐淡褪，暮色苍茫，悄然笼罩了整个平野。

日落时分，阿拉贡、伊奥梅尔及伊姆拉希尔与他们的将领和骑兵接近了石城。当他们来到城门前，阿拉贡说：“看啊，落日如火！它是一种标志，标志着许多事物的终结与崩溃，也标志着世界潮流的改变。可这座石城和王国长年处于宰相的统治之下，我如果不请自入，恐怕会引起怀疑和争论，现在大战未了，应当避免这种情况发生。不管是我们赢还是魔多胜，在形势明朗之前，我不会进城，也不会做任何宣告。人们应当在这平野上为我搭起帐篷，我会在此等候白城城主的欢迎。”

伊奥梅尔说：“你已经举起王旗，展示了埃兰迪尔家族的标志，难道能忍受这些遭到质疑？”

“不能，”阿拉贡说，“但我认为时机还不成熟。除了大敌和他的爪牙，我无意与旁人争斗。”

伊姆拉希尔亲王说：“大人，你的话很明智，我是德内梭尔城主的姻亲，如果能就此事给些建议的话，我想说：德内梭尔意志坚强、为人高傲，但年纪已老，自从他的儿子重伤倒下后，他的情绪变得异常奇怪。可是，我不愿让你像乞丐一样待在门外。”

“不是乞丐。”阿拉贡说，“就说是游民的头领吧，他不习惯住在城镇和石头房屋。”然后，他命人收起王旗，解下额上的北方王国之星，将它交给埃尔隆德的儿子们保管。

伊姆拉希尔亲王和洛汗的伊奥梅尔离开阿拉贡，进了石城，穿过喧闹的人群，骑行前往王城。他们来到白塔大殿，寻找宰相，却发现他的座位是空的，而在王座的高台前，马克之王希奥顿躺在一张御床上，周围立着十二支火把，以及十二名卫士，他们都是洛汗和刚铎的骑兵。床前帷幔是绿白二色，但国王身上盖着一块金色大织布，一直覆到胸口，胸口上放着他出鞘的长剑，脚下放着他的盾牌。在火把的映照下，国王的银发闪闪发亮，犹如阳光下的喷泉水花，他的脸英俊年轻，但那种平和的神态远非年轻人可及。他看起来像是睡着了。

他们在国王身旁默立片刻。然后，伊姆拉希尔问：“宰相在哪里？米斯兰迪尔呢？”

一名卫士答道：“刚铎的宰相在诊疗院。”

伊奥梅尔问：“我的妹妹伊奥温公主在哪里？她肯定享有同样的光荣，应当躺在国王身旁。他们把她放到哪里了？”

伊姆拉希尔说：“可伊奥温公主被抬到此地时还活着，你不知道吗？”

伊奥梅尔心中顿时腾起意料之外的希望，但强烈的担忧与恐惧也随之而生，他没有多说，而是转身迅速离开大殿，亲王紧跟着他。他们出去时，夜幕已经降临，天空繁星点点。这时甘道夫徒步走来，一个身披灰斗篷的人跟他走在一起。他们在诊疗院门前碰面，伊奥梅尔和伊姆拉希尔向甘道夫问安，问道："我们在找宰相，人们说他在这里。他也受伤了吗？还有，伊奥温公主呢？"

甘道夫答道："她躺在里面，还活着，但命在旦夕。法拉米尔大人被毒箭所伤，你们可能已经听说了，不过现在他是宰相了，因为德内梭尔已经去世，他的墓室已成灰烬。"他讲述了事情的经过，他们听了全都悲痛而又惊诧。

伊姆拉希尔说："如果刚铎和洛汗在一天之内同时失去了君主，胜利的喜悦将大打折扣，因为代价太大了。如今伊奥梅尔统领着洛希尔人，但与此同时谁统治石城呢？我们现在不该派人去请阿拉贡大人吗？"

这时，那个披着斗篷的人开口道："他来了。"他走到门旁的提灯光亮下：那是阿拉贡。他在铠甲外面裹着罗瑞恩的灰斗篷，戴着加拉德瑞尔赠予的绿宝石，除此之外，没有其他任何标志。"我之所以来，是因为甘道夫请求我。"他说，"目前我只是阿尔诺的登丹人头领，多阿姆洛斯亲王应当统治石城，直到法拉米尔醒来。不过我建议，接下来的一段时期，以及我们与大敌交锋时，应该由甘道夫统领我们所有人。"大家对此都表示同意。

这时，甘道夫说："时间紧迫，我们别站在门口了，进去吧！因为只有阿拉贡到来，那些躺在诊疗院中的病人才有希望。刚铎的女智者伊奥瑞丝这样说：'王者之手乃医者之手，于是众人就能得知谁是真正的国王。'"

阿拉贡先走进门去，其他人跟随在后。门口有两个穿着王城制服的卫士，一个高大魁梧，另一个却只有小男孩那么高，当看见进来的一行人，他惊喜万分地大叫起来。

“大步！太好了！你知道吗？我猜黑舰队上的人就是你，但他们全都大喊‘海盗’，不肯听我说。你是怎么做到的？”

阿拉贡大笑着拉住霍比特人的手。“这可真是幸会！”他说，“不过现在还不是讲旅人故事的时候。”

伊姆拉希尔对伊奥梅尔说：“我们还可以这样叫我们的国王？不过，也许他戴上王冠时会用别的名字！”

阿拉贡听见他的话，转身说：“确实会，在古代的高等语言里，我叫‘埃莱萨’，意思是‘精灵宝石’，又叫‘恩温雅塔’，意思是‘复兴者’。”他拿起佩戴在胸前的绿宝石，“但若我的家族有朝一日得以建立，就将以‘大步’为名。在高等语言里，它听起来不会这么俚俗。我和我的继承人都将以‘泰尔康塔’为名。”

话毕，他们进了诊疗院，朝病房走去。路上，甘道夫讲述了伊奥温和梅里的事迹。“我在他们身边站了很长时间，”他说，“一开始他们在梦中说了很多话，然后就陷入了致命的昏迷。我也被给予了看见许多远方之事的能力。”

阿拉贡先去看了法拉米尔，然后是伊奥温公主，最后是梅里。看过这些病人的脸，查验过他们的伤，他叹了口气。“这次我必须倾尽我被赋予的全部力量和本领，”他说，“真希望埃尔隆德也在这里！他是我们这一族中最年长的一位，拥有更强大的力量。”

伊奥梅尔见他又悲伤又疲惫，问道：“你得先休息一下吧？至少先吃点东西？”

不过阿拉贡回应道：“不，这三个病人，尤其是法拉米尔，时间已经不多了，必须分秒必争。”

然后，他召来伊奥瑞丝，问道：“诊疗院中有草药储备吧？”

“有的，大人，”她回答道，“不过我估计不够给所有需要的人用。我能确定的是，我不知道我们还能去哪儿找更多草药来。在这可怕的日子里，什么事都不对。到处都是大火，跑腿办事的孩子那么少，所有的路也都断了。唉，都不知道从洛斯阿尔那赫到这边集市来做买卖的商贩，有多少日子没来了！在这座诊疗院里，我们竭尽所有做到了最好，我深信大人您会明白的。”

“等看了之后，我会判断的，”阿拉贡说，“现在没有多说话的时间。你们有阿塞拉斯吗？”

“我不知道它是什么，我确定，大人，”她答道，“至少肯定没有叫这名字的草药。我会去问问草药师，他知道所有古老的名字。”

“它也叫‘王叶草’，”阿拉贡说，“也许你知道的是这个名字，因为如今乡野的人都这么叫它。”

“噢，那个啊！”伊奥瑞丝说，“哎，大人您要是一开始就说这个名字，我早就告诉你了。没有，我们没有这种草药，我确定没有。真的，我从没听说它有什么大的药效。真的，每次跟姊妹们在树林里看见这种草，我都会说：‘王叶草，这名字可真奇怪！不知道它为什么叫这个名字，因为如果我是国王，我就会在我的花园里种上更明艳的花草。’不过这种草捣碎时仍然有一股甜美的香味，是不是？‘甜美’这个词不知用得对不对，也许‘有益健康’更贴切。”

“确实是有益健康。”阿拉贡说，“现在，女士，你若爱法拉米尔大人，就请你拿出跟说话一样的速度，赶快跑去给我找些王叶草来，如果这城里还有一片叶子的话。”

“如果没有，”甘道夫说，“我就要再背着伊奥瑞丝直奔洛斯阿尔那赫，她要带我去树林里，但不是去找她的姊妹们。捷影会让她见识一下什么叫作‘赶快’。”

伊奥瑞丝走了以后，阿拉贡吩咐另一位妇女烧水。然后，他一只手握住法拉米尔的手，另一只手搭在他汗津津的额头上，但法拉米尔没有动，也没有任何迹象，似乎连呼吸都没有。

“他快要不行了，”阿拉贡转身对甘道夫说，“但这不是受伤造成的。看，伤口在愈合呢。如果像你以为的那样，他是被那兹古尔的箭所伤，那他那天晚上肯定就死了。我猜，这伤是南方野蛮人的箭造成的。箭是谁拔的？还留着吗？”

“我拔的，”伊姆拉希尔说，“我还给伤口止了血，但我没有把箭留下来，因为我们要做的事太多了。就我所记得的，那箭确实像南方野蛮人用的箭，但我还是认为它来自天上那些魔影，不然他的高烧和病情无法解释，因为那伤口不深，也不致命。你怎么看？”

“疲惫，因为他父亲的情绪而悲痛，受伤，但最主要是因为黑息。”阿拉贡说，“他是一个意志坚定的人，因为早在骑马前往外墙作战之前，他就已经接近魔影之下了，在他拼战坚守阵地的时候，那黑暗必定慢慢地潜入了他的体内。真希望我早点来到这里！”

这时，草药师进来了。“大人，您要找乡下人所说的王叶草，”他说，“也就是高雅语中的‘阿塞拉斯’，或者对那些懂点维林诺语的人来说……”

“我是需要，”阿拉贡说，“我也不关心你们现在是叫它‘阿西亚·阿兰尼安’还是‘王叶草’，只要你们有就行了。”

“抱歉，大人！”那人说，“我看得出来，您是一位博学之士，而不只是战将。可是，唉！大人，我们没有保存这种东西，诊疗院只收治重伤或重病的人，因为据我们所知，它没有什么药效，最多也就是能净化空气，或驱浊提神。当然，除非您留意古代的歌谣。这些歌谣，我们的妇女，比如好心的伊奥瑞丝，虽然不明其意，却仍能背诵:

黑息吹拂，
死影渐浓，
光明尽逝，
阿塞拉斯，
阿塞拉斯！
王者手中，
垂死重生！

“恐怕这只是一首被老妇的记忆篡改过的打油诗。它的含义我留给您判断，假如它真有含义的话。不过城里的老人仍然用这种草药泡水来治头疼。”

“那就以王者的名义，去找那些没什么学问却比较有智慧，家里还有一些这种草药的老人去拿药吧！”甘道夫吼道。

阿拉贡跪在法拉米尔床边，一只手搭在他的额头上。旁观者感到某种激烈的挣扎正在进行中，因为阿拉贡脸色变得灰白，疲惫不堪。他不时唤着法拉米尔的名字，但在他们听来，声音一次比一次轻，仿佛阿拉贡本人离开了他们，走入远方某个黑暗的山谷，呼唤着那迷失的人。

最后，贝尔吉尔跑了进来，手中的一块布里包着六片叶子。“大人，王叶草来了！”他说，“但恐怕不新鲜了，它们至少是两星期以前摘下来的。但愿它还能用吧，大人。”然后，他看见了法拉米尔，泪水夺眶而出。

阿拉贡微笑道：“能用。最糟糕的情况已经过去了。你留下吧，别难过！”然后，他拿了两片叶子摊在掌上，朝它们吹了口气，接着揉碎。顿时，一股清新的气息充盈整个房间，仿佛空气本身苏醒了，颤动着，迸发出快乐的泡泡。他将揉碎的叶子扔进递过来的一碗热水里，所有人的心立刻都轻松起来。这香气，让每个闻到它的人都想起某片土地上露珠晶莹、阳光明媚的晴朗早晨，在那里，春日的美好世界本身只是稍纵即逝的记忆。阿拉贡站起来，整个人仿佛焕然一新，他眼中含笑，将碗端到法拉米尔昏睡的脸前。

“哎呀！谁会相信啊？”伊奥瑞丝对站在她旁边的女人说，“这野草可比我以为的好啊！它让我想起了我还是少女的时候见过的伊姆洛丝美路伊的玫瑰，不会有国王能奢求比那更美的花了。”

突然，法拉米尔身体一动，然后睁开了眼睛。他望着俯身看着他的阿拉贡，一种理解和爱戴的光芒在他的眼中闪烁，他轻声开口道：“陛下，您召唤了我，我来了。国王有何命令？”

“不要再在阴影中行走，醒来！”阿拉贡说，“你很疲乏，休息一下，吃点东西，准备好等我回来。”

“我会的，陛下。”法拉米尔说，“当国王归来时，谁还会躺着无所事事呢？”

“那么就先暂别了！”阿拉贡说，“我得去看看其他需要我的人。”他带着甘道夫和伊姆拉希尔离开了房间，但贝瑞刚德和他的儿子留了下来，抑制不住满心的喜悦。皮平跟着甘道夫出去，关上门时，他听见伊奥瑞丝大声惊呼：“国王！你听到了吧？我说什么来着？医者之手！”这话很快就从诊疗院传了出去：国王真的回到他们当中来了，大战后他带来了医治之术。这消息传遍了全城。

阿拉贡来到伊奥温床前，说道：“遭过重击，受伤很严重。断了的手臂已经得到恰当的治疗，如果她有力量活下去的话，手臂迟早会复原的。断的是执盾的手臂，但主要的伤却在执剑的手臂上，尽管没有断，现在却像是丧失了活力。

“唉！她是跟一个无论心智还是体力都远远强过她的敌人搏斗。面对这样一个敌人，如果没有被吓垮，还能拿起武器对抗，那这人必定比钢铁更坚强。她挡了他的路，这是他的厄运。她是一个美丽的姑娘，是皇室家族中最美的一位，可我却不知道该如何形容她。我第一次见到她时，就察觉到了她的不快乐，我看到的，似乎是一朵傲然挺立的白花，形如百合，然而我知道它是刚硬的，仿佛是由精灵工匠以钢铁打造而成的。也许，这朵花遭遇了一场霜冻，冻结成冰，尽管挺立着，甜中带苦，看上去依然美丽，内在却脆弱不堪，很快就会凋零死亡。她的病症远在今日之前就开始了，是不是，伊奥梅尔？”

“大人，我很惊讶你会问我，”他回答道，“因为我认为在这件事情上，你是无可指责的，如同在其他所有事情上一样。可我并不知道我妹妹伊奥温在第一次遇见你之前，遭受过任何霜冻的侵袭。在佞舌当道、国王被迷惑的日子里，她又忧又惧，这些感受她都与我分享过。她确实是在与日俱增的担心中照顾国王的，但那不至于让她经历这种折磨！”

“我的朋友啊！”甘道夫说，“你有骏马，有战绩，有自由驰骋的疆场，而她在精神与勇气上至少与你相当，却生为女儿身。此外，她还命定要服侍一位她爱之如父的老人，眼睁睁看着他沦落成一个刻薄耻辱的昏君。她觉得自己扮演的角色无足轻重，似乎还抵不上他倚靠的那根拐杖。

“你以为佞舌毒害的只有希奥顿的耳朵吗？‘老昏君！埃奥尔的宫殿算什么东西，不过是间茅草屋，里面一帮土匪强盗就着熏天臭气喝酒，让自己的小崽子跟狗一起在地上打滚！’这些话你之前没有听过吗？这是佞舌的老师萨鲁曼说的。不过我不怀疑，佞舌在家里一定用花言巧语粉饰了它们的意思。我的大人，你妹妹爱你，决心继续尽职尽责，才克制着没有开口。否则，你可能早就从她口中听到这类话了。然而，谁知道她独自一人在夜阑痛苦守望时，对着黑暗说过什么呢？她是不是觉得她的整个生命都在枯萎，房间的四壁都在向她围拢，化作一个束缚野兽的牢笼？”

伊奥梅尔沉默了。他望着妹妹，仿佛在重新思索他们一起度过的所有时光。不过，阿拉贡说：“伊奥梅尔，我也看见了你所看见的。目睹一位如此美丽而又勇敢的女子的爱得不到回应，在这世间的种种不幸中，很少有哪种悲伤比这更让人心中感到苦涩和惋惜。自从我离开黑蛮祠，离开绝望的她，奔向亡者之路后，悲伤与遗憾始终如影随形。一路上，我都真切地担心她会出什么事。可是，伊奥梅尔，我要对你说的是，她对你的爱比对我的更真实。因为她爱你，也了解你，但对于我，她爱的只是一个影子，一种念头：一种立下伟大功绩，赢得光荣，去到远离洛汗平原的地方的希望。

“也许，我有能力医治她的身体，将她从黑暗的低谷中召唤回来，但她醒来后会怎样，是希望、遗忘还是绝望，我不知道。如果是绝望，那她会死，除非还有我不具备的其他治疗之术。唉！她的功绩已经使她跻身于威名显赫的女王之列了。”

说完，阿拉贡弯下腰端详着她的脸。她的脸的确洁白如百合，寒冷如冰霜，坚硬如石雕。他俯下身亲吻她的额头，轻声呼唤道：“伊奥蒙德之女伊奥温，醒来！你的敌人已经死去！”

她没有动，但开始重重地呼吸，白色亚麻床单下的胸脯有了起伏。阿拉贡又揉碎了两片阿塞拉斯的叶子扔进热气腾腾的水里，用这水擦洗她的额头，以及她搁在床单上毫无知觉的冰冷右臂。

然后，不知是因为阿拉贡确实具有某种西方之地已被遗忘的力量，还是因为他说的那一番关于伊奥温公主的话触动了旁观者，随着草药的甜香在室内悄然弥漫开，人们感到一股强风从窗户吹进来，不携带任何味道，是一种完全清新、洁净、年轻的气息，仿佛之前从未被任何生物呼吸过，是从星辰穹顶下高高的雪山上，或从远方被海浪冲刷的银色海岸上新生成的。

“醒来，洛汗公主伊奥温！”阿拉贡又呼唤道，他握住她的右手，感觉生机重返，手又温暖起来了，“醒来！阴影已经消逝，所有黑暗都已洗净！”然后，他将她的手交到伊奥梅尔手中，退到一旁，“呼唤她！”说完，他默默地走出了房间。

“伊奥温，伊奥温！”伊奥梅尔流着泪呼唤道。她睁开了眼睛：“伊奥梅尔！这是真的吗？太高兴了！他们说你被杀了。不，那只是我梦中的黑暗声音。我到底做了多久的梦？”

“不久，妹妹。”伊奥梅尔说，“不过别再多想了！”

“我很累，累得出奇。”她说，“我必须休息一会儿。可是，告诉我，马克之王怎么样了？唉！别告诉我那是做梦，因为我知道不是。正如他所预见的，他去世了。”

“他是去世了，”伊奥梅尔说，“但他嘱咐我向比女儿更亲的伊奥温道别。现在，他躺在刚铎的王城内，享有极大的荣耀。”

“这真是令人悲痛。”她说，“不过这比那些黑暗的日子里所敢希望的好多了。那时，埃奥尔的宫殿似乎已经荣光没落，甚至不如牧羊人的小屋。还有，国王的侍从，就是那位半身人，他怎么样了？伊奥梅尔，你应当封他为里德马克的骑士，因为他非常英勇！”

“他也躺在这诊疗院中，就在附近，我会去看他。”甘道夫说，“伊奥梅尔应当留在这里陪你一阵。不过，在你完全康复之前，先别谈起战争和悲伤的事。看见你再次醒来，恢复健康和希望，真是太高兴了！你是一位英勇的女士！”

“恢复健康？”伊奥温说，“也许吧。至少，在我坐上某个阵亡骑兵空出的马鞍，可以有所作为时是这样的。可是希望？我不知道。”

甘道夫和皮平来到梅里的房间，他们发现阿拉贡站在床边。“可怜的老梅里！”皮平叫着奔到床边，因为他觉得他的朋友看上去更糟了：一脸死灰，身上仿佛压着悲伤的岁月重荷。“梅里可能会死”的恐惧骤然攫住了皮平。

“别怕，”阿拉贡说，“我来得及时，已经把他唤回来了。现在他很疲乏，也很悲伤。他敢刺向那致命之物，受了跟伊奥温公主一样的伤。不过这些邪毒是可以治愈的，他的精神那么坚强乐观。他不会忘记自己的伤痛，但也不会因此阴郁沮丧，而是会从中领悟到智慧。”

说着，阿拉贡将手放在梅里头上，轻轻抚过他的棕色卷发，碰触他的眼睑，呼唤他的名字。阿塞拉斯的香气悄悄弥漫在房中，如同果园的芬芳，如同阳光下蜜蜂飞舞的石楠丛。梅里蓦然醒来，说道：“我饿了。几点了？”

“现在过了晚饭时间啦，”皮平说，“不过，我敢说我能给你弄点东西来，如果他们允许的话。”

“他们肯定允许，”甘道夫说，“这位洛汗的骑兵还可以要其他任何东西，只要米纳斯提力斯城里找得到，他的名字在这城里可是响当当的。”

“太好了！”梅里说，“那我想先吃晚饭，然后再抽一袋烟斗。”这话一出口，他的神色突然一黯，“不，不抽烟斗了。我想我再也不会抽烟了。”

“为什么？”皮平说。

“因为，”梅里慢慢地回答道，“他死了。抽烟的事让我想起了之前的一切。他说，他很遗憾再也没有机会和我聊聊烟斗草了。这差不多是他最后说的话。只要抽烟，我就不可能不想起他，还有那天，皮平，他骑马来到艾森加德那天，那么彬彬有礼。”

“那你就在抽烟时想念他吧！”阿拉贡说，“因为他是一位慈心仁厚的伟大国王，信守了他的誓言。他奋起摆脱了阴影，迎来了最后一个美好的黎明。虽然你为他效力的时间很短暂，但那将是你终生都值得自豪的快乐回忆。”

梅里露出了笑容。“那好，”他说，“如果大步能提供我需要的东西，我就一边抽烟一边想念。我的背包里还有一些萨鲁曼的高档货，不过我确实不知道打了这一仗之后，它变成什么样子了。”

“梅里亚达克少爷，”阿拉贡说，“如果你以为我浴火仗剑，穿山越岭，踏上刚铎的国土，是为了给一个粗心丢掉自己装备的士兵送烟斗草，那你可就错了。如果你的背包找不到了，那你就得派人去找这诊疗院的草药师。他会告诉你，他不知道你渴望的那种药草有任何疗效，但平民叫它‘西人草’，贵族叫它‘嘉兰那斯’，在其他更高深的语言里还有些别的名字，在补吟几句半被遗忘、他自己也不甚了了的诗句后，他会遗憾地告诉你诊疗院里没有这种药草，还会留下你去回想各种语言的历史。我现在也得这么做了，因为我自从骑马离开黑蛮祠之后，还不曾在一张这样的床上睡过觉，而且从黎明前的黑暗时分到现在都没吃过东西。”

梅里抓住他的手，吻了吻。“真是太抱歉了！”他说，“快去吧！自从在布里相遇的那天晚上起，我们就一直是你的大麻烦。我们族人在这种时候习惯说些轻松的俏皮话，让大家不要太严肃。我们总是怕说得太多，结果到了开玩笑不合时宜的时候，我们就不知道该说什么了。”

“这点我很了解，否则我也不会以同样的方式跟你们打交道。”阿拉贡说，“愿夏尔繁荣永存！”他亲了亲梅里，出去了。甘道夫也跟着他走了。

皮平留了下来。“还有像他那样的人吗？”他说，“当然啦，甘道夫除外。我想他们一定是亲戚。我亲爱的笨驴，你的背包一直躺在你的床边，我遇到你的时候你就背着它。他当然从头到尾都看见它了。不过，反正我自己也还有一些。来吧！这是长谷叶。你把烟斗填一填，我这就去给你弄些吃的，然后咱们轻松一会儿。天哪！咱们图克家和白兰度巴克家，爬到这么高可长命百岁不了。”

“是长不了，”梅里说，“我是不行，总之现在还不行。不过皮平，至少现在我们能看见他们，崇敬他们了。我想，最好还是先爱适合你爱的，你必须在某个地方开始，扎下根，而夏尔的土壤是很深的。不过，仍有一些更深和更高的东西，如果没有这些东西，那就没有一个老头儿能在他所称的和平中照顾自己的花园，不管他知不知道它们的存在。我很高兴我知道了，知道了一点，但我不知道自己为什么这样说话。烟叶呢？帮我把烟斗从背包里拿出来吧，但愿它还没坏。”

阿拉贡和甘道夫一起去见了诊疗院的院长，向他建议法拉米尔和伊奥温应该留在此地，继续被悉心照料上一些日子。

“伊奥温公主很快就会希望起床离开这里，”阿拉贡说，“但你不能允许她这么做，无论如何想办法留住她，至少也要拖上十天。”

“至于法拉米尔，”甘道夫说，“他很快就会知道他的父亲去世了。不过，在他完全康复并开始履职之前，不要把德内梭尔发疯的详情告诉他。要关照当时在场的贝瑞刚德和那个佩瑞安人，暂时别告诉他这些事！”

“另一位也在我看护下的佩瑞安人，梅里亚达克，该怎么办？”院长问。

“他很可能明天就可以下床了，不过时间不能长。”阿拉贡说，“如果他想起来活动，那就随他吧。他可以在朋友的照顾下散散步。”

“他们真是了不起的种族啊。”院长点着头说，“我认为，他们的骨骼非常坚韧。”

诊疗院门口已经聚集了很多人，他们要见阿拉贡，并跟着他。当他终于吃过饭，人们上前请求他去医治自己受伤垂危或感染黑影病的亲朋好友。阿拉贡起身出去，派人请来埃尔隆德的两个儿子，他们一起忙碌到了深夜。整座白城都在传言：“国王真的回来了。”他们因他佩戴着绿宝石而叫他“精灵宝石”。这样一来，借着他的百姓为他所选的名字，他出生时应得之名的预言也得到了应验。

等累得实在无法继续时，他就披上斗篷裹住自己，溜出城去，在天亮之前回到自己的帐篷里，小睡了一会儿。到了早晨，白塔上飘扬着多阿姆洛斯那宛如天鹅的白船航行在蔚蓝大海上的旗帜，人们抬头望着，都在怀疑国王的归来只是一场梦。

第9章 最后的辩论

大战后的第二天早晨，天空晴朗，淡云舒展，轻风西吹。莱戈拉斯和吉姆利早早地就出来了，请求获准到白城去，因为他们急切地想见到梅里和皮平。

“听说他们还活着，真是太高兴了。”吉姆利说，“这俩家伙，让我们穿过洛汗跑了一趟，吃了大苦头，我可不想白费了这辛苦。”

精灵和矮人一同进了米纳斯提力斯城。他们经过时，见者无不对这样一对伙伴组合感到惊奇，因为莱戈拉斯面容俊美得无法用人类的尺度形容，晨光中，他一边走一边用清亮的嗓音唱着一首精灵歌曲；而吉姆利在他身旁昂首阔步，一边捋着胡须一边打量四周。

“这里的石工有些很好，”他看着城墙说，“也有些做得一般，街道还可以设计得更好。等阿拉贡登基之后，我会建议他请孤山的石匠来效力，我们会把这里建成一座值得自豪的城。”

“他们需要更多花园。”莱戈拉斯说，“这些房子死气沉沉，这里欣欣向荣的东西太少了。如果阿拉贡登基，黑森林的子民应当给他带来会唱歌的鸟和不会死的树。”

最后，他们来到了伊姆拉希尔亲王面前。莱戈拉斯看着他，深深地鞠了一躬，因为他看出眼前这位真的拥有精灵血统。“大人，向您致敬！”他说，“自从宁洛德尔的族人离开罗瑞恩的森林，已经很久了，不过人们还是可以发现，他们并不是全都从阿姆洛斯的港口扬帆渡海，去了西方。”

“我的领地上也有这个传说，”亲王说，“但我们已经不知道有多少年都不曾见过那美丽种族的一员了。此刻我很惊讶，竟然在这里，在悲伤和战乱中，见到了一位精灵。你寻求什么呢？”

“我是随同米斯兰迪尔离开伊姆拉缀斯的九个同伴之一，”莱戈拉斯说，“这位矮人，是我的朋友，我们是跟着阿拉贡大人一起来的。现在我们希望能见见我们的朋友，梅里亚达克和佩雷格林。我们被告知，他们处于您的保护之下。”

“你们可以在诊疗院找到他们，我带你们去。”伊姆拉希尔说。

“大人，您派人带我们去就行了，”莱戈拉斯说，“因为阿拉贡给您送来了口信：他不希望这个时候再进白城来，但将领们需要立刻召开会议，他希望您和洛汗的伊奥梅尔能尽快到他的营帐去。米斯兰迪尔已经在那里了。”

“我们会去的。”伊姆拉希尔说。于是，他们客气地道了别。

“那是一位英俊的贵族，也是一位伟大的人类将领。”莱戈拉斯说，“如果刚铎在如今式微的日子里仍然有这样的人物，那其在崛起时期，必然会更强大。”

“毫无疑问，好的石工都比较古老，是在第一次建筑时造的。”吉姆利说，“人类办事总是虎头蛇尾：春天有霜冻，夏天会干旱，总是不能兑现承诺。”

“不过，他们的种子倒是很少丧失生机。”莱戈拉斯说，“它埋在腐朽尘土里，时机一到，就会在意想不到地点破土而出，茁壮成长。吉姆利，人类的事迹将会比我们存续得更长久。”

“不过我猜，到头来还是一场空，只剩下‘本来可以是这样’。”矮人说。

“这个，精灵就不知道答案了。”莱戈拉斯说。

这时，亲王的仆人来了，领着他们去了诊疗院。他们在花园里找到了自己的朋友，大家相见分外欢喜。他们散了会儿步，聊了会儿天。在白城高处的环层中吹着风，暂时安宁放松地享受清晨，他们欢欣雀跃。梅里开始觉得疲倦时，他们就走过去，坐在城墙上，身后是诊疗院的青草地，面前向南是阳光下波光粼粼的安度因大河，一直流向连莱戈拉斯也看不见的远方，流进宽阔的平地，流进莱本宁和南伊希利恩的清雾中。

其他人都在交谈，莱戈拉斯却陷入了沉默。他迎着阳光远眺，当他凝眸时，看见有白色的海鸟振翅向大河上游飞来。

“看！”他喊道，“海鸥！它们飞到这么远的内陆来了！太奇妙了！不过我的心很乱。我这辈子从未见过海鸥，直到我们到了佩拉基尔，就在我们骑马去攻打舰队时，我听见它们在空中鸣叫。我呆住了，忘记了中州的战争，因为它们的鸣叫向我述说着大海。大海！唉！我还不曾见过大海，但我族人的内心都深藏着对大海的渴望，一旦惊动便再难平息。唉！那些海鸥啊！走在山毛榉和榆树下时，我的心再也无法宁定了。”

“别这么说！”吉姆利说，“中州还有无数的事物可看，还有无数伟大的工作可做。如果美丽的种族全都去了灰港，那些注定只能留下来的生灵要面对的该是一个多么黯淡无趣的世界啊！”

“黯淡无趣，的确是！”梅里说，“莱戈拉斯，你可千万别去灰港。总有一些种族，不管大小，甚至像吉姆利这么聪慧的矮人，都需要你。至少我是这么希望的，尽管不知怎的，我预感这场大战最糟糕的部分还没到来呢。真希望战争彻底结束，结局美好！”

“别那么悲观！”皮平说，“阳光正明媚，我们至少还能在这里聚个一两天。我想多听听你们的经历。说吧，吉姆利！你和莱戈拉斯这个早晨已经提了十来次你们跟大步的奇特旅程了，但你还一点都没讲呢。”

“这里阳光也许正明媚，”吉姆利说，“但关于那条路的有些记忆，我打心眼里不愿意回想。如果当时我知道前方会遇到什么，我想任何友情都不能让我踏上亡者之路。”

“亡者之路？”皮平问道，“我听阿拉贡说过，还猜过他是什么意思。你不能再跟我们多说一点吗？”

“我不愿意说。”吉姆利说，“因为在那条路上，我真是太丢脸了：格洛因之子吉姆利一直认为自己比人类坚忍，在地下比任何精灵适应力都强。结果，这两样我都没做到，我是靠着阿拉贡的意志，才坚持走到底的。”

“也靠着对他的爱，”莱戈拉斯说，“凡是了解他的人，都会以自己的方式爱他，就连洛希尔人那位冷冰冰的公主也是。梅里，我们是在你到达的前一天一大早离开黑蛮祠的。除了现在受伤躺在下面诊疗院里的伊奥温公主，那里所有的人都因为太害怕而不敢出来给我们送行。那场离别真让人难过，连我看了都觉得悲哀。”

“唉！我当时只想着自己。”吉姆利说，“不！我不会再提起那趟旅程了。”

他陷入了沉默，但皮平和梅里还是热切地打听个没完，莱戈拉斯最后拗不过，说道：“为了让你们安心，我给你们讲讲吧，因为我不觉得恐怖，我不怕人类的鬼魂，我认为他们无能又脆弱。”

很快，他就给他们讲了那条大山底下幽灵作祟的路，讲了埃瑞赫黑石处那次黑暗中的密约，以及之后从那里到安度因大河边的佩拉基尔，总共九十三里格的昼夜疾驰。“从黑石出发，我们驰骋了四天四夜，在第五天抵达。”他说，“哎哟！在魔多的黑暗中，我的希望反而高涨，因为在那片幽暗中，幽灵大军似乎变得更强大也更可怕了。我看见他们有的骑马，有的大步疾奔，但速度都很快。他们寂默无声，眼中却幽光闪闪。在拉梅顿高地，他们追上了我们的马，将我们围住，如果不是阿拉贡阻止，他们就赶到我们前面去了。

“在阿拉贡的命令下，他们全都往后退了。‘就连人类的鬼魂都服从他的意志。’我心想，‘他们会在他需要时为他效力的！’

“我们奔驰的第一天是有天光的，紧接着就来了那个没有黎明的白天，但我们继续赶路，渡过了奇利尔河和凛格罗河，第三天我们到了吉尔莱恩河口上游的林希尔。在那里，拉梅顿的百姓正跟溯流航行而来的乌姆巴尔和哈拉德的凶残家伙激战，争夺滩头。当我们到达时，防守者和攻击者同时放弃了战斗，落荒而逃，大喊着亡者之王来攻击他们了。只有拉梅顿的领主安格博有胆量面对我们。阿拉贡吩咐他召集自己的人，在灰色大军经过时，如果他们敢，就跟在后面。

“‘在佩拉基尔，伊熙尔杜的继承人会需要你们的。’他说。

“就这样，我们渡过了吉尔莱恩河，将挡路的魔多盟军驱赶得四处逃窜。之后，我们稍事休息，但很快阿拉贡就起身说：‘唉！米纳斯提力斯已经遭到了攻击。恐怕在我们这支援军赶到之前，它就会陷落。’因此，夜尽之前，我们又上了马，以马匹所能承受的最快速度，越过了莱本宁的平原。”

莱戈拉斯顿了顿，叹了口气，将目光转向南方，轻声唱了起来：

从凯洛斯到埃茹伊，银溪潺潺，
莱本宁绿野上啊，长草离离，
荡荡海风里，百合摇曳！
莱本宁绿野上啊，瑁洛斯与阿尔费琳盛开，
荡荡海风里，金钟花摇曳！

“在我族人的歌谣中，那里的原野一片青翠，但我们看到的，却是黑暗中一片苍凉的荒原。越过广袤的大地，不曾留意马匹践踏了多少花朵和青草，我们追击了敌人整整一天一夜，直到最后终于来到了大河边。

“当时，我心里以为我们已经接近大海了，因为黑暗中，水很辽阔，岸边有数不清的海鸟在鸣叫。唉，那是海鸥的鸣叫啊！罗瑞恩的夫人不是告诉过我要当心它们吗？而我现在就无法忘记它们。”

“我根本没注意到它们，”吉姆利说，“因为我们那时终于遇上了热战。乌姆巴尔的主力舰队都停泊在佩拉基尔，五十艘大船，不计其数的小船。我们追击的敌人有很多在我们之前就到了港口，带去了他们的恐惧，有些船已经离岸，打算逃到大河下游去，或开到对岸去，许多小船也已经起锚了。而走投无路的哈拉德人掉头反扑，他们孤注一掷，非常凶猛，看到我们时，哈哈大笑，因为他们依然是一支庞大的军队。

“然而阿拉贡勒马停下，高喊道：‘来吧，我以黑石之名召唤你们！’霎时，一直尾随在后的幽灵大军如灰色潮水般涌上来，将前方的一切都扫荡开了。我听见了模糊的叫喊声，隐约的号角声，以及无数似从远方传来的喃喃低语，听上去就像是很久以前的黑暗年代里，某场被遗忘的战斗的回声。苍白的剑被拔出来了，但我不知道这些刀剑还能不能伤人，因为亡者不需要任何武器，只要恐惧就够了。没有人能够抵挡他们。

“每一艘靠岸的船他们都上去了，还渡水到了那些抛锚的船上。水手们都吓疯了，纷纷跳水而逃，除了那些被链子锁在船桨旁的奴隶。我们在四散奔逃的敌人中纵马横冲直撞，秋风扫落叶一样驱赶他们，直到抵达河边。然后，阿拉贡给剩下的每艘大船指派了一个登丹人，上船安抚那些还在船上的俘虏，让他们别害怕，并放了他们。

“那黑暗的一天结束之前，抵挡我们的敌人已经一个不剩，要么被淹死，要么逃往南方，企图徒步跑回家乡去。魔多的谋划竟会被这样一支恐怖黑暗的幽灵大军推翻，真是怪异又奇妙。这就叫以其人之道还治其人之身！”

“确实怪异。”莱戈拉斯说，“在那一刻，我看着阿拉贡，心想如果他将至尊指环据为己有，那么以他强大的意志力，他将变成多么强大而又可怕的一位君王啊。魔多怕他，不是没有理由的。然而他的精神比索伦能够理解的更高贵。因为，他不是露西安的孩子吗？岁月迢迢，那条血脉却永不堕落。”

“这样的预见，远在矮人的视野之外。”吉姆利说，“不过，那天的阿拉贡确实强大。哎哟！他掌握了整支黑舰队，选择了最大的一艘船作为旗舰，并上了船。然后，他下令吹响从敌人那里夺来的军号，号声齐鸣，响彻云霄。幽灵大军都退回了岸上，他们默然而立，几乎不能被看见，只有眼睛映着船只燃烧的烈焰红光。阿拉贡以洪亮的声音对那些亡者喊道：

"'现在，请听伊熙尔杜继承人之言！你们的誓言已履行。回去吧，从此不要再打搅那片山谷！离去吧，安息吧！'

"于是，亡者之王出列，站在幽灵大军前，折断手中长矛，掷于地上，然后深深地鞠了一躬，转身离去。整支灰色大军迅速开拔，像被一阵突如其来的风吹开的迷雾，消失不见了。而我像从一场梦中醒来。

"那天晚上，我们休息的时候，其他人在忙碌，因为有许多俘虏被释放了，他们中有不少是过去被掳走的刚铎百姓。不久，从莱本宁和埃希尔又聚集来了一大批人，拉梅顿的安格博带着能召集到的所有骑手来了。亡者的恐怖已经消除，他们前来援助我们，来见伊熙尔杜的继承人，因为这个名号已经在黑暗中如星火燎原般传开了。

"我们的故事这就接近尾声了。那天傍晚和夜里，很多船都做好了准备，安排好了人员。早晨，舰队启航了。现在感觉这像是很久以前的事了，但其实只不过是前天早晨，我们离开黑蛮祠的第六天。而阿拉贡依然担心时间不够。

"'从佩拉基尔到哈龙德的码头，有四十二里格，'他说，'但我们明天必须抵达哈龙德，不然就会彻底失败。'

"到那时，划桨的全是自由人，他们奋力划桨，可船行速度还是很慢，因为我们是逆流而上。虽然南方水流得不快，可是没有风助力。

即使我们在港口大获全胜，但如果不是莱戈拉斯突然大笑起来，我的心还是会很沉重的。

“‘都林的子孙，翘起你的胡子吧！’他说，‘常言道：希望常在绝境中诞生。’而他却不肯说自己远远地看见了什么希望。到了夜里，黑暗更深，我们心急如焚，因为我们看见北方远处的乌云下方有一道红光。阿拉贡说：‘米纳斯提力斯正在燃烧。’

“不过到了半夜，希望真的诞生了。埃希尔那些熟悉航海的人凝视着南方，说风向变了，从海上吹来了一股清新的风。早在天亮之前，有桅杆的船都扯起了帆，我们的速度加快了，直到黎明照亮了我们船头的浪花。接下来你们就知道了，我们一路顺风，迎着朝阳，在早晨的第三个小时赶到，在战场上展开了那面大旗。无论将来怎样，那都是伟大的一天，伟大的一刻。”

“无论接下来如何，伟大的功绩都不会失色。”莱戈拉斯说，“闯过亡者之路是伟大的功绩，它将永远伟大，哪怕在将来的日子，刚铎无人幸存下来歌颂它。”

“那还真有可能，”吉姆利说，“因为，阿拉贡和甘道夫神情都很凝重。我很想知道他们在下面的帐篷里讨论什么对策。至于我，像梅里一样，真希望随着我们的胜利，战争就此结束。不过，不管还要做什么，为了孤山子民的荣誉，我都希望自己能参与其中。”

“我是为了大森林的子民，为了对白树之王的爱。”莱戈拉斯说。

众人都沉默下来。好一会儿，他们就坐在这高高的城墙上，各自想着心事，而将领们正在辩论。

伊姆拉希尔亲王与莱戈拉斯和吉姆利分开后，立刻派人去找伊奥梅尔，然后和他一起下去，出城到阿拉贡搭建在平野上的营帐去，那里离希奥顿王牺牲的地方不远。他们跟甘道夫、阿拉贡以及埃尔隆德的两个儿子一同议事。

“各位大人，”甘道夫说，“听一下刚铎的宰相在临死前所说的话吧：‘你也许可以在佩兰诺平野上暂时取胜，但要对抗这个如今已经崛起的力量，却无胜算。’我并不是要让你们像他一样绝望，但请深思一下这些话中包含的事实。

“真知晶石不会撒谎，即使是巴拉督尔之主，也不能迫使它造假。他也许能凭意志选择什么事物让那些意志较弱者看见，或让他们误解眼中所见事物的含义。无论怎样，这点毋庸置疑：德内梭尔看见了魔多大军摆开阵势要对抗他，而且还在集结更多。他看见的都是事实。

“我们的力量勉强能够击退这第一次大进攻，但下一次进攻会更大。这场战争到时候就会如德内梭尔所认为的那样，没有最后的希望。胜利不能靠武力取得，无论你们是坐在这儿死守，还是抵挡一次又一次的围攻，抑或是出兵到大河对岸后覆灭，怎么选择都是恶果。出于谨慎，我建议你们加强现有坚固阵地的防御，在那里等着敌人进攻，那样可以将你们的末日推迟一些。”

“那你是要我们退回米纳斯提力斯，或多阿姆洛斯，或黑蛮祠，像孩子一样坐在沙堡里，等待潮水涌来？”伊姆拉希尔问。

“这也不是什么新建议，”甘道夫说，“在德内梭尔治理的日子里，你们难道不是差不多如此行事的吗？不！我说过，这是出于谨慎。可我不劝你们谨慎。我说过，胜利不能靠武力取得。我依然希望胜利，但不是靠武力。因为在所有这些谋略的中心，还有那枚力量指环，它是巴拉督尔的根基，是索伦的希望。

“关于这东西，各位大人，现在你们全都知道了，那就足以明白我们以及索伦的困境。假如他重新得到它，那你们的英勇会成空，他将迅速取得彻底的胜利，彻底到没有人能预见这胜利会在世界尚存时结束。而假如它被销毁，那他就将失败，失败到没有人能预见他还会再度崛起。因为他将失去他那与生俱来的力量中最好的部分，以那力量造就或开始的一切，都将崩裂，他将永远残缺，变成一个只能在阴影中折磨自己的怨灵，再也不能凝聚成形、发展壮大。这世界也将从此摆脱一种巨大的邪恶。

“也许将来，还会有其他邪恶的事物出现，因为索伦本身也只是一个奴仆或使者。然而，我们的责任不是去掌控世界的所有潮流，而是尽力去做有助于我们所处时代的事，将原野上我们所知的那些邪恶连根拔除，好让后人有干净的土地可以耕作。至于他们会碰上什么样的气象，那就不是我们所能掌控的了。

“索伦很清楚这一切，他知道他丢失的那个宝贝又被发现了，但他还不知道它在哪里，或者说，我们希望他还不知道。因此，他现在疑虑重重。因为假如我们已经找到了那东西，那么我们当中就有人具备足够的力量去使用它。这点他也清楚。阿拉贡，你已经用欧尔桑克的晶石把自己暴露给他了，我猜得对吗？”

“离开号角堡之前，我确实这么做了，”阿拉贡答道，“我认为时机已经成熟，而且晶石来到我的手中，正是为了这样一个目的。当时持环者离开涝洛斯瀑布，往东去已经十天了。我想，应该把索伦之眼的注意力从他自己的领土上引开。他自从回到自己的高塔中以后，几乎不曾遇到过挑战。不过，如果我能预见到他回应的攻势如此迅速，也许我就不敢轻易把自己暴露给他了。留给我赶来支援你们的时间实在是太短了。”

“可这要怎么理解呢？”伊奥梅尔问，“你说，如果他得到那枚指环，一切都将成空，那如果我们得到至尊指环，他就不会认为攻击我们也是一场空吗？为什么呢？”

“因为他还不确定，”甘道夫说，“他建立起自己的势力，靠的可不是像我们那样等待敌人安稳不动。我们也不可能在一天之内学会运用至尊指环的全部力量。事实上，至尊指环只能由单独一个主人而非多人使用。索伦会寻找我们内部起冲突的时机，在我们当中某个强者打倒其他人，自己称王之前。在这样的时刻，如果他突然出手，至尊指环可能会帮助他。

“他在观望。他看见了许多，听见了许多。他的那兹古尔仍然在外巡行，他们在日出之前还从这片平野上空飞过，尽管疲惫沉睡的人没有几个察觉到。他在研究各种迹象：夺去他宝贝的那把剑已经重铸，命运的利风已经转向我们，他的首拨攻击遭遇意料之外的失败，他的一员大将因此殒命。

“甚至就在我们说话的此刻，他的疑虑都在增长。他的魔眼这时正竭尽全力看向我们，而对几乎所有移动的其他一切，都看不见。我们也必须保持住这样的状况。我们的全部希望就在于此。这就是我的建议。我们没有至尊指环。不管是明智还是愚蠢，它都已经被送去销毁了，以防它毁灭我们。没有至尊指环，我们不可能靠兵力击败他的军队，但我们必须不惜一切代价，阻止他的魔眼转向他真正的危险所在之处。我们不能依靠武力获胜，但我们可以依靠武力，给持环者创造唯一的机会，不管这机会多么渺茫。

“既然阿拉贡已经开始，那我们就必须继续走下去。我们必须逼迫索伦孤注一掷。我们必须引出他隐藏的力量，让他倾空自己的领土。

我们必须立刻出征，与他对阵。我们必须以自己作饵，哪怕他张口咬住我们。他会怀着希望和贪婪上钩的，因为他会以为如此鲁莽的行动显示了至尊指环新主的傲慢。他会说：‘哼！他把脖子伸得太快，也太远了。让他来好了！看我怎么让他落入一个无法逃脱的陷阱，在那里，我会把他碾碎，他蛮横骗取的东西会永远回到我的手里。’

“我们必须睁眼勇敢地踏入这个陷阱，但不要为自己抱太大希望。因为，各位大人，很可能我们自己会在一场远离生者之地的黑暗战斗中全部死亡，如此一来，即使巴拉督尔被推翻，我们也不会活着看见新纪元。不过我认为，这是我们的责任。这总好过坐以待毙，而且死时知道不会有新纪元来临。反正无论如何都是死。”

众人陷入了沉默。最后，阿拉贡说：“我既然已经开始，就会继续走下去。现在我们到了生死攸关的时刻，希望和绝望息息相关。犹豫不决就意味着失败。各位谁都不要拒绝甘道夫的建议了吧，长期以来，他对索伦的辛苦对抗已经到了接受考验的关键时刻。如果不是他，一切早就落入万劫不复之地了。不过，我还是不宣称拥有指挥任何人的权力。让其他人按照自己的意志做出选择吧。”

埃洛希尔说：“我们从北方前来的目的就是这个。我们从父亲埃尔隆德那里带来的建议也是如此。我们不会回头。”

“至于我，”伊奥梅尔说，“这些深奥的问题我不怎么懂，但也不需要懂。我只知道一点：阿拉贡是我的朋友，他援助过我和我的百姓，因此当他召唤时，我会帮助他。我会去。”

“至于我，”伊姆拉希尔说，“无论阿拉贡大人宣称与否，我都视他为我的君主。他的期望于我而言就是命令。我也会去。不过，我目前暂代刚铎宰相之职，我首先要考虑的是刚铎的百姓。谨慎小心仍然是必须的。无论是吉还是凶，我们都必须准备好应付各种可能。现在，我们仍有可能取胜，只要有一点这样的希望，刚铎就必须受到保护。我不愿在凯旋时，却发现后方的白城变成一片废墟，一片被蹂躏过的土地。我们从洛希尔人那里得知，我们的北翼仍有一支没参战的敌军。”

“这倒是真的，”甘道夫说，“我并不是建议你们完全放弃白城的防守。事实上，我们带去东方的兵力，无须多到足以对魔多发动任何攻击，只要多到足以挑起战斗就行。这支队伍行动必须迅速。所以，请问各位将领：最迟两天之内，我们能召集多少兵力出发？这些人必须坚忍顽强，自愿前往，知道要面对什么样的险境。”

“我们的兵马全都很疲倦，大部分人还受了或轻或重的伤。”伊奥梅尔说，“我们还损失了大批的战马，情况不容乐观。如果我们很快就必须骑行，那能出发的人马恐怕连两千都不到，况且还得留下同样多的人守卫白城。”

“我们要计算在内的，不仅是在这平野上战斗过的人，”阿拉贡说，“海岸的威胁已经解除，南方封地来的生力军正在赶来。两天前，我从佩拉基尔派出一支四千人的队伍，他们由大胆无惧的安格博骑马率领，穿过洛斯阿尔那赫前来。如果我们在两天后出发，他们应该能在我们动身前到达附近。而且，我还吩咐许多人搭乘任何能找到的船只追着我，沿大河而上。趁着这股风，他们很快就会到，有好几条船其实已经在哈龙德靠岸了。我判断，到时我们能率领七千骑兵和步兵出发，留下防守白城的兵力也比之前攻击开始时更多。”

“城门被摧毁了，”伊姆拉希尔说，“现在哪里有技术去重造，再重新安上去呢？”

“在埃瑞博山，戴因的王国里有这样的技术。”阿拉贡说，“如果我们的希望没有全部破灭，到时候我会派格洛因之子吉姆利去请孤山的工匠。不过，人比城门更有用，如果守军放弃城门不顾，什么样的城门也挡不住大敌的攻击。”

众位将领讨论的结果就是这样：如果召集顺利，两天后的早晨，他们将率领七千兵马出发。他们要去的是邪恶之地，因此这支队伍应当以步兵为主。阿拉贡从他由南方召集来的人手当中抽出约两千兵力；伊姆拉希尔抽出三千五百兵力；伊奥梅尔从洛希尔人中选出五百个失去坐骑但仍能战斗的士兵，他自己则率领五百名洛汗骑兵；另外还有一支五百人的骑兵，其中包括埃尔隆德的两个儿子、登丹人，以及多阿姆洛斯的骑兵：总共六千步兵和一千骑兵。不过，仍有坐骑且能打仗的洛希尔人主力由埃尔夫海尔姆指挥，这三千余人埋伏在西大道，拦截阿诺瑞恩的敌人。他们立刻派出侦察兵，快马加鞭去打探、收集欧斯吉利亚斯和通往米纳斯魔古尔的道路以北以东的消息。

他们计算完所有的兵力，考虑好要走的旅程以及该选的道路，伊姆拉希尔突然大笑起来。

“真的，”他叫道，“这是刚铎有史以来最大的玩笑：我们将率领七千兵马去攻打那黑暗之地的崇山峻岭和不可穿透的大门！这个数目最多也就是刚铎全盛时期先锋部队的人数！这就像一个拿着弹弓和绿柳条的孩子去威胁一个全副武装的骑士！米斯兰迪尔，如果黑魔王真像你说的那样知之甚多，他不是更可能微笑而非害怕，然后伸出小指一举捻死我们，就像捻死一只企图叮他的蚊虫吗？”

“不，他会试图捕捉这只蚊虫，拔掉它的刺，”甘道夫说，“而且我们当中有些人的名号，价值甚于一千全副铠甲的骑士。不，他不会笑的。”

“我们也不会。”阿拉贡说，“如果这是一个玩笑，那他的笑声太苦涩了。不，这是危境中的最后一搏，双方将一决胜负，结束对弈。”说罢，他抽出安督利尔高高举起，阳光下，剑刃熠熠生辉，“直到最后一战尘埃落定，你再重新入鞘！”

第 10 章 黑门开启

两天之后，西方大军全部集结在佩兰诺平野上。兽人和东夷的大军已经掉头出了阿诺瑞恩，但他们被洛希尔人击溃驱散，没怎么抵抗就朝凯尔安德洛斯逃窜。这个威胁被消灭了，从南方来的生力军也陆续到达，这样留在石城防守的人员也很充足了。派出去的侦察兵报告说，往东的路一直到十字路口倒下的国王石像那里，都不见敌人的踪影。一切就绪，只待最后一战。

莱戈拉斯和吉姆利又一次共骑，跟阿拉贡和甘道夫同行。他们俩跟登丹人以及埃尔隆德的两个儿子走在先锋部队中。梅里不能跟他们同去，觉得很丢脸。

“你不适合参加这样的征程，”阿拉贡说，“但别觉得丢脸。即使这场战争不再出战，你也已经赢得了极高的荣誉。佩雷格林将代表夏尔人前去参战。别忌妒他这个危险的机会！他虽然已经做了命运容许他所做的一切，但还比不上你的功绩。其实，现在所有人都同样处在危险中。也许我们会在魔多的大门前惨遭不幸，如果真是如此，那你们也将面对最后一战，无论是在这里，还是在那股黑浪追上你的任何地方。再会了！”

梅里沮丧地站在那里望着队伍集结。贝尔吉尔跟他在一起，情绪也很低落，因为他的父亲将率领一队石城的士兵同去：在他的案子判决之前，他不能回到近卫军去。作为一名刚铎的士兵，皮平也在那队人当中。梅里看见他就在不远处，在那群高大的米纳斯提力斯士兵当中，他显得矮小却挺拔。

最后，号角声响起，大军开始动了。一支骑兵又一支骑兵，一队步兵又一队步兵，他们打着转，朝东而去。军队走下大道前往主道，从视线中消失了很久之后，梅里还站在那里。清晨的最后一抹阳光照在长矛和头盔上，亮闪闪一现，就消逝了。他依然垂头站在那里，心情沉重，觉得无依无靠，孤孤单单。每个他关心的人都已经走了，走进了悬在东方天际的那片幽暗中，内心深处，他觉得自己再见到他们的希望极其渺茫。

仿佛感应到了这种绝望的情绪，他的手臂又开始疼起来。他觉得虚弱、苍老，连阳光似乎都很稀薄。贝尔吉尔用手碰了碰他，他才惊醒过来。

“来吧，佩瑞安人先生！”那个少年说，“我看得出来你还是很痛苦，我扶你回诊疗院吧。不过，别担心！他们会回来的。米纳斯提力斯的人永远不会被击败。现在他们有了精灵宝石大人，还有近卫军的贝瑞刚德。”

正午前，军队抵达欧斯吉利亚斯。所有能够抽调出来的工人和匠人都在那里忙碌着。一些人在加固敌人所建但在逃跑时部分破坏了的渡船和栈桥，另一些人在收集补给和战利品，其他人则在大河对面的东岸抢建防御工事。

先锋部队穿过老刚铎的废墟，渡过宽阔的大河，踏上了在兴盛时期修筑的一条从美丽的太阳之塔通往高挑的月亮之塔的笔直长路。月亮之塔，就是如今那可恶山谷中的米纳斯魔古尔。从欧斯吉利亚斯出发，行进了五英里之后，他们停下了，结束了第一天的行军。

不过骑兵继续前进。天黑前，他们到了十字路口和那个大树圈，万籁俱寂。没有任何敌人的踪迹，没有喊叫声，没有箭从路旁的岩石间或荆棘丛中飞出。然而，越往前走，他们就越感到这片大地的警惕在增长。树和石，叶和草，都在聆听。黑暗已被驱散，远方西沉的落日照着安度因河谷，白皑皑的山峰在蓝天下闪着嫣红的微光，但一道黑影和一片幽暗正在埃斐尔度阿斯上空酝酿。

阿拉贡随即在通往树圈的四条大道上安排号手，他们吹响了嘹亮的军号，传令兵高声喊道：“刚铎之王已经归来，他们将收回这整片属于他们的土地。”那个放在雕像上的丑陋兽人头被推落在地，摔成了碎片。老国王的石雕头颅被抬起，重新安放回原位，头上依然戴上白金相间的花冠。人们辛勤地刷洗并刮掉了兽人在石头上留下的所有污秽涂鸦。

之前议事时，有人提议应该先袭击米纳斯魔古尔，如果拿下它，就将其彻底摧毁。“也许事实会证明，”伊姆拉希尔说，“从那里走通往上方隘口的路，去攻击黑魔王，比走北面大门容易些。”

不过甘道夫对此急忙反对，因为盘踞在那片山谷中的邪恶会让凡人发疯恐惧，也因为法拉米尔带回的消息。如果持环者真的尝试走了那条路，那么他们的首要任务就是不要把魔多之眼引向那里。于是，第二天主力部队赶上来之后，他们在十字路口安排了一支精锐守军，设置了一些防御工事，以防魔多派军队翻过魔古尔隘口，或从南方调更多的兵力前来。他们所选的守军大都是熟悉伊希利恩情况的弓箭手，隐藏在树林里和路口周围的山坡上。甘道夫和阿拉贡跟先锋部队骑马来到魔古尔山谷的入口，望着那座邪恶之城。

它漆黑一片，死气沉沉，因为住在那里的兽人与魔多的次等生物都在大战中被消灭了，那兹古尔也都外出未归。山谷中空气滞重，充满恐惧和仇恨。于是，他们破坏了那座邪恶的桥，放火烧了那片有毒的田野，然后离去了。

隔天，也就是他们从米纳斯提力斯出发后的第三天，军队开始沿路向北行进。从十字路口顺着大道去魔栏农有数百英里，谁也不知道在抵达之前他们会遇上什么。他们不加遮掩，公开前行，但非常警惕，并派骑马的侦察兵先行探路，其余的人则徒步走在两侧。东侧的队伍尤其谨慎，因为那边是浓密黑暗的灌木丛和一片遍布断崖沟壑的起伏石地，过了石地，是阴沉冷峻、往上攀升的埃斐尔度阿斯长陡坡。天气仍然晴朗，西风持续吹拂，但什么也吹不走紧裹在阴影山脉周围的幽暗与凄冷迷雾。山脉后方不时腾起一股股巨大的浓烟，在高空的风中盘旋。

甘道夫不时地让号兵吹响军号，然后传令兵高喊：“刚铎之王已到！所有人都离开，或投降归顺。”伊姆拉希尔说：“不要说‘刚铎之王’，说‘国王埃莱萨’，因为这是事实，尽管他还没有登基。而且，如果传令兵用这个名号，也会让大敌更多思量。”自此之后，传令兵便一日三次宣告埃莱萨王驾到，但没有人回应这挑战。

然而，尽管这一路行军貌似平静，但全军上下，从最高统帅到最低士兵，每个人情绪都很低沉。每往北前进一英里，他们的不祥预感就加重一分。离开十字路口后，行军到第二天向晚时分，他们第一次遇上了交锋。一支兽人与东夷人组成的强大队伍企图偷袭他们的先锋部队，地点正是当初法拉米尔伏击哈拉德人之处，大道在此深切过东向山岭的突出部分。不过西方众将领已经事先接到侦察兵的提醒，这些侦察兵都是玛布隆率领的汉奈斯安努恩的老练士兵，于是埋伏的敌军反倒落入了陷阱。骑兵们向西绕了一大圈，从侧翼和后方包抄，敌人被消灭，或者被驱逐进东向山岭中去了。

不过，这场胜利并没有给将领们带来多少鼓舞。“这只是虚晃一枪，”阿拉贡说，“我认为它的主要目的与其说是要重创我们，还不如说是想让我们错误地猜测大敌的弱点，拽着我们继续前进。”从那天傍晚开始，那兹古尔飞来了，监视着军队的每一步行动。它们依旧飞得很高，不在众人的视野里，只有莱戈拉斯能看见，但每个人都能感觉到它们的存在，如同阴影加深，阳光暗淡。虽然指环幽灵还没有俯冲下来攻击敌人，默然无声，不喊不叫，但它们的恐惧却摆脱不掉。

就这样，时间和无望的旅程都继续流逝着。从十字路口启程后的第四天，也就是离开米纳斯提力斯的第六天，他们终于到了生者之地的尽头，开始进入西力斯戈格关口大门前的那片荒地。沼泽和荒漠突然闯入他们的视野，这些沼泽和荒漠一直向北、向西延伸到埃敏穆伊。这些地方是如此荒凉，笼罩着众人的恐惧是那样深重，以致大军中有些人害怕到崩溃，不能行走，也不能骑马继续北行。

阿拉贡看着他们，眼中有同情，没有愤怒。因为这些人是从洛汗、从遥远的西伏尔德来的年轻人，或是从洛斯阿尔那赫来的乡下人，对他们而言，魔多是一个从小就听闻的邪恶名字，然而并不真实，只是一个未曾参与到他们单纯生活中的传说。而现在，他们如同行走在一个成真的噩梦中，不理解这场战争，也不明白命运为何会把他们领到这样一个地方来。

“去吧！”阿拉贡说，“但请尽量保持尊严，不要奔逃！有一项任务你们可以试着去执行，这样便不致感到完全丢脸。你们朝西南走，目标是凯尔安德洛斯。假如如我所料，它还在敌人手中，你们就尽力把它夺回来，然后为了刚铎和洛汗的安全，守住它！”

闻听此言，一些人因他的仁慈而感到羞愧，克服了恐惧继续前进，其他人看到了新的希望，选择了那项需要勇气而又力所能及的任务离开了。就这样，十字路口留下不少人驻守，最后西方众将领率领着不到六千人前往黑门，挑战魔多的势力。

这时，他们行进得很慢，随时准备应对敌人对他们挑战的回应。他们全军聚在一起前进，因为从主力部队派出侦察兵或小分队只是浪费人力。从魔古尔山谷出发的第五天傍晚，他们最后一次露营，用能找到的枯树和灌木枝在营区四周生起了篝火。他们度过了警觉的一夜，意识到有许多模糊之物在四周走动潜行，还听见了狼嗥声。风已停，空气似乎静止不动。他们能看见的却很少，因为天上虽然无云，新月出现已有四夜，但地面冒出团团烟气，皎洁的新月也被魔多的迷雾遮蔽了。

天变冷了，到早晨时又起了风，但这次是北风，很快就变成清新的和风。所有夜行者都不见了，大地看似一片空寂。北边，那些有毒的坑洼间，第一次出现了大堆大堆的矿渣、碎石和被炸翻的泥土，那是魔多鼠辈抛出的狼藉。而在南边，西力斯戈格的巨大防御墙隐约耸立在眼前。黑门就在墙正中，两边各耸立着一座漆黑的尖牙之塔。因为在最后一段行军中，将领们从朝东弯的古老大道转离，避开了那些蛰伏山丘的危险，所以他们现在是从西北方接近魔栏农，跟弗拉多走的路线一致。

阴森的拱顶下，黑门那两扇巨大的铁门紧闭，城垛上什么都看不到。万籁俱寂，却充满警戒。他们来到了这场愚勇征程的终点，站在清晨灰蒙蒙的天光下，孤独无援，寒意透骨，面前是敌人的高塔和巨墙。他们的军队没有攻击的希望，就算他们将力量强大的攻城机械带到这里来，而大敌的兵力只够防守城门和城墙，他们也做不到。他们还知道，魔栏农周围的所有山丘和岩石间都藏满了敌人，门后暗影绰绰，被大批邪恶生物挖掘打通了无数隧道。他们站定后，看到所有那兹古尔都聚在一起，像秃鹰一样在尖牙之塔上空盘旋。他们知道自己被监视着，但大敌仍然没有动静。

他们别无选择，只能将这出诱敌的戏演到底。因此，阿拉贡尽可能摆出最佳阵势，把军队拉到兽人劳作多年，用炸出来的岩石、泥土堆成的两座大丘前。他们面前，往魔多的方向，是一大片烂泥沼和臭水塘，就像一道防护河沟。一切安排就绪后，将领们率领大队骑兵护卫、掌旗手、传令兵以及号手，骑马向黑门前进。甘道夫担任主要使者，同行的还有阿拉贡与埃尔隆德的两个儿子、洛汗的伊奥梅尔、伊姆拉希尔，以及奉令一同前往的莱戈拉斯、吉姆利和佩雷格林，这样一来，对抗魔多的每个种族就都有一位见证者。

他们来到魔栏农能听得到的地方，展开了王旗，吹响了军号。传令兵出列，把他们的喊声送上魔多的城垛。

“出来！”他们喊道，“让黑地之王出来！他将受到公正的审判，因为他对刚铎发动不义之战，掠夺刚铎的领地。刚铎之王要求他为他的邪恶赎罪，然后永远离开。出来！”

一阵漫长的静默。城墙和黑门内没有回应的喊声，但索伦已经展开了他的计划，他想在击杀这些鼠辈之前先残酷地玩弄他们。因此，就在众将领即将掉头离开时，静默突然被打破了。一阵震天响的鼓声滚滚而来，仿佛山中惊雷；然后号角齐鸣，震耳欲聋，岩石颤动。哐啷一声巨响，黑门开启，里面走出一队黑塔使者。

为首的是一个高大邪恶的身形，骑着一匹黑马——如果它真是马的话，因为它庞大而丑恶，脸上戴着可怕的面具，与其说是活马的头，不如说更像是骷髅头骨，眼窝和鼻孔中都燃着火。马上的骑手一身黑袍，高高的头盔也是黑色的，但并不是指环幽灵，而是一个活人。他是巴拉督尔之塔的副官，他的名字未在任何传说中出现，因为他自己都忘了。他说："我是索伦之口。"不过，据说他是一个叛徒，来自被称为"黑努门诺尔人"的一族，他们在索伦统治的年代来到中州定居，崇拜他，倾心于邪恶的学识。在黑塔首次重新崛起时，这人就开始效力于索伦，因为奸诈狡猾得到了索伦的赏识，步步高升。他学会了强大的黑魔法，很了解索伦的心思，也比任何兽人都残酷。

现在从黑门中出来的就是他，跟他一起来的，只有一小队黑甲士兵和一面黑漆漆的绘着红色魔眼的旗帜。他在西方众将领面前几步远的地方停下来，上下打量他们一番，然后哈哈大笑。

"你们这帮杂牌军，有能跟我对话的人吗？"他问，"说真的，谁是那个有脑子能明白我的话的人？起码不是你！"他轻蔑地转向阿拉贡，嘲讽道，"当国王，需要的可不只是一块精灵石头，或者这么一群乌合之众。嘁！这山岭里的任何土匪都能召集这样一批人马！"

阿拉贡没有开口回应，但死死地盯着对方的眼睛，双方就这样较量了片刻。不过很快，对方就退缩了，仿佛遭受了武力威胁，而阿拉贡纹丝未动，并没有伸手去拿武器。“我是一个传令官，是使节，不该受到攻击！”那家伙叫道。

“在坚持如此律法的场合，还有一个习惯，”甘道夫说，“那就是使节不该这么傲慢无礼。不过，并没有人威胁过你。你在完成使命之前，无须害怕我们。不过，除非你的主人获得了新的智慧，否则你和他的全部奴仆，都将陷入巨大的危险。”

“这么说，你就是发言人了！”那使节说，“灰胡子老头啊！我们可不是不时听到你的名头嘛，听说你总是四处游荡，躲在安全的地方策划阴谋，惹是生非！不过这次，你把鼻子伸得太远了，甘道夫先生！你应该瞧瞧，在索伦大帝的脚下编织愚蠢罗网的人是什么下场。我奉命前来，给你们展示几样信物，特别是对你而言，如果你敢来的话。”他示意一个护卫上前，后者呈上一个用黑布包着的包裹。

那使节解开黑布，众将领惊愕地看到，他首先拿起的是山姆携带过的短剑，然后是一件配有精灵别针的灰斗篷，最后是弗拉多曾穿在破烂外套底下的秘银锁子甲。众人只觉得眼前一黑，在这沉寂的一刻，世界似乎都静止了，他们的心死了，最后的希望也破灭了。站在伊姆拉希尔亲王身后的皮平悲痛地大叫一声，扑上前去。

“安静！”甘道夫厉声喝道，一把将他推了回去。而那使节放声大笑。

“原来你还带着另一个这样的小鬼啊！”他叫道，“你觉得他有什么用处，我无法猜测，但把他们当作奸细派到魔多来，真是超出你的愚蠢极限了。不过，我还是要感谢他，因为很显然，这小鬼至少以前见过这些信物，现在你想否认也没用。”

“我并不想否认。”甘道夫说，“确实，我认得它们全部，也知道它们全部的来龙去脉。而不管你如何嘲讽，你那肮脏的索伦之口根本说不出个所以然来。你为什么把它们带到这里来？”

“矮人的锁子甲，精灵的斗篷，没落西方的短剑，还有从夏尔那个小耗子之地来的奸细——不，别吃惊！我们清楚得很，这些是一场阴谋的标志。现在，也许携带这些东西的那个家伙，你并不痛惜失去，又或者正相反：他对你们而言，也许是一个宝贵的人？果真如此的话，那就赶快用你们剩下的那点智力琢磨琢磨吧，因为索伦大帝可不喜欢奸细，现在俘虏的命运取决于你们的选择。”

没有人回答他，但他看见了他们灰败脸色上的担忧，以及眼中的惧怕，于是又大笑起来，觉得自己这场戏耍好玩极了。“很好，很好！”他说，“我看得出来，他对你们很宝贵。要不然，就是你们不希望他的任务失败？已经失败喽！现在，他将忍受漫长的折磨，领教大塔楼中我们的技艺所能设计的最漫长、最缓慢的折磨，永远不得解脱，除非他崩溃变形，到那时他也许可以回到你们当中去，你们会发现自己都干了些什么。这是肯定的，除非你们接受我王的条件。”

“说出条件吧。”甘道夫镇定地说，但他身旁的人都看到了他的痛苦神色。此刻，他就像一个苍老干瘪的人，终于被压垮、击败了。他们毫不怀疑他会接受对方的条件。

“条件如下——”那使节一边说，一边微笑着挨个打量他们，“刚铎的乌合之众和被他骗来的盟友，立刻退回安度因大河远处，并先发誓：无论是公开还是暗地里，永远不再以武力进犯索伦大帝。安度因河以东的全部土地永远归索伦大帝独有。安度因河以西直到雾山山脉和洛汗隘口，成为魔多的属国，那里的人不得携带武器，但准许管理自己的事务。他们必须帮助重建被他们恣意破坏的艾森加德，那里将归索伦大帝拥有，他的副手将进驻该地：不是萨鲁曼，而是更值得信任的人。”

看着那使节的眼睛，他们读出了他的想法：那位副手就是他，他将统管西方残余的一切。他将是他们的暴君，他们将是他的奴隶。

不过，甘道夫说：“用这么多的条件交换一个仆人，是不是太多了？这样的话，你的主子就可以从中收获他原本得经过许多次战斗才能赢得的东西！难道刚铎战场摧毁了他的战争希望，以致落到要来讨价还价的地步？假如我们确实把这个俘虏看得非常之重，又有什么能确保索伦这个卑鄙的背叛大师会信守承诺？这个俘虏在哪里？把他带来交给我们，然后我们会考虑这些条件。”

说罢，甘道夫死死地盯着他，观察着他，就像正与死敌击剑交锋。一时间，在甘道夫眼中，那使节似乎有些茫然，但很快他又大笑起来。

“不要傲慢地跟索伦之口胡言乱语！”他吼道，“你想要担保？索伦不给担保。如果你们想求得他的宽恕，那就必须先遵从他的命令。这些就是他的条件。接不接受，你们随便！”

“我们会接受这些！”说着，甘道夫突然把斗篷往边上一掀，一团白光迸现，像一把利剑插入那黑暗之地。在他高举的手前，那肮脏的使节噔噔后退，甘道夫上前一把夺过那些信物：锁子甲、斗篷和剑。“这些，我们会接受，来纪念我们的朋友。”他高声道，“至于你的条件，我们完全拒绝。滚吧！你的使命结束了，死期将临。我们来这里不是跟背信弃义、该受诅咒的索伦浪费口舌做交易的，跟他的爪牙就更没有什么好说的。滚！”

魔多的使节再也笑不出来了。他又惊又怒，脸都气歪了，就像一只蹲伏着准备扑向猎物的野兽，却被一根带刺的大棒猛地击中了口鼻。

他怒火中烧，嘴淌口水，喉咙里憋出一阵不成调的怒吼。可是，看到众将领勇猛的脸色、致命的眼神，他的惧怕压倒了愤怒。他大叫一声，转身跃上坐骑，带着随从狂奔回西力斯戈格。他们一边跑，一边吹响号角，发出了早已安排好的信号。于是，他们还没跑到大门前，索伦就弹开了他的陷阱。

战鼓雷鸣，火焰高蹿。黑门洞开，拥出一支大军，速度之快，如拉起水闸，大水倾泻而出。

众将领重新上马驰回阵地，魔多大军爆发出一阵奚落的呼喊。尘土飞扬，空气窒闷，从附近又杀来一支东夷的军队，他们本来就躲在较远的那座塔楼后方，在埃瑞德砾苏伊的阴影里等待信号。魔栏农两边的山岭中拥出了不计其数的兽人。西方的人马落入了陷阱。很快，他们立足的两座灰色山丘就被十倍甚至超过十倍的敌军团团围住，被困在敌军的汪洋大海中。索伦的钢牙咬住了给他下的诱饵。

阿拉贡几乎没有时间调兵遣将。他跟甘道夫站在一座山丘上，美丽而绝望的白树星辰旗帜也立在那里。附近的另一座山丘上立着洛汗的白马旗帜和多阿姆洛斯的银天鹅旗帜。每座山丘上都摆开环形的阵势面对四方，长矛刀剑都竖立着。不过朝着魔多方向的前面，左边站着埃尔隆德的两个儿子，他们周围是登丹人，右边立着伊姆拉希尔亲王和多阿姆洛斯高大英俊的士兵，以及守卫之塔的精兵。

风飒飒，号长鸣，箭矢破空啸啸。正在南升的太阳此刻也笼罩在魔多的浓臭中，透过饱含威胁的迷雾，暗光闪烁，模糊而遥远，仿佛一天即将结束，又或者是整个光明的世界即将终结。那兹古尔从聚拢的幽暗中现形，用冷冰冰的声音呼号着死亡之语，所有的希望都被扑灭了。

当听见甘道夫拒绝条件，弗拉多注定要遭受黑塔折磨时，皮平被恐惧压得抬不起头来。不过他控制住了自己，此刻站在贝瑞刚德旁边，跟伊姆拉希尔的部下一同站在刚铎队伍的前列。因为在他看来，既然一切都已经毁了，那最好还是快点死，离开这个他生命中的痛苦故事。

“真希望梅里在这儿。”他听见自己这样说。看着敌人冲上前来展开攻击，他脑海中思绪万千：“唉！唉！现在我算是有点理解可怜的德内梭尔了。梅里和我，我们本来可以死在一起的，反正都要死，为什么不死在一起呢？唉，既然他不在这里，那我希望他死得舒服一点。可现在，我必须竭尽全力。”

他拔出剑，看着它，看着金红交织的形状，剑刃上流畅的努门诺尔文字如火闪耀。“这把剑就是为这样一个时刻打造的，”他想，“但愿我能用它刺死那个邪恶的使节，那样我就能跟老梅里持平了。哼，在死之前，我会干掉几个这样野兽般的家伙！希望还能再见到清凉的阳光和青翠的草地啊！”

就在他这样想的时候，第一拨攻击向他们扑来了。兽人被两座山丘前方的沼泽阻住了攻势，停了下来，对着防御阵线密集射箭。然后，来自戈格洛斯的一大群山地食人妖从兽人中大步冲出来，野兽般咆哮着。他们比人类高大壮硕，身上只裹着一层鳞片突起的贴身密网，也许那就是他们丑陋的皮囊。他们提着巨大的黑色圆盾，骨节粗大的手中挥舞着沉重的铁锤。他们满不在乎地跳进水塘涉水而来，一边奔走一边吼叫，风暴一样冲进刚铎人的阵线，像铁匠锤打红热的弯铁一样锤击着头盔与头颅、手臂与盾牌。站在皮平旁边的贝瑞刚德被击昏在地。击倒他的食人妖头领弯下身，朝他伸出了爪子：这些凶恶的家伙会咬断被他们击倒者的喉咙。

就在这时，皮平举剑向上一刺，这把西方之地的铭文利刃刺穿皮囊，深深地扎入食人妖的要害，黑血顿时喷涌而出。食人妖身形一晃，像一块落石轰然垮倒，埋住了那些站在他身下的人。黑暗、恶臭和被压碎的疼痛袭向皮平，他的神志跌入了一片无尽的黑暗中。

“结局跟我猜的一样啊！”他的思绪在飘离的同时说道。从身体里逃跑之前，它还笑了一下，几乎像是在为终于抛下所有疑惑、担忧和恐惧而高兴。然后，在就要飞入遗忘时，它听到无数人声，似乎在遥远高空中某个被遗忘的世界里呼喊：

“大鹰来了！大鹰来了！”

皮平的思绪又流连了片刻。“比尔博！”他想，“可是，不对啊！那是在他的故事里，很久很久以前。这是我的故事，现在它结束了。再见！”然后，他的思绪飘远了，他的眼睛什么都看不见了。

指环王三部曲

III 王者归来

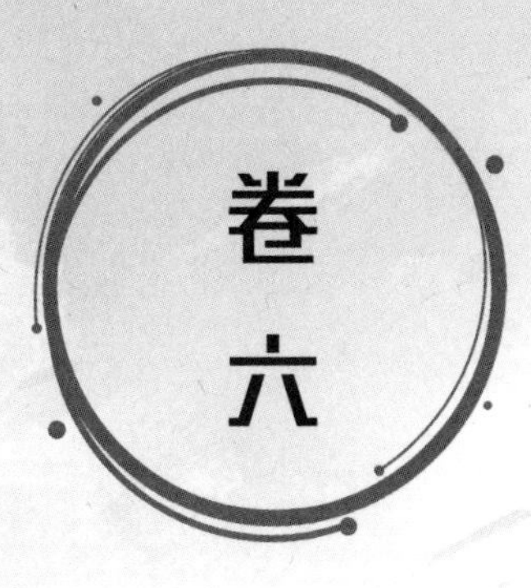

第1章 西力斯昂戈之塔

山姆吃力地从地上撑起来。恍惚间，他不知道自己身在何处，然后，所有悲惨和绝望的记忆都回来了。他在一片漆黑中，在兽人要塞的地下门外，要塞的黄铜门已经关上了。他一定是在猛地撞门之后，昏了过去，但他不知道在那儿躺了多久。当时他怒火中烧，绝望而又暴怒，现在他冷得发抖。他悄悄地爬到门边，侧耳贴在门上。

他隐约能听到里面很远的地方，兽人在喧闹，但很快他们就停了，也或许是超出了他的听力范围，一切都静止了。他头痛欲裂，眼前直冒金星，但他努力稳住自己，开始思索。很显然，无论如何他都没有从这扇门进入兽人老巢的希望，可能得等上好多天，这道门才会打开，而时间极其宝贵。他对自己的责任不再有任何怀疑：他必须救出他家少爷，不然就死于尝试。

“送命更有可能，不管怎么说，那样容易得多。”他严肃地自语着，将刺叮剑插入剑鞘，转身离开了黄铜门。他沿着隧道在黑暗中慢慢地摸索着往回走，也不敢使用精灵之光。他一边走，一边努力地把他和弗拉多离开十字路口后发生的事情串在一起。他不知道现在是什么时间，估计大概是今天和明天之间的某个时刻，但他连哪天是哪天都算不清了。他身在一片黑暗之地，世界的白昼在这里似乎已经被遗忘，所有进入这里的人也都被遗忘了。

“不知道他们有没有想过我们，”他说，“也不知道远在那里的他们都遇到了什么。”他含糊地往前挥了挥手，但实际上现在他是面朝南，而不是朝西，因为他正在走回希洛布的隧道。在外面，在世界的西方，现在是夏尔纪年三月十四日近午时分，是阿拉贡率领黑舰队离开佩拉基尔的时刻，是梅里随同洛希尔人骑马走下石马车山谷的时刻，也是米纳斯提力斯陷入一片火海，皮平望着德内梭尔眼中的疯狂渐渐增长的时刻。不过，这些朋友尽管各有各的忧虑与恐惧，却始终惦记着弗拉多和山姆。他们并没有被遗忘。可他们离得太远，众人爱莫能助，虽然惦记，却也无法给汉姆法斯特的儿子山姆怀斯送去任何帮助。他完全孤立无援。

他最后回到了兽人通道的石门前，但还是没有发现支撑的把手或门闩。他像之前那样艰难地爬了过去，轻轻落地，然后悄悄地朝希洛布的隧道出口走去。她那巨大的破蛛网依然在冷风中飘荡摇摆着。在经历了后面那令人厌恶的黑暗之后，山姆觉得空气似乎冷飕飕的，但呼吸到这样的冷空气让他精神一振。他小心翼翼地爬出去了。

一切都诡异地安静。天光似昏昼将尽时分的暮色。大团大团从魔多升起的蒸汽低低地飘过头顶，朝西涌去，一大片纷乱翻滚的云烟下方，这时再一次被暗红色的光照亮。

山姆抬头朝兽人的塔楼望去，突然，那些窄窄的窗户透出光来，就像一只只小红眼睛瞪着。他不知道它们是不是某种信号。在盛怒和绝望中暂时忘却的对兽人的恐惧，这时又回来了。就他所见，他只有这一条路可走：必须得继续走下去，努力寻找这可怕塔楼的主入口。可他感到膝盖发软，浑身都在颤抖。他把目光从前方塔楼和裂缝两侧耸立的尖角上收回来，强迫不情愿的双腿遵从自己的意志，慢慢地一边侧耳聆听，一边窥探路边浓重的岩石阴影。他沿原路往回走着，经过了弗拉多倒下的地方，空气中仍然飘溢着希洛布的臭气。他继续往上走，直到又站在他戴上至尊指环，看着沙格拉特的队伍经过的那个裂口处。

他在那儿停下脚步，坐了下来。这一刻，他无法逼迫自己再继续往前走了。他感到，一旦越过隘口顶端，真正向魔多之地踏下一步，那一步将会是无可挽回的。他将再也不能回头。没有任何清晰的意图，他掏出至尊指环，又把它戴上了。立刻，他感到了它沉沉的重量，也重新感到了魔多之眼的恶意：比以往更强烈、更急切。它在搜索，企图刺穿它为防御自身而制造出来的阴影，但这些阴影现在却在它的不安和疑虑中阻碍了它。

跟之前一样，山姆发现自己的听力变得敏锐了，但视力却正相反：眼前的世间万物稀薄而模糊。道路两边的岩壁看上去仿佛隔着一层雾，灰白灰白的，但他却听得见希洛布在远处凄惨地发出的汩汩冒泡声，听得见喊声与金属的碰撞声，它们粗哑而清晰，似乎近在咫尺。他一跃而起，将自己紧紧地压在路边的石壁上。他很庆幸自己戴着至尊指环，因为这会儿又走来了另一队兽人，反正一开始他是这么认为的。然后，他突然意识到不是这么回事，他的听力欺骗了他：兽人的叫喊来自塔楼，塔顶的尖角此刻就在他的正上方，在裂隙的左边。

山姆不寒而栗，努力强迫自己继续往前走。很显然，某种可怕的事正在发生。也许那些兽人的残酷本性占了上风，他们不顾一切命令，正在折磨弗拉多，甚至正野蛮地将他削成碎片。山姆仔细聆听，听着听着又生出了一丝希望。几乎不用质疑：塔楼里正在打斗，兽人一定起了内讧，沙格拉特和戈巴格已经动手打起来了。这个猜测给他带来的希望虽然渺茫，却足以激励他。也许这正是一个机会。他对弗拉多的爱盖过了其他所有念头，他忘了危险，大声喊道："我来了，弗拉多先生！"

他往前跑上那条攀升的小道，越了过去。小道骤然左转，陡然下降。山姆进入了魔多。

也许是被潜意识中某种危险的预感触动，他把指环取了下来，尽管他只是觉得自己想看得更清楚一些。"最好能看看最坏的状况，"他嘀咕道，"在雾里跌跌撞撞可没有什么好处！"

闯入他眼眸的，是一片坚硬、冷酷又贫瘠的大地。他的脚前，埃斐尔度阿斯最高的山脊陡然下降，巨大的悬崖落入一道黑漆漆的低谷，低谷对面又升起另一道低得多的山脊，边缘参差不齐，似犬牙交错，在后面的红光映衬下，黑漆漆地赫然耸立。它就是阴森的魔盖，魔多大地的防御内环。这道山脊远处，几乎就在正前方，在一片宽阔的点缀着微小火光的黑暗之湖对面，有一团巨大的火光。粗大的烟柱旋转着从中间升起，底部暗红，顶部漆黑，融进浓烟滚滚的天篷，笼罩着这一整片被诅咒的土地。

山姆望着火焰之山欧洛朱因。这灰白的锥形山山底深处的熔炉热浪滚滚，翻卷着、喷涌着，从山侧的裂隙中吐出一条条熔岩之流。有些岩浆炽光闪闪，沿着巨大的沟渠朝巴拉督尔流去；有些蜿蜒流入岩石遍布的平原，直至冷却，摊在那儿像是受尽折磨的大地吐出的扭曲石龙。就在这样一个疲惫不堪的时刻，山姆看见了末日山。它的火光此刻映照在光秃秃的岩石表面，但被埃斐尔度阿斯高耸的屏障挡住了，所以对那些从西边爬上山道的人来说，它们看上去就像是浸透了鲜血。

山姆呆立在这恐怖的火光中。往左，他现在可以看见西力斯昂戈之塔强大的全貌。他从另一边看见的尖角只是它最顶端的角塔。塔东面，从下方深处山壁突出的一块岩架上耸立起三大层，背靠一个大悬崖，悬崖上筑起了一个叠一个的堡垒，越往上越小。东北向和东南向的陡峭塔墙上，砖石结构很巧妙。在山姆脚下两百英尺处，最低一层周围，有一个被一堵城垛围墙围起来的窄院。它的门开在靠近东南方的一边，敞向一条宽阔的大路，大路的外护墙沿着悬崖边缘延伸向前，直到向南转，蜿蜒降入黑暗中，与越过魔古尔隘口而来的道路交会。然后它继续向前，穿过魔盖中的一个锯齿状裂口，进入戈格洛斯山谷，通向远方的巴拉督尔。山姆所站的上方窄道经过阶梯和陡直的小道骤降而下，在接近塔门的嶙峋岩壁下与大道会合。

山姆凝视着这座高塔，突然震惊不已地领悟到：建造这个堡垒，不是为了把敌人拒于魔多之外，而是为了把他们困在其中。它其实是刚铎很久以前修建的工事之一，是伊希利恩防线的一个东部前哨，建于最后联盟之后，当时西方的人类在监视索伦的邪恶之地，他的爪牙仍然潜伏在其中。不过如同尖牙之塔纳霍斯特和卡霍斯特，这里的警戒也失败了，背叛者将这座塔拱手让给了指环幽灵之王。它已经被邪恶之物占领了很多年。自从回到魔多，索伦发现这座塔十分有用。因为他的爪牙很少，但心怀恐惧的奴隶很多，这座塔的主要目的仍然跟古时一样，是防止有人从魔多逃走。不过，如果真有敌人贸然企图潜入魔多，并且通过了魔古尔和希洛布的警戒，那这座塔也是最后一道

不眠的守卫。

山姆非常清楚，要从那耳目众多的围墙底下悄悄地爬下去，并穿过严密监视下的大门，是多么地无望。而且就算做到了，他在下面那条被把守的大路上也走不了多远，因为就连那些躺在红光照不到的幽深之处的黑影，也无法让他长时间地躲过拥有夜视眼的兽人。可是，尽管那条路令人绝望，但他此刻的任务还要糟糕得多：不是避开大门逃走，而是进去，孤身一人。

他的思绪转向了至尊指环，但那上面没有慰藉，只有恐惧和危险。远处燃烧的末日山一进入他的视线，他就感到这负重发生了变化。越接近那在时间深处将它锻造成形的巨大熔炉，至尊指环的力量就越强，也变得更邪暴，除了某种强大的意志，没有人能驯服它。当山姆站在那里时，即使至尊指环并没有戴在手上，而只是用链子挂在颈上，他还是觉得自己变得膨胀了，他仿佛裹着一层庞大而又扭曲的自身的影子，像一个伫立在魔多山墙上巨大而又不祥的威胁。他觉得从现在起，他只有两个选择：要么忍住不戴至尊指环，尽管它会折磨自己；要么戴上它，去挑战那个盘踞在阴影山谷远处的黑暗堡垒中的力量。至尊指环已经在引诱他了，啃噬着他的意志与理性。他的脑海中开始出现疯狂的幻想，他看见了这个纪元的英雄、大力士山姆怀斯，手握火焰剑，大步穿过这愈渐黑暗的大地；他振臂一呼，便有千军万马应召而来，拥着他一同进军去推翻巴拉督尔。然后，云雾滚滚，全部散去，炽阳高照，他一声令下，戈格洛斯山谷就变成了一个花树繁盛、果实累累的花园。他只要戴上至尊指环，声称其为己所有，这一切就会实现。

在这个面临考验的时刻，最主要的是他对他家少爷的爱令他坚定了心志，而且他的内心深处，那单纯的霍比特人意识依然根深蒂固，未被击败。他深知，他没有伟大到能承担起这样的重负，即使那些幻象不只是一个背叛他的骗局。他想要的，只是一个自由园丁的小花园，能用自己的双手劳作，而不是把花园膨胀成一个王国，命令他人的手去劳作。

“无论如何，所有这些念头都只是骗人的小把戏。”他对自己说，“在我能那么喊出来之前，他就会看见我、恐吓我的。如果我这时在魔多戴上指环，他瞬间就会发现我的。唉，我只能说，事情看起来就像春天的霜冻一样无望。偏偏就在隐身真的会有用的时候，我却不能使用这枚指环！而且，就算我能再往前走，每走一步它也都只会是一种累赘和负担。所以我到底该怎么办呢？”

他并不是真的有所犹疑。他知道自己必须走到那扇大门去，不能再在这里耽搁了。他耸了耸肩，仿佛甩掉阴影，驱散幻象，然后开始慢慢地往下走。每走一步，他都觉得自己似乎又变小了一点。没走多远，他就又缩成了一个非常矮小又被吓坏了的霍比特人。他现在正经过塔楼的围墙下，塔内打斗的喊声叫声，他不戴指环，用自己的耳朵都听得见。此刻，喧闹声似乎是从外墙后面的庭院里传出来的。

山姆沿着小道往下走了大约一半的时候，两个兽人冲出黑暗的门道，冲进了红光中。他们没有朝他的方向转，而是朝大路跑去，但他们跑着跑着，突然一个趔趄扑倒在地，一动不动了。山姆没有看到箭，但他猜测，这两个兽人是被其他在城垛上或躲在大门阴影里的兽人射倒的。他紧贴着左边的墙继续往前走。他抬头望了一眼，就知道没有爬上去的可能。这堵石墙有三十英尺高，没有裂缝，也没有突起，而且像倒置的阶梯一样向外倾斜着。大门是唯一的路。

他蹑手蹑脚地继续前进，一边走一边琢磨塔里有多少兽人跟沙格拉特是一伙的，戈巴格又有多少手下，还有，他们是在为什么争执，如果真的发生了争执的话。沙格拉特的喽啰似乎有四十来个，戈巴格的那帮兽人则有两倍还多，当然，沙格拉特的巡逻队只是他的守卫队的一部分。几乎可以肯定，他们是为弗拉多以及战利品起了争执。山姆脚步一顿，因为他突然明白了事态，几乎就跟目睹了一样。那件秘银铠甲！弗拉多穿着它，而他们肯定会发现的。从山姆听到的情况来判断，戈巴格会觊觎它的。而来自黑塔的命令是弗拉多目前唯一的护身符，如果它们被抛到一边，弗拉多随时都有可能被杀。

“快点，你这个悲惨的懒蛋！”山姆冲自己吼道，“现在就去吧！”他拔出刺叮剑，朝敞开的大门跑去。可是就在将要经过那巨大的拱门底下时，他感到浑身一震，就像是撞进了某种类似希洛布的蛛网一样，只不过这网是隐形的。他没有看见障碍物，但某种强大到他的意志无法克服的东西挡住了去路。他环顾左右，然后在大门的阴影里看见了两尊监视者。

它们就像坐在宝座上的巨大雕像，每尊都有三个相连的躯体和三个分别朝外、朝内以及朝着门道的脑袋，脑袋上的面孔如秃鹰一般，爪子似的手搁在硕大的膝盖上。它们似乎是用一整块巨石雕刻而成的，不能移动，却有意识：某种可怕的警戒邪灵附着在它们体内。它们认得敌人。不管是可见的还是隐形的，没有人能不被注意地溜过去。它们会禁止他进入，或禁止他逃走。

山姆坚定意志，再次往前冲，却猝然一顿，踉跄后退，仿佛胸口和头上都挨了一拳。然后，因为想不出还能怎么办，他极其大胆地回应了一个突然闯入脑海的念头：他慢慢地取出加拉德瑞尔的水晶瓶，将它举了起来。它的白光迅速增长，黑暗拱门下的阴影逃走了。两尊丑陋的监视者一动不动，冷漠地坐在那里，显露出了它们全部可怕的形貌。片刻间，山姆瞥见它们的黑石眼睛里光芒一闪，恶毒得令他胆战心惊。不过慢慢地，他感到它们的意志动摇了，瓦解成了恐惧。

他一跃冲过了它们。可就在一边跑一边把水晶瓶塞进胸口时，他察觉到它们的警戒恢复了，清晰得就仿佛身后一道钢铁门闩咔嗒一声闩上了。那些邪恶的脑袋发出一声尖锐高亢的叫喊，在他面前的塔墙上回荡。上方很远的地方，传来了一阵刺耳的当当钟响，像是回应的信号。

“这下可糟了！”山姆说，“我这是把大门的门铃摇响了！好吧，有人吗？！”他喊道，“告诉沙格拉特队长，伟大的精灵战士来访，还带着他的精灵宝剑！”

没有回应。山姆大步前行，手中的刺叮剑闪着蓝光。庭院笼罩在深深的阴影中，但他能看见地上满是尸体。他的脚边就有两个背上插着刀的兽人弓箭手。周围躺着更多尸体，有的是被单独砍倒或者射死的，还有的仍然扭在一起，呈现互相抓扯、戳刺、扼喉、撕咬的死状。石板上沾满了滑腻腻的黑血。

山姆注意到这些兽人的装束有两种，一种上面有红眼标记，另一种的标记是扭曲成死亡鬼脸的月亮，但他没有停下来仔细看。庭院对面，塔脚下有一扇半敞开的大门，一道红光从里面透出来，一个高大的兽人倒在门槛上。山姆跃过那具尸体，走了进去。他茫然地环顾四周。

一条宽敞的回声通道从大门口通往山侧，通道被插在墙上支架里燃烧的火把映得微微发亮，但远处的尽头隐没在昏暗里。通道两边可见很多门和开口，但除了两三具尸体趴在地上，这条通道空荡荡的。从那两个队长的交谈听来，山姆知道，无论是死是活，弗拉多最有可能被关在最高角塔中的某个房间里，但是要找到上去的路，他可能得搜寻一天。

“我猜应该是在靠近后面的地方，”山姆嘀咕道，“整座塔像是往后倾斜的。无论如何，我最好跟着这些火光走。”

他沿着通道往前走去，不过走得很慢，每走一步就更勉强一分。恐惧再次开始袭上心头。除了他的脚步啪嗒声，没有其他任何声音。就在这寂静中，他的脚步声似乎越来越响，变成一种带有回音的噪声，就像巨手拍打着岩石。死尸、空寂、在火把光亮的映衬下像浸着血的潮湿黑墙、对潜伏在门口或阴影中的死亡的恐惧，还有一直游荡在他心底的那两尊守门雕像的邪恶，凡此种种，几乎超出了他能逼迫自己面对的极限。他宁愿痛快地打斗一场——别一次来太多敌人——也不想忍受这可怕又森然的不确定性。他强迫自己去想弗拉多，想他躺在这恐怖地方的某处，或被五花大绑，或遭痛苦折磨，或已经死亡。他继续往前走去。

他已经走过火把的昏光，几乎到了通道尽头的大拱门前。他猜得没错，这是底层门的内侧。这时，上方高处传来一声被扼住喉咙的可怕尖叫。他戛然止步。然后，他听到了渐近的脚步声。有人正急匆匆地从头顶上一道回声荡荡的阶梯上往下跑。

他意志太弱，犹犹疑疑，没管住自己的手。他伸手扯出链子，抓住至尊指环，但并没有戴上它，因为就在他将指环紧紧地攥在胸口时，一个兽人哐当冲了下来。这个兽人从右边一个漆黑的开口里跳出来，朝他跑来，在距离他不到六步时，一抬头看见了他。山姆能听见他气喘吁吁的呼吸，能看见他布满血丝的眼睛中的怒光。他惊恐地停住脚步，因为他看见的不是一个吓得瑟瑟发抖、剑都握不稳的小霍比特人：

他看见的是一个巨大、沉默的身影。这身影裹在灰色的暗影中，在后方摇曳的火光映衬下赫然耸立，一只手握剑，剑光刺目生疼，另一只手抓着胸口，却似抓着某种无名的力量与死亡的威胁。

那兽人弓腰呆怔片刻，然后惊恐地怪叫一声，掉头就往来路跑去。敌人出乎意料地逃走，这让山姆比任何看见对手夹着尾巴逃走的狗还要开心。他大吼一声追了上去。

“是的！精灵战士跑掉了！”他喊道，“我来了！你赶快带我上去，否则我就剥了你的皮！”

可那兽人是在自己的老巢里，动作敏捷又体力充沛，而山姆是一个陌生人，又饿又累。那阶梯又高又陡，蜿蜒曲折。山姆开始气喘吁吁。那兽人很快就跑出了他的视野，只能隐约听见他继续往上奔跑的啪啪脚步声。时不时地，他还会大叫一声，回声在阶梯两侧回荡。不过渐渐地，他所有的声音都消失了。

山姆继续吃力地往上追去。他感到自己走在正确的路上，精神为之大振。他把至尊指环塞回去，勒紧腰带。“好嘛，好嘛！”他说，“要是他们全都这么讨厌我和我这把刺叮剑，事态可能会比我希望的要好。不管怎么着，看起来沙格拉特和戈巴格，还有他们的喽啰已经替我把几乎所有的事都办好了。除了那只吓坏的小耗子，我确信这地方没有活口了！”

这话一说出口，他突然顿住了，仿佛一头撞上了石墙。他刚刚说的话包含的完整含义犹如一记重拳捶在心上。没有活口剩下！刚才那声可怕的垂死尖叫是谁发出来的？“弗拉多，弗拉多！少爷！”他呜咽着喊道，“如果他们已经杀了你，那我该怎么办？好吧，我最后终于快到顶了，去看看我必须要看的。”

他往上爬啊爬，除了转角或某些通往塔楼高层的开口处偶尔有火把，阶梯四周漆黑一片。山姆试图数一下阶梯，但两百阶之后他就数不清了。他现在静悄悄地走着，因为他觉得他能听到说话的声音，不过还有一段距离。活着的耗子似乎不止一只。

突然，就在他觉得自己一口气再也喘不上来，膝盖再也不能打弯的时候，阶梯到顶了。他定定地站住了。说话的声音这会儿更清晰更近了。山姆四下张望。他已经爬到了高塔的第三层，也就是最高一层堡垒的平台上：一片开阔的空间，大约二十码宽，周围是低矮的扶墙。阶梯出口在平台中央，被一个圆顶小屋遮蔽着，小屋有两扇矮门，一扇门朝东，一扇门朝西。往东，山姆能看见下方辽阔又黑暗的魔多平原，以及远方燃烧的火山。一股新的熔岩正在深深的火山口中汹涌，一道道火河炽光烈烈，连这边与之相隔好多英里的塔楼顶都被映得通红。朝西的视线被巨大的角塔基座挡住了，角塔伫立在这片高层平台后方，塔的尖角高高地超过了环绕山岭的山顶。光亮从一道窗缝透了出来。它的门离山姆所站之处不到十码。门开着，但里面一团漆黑，说话的声音就是从那片阴影中传出来的。

一开始，山姆没有去听。他一步跨出朝东的门，环顾周围，立刻发现这里曾经发生过最激烈的打斗。整个平台上堆满了兽人的尸体和四散的断头残肢。这里弥漫着死亡的恶臭。一声咆哮和随之而起的重击与哀号，吓得他猛地躲了回去。一个兽人愤怒的声音扬起，粗哑、残忍、冷酷，山姆立刻听出这是塔楼的守卫队长沙格拉特在说话。

“你说你不会再去了？混蛋！斯那嘎，你这条该死的小蛆！如果你认为我的伤重得让你糊弄我也没事，那你就错了。过来，我要捏爆你的眼睛，就跟我刚才捏爆拉得布格的眼睛一样。等新的伙计们来了，我就会处理你的！我会把你送给希洛布。”

“他们不会来的，反正在你死之前是不会来的。”斯那嘎暴躁地回答道，“我告诉你两次了，戈巴格的那群臭猪先到的大门口，我们的人谁都没能出去。拉格都夫和穆兹嘎什冲出了大门，但都被射死了，我是从窗户里看见的，我告诉你，他们是最后两个。”

“那你必须去。我反正一定得待在这里。不过我受伤了。让黑坑吞掉戈巴格那个肮脏的叛徒！”沙格拉特的声音渐渐弱化成一连串辱骂和诅咒，“我给他的比我得到的还好，他却捅我一刀！那坨臭粪，我没来得及掐死他。你必须去，否则我吃了你！消息必须送到路格布尔兹去，否则咱们俩都会被喂黑坑。是的，你也会，鬼鬼祟祟地躲在这里，你也逃不掉。”

“我不会再下到那道阶梯去了！”斯那嘎咆哮道，“我管你是不是队长。不去！把你的手从刀上拿开，否则我就给你的肚子一箭。等他们知道这里发生了什么，你这队长就当不了。我为这塔楼跟那群魔古尔的臭耗子拼过命了，可你们两个宝贝队长，为了分赃打斗，把事情搞得一团糟。”

“你够了！”沙格拉特咆哮道，“我有我的命令。先惹事的是戈巴格，他想要抢那件漂亮的衣服。”

“哼，是你成天装腔作势，才把他惹恼的。无论如何，他比你有脑子。他不止一次告诉你，这些奸细中最危险的一个还在逃，你就是不听。你现在还是不听。我告诉你，戈巴格是对的。这附近有一个强大的战士，是一个双手沾满鲜血的精灵，也可能是一个恶心的塔克[①]。我告诉你，他来了。你听到那钟声了吧？他闯过了监视者，那

①“塔克”是兽人对刚铎人的粗俗称呼——译者注。

是塔克的把戏。他就在阶梯上。在他离开之前，我才不下去呢。就算你是一个那兹古尔，我也不去。”

“就这样，是吗？”沙格拉特吼道，“你要这样办，你不要那样办是吧？等他真来了，你抛下我拔腿就跑？不，你想都别想！我会先在你的肚子上戳些红蛆洞！”

那个矮小的兽人从角塔门飞奔而出，大块头沙格拉特紧追其后。他佝偻着奔跑，因为胳膊很长，跑的时候都垂到了地上，但其中一条胳膊无力地垂着，似乎在流血，另一条胳膊抱着一个黑色的大包裹。在他跑过时，蜷缩在阶梯门后面的山姆借着红光瞥见了他那张邪恶的脸：似乎被爪子抓破了，满脸血污，龅牙上口水滴答，嘴里发出野兽般的怒吼。

山姆所见的就是这一幕：沙格拉特绕着平台追杀斯那嘎，后者左闪右躲，尖叫着又冲进角楼里消失了。沙格拉特于是停了下来。山姆从朝东的门望过去，见他这时靠在扶墙边，气喘吁吁，左爪无力地一张一握。他把包裹放在地上，用右爪抽出一把红色长刀，对着它啐了一口。他走到扶墙边，俯身朝下面很远处的外院张望。他大喊了两次，都没有回应。

突然，就在沙格拉特俯身趴在城垛上，背对着屋顶天台时，山姆吃惊地看见，地上那些横七竖八的尸体中有一具动了起来。他在爬行。他伸出一只爪抓住包裹，踉踉跄跄地站了起来。他的另一只爪握着一支带短柄的阔头长矛。他摆出了戳刺的姿势。可就在那一刻，一声疼痛或憎恨的嘶音溜出了他的牙缝。沙格拉特蛇一般迅速闪到一旁，扭转过身，一刀刺进了敌人的咽喉。

“捉住你了，戈巴格！”他叫道，“还没死透？行，我这就送你上路！”他跳到戈巴格倒下的尸体上，愤怒地又踩又踏，还不时地弯腰用刀胡戳乱砍。最后，他终于满意了，往后一甩头，发出咯的一声狂喜可怕的尖叫。然后，他舔了舔刀，用牙咬住，抓起包裹轻松地朝阶梯口近旁的门走来。

山姆没有时间思索。他或许能从另一扇门溜出去，但很难不被看见。他也不可能一直跟这个可怕的兽人玩捉迷藏。他做了可能是他所能做的最好的事：大吼一声，跳出来面对沙格拉特。他没有再握着至尊指环，但它就在那里，一股隐藏的力量，一种对魔多的奴隶充满恐吓的威胁。而且山姆手中还握着刺叮剑，它的光芒就像精灵国度可怕的冷酷星光，刺痛了兽人的眼睛，哪怕只是梦见，都会令兽人一族胆战心惊。沙格拉特无法一边打斗，一边抓着他的宝贝不放。他停住脚，龇着獠牙低声咆哮。然后，他再一次用兽人的狡黠跳到一边，在山姆扑过来时，把沉重的包裹当作盾牌和武器，猛地挥向敌人的脸。山姆被打得踉跄后退，未及站稳，沙格拉特就一个箭步蹿过去，奔下了阶梯。

山姆咒骂着追了上去，但他没跑多远，很快就想起了弗拉多，还记起了另一个已经奔回角塔的兽人。这又是一个两难的选择，他也没有时间细想。如果沙格拉特逃走了，他很快就会找到援兵跑回来。而如果他去追沙格拉特，另一个兽人又可能在那上面干些可怕的事。无论如何，山姆都可能追不上沙格拉特，或是被他杀掉。他迅速转身，跑回阶梯。“我想我又错了，”他叹息道，“但不管之后会发生什么事，我都得先上到楼顶去。”

下方远处，沙格拉特已经跳下阶梯，背着他的宝贝包裹跑过庭院，冲出了大门。如果山姆能看见他，知道他的出逃会带来什么样的悲伤，大概会恐惧畏缩，但眼下他的心思全在最后阶段的搜索上。他谨慎地来到角楼门口，走了进去。里面一片漆黑，不过，他睁得大大的眼睛很快就觉察到右侧有一道微弱的亮光。光线来自连接另一道阶梯的一个开口，这道阶梯又暗又窄，看起来像是沿着角楼圆形外墙的内壁盘旋而上。上方某处有一支火把微光闪烁。

山姆开始轻手轻脚地拾级而上。他来到火光摇曳的火把所在之处，火把固定在左边一扇门的上方，那扇门正对着一道朝西的窗缝，也就是他和弗拉多在下方的隧道口处看见的红眼之一。山姆快步走过那扇门，急忙去爬第二层楼。他担心自己随时都会遭到袭击，或是被陌生的手从身后掐住喉咙。接下来他来到另一扇朝东的窗前，另一扇门前。门上方固定着另一支火把。门开着，通往一条穿过角塔中央的通道。除了火把的微光，以及从窗缝外面透进来的红光，这条通道黑漆漆的。不过阶梯止于此，不再继续攀升了。山姆蹑手蹑脚地进了通道。通道两旁各有一道矮门，但都关着，而且上了锁。一点声音也没有。

“我这一路攀爬，居然到了一个死胡同！”山姆嘟囔道，“这里不可能是塔顶。可我现在该怎么办呢？”

他转身跑回下面那一层，试着推了推门，没有用。他再次跑上去，脸上开始汗水沥沥。他感到每一分钟都很宝贵，但时间却一分一分地溜走，而他却什么都做不了。他不再关心沙格拉特或斯那嘎，或世上任何兽人。他只想念他家少爷，想看一眼他的脸，或摸一下他的手。

最后，疲惫不堪的他感觉一败涂地，只得在通道那层的下一级阶梯上坐下，垂首捂着脸。四周寂静，静得可怕。他到这里的时候已经燃得差不多的火炬，这时噼啪一声，灭了。他觉得黑暗像潮水一般淹没了他。然后，轻轻地，连他自己也感到惊讶：在漫长的旅程与悲伤都落空的终点，不知道受心里什么念头的触动，他竟然唱起来了。

冰冷黑暗的塔楼里，他的声音纤细而颤抖：是一个孤苦伶仃又疲惫不堪的霍比特人的声音，没有哪个兽人会将它错听成精灵王侯的清亮歌声。他喃喃地唱着夏尔的古老童谣，唱着比尔博先生的诗句片段，它们就像家乡的情景，一幕幕在他的脑海中飞逝。突然，他体内生出一股新的力量，他的声音响亮起来，他自己的词句也自动和上了那简单的曲调：

西方大地阳光下，
春天花开树萌芽，
流水潺潺雀欢歌。
无云晚空夜朗朗，
榉树摇曳叶生姿，
精灵星辰如白钻，
枝间熠熠生辉光。
长途跋涉终点至，
吾埋深深黑暗中。
坚固高塔未能及，
险峻众山未能触，
重重阴影天之上，
日月星辰永闪耀，
吾将不言日已尽，
亦不道别众星辰。

“坚固高塔未能及……”他开始重复唱词，却戛然而止。他觉得刚才似乎有一个微弱的声音在回应他，可这时却又什么都听不到了。等等，他是听到了什么，但不是话音，而是正在接近的脚步声。上面通道里有一扇门被悄悄地打开了，铰链吱嘎作响。山姆蹲下身来仔细聆听。那扇门咔嗒一声关上了。接着，一个兽人的咆哮声传来。

“嗬！上面那个，臭耗子！闭上你的嘴，不要吱吱叫了！否则我上去收拾你。听见了吗？”是斯那嘎的声音。

没有回答。

“好吧，”斯那嘎怒吼道，“我倒要上去看看，你在搞什么鬼。”

门铰链再次吱嘎作响，山姆从通道门槛的角落偷偷看去，只见一扇敞开门的门廊里有光闪动，一个模糊的兽人身影走了出来。他似乎扛着一架梯子。突然，山姆脑海中灵光乍现：要抵达最顶层的房间，得通过通道天花板上的一个暗门！斯那嘎竖起梯子架稳，然后爬上去不见了。山姆听见了门闩拉开的声音，然后那刺耳的声音又响了起来：“你安静躺着，否则叫你吃不了兜着走！我猜你也安生活不了多久了，但你要是不想现在就开始领教好玩的，就闭上你的嘴巴，明白吗？这是一点提醒！”啪的一声响传来，像是抽鞭子的声音。

山姆闻声，胸中骤然爆发出一股怒火。他一跃而起，跑过去，像猫一样蹿上梯子。他的头从一间圆形大房间的地板中央伸了出去。一盏红灯悬挂在天花板上，朝西的窗又高又暗。窗下的墙角旁躺着什么，一个兽人黑影叉开腿俯视着它。他第二次举起了鞭子，但这一鞭再也没能挥下去。

山姆大叫一声，握着刺叮剑跳上地板。兽人猛地一个回旋转过身，但在他来得及做出反应之前，山姆一剑砍断了他握鞭的手臂。兽人疼得大嚎，忍着恐惧，孤注一掷地把头一低，朝山姆猛撞过来。山姆的第二剑砍偏了，自己也被撞得失去平衡，往后跌倒，但仍然不忘伸手去抓那个踉跄着从他身上奔过去的兽人。还没等他挣扎着爬起来，就听一声大叫和扑通一声，那个兽人慌忙奔逃时绊到了梯子顶端，从敞开的暗门跌了下去。山姆没再理他。他跑向蜷缩在地板上的人影。那是弗拉多。

他浑身赤裸，躺在一堆肮脏的破布上，好像晕过去了。他手臂抬起，护着头，身侧横着一条丑陋的鞭痕。

“弗拉多！我亲爱的弗拉多先生！”山姆叫道，泪水几乎模糊了眼睛，“是山姆，我来了！”他半扶起他家少爷，紧紧搂在胸前。弗拉多睁开了眼睛。

“我还在做梦吗？”他喃喃道，“可是别的梦都太可怕了。”

“你不是在做梦，少爷。”山姆说，“是真的，是我。我来了。”

“我真不敢相信！”弗拉多说着紧紧抓住他，“有一个拿鞭子的兽人，然后他变成了山姆！那刚才我听见下面有歌声也不是梦吧？我还试着回应了，那是你吗？”

“就是我，弗拉多先生。我差一点就放弃希望了，我找不到你。”

“好啦，山姆，你现在找到我了，亲爱的山姆。”弗拉多说着，躺回山姆温柔的臂弯中，闭上眼睛，像孩子一样，在黑夜的恐惧被慈爱的声音和温暖的双手驱散之后，安然休息了。

山姆觉得他能就这样在无尽的快乐中坐下去，但是形势并不允许。光是找到他家少爷还不够，他仍然需要试着救弗拉多出去。他吻了吻弗拉多的额头。“好啦！醒醒，弗拉多先生！”他努力让自己的声音听起来很欢快，就像过去在袋底洞，在夏天的早晨拉开窗帘时一样。

弗拉多叹了口气，坐起身。“我们在哪里？我是怎么到这里的？”

他问。

“我们先去别的地方吧，弗拉多先生，现在没时间说这些。”山姆说，“现在你在高塔顶层，就是兽人抓到你之前，我们在下面很远处的隧道口看见的那座塔。我不知道那是多久以前。我估计，有一天多了。”

“只有一天多？”弗拉多说，“我感觉好像过了好几个星期。有机会你一定得把所有的事情都告诉我。有什么东西击中了我，是不是？然后我昏过去了，噩梦连连，醒来时却发现醒着更糟糕。我周围全是兽人。我想他们刚刚往我喉咙里灌了某种可怕的辛辣液体。我的脑袋清醒了，身体却又疼又累。他们扒走了我的一切，然后两个大块头的残暴兽人过来审问我，他们一直问，一直问，问得我觉得自己就要发疯了。他们站在我旁边，一边扬扬得意地盯着我，一边玩弄手里的刀子，我永远也不会忘记他们的爪子和眼睛。”

“弗拉多先生，你越是谈论他们，就越是忘不掉。”山姆说，“如果我们不想再见到他们，那最好赶快离开。你能走吗？”

“能，我能走，”弗拉多说着慢慢坐了起来，“山姆，我没受伤，只是觉得非常累，而且这里很痛。”他的手伸过左肩，摸着后颈。他站了起来。山姆觉得，他好像全身都包裹在一层火焰中：赤裸的皮肤被上方的灯光照得猩红。他踱着步在地板上走了两圈。

“好多了！”他的精神振作了一点，“我一个人被丢在这里的时候，或者守卫来的时候，我都不敢动，直到吼叫和打斗开始。我想，那两个大块头畜生为了我和我的东西争吵起来了。我躺在这里怕得要命。然后，一切都变得死寂，而这更糟糕。”

“是的，看来，他们是起了争执，”山姆说，“这地方肯定有好几百个那种肮脏的家伙。这对山姆·甘吉来说可有点棘手，你大概会这么说，但他们全都自相残杀死光了。这很幸运，不过故事太长，一时半会儿作不出一首歌，我们先离开这里。现在怎么办呢，弗拉多先生？你不能全身光溜溜地在黑暗之地行走啊。”

“他们把所有东西都拿走了，山姆，”弗拉多说，“我的所有东西。你明白吗？所有东西！”这些话一出口，他就意识到灾难有多么彻底，绝望袭上心头，他垂头丧气，又蜷缩到地上，“山姆，任务失败了。即使我们能离开这里，也逃不掉。只有精灵能逃走，逃到很远很远的地方，中州以外的地方，渡过大海而去——倘若大海辽阔得足以将魔影阻挡在外。”

“不，不是所有东西，弗拉多先生。任务没有失败，还没有呢。我拿了它，弗拉多先生，请你原谅。我好好保管着它呢，它就在我脖子上挂着，真是一个可怕的重负。”山姆笨拙地摸索着胸口的指环和项链，“不过我想你必须把它收回去。”可是到了这个地步，山姆却感到不愿意放弃至尊指环，让他家少爷再承受这个重负。

“你拿着它？”弗拉多倒抽了一口气，“现在它在你那里？山姆，你真是太不可思议了！”可是刹那间，他的声音又变得怪异起来，“把它给我！”他大叫着站起来，伸出颤抖的手，“立刻把它给我！你不能拥有它！”

“好的，弗拉多先生。”山姆惊愕万分，“给你！”他慢慢地拽出至尊指环，从头上取下链子，“可是，先生，你现在是在魔多的地界里，等出去之后，你会看见火山和其他一切。你会发现至尊指环现在非常危险，非常难以承受。如果这事太沉重，也许我可以帮你分担一下？”

“不，不可以！”弗拉多叫道，一把从山姆手里夺过指环和链子，

“不可以，你不可以，你这个小偷！”他气喘吁吁，瞪大充满恐惧与敌意的眼睛盯着山姆。突然，他一手紧攥着至尊指环，惊愕地呆住了。眼前的那层雾似乎散开了，他抬手捂住疼痛的额头。那可怕的幻象似乎太真实了，让还带着伤痛和恐惧的他有些茫然。山姆就在他眼前又变成了兽人，不怀好意地盯着他的宝物，还伸爪欲抓，活脱脱一个目光贪婪、嘴角流涎的肮脏小东西。不过现在那幻象消失了。跪在他面前的是山姆，他的脸痛苦地扭曲着，仿佛心口被猛刺了一刀，眼中泪如泉涌。

“啊，山姆！”弗拉多喊道，“我都说了什么啊？我都做了什么啊？在你做了这一切之后！原谅我！这都是至尊指环的可怕力量。真希望它从未……从未被找到。可是，别管我了，山姆。我必须把这个重担背负到最后。这是无法改变的。你不能挡在我跟这厄运之间。”

“没关系的，弗拉多先生，”山姆说着用袖子抹去眼泪，“我明白。可我还是能帮上忙的，对吧？我得把你从这里弄出去。立刻，知道吧！不过，你首先需要些衣服和装备，然后再弄些食物。衣服是最容易弄的。既然我们在魔多，那就最好依照魔多的习惯穿着，反正也没别的选择。弗拉多先生，恐怕你得穿上兽人的衣服，我也是。如果我们一起走，最好穿得相配。先披上这个！”

山姆解下自己的灰斗篷，将它披在弗拉多肩上。然后，他卸下背包，放在地上。他从剑鞘中抽出刺叮剑，剑刃上几乎不见一点闪光。“我都快把这个忘了，弗拉多先生。”他说，“不，他们没有拿走所有东西！你还记得吗？你把刺叮剑，还有夫人的水晶瓶，都借给了我。这两样东西我都还带着呢。不过，请把它们再借给我一段时间吧，弗拉多先生。我必须去看看能找到什么。你待在这里，走动走动，活动一下腿脚。我很快就回来，应该不用走太远的。”

“小心点，山姆！”弗拉多说，“快点啊！也许还有活着的兽人藏在哪里蠢蠢欲动呢。”

“我必须得冒一下这个险。”山姆说。他走到地板的暗门边，迅速顺着梯子爬了下去。不一会儿，他的脑袋又探了上来。他往地板上扔了一把长刀。

“这东西或许能派上用场，”他说，“他死了，就是那个拿鞭子抽你的家伙，看上去是在匆忙中摔断了脖子。现在，如果能行的话，弗拉多先生，你把梯子拉上去，听到我的暗号再把它放下来。我会喊埃尔贝瑞丝，这是精灵语，兽人是不会说的。”

弗拉多浑身颤抖地坐了一会儿，脑海中可怕的恐惧一个追着一个。然后他站起来，裹紧灰色的精灵斗篷，为了不让自己胡思乱想，他开始来回走动，窥探起这间囚室的每一个角落来。

虽然恐惧让他觉得至少过了一个小时，但实际上，山姆的轻声呼唤很快就从底下传来了：“埃尔贝瑞丝，埃尔贝瑞丝。”弗拉多把那架轻巧的梯子放了下去。山姆气喘吁吁地爬上来，头上顶着一个大包袱。他砰的一声让包袱落在地上。

“快点，弗拉多先生！”他说，“我搜了一下，才找到这些小尺寸、适合我们穿的衣服。我们只能将就一下了，不过得赶快。我没遇到任何活物，什么也没看到，可我心里很不安。我想这个地方是被监视着的。我没法解释这种感觉，反正吧，我就觉得好像有一个那种会飞的恶心骑士在附近，就在上面的漆黑中，他在那儿不会被看见。”

他解开了包袱。弗拉多厌恶地看着里面的东西，但他别无选择，只能穿上它们，要不就得光着身子走了。包袱里有一条脏兮兮的兽皮毛长裤和一件肮脏的皮上衣。弗拉多穿上这些衣服，又在皮上衣外面套上了一件结实的锁子甲。这锁子甲对成年兽人来说太短，对弗拉多来说却太长太重。他束了一条腰带，挂上一把插在短剑鞘里的宽刃短剑。山姆带来了几顶兽人头盔，其中一顶很适合弗拉多：一顶镶着铁边的黑帽，一圈圈铁箍外蒙着皮革，皮革上绘着一只红色的邪恶魔眼，就在鸟喙形状的护鼻上方。

“魔古尔的东西，戈巴格的装备，更合适，更精良，”山姆说，“但我猜，这里出了这些骚乱后，再穿戴着他的标志进魔多，恐怕不便。行了，你穿戴好了，弗拉多先生。容我冒昧地说一句，你像一个逼真的小兽人啊！至少，如果能找一个面具遮住你的脸，再把手臂弄长一点，把腿弄弯一点，你就会很像的。这个可以遮掩一些可能露馅的地方。”他将一件黑色的大斗篷披在弗拉多肩上，“这下好了！我们走的时候，你可以捡一个盾牌拿着。”

“那你呢，山姆？”弗拉多问，“我们不是得穿得相配吗？”

“呃，弗拉多先生，我一直在想，”山姆说，“我最好还是别留下我的任何东西，我们没法毁掉它们。而且我也不可能在自己的衣服上再套上兽人的铠甲，是吧？我只能用斗篷遮一下了。”

他跪下来，仔细地将他的精灵斗篷叠成令人惊讶的一小团，又把它放进搁在地板上的背包里，然后起身，将背包甩到背上，戴上一顶兽人头盔，肩头也披了一件黑斗篷。“行了！”他说，“这下我们就相配了，够配的啦。现在我们必须得走了。”

“山姆，我没法一气跑下去。”弗拉多苦笑道，“我希望你已经打听好沿路的客栈了，或者，你已经忘记吃的喝的了？”

“老天，我真的忘了！”山姆说着，沮丧地呼号一声，“老天保佑，弗拉多先生，你这么一说，我觉得又饿又渴！我都不知道上次喝水进食是什么时候了。我尽想着找你，都忘记吃饭的事了。让我想想！上次我查看时，行路干粮还足够，再加上法拉米尔统帅给我们的食物，必要时够支撑我走上两星期的。不过即使我的水壶里还剩下点水，也不多了，两个人肯定不够喝。兽人难道都不吃也不喝吗？还是说，他们光靠着臭气跟毒物就能活着？”

“不，山姆，他们也吃也喝。培育他们的魔影只能模仿，不能创造：不能创造出真正属于它自己的新事物。我认为它并没有给予兽人生命，而只是损害扭曲了他们。如果他们真要活着，就得像其他生物一样活着。如果找不到更好的，臭肉脏水他们也会吃会喝，但不会吃有毒的东西。他们喂过我，所以我没你那么饥饿。这个地方某处一定有食物和水。”

“可是没时间去找了。”山姆说。

“啊，事情比你想的要好一点，”弗拉多说，“刚才你离开时，我得了点好运。他们的确没有拿走所有东西。我在地上的一堆破布里发现了我的食物包。当然，他们搜过了，但我猜他们不喜欢兰巴斯的样子和味道，比咕噜姆还不喜欢。它们撒了一地，有些还被踩碎了，但我把它们都收集起来了，不会比你的少多少。不过他们拿走了法拉米尔给我的食物，还把我的水壶劈裂了。”

“啊，那就没什么可说的了，”山姆说，“我们有足够的食物可以上路了。不过饮水会是一个大麻烦。先走吧，弗拉多先生！我们出发，否则就算有一整湖的水，也帮不了我们的忙！”

“你先吃点东西再走，山姆，”弗拉多说，“这点我不让步。来，把这块精灵面包吃了，把你水壶里的最后一点水也喝掉！这整件事本来就非常无望，所以担心明天也没有用，很可能不会有明天了。”

最后，两个人终于出发了。他们爬下来后，山姆就把梯子搬到了通道里那个摔死的兽人蜷缩的尸体旁。阶梯很黑，但在外屋顶上，仍然可以看见火山的强光，尽管它渐渐暗淡下来，这时已经变成了暗红色。他们捡起两面盾牌，完成了伪装，然后继续往前走。

他们吃力地走下宽大的阶梯，身后角楼高处那个他们重逢的小房间感觉几乎像家一样：因为他们又到了外面的开阔地上，恐怖沿着围墙蔓延。西力斯昂戈之塔里的兽人也许全都死了，但它依然沉浸在恐怖和邪恶之中。

最后，他们来到外院的门口，停下了脚步。即使从两人所站的地方，他们都能感觉到监视者的恶意扑面而来。从两侧各踞一座沉默的黑暗形体的大门望出去，魔多的刺光隐约可见。他们在丑陋的兽人尸体中择路穿行，每走一步艰难就增加一分。还没有到达拱道，他们就被迫站住了。他们再往前挪一寸，对意志、四肢而言都是一种痛苦和疲惫。

弗拉多没有力气做这样的搏斗。他瘫倒在地。“我走不动了，山姆。”他咕哝道，“我要昏过去了。我不知道这是怎么搞的。”

“我知道，弗拉多先生，坚持住！是那道大门，那里有邪怪。不过我闯进来了，我还会闯出去。它不可能比之前更危险。现在冲吧！”

山姆再次拿出加拉德瑞尔的精灵水晶瓶。仿佛要向他的刚毅致敬，又仿佛要赋予他那只忠诚的、功绩卓著的棕色霍比特人之手辉煌，水晶瓶刹那间迸发出耀眼的光芒，闪电一般照亮了阴暗外院的每一个角落。而且这光芒并未稍纵即逝，而是持续闪耀着。

“姬尔松耐尔，啊，埃尔贝瑞丝！”山姆喊道。因为不知为何，他的思绪突然闪回在夏尔遇见的精灵，还有那支在树林里赶走黑骑士

的歌。

“*Aiya elenion ancalima!*[1]” 弗拉多在他身后，又一次喊道。

两尊监视者的意志如绳索般啪的一声崩断，弗拉多和山姆踉踉跄跄地向前冲去。然后，他们拔腿就跑，穿过大门，跑过了那两座眸光闪闪的巨大坐像。只听咔嗒一声，拱门的拱顶石倒下来，几乎砸中他们的脚后跟，上方的墙也坍塌下来，废墟一片。他们在千钧一发之际逃了出去。钟声大响，监视者发出一声高亢可怕的嚎叫，高处的黑暗中遥遥传来了回应。一个长着翅膀的身影从漆黑的天空中闪电般冲下来，凄厉的尖叫划破乌云。

① 意为：看哪，最明亮的星埃雅仁迪尔！——译者注。

第2章 魔影之地

山姆用仅剩的机敏，迅速将水晶瓶塞回了胸口。

“跑！弗拉多先生！”他喊道，“不，不是那边！墙那边是悬崖。跟我来！”

他们从大门跑出去，在大道上飞奔。他们跑了不到五十步，道路一个急转弯，绕过悬崖上一座突出的堡垒，离开了塔楼的视线。两个霍比特人暂时逃脱了。他们背靠岩石，弯腰攥着胸口，气喘吁吁。这时，那个那兹古尔就栖身在坍塌的大门旁边的墙上，发出致命的尖叫。峭壁之间回声阵阵。

恐惧中，他们踉跄前行。没过多久，道路再次急转向东，可怕的一瞬间，他们又暴露在塔楼的视野中。他们一边飞逃一边往后瞄，看见那个巨大的黑色身影就栖停在城垛上。然后，他们钻进岩壁之间的一个窄道，这窄道陡降而下，与通往魔古尔的路相合。两人到了两路交会的路口，不见兽人的踪影，也不闻对那兹古尔尖叫的回应。不过他们知道这种沉寂不会持续多久，追杀随时都会开始。

“这样不行，山姆，”弗拉多说，“如果我们真是兽人，就应该冲回塔里，而不是逃走，否则会被敌人识破的。我们得设法离开这条路。”

“可我们不能啊！”山姆说，“除非我们也长着翅膀。”

西力斯昂戈的东面光秃秃的，陡直而下形成峭壁，落进横亘在它们和内侧山脊之间的漆黑山沟中。距离窄道与魔古尔之路交会处不远，下了另一个陡坡之后，有一座跨越深沟的石桥，道路穿过这座桥，径入魔盖乱石遍布的崎岖山坡和峡谷。弗拉多和山姆孤注一掷，冲上石桥，但他们还没跑到桥的另一头，就听见喧叫声又开始了。他们身后很远处的高山之侧，西力斯昂戈之塔赫然耸立，塔壁幽光闪烁。突然，刺耳的钟声再次当当响起，然后变成震耳欲聋的轰鸣。号角吹响了。这时，石桥的另一头传来了回应的叫喊。弗拉多和山姆身处漆黑的深沟，欧洛朱因渐暗的火光照不到这里，他们看不见前面，但已经听见了铁底鞋沉重的脚步声，以及道路上急促的马蹄声。

“快点，山姆！我们过去！”弗拉多喊道。他们艰难地爬到石桥的防护矮墙旁。幸运的是，深沟不再有可怕的落差了，因为魔盖的斜坡几乎升得跟路面一样高了。不过这里太黑了，他们估计不出跳下去到底有多深。

“好吧，我先来，弗拉多先生。”山姆说，“再见！”

他跳下去了，弗拉多紧随其后。就在往下落时，他们听见桥上骑兵呼啦啦飞驰而过，后面跟着兽人奔跑时杂沓的脚步声。如果山姆敢的话，一定会大笑起来。他们有点担心会跌落在看不见的岩石上摔出个好歹，但其实落差不到十二英尺。扑通，嘎吱，他们跌进一团始料未及的东西里：一片缠结的荆棘丛。山姆老实地躺在那里，轻轻吮着擦伤的手。

等马蹄声和脚步声都过去之后，他才小心地低语道："老天保佑，弗拉多先生，可我真不知道还有植物能在魔多生长！如果我知道，估计也就是这种东西了。我感觉这些棘刺至少有一英尺长，我身上的所有衣服都给扎透了。早知道我就该把那件铠甲穿上！"

"兽人铠甲也挡不住这些棘刺，"弗拉多说，"连皮上衣都没用。"

他们挣扎着爬出了那片荆棘丛。棘刺和荆条硬如铁丝，缠如利爪。在他们终于脱身前，斗篷就被扯得破破烂烂的了。

"现在我们往下走吧，山姆，"弗拉多悄声道，"快点下到山谷里去，然后往北转，能多快就多快。"

白天再次来到外面的世界。魔多阴暗的远处，太阳正爬过中州的东际。然而在这里，一切依旧暗如黑夜。火山阴燃着，火焰灭了。映射在悬崖上的火光已经淡去。自他们离开伊希利恩后就一直在刮的东风，这时似乎也静息了。他们缓慢而又艰难地往下爬着，在什么也看不见的阴影中摸索、跌绊，攀爬于岩石、荆棘和枯树间，往下、再往下，直到再也走不动了。

最后，两人停下了，肩并肩背靠一块大石头坐下，全都汗津津的。"假如这时沙格拉特给我一杯水喝，我会跟他握个手的。"山姆说。

"别这么说！"弗拉多说，"那只会让情况更糟糕。"说着他伸展了一下身子，觉得头晕目眩、疲惫不堪，好一会儿都没再说话。最后，他挣扎着又站了起来。令他惊诧的是，山姆竟然睡着了。"醒醒，山姆！"他说，"走吧！咱们得继续努把力了。"

山姆挣扎着站了起来。"哎呀，我从没想着睡的！"他说，"我一定是不小心睡着了。弗拉多先生，我已经好长时间没有好好睡过一觉了，我的眼皮就那么自动耷拉下来了。”

弗拉多现在领着路，在躺满大深谷底部的石块中，尽量估摸着朝北走。可是过了一会儿，他又停下了。

“这不行，山姆，”他说，“我撑不住了。我的意思是，这件铠甲，以我目前的状态，实在撑不住它。我累的时候，就连我的秘银铠甲似乎都很沉重，而这件铠甲比它重得多。再说，它有什么用？我们不可能靠着战斗闯进去啊。”

“不过我们有可能碰上战斗，”山姆说，“而且还有刀和乱箭。再者，那个咕噜姆还没死呢。我可不想黑暗中有刀刺过来时，除了一层皮衣，你什么保护都没有。”

“听我说，亲爱的山姆伙计，”弗拉多说，“我累了，非常累，心里一点希望也不剩，但只要能动，我就必须继续努力走到火山去。至尊指环已经够重了，而这额外的重量简直快要杀了我。我必须得脱掉它，可不要以为我不知好歹。想到你为了给我找这件东西，一定在那些肮脏的尸体中翻了半天，我就恨死了。”

“别说了，弗拉多先生。老天保佑你！如果可以，我会背着你走的。你要脱就脱掉吧！”

弗拉多解开斗篷放到一边，脱下兽人铠甲扔得远远的。他冷得一哆嗦。“我真正需要的是保暖的衣服，”他说，“天气变冷了，不然就是我着凉了。”

“你可以披上我的斗篷，弗拉多先生，”山姆说着，取下背包，拿出精灵斗篷，“这个怎么样，弗拉多先生？”他说，“你把身上的兽人破布裹紧，外面束上腰带，然后再披上这件斗篷。这样看着不怎么像兽人装扮，但能让你暖和一点。而且我敢说，它比任何其他装备都能更好地保护你不受伤害。它是夫人亲手做的。”

弗拉多接过斗篷披上，扣紧领针。“这样好多了！”他说，“我感觉轻快多了，现在可以继续走了。可这片令人目盲的黑暗似乎正在侵入我的心。我躺在那牢笼里的时候，山姆，试图回想白兰地，回想林尾地，回想流经霍比顿磨坊的溪水，但此刻，我看不见它们。”

“哎哟，弗拉多先生，这次是你在谈论水哟！”山姆说，“但愿夫人能看见或听见我们，我会对她说：‘尊贵的夫人，很抱歉，我们想要的只是光和水：干净的水、白昼的光，它们可比任何珠宝都好。’可是从这里到罗瑞恩，好远啊！”山姆叹息着，朝埃斐尔度阿斯的高山峻岭挥了挥手。此刻，它们在漆黑天空的映衬下，显得更幽暗，只能猜测其所在之处。

两个霍比特人再度出发。没走多远，弗拉多停下了脚步。“我们上方有一个黑骑士，”他说，“我能感觉到它。我们最好暂时保持不动。”

他们蹲在一个大石块下面，面朝西边，默不作声地坐了好一会儿。然后，弗拉多长舒了一口气。“它过去了。”他说。他们站起来，然后惊讶地瞪大了眼睛。左边，南方远处，那座山脉的群峰和山脊在渐灰的天空映衬下，开始露出深黑色的清晰轮廓。山脉后面，光亮正一点点增强，并慢慢地朝北蔓延。高空之上正在进行一场战斗。魔多的滚滚黑云渐渐被驱退，从生机世界吹来的风渐渐增强，扯破黑云的边缘，把烟雾吹向它们的黑暗之家。暗淡的光从阴沉的天篷掀起的裙裾下漏进魔多，就像苍白的晨光从肮脏的窗户照进牢笼。

“你看！弗拉多先生！”山姆说，“看那边！风向变了。有什么事正在发生。他也不能什么事都随心所欲。在那边的世界，他的黑暗正在崩溃。我真希望能看见正在发生什么事！”

这是三月十五日的早晨，太阳正从东方的幽暗中升起，照耀着安度因河谷，西南风正在吹拂，希奥顿倒在佩兰诺平野上，奄奄一息。

就在弗拉多和山姆站在那儿凝望时，光亮的边缘沿着埃斐尔度阿斯一线蔓延着。然后，他们看见一个身形以极快的速度从西方移来，起初在山顶上方那一线微光的映衬下，只是一个黑点，但它逐渐变大，直到像一团闪电般冲进黑暗的天篷，从他们上方高高地掠过。它飞过时发出了一声尖厉的长嚎，那是那兹古尔的声音。不过这一声长嚎没有再让他们感到任何恐怖：那是一声悲哀、惊愕的长嚎，对黑塔而言是坏消息。指环幽灵之王已经遇到了他的劫数。

“我刚跟你说过了吧！有什么事发生了！”山姆叫道，“沙格拉特说‘仗打得挺顺利’，但戈巴格可没那么确定。他判断得没错。事态正在往好处转，弗拉多先生，现在你是不是觉得有点希望了？”

“唉，不，山姆，没多少，”弗拉多叹息道，“那是在山脉远处的另一边。我们是往东走，不是往西走。我累极了。至尊指环真重啊，山姆，而且我的脑海中开始时时刻刻浮现出它的模样，就像一个巨大的火轮。”

山姆振奋起来的精神立刻又消沉下去。他忧虑地看着他家少爷，牵起弗拉多的手。“走吧，弗拉多先生！”他说，“我已经得到一样我想要的东西了：一点光。这足以帮上我们的忙，不过我猜测那也很危险。我们再往前走走，然后躺下来休息一下。先吃点东西吧，吃点精灵面包，也许能让你振作起来。”

两人分了一块兰巴斯，用他们干裂的嘴尽量咀嚼着，然后步履艰难地继续前行。那光，尽管只不过是一道灰蒙蒙的暮光，此刻却足以让他们看清自己身处山脉之间的峡谷深处。峡谷向北缓缓上升，谷底有一道已经干涸的河床。在石头遍布的河道对面，他们看见了一条被踩踏出来的小路，这条小路在西向的悬崖底下蜿蜒而行。如果早知道，他们是可以更快地抵达这边的，因为它是一条从石桥的西端离开魔古尔主路的小径，沿着一道从岩石上凿出来的长阶梯下到谷底。这是巡逻队或信使前往西力斯昂戈和艾森毛兹峡谷——也就是卡拉赫安格仁之间那些次要的岗哨以及北方远处要塞的捷径。

对霍比特人来说，走这样一条小路是非常危险的，但他们需要速度，而且弗拉多觉得，他无法面对在乱石之间或在无路的魔盖峡谷中跋涉的辛劳。他判断，往北也许是追猎者们料想不到他们可能会走的方向。往东通往平原的路，或者回到西边隘口的路，才是敌人最先彻底搜查的路。待远远走到塔楼北边之后，他才打算转向，寻找能带他往东走的路，踏上这段冒险旅程的最后一段。于是，他们跨过石头溪床，踏上兽人小路，沿着路走了一段时间。左边的悬崖外伸着，从上面看不到他们。不过小路曲曲弯弯，每到转弯处，他们都抓紧剑柄，小心翼翼地往前踏步。

天光没有再增强，因为欧洛朱因仍然浓烟滚滚，浓烟被互相冲突的气流托着上升，越升越高，直到抵达风上面的高空区域，弥散成一个无际的篷顶，其中心的支柱冲出阴影，到了他们视线不及之处。费劲地跋涉了一个多小时后，他们听见一个声音，不由得顿住了脚步。难以置信，但千真万确：水在滴答滴答。左边的黑崖中有一道又深又窄的沟壑，像是被某把巨斧劈开的一条缝隙，水就是从那里滴下来的。也许那是一些从阳光照耀的大海上汇集而来的甜美雨水，最终却不幸落在这黑暗之地的山墙上，徒劳地四处流淌被吸进尘土之后，仅余的一点。它从这里的岩石间流出，流过小路，往南转向，迅速消失在死气沉沉的石头间。

山姆拔脚冲向它。“如果我真的能再见到夫人，我会告诉她的！”他叫道，“先是光，现在又有水！”然后他停下来说，“让我先喝吧，弗拉多先生。”

“行啊，不过这些足够两个人喝的。”

“我不是那个意思。”山姆说，“我的意思是：如果它有毒，或者喝了很快有什么不对，那最好是我而不是你来试，少爷，你明白我的意思吧？”

“我明白。可是山姆，我想，我们应该相信我们的运气，或者说福气。不过，如果水非常冰的话，你还是小心点！”

水很凉，但不冰，味道也不好。如果在家乡喝到这种水，他们会立刻抱怨它又苦又油腻，但在这里，它却似乎好得怎么称赞都不为过，他们也忘记了害怕或谨慎。他们喝了个饱，山姆还把他的水壶装满了。之后，弗拉多感觉轻松点了。他们继续往前走了好几英里，直到小路变宽，沿路开始出现高低不平的墙。他们警醒地意识到，已经接近另一个兽人据点了。

“山姆，我们就在这里转向吧，”弗拉多说，“我们必须往东走。”他望着峡谷对面幽暗的山脊，叹息道，“我剩下的力气可能只够爬到那上面找一个山洞，然后我就必须得休息一会儿了。”

河床就在小路下方不远的地方。他们艰难地爬下去，开始跨越河床。令他们惊讶的是，这里有些黑水潭，是从峡谷更高处的某个源头流出的涓涓细水汇聚而成的。魔多西边山脉下的外缘是一片垂死之地，但还没有死绝。这里仍有东西生长，粗糙、扭曲、苦涩，挣扎着求生。在山谷另一侧的魔盖峡谷，低矮丛生的灌木紧紧潜附在地上，粗糙的灰色草丛在岩石间顽强挣扎，岩石上覆满干枯的苔藓，还有大团纠结缠绕的荆棘蔓延得到处都是。有些荆棘的刺又长又尖，有些荆棘长着刀一般的倒钩。去年的干枯败叶挂在荆棘上，在凄风中沙沙作响，但它们爬满蛆虫的芽苞才刚刚绽开，或灰或褐或黑的蚊蝇，像兽人一样带着红眼形状的斑点印记，嗡嗡叮咬。在荆棘丛的上方，一团团饥饿的蠓虻在飞舞盘旋。

“兽人的装备没有用啊，”山姆挥舞着胳膊说，“真希望我有一身兽人皮！”

最后，弗拉多是真的走不动了。他们已经爬到一道窄沟架上，但即使要看见最后一道陡峭的山脊，也还有很远的路要走。“现在我必须休息了，山姆，我想尽可能睡一会儿。”弗拉多说。他环顾四周，但在这凄凉的荒野里，似乎连一个能让动物钻进去的洞都没有。好长一段时间后，他们精疲力竭地钻进一片荆棘丛下，它像毯子一样垂下来，遮住了一片低矮的岩石立面。

他们坐下来，勉强吃了一餐。为了把珍贵的兰巴斯留给往后艰难的日子，他们吃掉了一半山姆背包里剩下的法拉米尔提供的干粮：一些干果和一小块腌肉。他们还喝了一点水。在峡谷里时，他们曾喝过水潭里的水，但现在又非常渴。魔多的空气中有一股强烈的辛辣气息，让人口干舌燥。山姆一想到水，连他那满怀希望的精神都颓丧了。魔盖远处，还有可怕的戈格洛斯平原要穿越。

“你先睡吧，弗拉多先生。”他说，“天又要黑了。我估计今天白天差不多结束了。”

弗拉多叹了口气，几乎不等山姆说完就睡着了。山姆与自己的疲倦抗争着，握住弗拉多的手，默默地坐在那儿，直到夜幕降临。然后，为了保持清醒，他从藏身的地方爬出去，向外张望。这片土地似乎充满吱吱嘎嘎、窸窸窣窣的诡异声响，但没有说话声或脚步声。西方，在埃斐尔度阿斯之上，夜空依然昏暗灰白。就在那儿，在山脉中一块高耸的黑色突岩之上的乱云间，山姆瞥见了一颗闪烁的白星。它的美令他心颤。当他从这片被遗弃的大地上抬头仰望时，希望又回到了心中，因为醍醐灌顶般，一种清晰又冷冽的领悟穿透了他：魔影终归只是渺小之物，终会逝去，在它无法触及之处，永远有光明与崇高的美。他在塔里唱的歌是抗拒，而不是希望，因为他当时想的是自己。现在，此刻，他自身的命运，甚至他家少爷的命运，都不再困扰他。他爬回荆棘丛下，躺在弗拉多身边，搁置所有忧惧，陷入深沉安稳的睡眠中。

他们是手握着手一起醒来的。山姆几乎可以说是精神焕发，准备面对又一天，而弗拉多却叹了口气。他睡得很不安稳，梦里都是大火，醒来也没有感到安慰。不过，他这一觉也不是一点恢复效果都没有：他力气增强了，能更好地承担起他的重负再走一程了。他们不知道时间，也不知道自己睡了多久，吃了几口食物，喝了点水之后，就继续沿着沟壑往上爬，一直爬到一片碎石和滑石堆成的陡坡前。在这儿，最后的活物也放弃了挣扎。魔盖顶端寸草不生，光秃秃的，嶙峋贫瘠，如同一块石板。

在游荡和搜寻了一番之后，他们才找到一条可以攀爬的路。在最后一百英尺手脚并用的攀爬后，他们终于爬上去了。一道裂缝夹在两片黑色峭壁之间，穿过这道裂缝之后，他们发现自己就站在魔多最后一道屏障的边缘。下方，约一千五百英尺深的坡底，是一片延伸到远方、没入他们视野远处昏暗混沌中的平原。

这时，风从西方吹来，巨大的云团被高高托起，朝东飘去，但依然只有灰白的光线照在阴沉的戈格洛斯平原上。那里，烟雾盘旋在地面上，潜伏在洼地里，臭气从地表的缝隙里不断地漏出。

他们看见了末日山。它还在很远的地方，至少四十英里外。山脚隐在灰烬的废墟中，庞大的锥形山体巍然高耸，臭气熏天的峰顶云雾缭绕。它的火势这时比较暗淡微弱，正在闷燃，如睡眠中的野兽一样充满威胁与危险。火山之后，悬着一片巨大的阴影，像是预示着凶险的雷雨云。这片阴影面纱后的巴拉督尔，远远地高耸在从北面突兀而起的灰烬山脉的一道长岭上。黑暗力量在深思，魔眼在内省，疑惑地思索着包含危险的消息：一把明亮的剑，一张看起来充满王者风范的坚毅脸庞。有一阵子，它很少顾及其他事情。它那门上有门、塔上叠塔的巨大要塞，笼罩在一股森然的幽闷中。

弗拉多和山姆以厌恶与惊奇交织的心情凝望着这片可恶的地方。在他们和烟雾腾腾的大山之间，还有山北和山南周边，一切看上去都破败死寂，是一片被焚毁的窒息沙漠。这片土地的统治者是如何养活奴隶、维护军队的呢？看起来，他确实有军队：就他们目力所及，沿着魔盖外缘一路向南，有不少营地，有些是帐篷，有些规划得就像是小镇。其中最大的一处就在他们正下方，进入平原差不多一英里的地方。它们聚在那儿，就像某种昆虫的巨大巢穴，里面有笔直阴沉的街道，街道上分布着棚屋和了无生气的低矮长建筑。营区周围的地面上人来人往，忙忙碌碌，一条宽阔的道路从营区往东南延伸，与魔古尔道会合，而沿着魔古尔道，许多黑色身影排成一行行，正在匆忙赶路。

“我一点也不喜欢眼前所见的一切，”山姆说，“可以说相当无望。不过，那里有那么多人，就一定有井或水，更不用说还有食物。而且，那些是人，不是兽人，除非我看错了。”

远处，南方，这个广阔地域有大片奴隶劳作场，不管是山姆还是弗拉多，对此都一无所知。那片劳作场就在火山的烟尘之后，在努尔能湖凄凉的黑水畔。他们也不知道那些往东、往南通往魔多属地的大路，黑塔的士兵就从那些属地运回一长车又一长车的物资、战利品和新奴隶。而北方这边，有矿区和锻造区，还是那场筹谋已久的战争集合地。黑暗力量在这里调遣军队，将他们聚集到一起，就像移动棋盘上的棋子。它的第一招棋，意在初试锋芒，却在西部战线遭到了遏制，向南向北都是。它暂时撤回他们，派出新的军队，在西力斯昂戈附近集结，准备复仇反击。而且，如果它的另一个目的是防守火山，阻止任何人接近，那么它几乎也没什么可以再多做的了。

“哎！”山姆继续道，“不管他们吃什么喝什么，我们都弄不到。我没看到有下去的路。就算我们下去了，也不可能穿过那一大片到处都是敌人的开阔地。”

“可我们还是得试试，”弗拉多说，“这并不比我预料的更糟。我从没想过能穿越过去，现在也看不到任何成功的希望，但我还是要尽力试试。目前我们要尽可能不被抓住。所以我想，我们还是得继续往北走，看看这片开阔的平原在比较狭窄的地方是什么情况。”

“我猜得到它会是什么样子的，”山姆说，“在比较狭窄的地方，人类和兽人都会挤得更紧一点。到时候就知道了，弗拉多先生。”

“如果我们真能走那么远，我敢说我会知道的。”弗拉多说着转过了身。

他们很快就发现，沿着魔盖山顶或任何高一点的山坡走都是不可能的，因为这些地方根本没有路，而是布满深深的峡谷。最后，他们被迫退回之前爬上来的那道溪沟，寻找沿着山谷可以走的路。他们找得很辛苦，因为不敢跨过去走西边那条小路。一英里多之后，他们看见了之前猜测就在附近的那个兽人据点，它挤在悬崖脚下的一处洼地里：一道围墙和一簇分布在一个黑暗洞口周边的石头小屋。四下里不见任何动静，但两个霍比特人还是走得小心翼翼，尽可能贴着老河道两边茂密的荆棘丛走着。

他们前行了两三英里，身后的那个兽人据点已经隐而不见。可他们还没来得及再次开始自由呼吸，就听见了兽人刺耳又高亢的说话声。他们迅速闪进一簇没能长大的褐色灌木丛后面。说话声越来越近，不一会儿，两个兽人闯进他们的视野。其中一个穿着破破烂烂的棕衣，拿着一张角弓，是一个矮种兽人，黑皮肤，宽大的鼻翼不停地嗅闻着，显然是某种追踪者。另一个是高大的作战兽人，跟沙格拉特那伙兽人很像，佩戴着魔眼的标志。他也背着一张弓，手里还拿着一支阔头短矛。两个兽人照常争争吵吵。他们属于不同的兽人族，说着带有各自口音的通用语。

在离两个霍比特人藏身之处不到二十步的地方，矮个子兽人停下了。“不干了！”他咆哮道，“我要回家！”他指向峡谷对面的兽人据点，“把我的鼻子浪费在闻石头上没啥用处。要我说，没什么痕迹留下了。我让着你，结果就失去了气味的踪迹。我告诉你，它爬到那片山丘上去了，不是沿着峡谷走的。”

“你这小嗅货，没多大用处嘛！”大个子兽人说，“我认为眼睛比你那烂鼻子有用。”

“那你用它们看见啥了？”另一个咆哮道，“呸！你连要找什么都不知道。”

“那要怪谁？”那个兽人说，“可不怪我。错在上头。一开始，他们说是一个穿着闪亮铠甲的大精灵，然后又说是一个像矮人一样的小家伙，接着又说肯定是一伙造反的乌鲁克族人，也可能所有这些家伙都是一伙的。”

“哼！”那个追踪者说，“他们没脑子，所以才会这样。如果我听说的没错的话，我估计，有些头头得被扒层皮：塔楼被袭击，你的几百个伙计完蛋了，囚犯跑了。你们这些士兵都这么搞，难怪战场那边传来的都是坏消息。”

“谁说有坏消息？”那个士兵吼道。

“哼！谁说没有？”

“该死的造反者才会这么说！闭上你的臭嘴，否则我捅死你，明白？”

“好好好！”那个追踪者说，“我只想，不说了，行了吧。可那个鬼鬼祟祟的黑家伙跟这整件事有啥关系？就是那个双手不停地摆动的捕食者？”

“我不知道。也许没关系吧。不过我敢打赌，他贼头贼脑，憋着坏呢。该死的！他从咱们这儿才溜走，立刻就有命令下来抓他，要活的，还要快。”

“嗯，我希望他们抓到他，好好修理一顿。”那个追踪者低吼道，“在我赶到那儿之前，他就把那边的气味全弄混乱了，捡了一件被丢弃的铠甲，还把那地方都转遍了。”

“那倒是救了他的命，”那个士兵说，“唉，我当时不知道上头要抓他，就射了他一箭，干净利索，正中后背，五十步远，但他跑了。”

“呸！你根本没射中。”那个追踪者说，“你先是射偏了，然后跑得太慢，最后又叫来了可怜的追踪者。我可受够你了。”他跳起来跑了。

“你回来！”那个士兵吼道，“不然我就举报你！”

“向谁举报？不会是你宝贝的沙格拉特吧？他可不再是队长了。”

“我会把你的名字跟编号报给那兹古尔。”那个士兵压低嗓音，嘶声道，“他们中的一个现在主管塔楼。”

矮个子兽人停下了。“你这个该死的告密贼！”他喊道，声音充满了恐惧与愤怒，“你干不成自己的差事就算了，连自己人都要出卖。滚去找你那肮脏的尖叫鬼吧，愿他们把你的肉冻掉，要是敌人没有先干掉他们的话！我听说头号人物已经给干掉了，我希望那是真的！”大个子兽人握着短矛扑向矮个子兽人，但后者跳到岩石后头，一箭射中他的眼睛，大个子兽人骤然倒地。矮个子兽人则跑过峡谷，消失了。

两个霍比特人默不作声地坐了一会儿。最后，山姆动了。“哎，这才叫干净利索呢。”他说，“如果这种美好的友谊在魔多传播开，可就省了我们一半的麻烦。”

“小点声，山姆，”弗拉多轻声道，“这附近可能还有其他人。我们显然是死里逃生，敌人对我们的追踪比我们猜测得更急迫。可那就是魔多的风气，它弥漫在魔多的每个角落。兽人没人管的时候，就是这副德行，反正所有的故事都这么说的，但你不能因此就抱多大希望。他们对我们痛恨得多，一直以来都是。如果刚才那两个兽人看见我们，他们就会抛开所有争吵，合起伙来杀死我们。”

又是一段长长的沉默。然后，山姆又开口了，但这次是耳语：“弗拉多先生，你听见他们提到那个捕食者了吧？我不是跟你说过，咕噜姆还没死吗？”

“是，我记得。我还纳闷你是怎么知道的。”弗拉多说，“行，就现在说吧！我想我们最好先不要从这里出去，等天完全黑了再走。告诉我你是怎么知道的，还有发生的一切。不过，你得小点声说。”

“我尽量，”山姆说，“可是一想到那个缺德鬼，我就火冒三丈，想大吼大叫。”

就这样，两个霍比特人在多刺的灌木丛下坐着。魔多阴沉的光线慢慢暗淡，变成没有星辰的漆黑夜晚。山姆尽其所能地搜刮词语，在弗拉多耳边低声讲述了咕噜姆那次背叛的攻击，希洛布的恐怖，以及他自己与兽人斗智斗勇的那些冒险经历。他讲完后，弗拉多什么也没说，只是抓住山姆的手紧紧握着。最后，他开口道：“唉，我想我们又得上路了。不知道在我们真的被抓住，所有的辛劳和潜行都徒劳无功地结束之前，还要过多久。”他站了起来：“天黑了，但我们不能用夫人的水晶瓶。山姆，替我保管好它。现在除了握在手里，我没地方保存它，而在这盲目的夜里，我需要用双手摸索。不过刺叮剑我给你了。我有一把兽人的剑，但我不认为我还有用它砍杀的机会了。”

夜晚在这无路的地方行走是困难而又危险的，但两个霍比特人跌跌撞撞，步履缓慢，沿着峡谷东边朝北走，一小时又一小时地跋涉着。

当一缕灰白的光悄悄跃上西山峰巅时，远方大地的天光早就大亮了。他们又藏起来，轮流睡了一会儿。山姆醒着的时候，满脑子都在想食物的事。等弗拉多睡醒起来，说到吃点东西、准备再次上路时，山姆终于问出了最困扰他的问题。

“请原谅我这么问，弗拉多先生，”他说，“可是，你心里有数吗？还要走多远？”

“没有，没有清晰的数，山姆，”弗拉多回答道，“出发前我在幽谷看过一张魔多的地图，那是大敌回到这里之前绘制的，可是我只有模糊的印象了。我记得最清楚的，是北方有一个地方，就是西边山脊和北边山脊突出来的山嘴近乎相交的那儿。那里离塔楼附近的那座桥，至少有二十里格。那里也许是一个能通过的好地方。当然了，我们如果到了那里，离火山就更远了，大概有六十英里远。我猜测，从那座桥往北到这里，我们大概已经走了十二里格。即使一切顺利，我也不大可能在一个星期内抵达火山。山姆，我很害怕，怕这负担会变得非常沉重，我们越接近，我走得就越慢。"

山姆叹了口气。"这正是我担心的，"他说，"唉，先不说水，我们吃得再少一点，弗拉多先生，要不就走得再快一点，无论如何，只要我们还在这峡谷里，就得这样。再多吃一口，所有的食物就都吃完了，只剩下精灵的行路面包。"

"我会努力再走快一点的，山姆，"弗拉多深吸一口气，"走吧！让我们开始另一段行程！"

天色还不是很暗。他们艰难地行走着，一直走进深夜。一小时又一小时，时间在他们的疲倦踉跄中流逝，中间只有几次短暂的停息。当阴暗的天篷边缘隐约漏出第一抹灰白的光时，他们又躲进了悬岩底下一个黑漆漆的坑洼里。

天光渐亮，直到比之前任何时候都亮。一股强劲的风从西方吹来，正将魔多的烟雾从高空的气流中驱散。很快，两个霍比特人就能看清周围数英里的地形地貌了。山脉和魔盖之间的深谷，越往上就越窄，内侧山脊这时不过是埃斐尔度阿斯陡峭山侧的一道岩架。而在朝东一面，山脊骤然下降，落入戈格洛斯。那条河道在前方被破碎的石阶堵住了，到了尽头：从主山脉朝东伸出了一道像墙一样的荒芜高坡。埃瑞德砾苏伊北部迷雾缭绕的灰色山脉也延伸出一条突出的长臂，与之会合。其间有一个窄谷：卡拉赫安格仁，也就是艾森毛兹。这个窄谷远处，就是乌顿山谷。在这个位于魔栏农后方的山谷里，魔多的奴隶挖掘了许多隧道和兵器深库，用以防御他们的黑门。现在，他们的主子正在那里紧急调集大军，去对抗西方众将领的进攻。两道突出的山岭上建有很多堡垒和塔楼，篝火熊熊。窄谷对面升起一道土墙，还有一道只能经由一座独桥通过的深沟。

往北几英里，从主山脉分出来的西边支脉的拐角高处，耸立着古老的杜尔桑城堡。如今，它是乌顿山谷附近簇集的兽人据点之一。在渐亮的天光中，可见一条从城堡出来的路，蜿蜒而下，直到离两个霍比特人藏身处一两英里的地方，才往东拐，沿着一道切入山嘴的岩架延伸，一路下到平原，通往艾森毛兹。

两个霍比特人望着这一切，觉得他们往北的整个行程好像都白走了。右边的平原烟雾蒙蒙，幽暗无光，看不见营区，也看不见军队移动，但那一整片区域都处在卡拉赫安格仁堡垒的监控之下。

“我们走进死胡同了，山姆，”弗拉多说，“如果继续往前，只会碰上那座兽人塔楼，但除非回头，我们唯一可走的路就是那条从它上面下来的路。往西，我们爬不上去；往东，我们也爬不下去。”

“那我们就必须走那条路，弗拉多先生，”山姆说，“我们必须碰碰运气，如果在魔多还有运气的话。再这样瞎转或回头，我们会暴露的。我们的口粮也快撑不下去了。我们必须得冲一把！”

“好吧，山姆。”弗拉多说，“带路吧！只要你还抱有希望！我的希望已经没了。可是我冲不动，山姆，我就跟在你后面慢慢走吧。”

“在开始继续慢走之前，你需要吃点东西睡个觉。来，能吃多少就吃多少！”

他把水递给弗拉多，还有一块行路面包，又把自己的斗篷叠成枕头塞到他家少爷脑袋下面。弗拉多太累了，无力争辩。山姆也没有告诉他：他喝掉的是他们最后一点水，吃掉的是他们两人份额的食物。弗拉多睡着后，山姆俯身细听他的呼吸，细瞧他的脸。他满脸皱纹，非常瘦削，但在睡眠中，看上去满足而无惧。“行了，好好休息，少爷！”山姆自言自语道，“我得离开你一小会儿，去碰碰运气。我们一定要找到水，不然就没法再往前走了。”

山姆悄悄地爬了出去，以甚于霍比特人的谨慎小心翼翼地从一块岩石跳到另一块岩石。他走下河道，顺着它往北走了一段，一直走到石阶处。毫无疑问，很久以前，这里曾经源泉奔涌，向下形成了一道小瀑布，如今看上去却是一片干涸寂静。可山姆不愿放弃，他弯腰仔细聆听，果然欣喜地捕捉到了水珠滴答的声音。他吃力地往上攀爬了几阶之后，发现一股涓涓黑水从山侧流出来，汇进一个光秃秃的小池子里，然后又从池子里溢出，消失在光秃秃的岩石底下。

山姆尝了尝那水，似乎还不错。于是，他先喝饱，又把水壶装满，然后才转身往回走。就在这时，他瞥见一个黑影在弗拉多藏身处附近的岩石间跳跃。他咬着牙没喊出声，从水泉边一跃而下往回跑，从一块石头跳到另一块石头。那是一个机警的生物，很难看清，但山姆几乎没怎么怀疑，就确定他是谁了：山姆恨不得用双手掐住他的脖子。不过他听到山姆回来，就迅速溜走了。山姆觉得自己看见了一道飞逝的身影，在弯下身消失之前，他还从东边的崖壁边缘回头张望了一眼。

“嗯，运气没让我失望，”山姆嘀咕道，“不过真是好险！难道附近成百上千的兽人不够，还要来一个臭烘烘的恶棍探头探脑？真希望当时一箭射死他！”汤姆在弗拉多身边坐下，没有惊动他，但自己也不敢睡。最后，他感到眼睛都睁不开了，知道自己再也撑不住了，才轻轻叫醒了弗拉多。

“弗拉多先生，那个咕噜姆又来了，恐怕就在附近。”他说，“反正，如果不是他，那就是他的分身。我出去找了些水，回来的时候正好看到他在附近鬼鬼祟祟的。我觉得我们同时睡不安全，抱歉啊，但我真的撑不开眼皮了。”

“保重啊，山姆！”弗拉多说，“快躺下，好好睡一觉！不过，我宁可碰上咕噜姆，也不想碰上兽人。无论如何，他不会把我们出卖给他们，除非他自己也被抓住。”

“但他可能自己也干点抢劫谋杀的勾当，”山姆低吼道，“睁大眼睛啊，弗拉多先生！这里有满满一壶水，你喝吧。我们走的时候再去装满。”说完，山姆倒头睡下了。

他醒来时，天光又变暗了。弗拉多背靠岩石坐着，但已经睡着了。水壶空了。四下里不见咕噜姆的踪影。

魔多的黑暗又回来了，高处兽人营地的篝火熊熊燃烧。两个霍比特人再度出发，踏上他们旅程中最危险的一段。他们先走到那道细泉边，然后小心翼翼地往上爬，来到那条急转向东，奔向二十英里外的艾森毛兹的路上。这条路不宽，路边也没有高墙或防护矮墙。随着路往前延伸，两边的陡崖落差也越来越大。两个霍比特人聆听片刻，听不到路上有任何动静，于是稳步朝东前进。

走了大约十二英里之后，他们停下了。路在他们后面不远处，已经稍稍往北弯，他们走过的那一段这时已经被挡在视野之外了。这被证明是灾难性的。他们休息了几分钟，然后继续前进，但是还没走几步，就听见夜晚的寂静中，突然传来了他们一直隐隐害怕的声音：纷杂的行军脚步声。声音在后面还有一段距离，但回头一看，已经可见闪动的火把拐过弯，相距已不足一英里。而且，他们走得如此之快，弗拉多根本无法沿路往前奔逃。

“这正是我所害怕的，山姆，”弗拉多说，“我们一直相信运气，但它辜负了我们。我们被困住了。”他慌乱地抬头看着嶙峋的山墙。那儿，古代的修路者把他们头顶好多英寻的山岩削得很陡峭。他跑到路的另一边，从边缘往下看，只见一个幽暗的黑坑。“我们到底还是被困住了！”他说。他一屁股坐到石墙下方的地上，垂头丧气。

“看来是这样，”山姆说，“那我们只能等着瞧了。”说完，他也坐下来，坐在悬崖阴影下的弗拉多身旁。

他们没有等太久。兽人大步行进着，走在最前面的那些举着火把。随着他们的走近，黑暗中的红色火焰迅速变亮。山姆这时也低下头，希望藏起自己的脸，避免被火光照见。他还将盾牌立在膝盖前，挡住他们的双脚。

“但愿他们忙着赶路，不要理睬两个疲惫的士兵，过去就好了！”他想。

他们似乎也是这样做的。领头的兽人全都大步奔跑着，气喘吁吁。他们是一帮个头较小的兽人，不情愿地被驱赶着前去参加他们黑魔王的战争。他们所关心的，只是行完军，躲开鞭子。两个凶狠的大块头乌鲁克族兽人挥着响鞭，在队伍两边前前后后来回跑动，大声呵斥。兽人一排排过去，会照出破绽的火把已经在前方一段距离了。山姆屏住了呼吸。现在兽人队伍已经过去了大半。然后，那两个驱赶奴隶的监军之一突然注意到了路旁的两个身影。他朝他们挥了一鞭子，吼道：“喂，你们！站起来！”他们没有回答，于是他大吼一声，整个队伍停了下来。

“起来，你们这两个懒鬼！”他喝道，“现在不是坐着的时候。”他朝两人迈出一步，即使在昏暗中，也认出了他们盾牌上的徽记。“开小差，嗯？”他咆哮道，“还是说准备开小差？你们这帮家伙昨天傍晚之前就应该到达乌顿了。你们知道的。给我站起来，入列！否则我就记下你们的编号报上去。”

他们俩挣扎着站起来，弓着腰，一瘸一拐地像脚痛的士兵，拖着腿脚朝队伍后方走。“不，不要到后面去！”那个监军吼道，“往前三排，就待在那里，否则等我往队伍后面来，你们就知道了！”他噼啪朝他们头顶甩了一长鞭，然后又一甩，大喝一声，命令全队再次小跑前进。

对可怜的山姆来说，这已经够难的了，但对弗拉多而言，这是一种折磨，而且很快就成了噩梦。他咬紧牙关，努力不让自己胡思乱想，挣扎着继续前进。周围兽人汗流浃背的臭气让他窒息，他开始感到口干舌燥，呼吸困难。他们走啊走。弗拉多全部的心思都集中在呼吸与让两条腿移动上，但这场跋涉与忍耐最终会通向什么样的邪恶结局，他不敢想。他们没有悄悄掉队的希望，那个兽人监军时不时地掉头奚落他们。

“看吧！”他拿鞭子轻抽着他们的腿，笑道，“有鞭子的地方就有意志，懒虫们，快点跟上！我本来现在就可以让你们好好清醒清醒，只怕你们皮开肉绽的，耽搁你们回到营地。好好走！你们不知道我们是在打仗吗？”

他们走了好几英里，路最后沿着一道长坡向下进入平原。弗拉多力气也开始耗尽，神志恍惚。他突然踉跄了一下，山姆不顾一切地搀扶住他，试图帮助他，尽管山姆觉得自己也几乎迈不动腿了。他知道，结局随时都会到来：他家少爷会昏倒或摔倒，一切都会暴露，他们痛苦的努力会成空。“无论如何，我也要把那该死的大块头监军收拾掉。”他想。

就在他的手握上剑柄时，意料之外的机会出现了。他们这时已经到了平原，正接近乌顿入口。在距离前方入口不远处，从西边、南边和巴拉督尔过来的路，在大门前的桥头处会合了。这三条路上都有军队在移动，因为西方众将领正在逼近，黑魔王正加速向北方派遣他的军队。因此，好几支部队碰巧在路口相遇，那里漆黑一片，墙上的篝火照不到。每支部队都想先到大门，结束行军，结果他们推推搡搡、互相咒骂。不管那些监军怎么呵斥，怎么挥动鞭子，他们还是爆发了冲突，有些兽人拔出了刀。一支从巴拉督尔来的重装乌鲁克族兽人冲进从杜尔桑来的部队，众兽人乱作一团。

疲惫又疼痛的山姆虽然头昏眼花，但立刻清醒过来。他迅速抓住这个机会，拽着弗拉多，扑倒在地。有几个兽人被绊着了，大声咒骂起来。两个霍比特人手脚并用，慢慢地爬离混乱，最后神不知鬼不觉地从路对面溜了下去。那里有一处高路牙子，军队的领队在黑夜或大雾中可以把它当作路标。这路牙子垒得高出开阔地面好几英尺。

他们静静地躺了一会儿。天太黑，没有遮蔽。就算真的找得到藏身之处，他们也不能去找。不过山姆觉得，他们至少应该离这些大道远一点，到火把照不到的地方去。

“来，弗拉多先生！”他低声道，“再爬一段，然后你就可以静静地躺着了。”

弗拉多拼上最后一点力气，用手撑起身子，挣扎着又挪了大约二十码，然后一头栽进一个突然出现在前面的浅坑里，像死人一样躺在那儿。

第3章 末日山

山姆把他破破烂烂的兽人斗篷垫到他家少爷的脑袋下面，然后再用罗瑞恩的灰斗篷盖在两人身上。与此同时，他的思绪飞向了那片美丽的土地，飞向了精灵，他祈祷精灵们亲手编织的布料具有某种奇效，能帮助毫无希望的他们在这片充满恐惧的荒地藏身。他听到兽人队伍陆续穿过艾森毛兹，纷沓的脚步声和叫喊声也渐渐消失了。似乎在各个种族的众多队伍混到一起造成的大乱中，他们被忽略了，至少目前是这样的。

山姆抿了一小口水，但他逼着弗拉多大口喝了一些，待他家少爷恢复一些后，他又递给弗拉多一整块宝贵的行路面包，要他家少爷吃下去。两个人累得无暇顾及害怕，躺平睡了一会儿，但睡得很不安稳：因为身上的汗水变冷了，硬石头也硌背，他们浑身都在冷颤。从黑门自北方吹来一股稀薄的冷空气，贴着地面沙沙地吹过西力斯昂戈。

早晨的天光又是灰蒙蒙的，高处西风仍在吹拂，但在下方围墙后面的石头地里，空气几近静止，寒冷而又滞闷。山姆从坑洼里望出去，周围的大地阴沉、平坦、单调。附近的路上这时没有任何动静，但山姆担心的是艾森毛兹那些要塞和塔楼上的警戒之眼，那里向北距离这儿不到一弗隆远。东南方，火山远远地像一团耸立的黑影，影影绰绰。那里浓烟滚滚，那些升到高空的烟雾拖拖曳曳往东而去，而大量翻滚的烟云则沿着山体向下蔓延，笼罩了整片大地。往东北几英里，灰烬山脉的山麓丘陵像一个个忧郁的灰色鬼魂伫立着，其后方隆起的是雾气缭绕的北方高地，仿佛是遥远的一线层云，几乎不比低垂的天幕更暗。

山姆想估计一下距离，再决定该走哪条路。“看起来每条都得五十英里啊！”他盯着阴沉沉的充满威胁的火山，郁闷地嘀咕道，“以弗拉多先生眼下的状态，这本来一天就能走完的路得走一个星期。”他摇了摇头，思忖着，慢慢地，一个阴暗的新念头浮现在他的脑海中。在他坚定的内心中，希望从未破灭多久，他总是在思索他们返程的情形，直到现在。他终于意识到一个痛苦的真相：他们尚余的口粮充其量只能让他们抵达目的地，当任务完成后，他们面临的将是孤立地置身于一个无遮无蔽、没有食物的可怕的荒漠中央。他们回不去了。

“所以，这就是我出发时觉得自己不得不做的事吧，”山姆心想，“帮助弗拉多先生走到最后一步，然后跟他一起死？好吧，如果是这样，那我一定做。可我真的很想再见到傍水镇，再见到罗西·科顿和她的兄弟们，再见到甘吉老爹和玛丽戈德，再见到他们所有的人。不管怎么着，我不能想象如果根本没有任何返回的希望，甘道夫还会派弗拉多先生来执行这项任务。自从他在墨瑞亚掉进深渊后，事情全都出错了。真希望他没掉下去啊！他肯定会有办法的。”

然而，在山姆心中的希望破灭时，或者说似乎破灭时，它却被转化成了一股新的力量。在心中的意志变得坚强起来的同时，山姆那张平凡的霍比特面孔也变得坚定起来，甚至可以说变得严厉了。他感到全身一阵战栗，仿佛自己正在变成某种钢筋石头的生物，绝望、疲惫，以及无尽的荒凉长路，都不能征服他。

怀着一种新的责任感，他收回目光，看着附近的地面，研究下一步的行动。随着天光逐渐变亮，他惊讶地发现，从远处看上去似乎辽阔而又单调的平原，实际上坑坑洼洼，凹凸不平。的确，戈格洛斯平原的全部地表上都布满了巨大的坑洞，仿佛在还是一片软泥荒地时，它曾遭到过箭雨和巨大石弹的袭击。最大的那些坑洞边缘都堆积着破碎的岩石，宽阔的裂缝从洞边向四面八方伸展。在这片大地上，悄悄地从一处躲到另一处是可能的，不会被发现，除了那些最警醒的眼睛，至少对那些强壮而又不急着赶路的人来说是可能的。而对那些又饥又累，还要趁着一息尚存跋涉很远的人而言，这片大地看上去就很险恶了。

山姆一边想着这些事，一边回到他家少爷身边。他不需要叫醒弗拉多。弗拉多躺在地上，正睁大眼睛盯着阴云密布的天空。“啊，弗拉多先生，”山姆说，“我一直在查看四周，还想了点事。路上没有动静，我们最好趁这机会赶快离开。你能走吗？”

“我能走。”弗拉多说，“我必须走。”

他们又一次出发了，借着能找到的掩护，从一个坑快速地爬到另一个坑，但总是沿着一条斜向北方山脉的山麓丘陵移动。不过，他们行进时，最靠东的那条路一直如影相随，直到紧贴着山脉的外缘转向，伸入前方远处的一堵黑影墙。那平坦灰暗的道路沿线，这时既没有人类也没有兽人走动，因为黑魔王几乎已经完成了其兵力的调动。在他自己的境地要塞中，他甚至也利用了黑夜的隐秘，害怕已经转而对抗他的世风会撕开他的障眼纱。令他困扰的，还有大胆的奸细已经突破防卫闯进来的消息。

两个霍比特人走了好几英里之后，累得停了下来。弗拉多看上去几近筋疲力竭。山姆意识到，以他们这种一会儿爬，一会儿弓腰走，一会儿迟迟疑疑择路缓行，一会儿又踉踉跄跄匆忙快跑的方式，弗拉多怕是走不了多远了。

“趁着天还亮，我想回到路上去，弗拉多先生，”他说，“我们再相信一回运气吧！上次它差点辜负了我们，但最后并没有。我们稳步走上几英里，然后再休息吧。”

他承担的风险，其实比他知道的大得多。不过弗拉多被他的负担和心中的挣扎占据了太多注意力，无暇争辩，他绝望得几乎无所谓怎么走了。他们爬上堤道，继续沿着那条通往黑塔的冷硬道路向前跋涉。他们运气不错，那天余下的时间里，没有碰到任何活的或移动的东西。夜幕降临时，他们融进了魔多的黑暗。风暴将至，整片土地此时森然幽暗，因为西方众将领已经过了十字路口，在伊姆拉德魔古尔的致命原野上点燃了火焰。

就这样，绝望的旅程继续，至尊指环南行，诸王的旌旗北上。对两个霍比特人来说，每一天，每一英里，都走得比之前更艰苦，他们的体力渐渐衰弱，而这片土地却变得更加险恶。白天，他们没有遇上敌人，夜里却有几次。他们不安地躲在路边，蜷缩在隐蔽处打着盹，听见了叫喊声、杂乱的脚步声以及残酷的马蹄声。而远比这一切危险都更可怕的，是那股始终在逼近压迫他们的威胁：那股黑暗力量的可怕威胁。它隐藏在自己王座周围的黑色帷幔之后，沉浸在幽深的思绪和不眠的恶意中，伺机而动。它越来越近，影影绰绰，越来越黑，仿佛世界尽头的黑夜之墙迎面而来。

一个可怕的傍晚终于来临。就在西方众将领接近生者之地的尽头时，两个流浪者也到了茫然绝望的时刻。自他们逃离那群兽人后，四天已经过去了，但这过去的四天就像一个越来越黑暗的梦。最后这一整天，弗拉多没有说过一句话，只是半弯着腰走路，经常跌倒，好像他的眼睛不再看得见脚下的路。山姆猜测，在他们遭遇的所有痛苦中，弗拉多承受的是最糟糕的：至尊指环逐渐增加的重量。对肉体而言，它是一种重担；对心灵而言，它是一种折磨。山姆焦虑地注意到，他家少爷不时地抬起左手，仿佛在抵挡击打，或者畏缩地遮住自己的眼睛，仿佛要躲开正在搜寻他们的可怕魔眼。有时候他的右手会悄悄地摸到胸前，紧紧攥住，然后随着意志恢复控制，又慢慢地收回。

黑夜又至，弗拉多坐了下来，头垂在双膝之间，胳膊疲倦地垂向地上，而摊在地上的双手无力地抽动着。山姆望着他，直到夜色笼罩住他们两个，让他们看不见彼此。他找不到任何话可说，便转去琢磨心头那些阴郁的思绪。至于他自己，虽然很疲倦，也被恐惧的阴影笼罩着，但仍然有余力。如果不是兰巴斯的功效，他们早就躺倒累死了。兰巴斯并不能满足食欲，时不时地，山姆的脑海里就充满对食物的记忆，以及对简单的面包和肉食的渴望。不过这种精灵面包有一种潜能，旅行者只依靠精灵的这种行路干粮，不与其他食物混着吃时，这种潜能会逐渐增长：它滋养意志，提供耐力，使旅行者以超乎凡族的方式控制肌肉和四肢。然而现在，他们必须做出一个新的决定。他们不能再沿着这条路走下去了，因为这条路朝东通往那个大魔影，而火山这时却在他们右边影影绰绰地耸现，几乎是在正南方，他们必须转向那里。然而它的前面，仍有一片荒芜的、烟雾缭绕、覆满灰烬的广阔地域。

“水，水！”山姆嘀咕道。他一直尽力省着喝水，干巴巴的嘴里，舌头似乎变得又厚又肿，但不管他多么小心节省，现在也只剩下一点点水了，可能只有半壶，但他们也许还要走好几天。如果之前没有大着胆子沿着兽人的路走，他们早就没水喝了。因为在那条大道上，每隔一长段距离，就建有供给派遣部队匆忙穿过无水区域时使用的蓄水池，山姆在其中一个蓄水池中发现了一些剩余的水，虽然难闻，还被兽人弄得浑浊不堪，却足以解燃眉之急。不过那是一天前的事了，他们没有再找到水的希望了。

最后，思绪万千的山姆累得发困，心想等明天再说吧，他再也撑不住了。梦醒交织，心神不安。他看见了光，似扬扬得意的眼睛一般的光，看见了缓慢爬行的黑色身影。他还听见了噪声，像是野兽或被酷刑折磨之物发出的恐怖嚎叫。有时他惊醒过来，发现世界一片漆黑，四周只有空寂的黑暗。只有一次，他站起来茫然四顾，虽然很清醒，却似乎看见了像眼睛一样的苍白亮光，但是不久，它们就一闪一闪地消失了。

讨厌的黑夜慢慢悠悠、勉勉强强地过去了。随即而来的日光很晦暗，因为这儿越靠近火山，空气就越浑浊，而索伦在自己周围编织出的魔影幕障，也从黑塔里悄然蔓延出来。弗拉多仰面躺在地上，一动不动。山姆站在他旁边，犹疑着不知如何开口，但他知道自己有话要说：他必须鼓起他家少爷的意志，再努力一把。最后，他弯腰抚摸着弗拉多的额头，在他耳边开口了。“醒醒，少爷！”他说，“又该出发了。”

仿佛被一道骤然响起的钟声惊醒，弗拉多猛地坐了起来。他站起来，望向南方，但看到火山和火山面前的荒漠时，他再次胆怯了。

“我做不到，山姆。”他说，“它太重了，我承担不起，太重了。”

山姆开口之前就知道说了也是白说，那些话与其说是鼓舞，不如说是伤害。然而出于同情，他不能保持沉默。“那让我帮你承担一点吧，少爷，”他说，“你知道的，只要我还有一丝力气，就愿意承担，也乐意承担。”

一道狂野的光乍现于弗拉多眼中。“站远点！别碰我！”他喊道，“我告诉你，它是我的！滚开！”他的手摸向剑柄，但接着他的声音戛然一变，“不，不，山姆。”他悲伤地说，“可你一定要理解。它是我的重担，没有其他人能承担。现在已经太迟了，亲爱的山姆，你无法再以那样的方式帮我了。我现在几乎被它的力量完全控制着。我无法放弃它，如果你试图拿走它，那我会疯掉的。”

山姆点了点头。“我理解，”他说，“但我一直在想，弗拉多先生，我们可以丢掉其他一些东西。为什么不减轻一点负担呢？我们现在要往那边走，尽可能走直线。”他指了指火山，“我们不确定还需不需要的东西都不用带上了。”

弗拉多又看向火山。“是啊，”他说，“在那条路上我们不需要多少东西，而在它的尽头，我们什么都不需要了。”他捡起兽人盾牌扔了出去，接着又扔掉了头盔。然后，他脱下灰斗篷，解开那条沉重的腰带，让它连同那把带鞘的剑一起落到地上。他扯下那破烂的黑斗篷，任它散落一地。

“好了，我不装兽人了！”他叫道，“我也不带武器了，管它是美还是丑。他们要抓，就来抓我好了！”

山姆也依样做了，将身上的兽人装备放到一边，又取出背包里的所有东西。不知怎的，这些东西每一样对他而言都变得很珍贵，也许仅仅是因为他背着它们走了这么远，历经这一路艰辛。他最舍不得的是他那套炊具。想到要扔掉它们，他就忍不住热泪盈眶。

“你还记得那锅炖兔肉吗，弗拉多先生？”他说，“还有在法拉米尔统帅的家乡，在那个温暖的坡岸下我们待的地方，那天我看见了毛象。你还记得吗？”

“不，山姆，我恐怕不记得了。”弗拉多说，“充其量，我知道那些事发生过，但我看不见它们。食物的味道，水的流动，风的声音，对花草树木的记忆，月亮或星辰的样子，我都没有感知了。我赤裸裸地站在黑暗中，山姆，在我和那个火轮之间没有任何遮挡。我甚至睁着眼睛都开始看见它了，而其他一切都消失了。”

山姆走过去，吻了吻他的手。“那……那我们越早摆脱它，就越早得安宁。”他结结巴巴，想不出更好的话来，“光说真的无济于事。”他一边嘟囔着，一边把他们挑出来要扔掉的所有东西堆在一起。他不希望让它们暴露在荒野中被任何眼睛看见。“缺德鬼似乎拿了那件兽人铠甲，他不会再去添一把剑吧？他啥都没有的时候手就不老实。他可别想着乱动我的锅！”说完，他抱起所有的装备，走到地面上诸多裂缝中的一个旁边，把它们扔了下去。他的宝贝炊具落入黑暗中，丁零当啷，如丧钟一般击打着他的心。

他回到弗拉多身边，割了一小段精灵绳索给他家少爷当腰带，束住身上的灰斗篷。剩余的绳索，他仔细卷好放回了背包里。除了绳索，他只保留了剩下的行路面包和水壶，还有挂在腰带上的刺叮剑，以及藏在上衣侧胸口袋里的加拉德瑞尔水晶瓶和她赠送给自己的小木盒。

最后，他们转身面朝火山，出发了。他们不再想着掩藏，将疲惫与衰落中的意志都集中在继续前进这一件事上。在阴沉白昼的昏暗中，除非近在咫尺，即使在这个充满警戒的地方也很少有东西能看见他们，黑魔王的所有奴隶中，只有那兹古尔可能会警告他：有一个很小但不屈不挠的危险，正悄悄地潜进他那防守严密的王国中心要地。不过那兹古尔和他们的黑翼坐骑都外出干别的差事去了：他们在远方聚集，给西方众将领的行军投下阴影，黑塔的思绪也转到那里去了。

这一天，山姆觉得他家少爷似乎找到了某种新的力量，不只是因为他要携带的负担减轻了一点。第一程他们走得比他期望得更远也更快。这一带崎岖危险，但他们行进了不少，火山也越来越近。只是随着白天的流逝，昏暗的天光很快就开始消退，弗拉多又开始弓腰驼背，步履蹒跚，仿佛那股新生的努力挥霍完了他剩余的力量。

他们最后一次停下来时，他瘫坐在地上说："我好渴，山姆。"说完，他便不再说话了。山姆给他喝了一口水，壶里剩下的水也只有一口了。他自己没喝。他们再次被魔多的黑夜笼罩，但他满脑子都是对水的记忆：他曾经见过的，在绿柳荫下或阳光里闪耀的每一条小溪、小河或泉源，跃动着、流淌着，令此刻眼盲的他备受折磨。他能感觉到那时跟科顿家的乔利、汤姆、尼布斯，还有他们的妹妹罗西在傍水镇的池塘里玩水时，脚趾感觉到的池底软泥的清凉。"那是好多年前了，"他叹息道，"很远很远。回去的路——如果有的话，也得经过火山。"

他睡不着，开始跟自己辩论起来。"好了，别丧气，我们做的比你期望的好。"他坚定地说，"无论如何，开端不错。我估计我们停在这里之前，已经走了一半的路，再有一天就能走完了。"然后，他顿住了。

“别傻了，山姆·甘吉。”他自己的声音回答道，“就算明天他能动，也不可能像今天这样再走一天了。你把所有的水和大部分口粮都给了他，你也坚持不了多久了。”

“不过我还能继续走很长一段路，我会的。”

“去哪里？”

“当然是去火山。”

“可是，然后呢？山姆·甘吉，然后呢？等到了那儿，你要怎么做？他自己肯定什么都做不了。”

令山姆惶惑的是，他回答不了这个问题。他全然不清楚。弗拉多并没有给他多讲自己的任务，山姆只是模糊地知道得想办法把至尊指环扔进火里。“末日裂隙，” 那个古老的名称出现在他的脑海中，他嘀咕道，“唉，就算少爷知道怎么找到那里，我也不知道。”

“你瞧吧！”回答的声音又来了，“这一切完全没用。他自己就是这么说的。你就是一个傻瓜，一直抱着希望艰难跋涉。如果不是你这么顽固，你们俩好几天之前就可以躺下睡一觉了。现在可好，你还是一样要死，甚至比死还要糟糕。不如你现在就躺倒放弃，反正你们永远也到不了山顶。”

“就算只剩一把骨头，我也要爬到那儿去，”山姆说，“就算背弯心碎，我也要亲自把弗拉多先生背上去。所以，别啰唆了！”

就在这时，山姆感到身下的地面一阵震动。他听见，或者说感觉到很深很深的地方传来了隆隆声，仿佛是被囚禁在地底的雷鸣。云层下方一道红光乍现即逝。火山睡得也很不安稳。

他们前往欧洛朱因的最后一段旅程终于到来，它是一种比山姆想象自己能承受的折磨更甚的折磨。他浑身疼痛，口干舌燥得连一口食物都咽不下去。天空依然漆黑，不仅是因为火山烟雾：一场风暴似乎即将来临，东南方远处漆黑的天空下频频打闪。最糟糕的是，空气中充满浓烟，呼吸变得困难又痛苦。他们头晕目眩，以致步履蹒跚，经常跌倒。然而，他们的意志没有动摇屈服，他们继续挣扎着前进。

悄无声息地，他们离火山越来越近，直到后来，只要抬起沉重的头，火山就会占据他们的全部视野。它赫然耸立在前方，是一团由灰烬、熔渣和灼热的岩石堆成的庞然大物，一座陡峭的圆锥形山体从中升起，插入云霄。在持续整日的暮色将尽，真正的夜晚再度来临之前，他们跌跌撞撞地来到了它的山脚下。

弗拉多长吁一口气，扑倒在地。山姆也在他旁边坐下了。让他惊诧的是，虽然疲累，他却感到轻松了一些，他的头脑似乎又清醒了，心中不再纠结。他知道所有绝望的理由，但不再动摇。他意志已定，只有死亡才能摧毁。他不再渴望或需要睡眠，反而非常警醒。他知道，所有的风险隐患现在都集中到了一点上：明日就是命运判决之日，要么最后一搏，要么彻底失败，这是最后的时刻。

可明日何时到来？长夜漫漫，仿佛永恒，一分钟又一分钟落入死寂，并没有增加时间的流逝，也没有带来任何改变。山姆开始怀疑是不是第二度黑暗已经开始，白昼再也不会重现了。最后，他摸索着抓住弗拉多的手。弗拉多的手冰冷，不停地颤抖。他家少爷在打寒噤。

“我不应该丢掉我的毯子。”山姆嘀咕道。他躺下来，试着用自己的四肢和身体温暖弗拉多。然后，睡意袭来，他睡着了。这趟探险最后一天的微弱晨光落在肩并肩躺在一起的两个人身上。从西方吹来的风昨天就停了，现在刮的是北风，而且越刮越猛。渐渐地，隐而不见的太阳把光芒滤进两个霍比特人躺卧的阴影里。

“就是现在！最后一搏！”山姆说着，挣扎着站了起来。他俯身轻轻摇醒弗拉多。弗拉多发出一阵呻吟，仍然努力摇晃着站了起来，但随即又跪倒下去。他艰难地抬起双眼，望向高高耸立的末日山的黑暗斜坡，然后开始手脚并用地朝前爬去。

山姆看着他，心中哭泣，但干涩刺痛的眼里流不出泪水。“我说过，就算压断脊梁，我也要背着他。”他嘀咕道，“我会的！”

“来吧，弗拉多先生！”他喊道，“我不能替你承担它，但我能背着你，连它一起。所以，起来！来，亲爱的弗拉多先生！山姆会载你一程。告诉他往哪里去，他就去哪里。”

弗拉多趴到他背上，双臂松松地环抱着他的脖子，两腿紧紧夹在他的胳膊下。山姆摇摇晃晃地站起来，却惊奇地发现这负担并不重。他本来担心，自己的余力只能背起他家少爷一人，此外，他原以为自己还要分担可恶的至尊指环那坠扯的可怕重量，但情况并非如此。不管是因为弗拉多长期以来被疼痛、刀伤、毒刺、悲伤、恐惧、无家可归的游荡折磨得瘦骨嶙峋，还是因为山姆被赐予了最后一股神力，总之他没费多大力气就背起了弗拉多，仿佛他在夏尔的青草地或干草场扛起了一个霍比特小孩。他深吸一口气，出发了。

他们已经抵达了火山北侧的山脚下，稍微偏西一点。那里灰色长坡虽然崎岖，但并不陡峭。弗拉多没有说话，也没有指导怎么走，山姆只能尽力挣扎着往上爬。他只知道：要在自己力气耗尽、意志丧失之前尽量往高处爬。他艰难地行进着，走啊走，爬啊爬，一会儿转到这边，一会儿转到那边，以此减缓坡度。他时不时地就往前踉跄一绊，最后像一只背上背着重负的蜗牛一样往前爬。当意志力再也无法驱使他向前，四肢也无力支撑时，他停了下来，轻轻地放下他家少爷。

弗拉多睁开眼睛，吸了口气。这里在稠烟缭绕弥漫的上方，呼吸变得容易一些了。“谢谢你，山姆。”他嗓音沙哑地低声道，“还要走多远？”

“我不知道，”山姆说，“因为我不知道我们要去哪里。”

他回头看了看，又抬头看了看，惊讶地发现他最后的这番努力居然让他攀爬了这么远。孤零零的火山不祥地耸立着，看上去比实际更高。山姆这才发现，它不比他跟弗拉多爬过的埃斐尔度阿斯的高处隘口高。它高低起伏的山肩从庞大的山基升起，高出平原大约三千英尺，其上耸立的中心火山锥又有山脊的差不多一半高，就像一个巨大的烘炉或烟囱，顶上扣着一个参差不齐的喷火口。山姆已经爬到了山基的上半截，下方的戈格洛斯平原笼罩在烟雾和阴影中，昏暗不明。他往上看去，此时如果干涩的喉咙允许的话，他会大叫一声的：因为在上方那片崎岖不平的土丘和山肩上，他清楚地看见了一条小路。它像一条隆起的腰带从西边爬上来，如蛇一般盘绕火山而上，直到绕过去消失在视野之外，抵达东边火山锥的底部。

山姆无法看到正上方就近的那段路，那是最低的一段，因为一道陡峭的斜坡从他站的地方往上延伸挡住了视线。不过他猜测，只要努力再往上爬一小段，就能踏上那条路。他心里重新燃起一线希望：他们还有可能征服这座火山。“嗯，这条路建在这里很可能是天意！”他跟自己说，“如果那儿没有它，那我得说，我最后还是被打败了。”

那条路建在那里，并不是为了山姆。他不知道，他看见的，正是从巴拉督尔通往烈火之厅——萨马斯瑙尔的索伦之路。这条路从黑塔巨大的西门出发，经由一座巨大的铁桥跨过深渊，然后进入平原，在两个冒烟的深坑之间延伸一里格，再沿着一条长坡道，往上到达火山的东侧。随后，这条路从南到北，盘旋而上，绕过整座宽阔的山体，最后来到火山锥高处的一个黑暗入口，但离冒着臭烟的峰顶还很远。这个入口朝东回望，正对着索伦那阴影覆盖的堡垒的魔眼之窗。这条路经常因为火山熔炉喷涌而被堵塞或被破坏，所以总有数不清的兽人不断地清理和修补。

山姆深吸了一口气。那里有一条路，但如何爬上斜坡到路上去，他不知道。他得先松一松酸疼的腰背。他在弗拉多身边平躺了一会儿，两人都不说话。天光渐亮。突然，一股莫名的急迫感袭上山姆心头，仿佛有人在呼唤他："就现在，就现在，否则就太迟了！"他打起精神，站了起来。弗拉多似乎也感觉到了那呼唤，挣扎着跪了起来。

"我能爬，山姆。"他气喘吁吁地说。

于是，一英尺接着一英尺，他们像两只灰色的小虫，悄悄地爬上斜坡，来到了那条路上。他们发现这条路很宽，是由碎石和压实的灰烬铺成的。弗拉多吃力地爬到路上，然后像被某种强烈的冲动驱使着，慢慢地转身面向东方。远方，索伦的阴影高悬，但被外面世界吹来的阵风撕裂了，抑或是被内部某种巨大的不安扯开了，笼罩其上的浓云盘旋翻滚，瞬间被撩开一角，弗拉多因此看见了比它伫立其间的阴影更黑更暗的巴拉督尔尖塔的残酷尖顶和钢铁之冠。它稍纵即隐。而就在这一瞬，有一道红焰一闪，仿佛是从某扇高不可测的大窗户里朝北射出来的，那是一只魔眼的锐利一瞥。然后阴影又收拢，那可怕的景象不见了。魔眼并未转向他们：它正凝视着北边陷入困境的西方众将领，它所有的恶意此刻都集中在那里，黑暗力量正在移动，准备发起致命的攻击。而弗拉多被那可怕的一瞥扫过，顿时像受到了致命一击，倒地不起。他的手摸索着脖子上的链子。

山姆跪在他身旁。他听到弗拉多用虚弱得几乎听不见的声音耳语道："帮帮我，山姆！帮帮我，山姆！抓住我的手！我阻止不了它。"山姆握住他家少爷的两只手，让它们掌心相对合在一起，轻轻一吻，然后用自己的手温柔地拢住它们。一个念头突然浮现在他的脑海中："他看见我们了！全完了，很快就全完了。唉，山姆·甘吉，这就是最终的结局。"

他再次背起弗拉多，把他的双手拉到自己胸前，任他家少爷的两条腿晃荡着，然后埋头继续沿着攀升的路吃力地爬行。这条路并不像起初看起来那么好走。幸好，当山姆站在西力斯昂戈时，火山爆发的岩浆大都流向南山坡和西山坡了，这边的路没有被堵住。不过，在许多地方，路要么瓦解崩裂，要么被张开的裂口切断了。路朝东攀升了一段之后，又往回转了一个急弯，朝西继续前进了一段。在转弯的地方，一块很久以前从火山熔炉中吐出来的岩浆形成的风化峭壁被切开，路从中穿过。重负在肩的山姆气喘吁吁地转过弯，就在那一刻，他眼角的余光瞥见有什么东西从峭壁上掉落了下来，像是一小块黑石头在他经过时滚落下来。

突如其来的重量击中了他，他猛地往前一踉跄，扑倒在地，手背擦破了，但双手仍然紧紧抓着弗拉多的手。随即他就明白发生了什么事，因为就在扑倒时，他听见上方传来了一个可恨的声音。

"邪恶的主人嘶嘶！"他嘶声道，"邪恶的主人嘶嘶欺骗我们，欺骗斯米戈尔，咕噜姆。他不准嘶嘶往那边走。他不准嘶嘶伤害宝贝。把它给斯米戈尔，是嘶嘶，把它给我们！把它给我们嘶嘶！"

山姆用力一撑，爬了起来。他立刻拔出自己的剑，却束手无策。咕噜姆和弗拉多扭到了一起。咕噜姆正在撕扯他家少爷，企图抓住链子和至尊指环。这大概是唯一一件能唤起弗拉多垂死朽木般的心灵和意志的事情：一种攻击，一种武力抢夺他身上宝贝的企图。他带着突如其来的怒火奋力反击，令山姆大吃一惊，咕噜姆也吓了一跳。即使如此，假如咕噜姆仍然没有改变，事情恐怕也会往别的方向发展，但他被一种吞噬神志的欲望和一种可怕的恐惧驱使着，一路忍饥挨饿，孤孤单单，行走得不知道有多艰难，这些都在他身上留下了严重的痕迹。他变成了一个饥瘦、枯槁的家伙，只剩一层蜡黄的皮肤包着全身的骨头。他眼中闪着狂野的凶光，但他的恶意已经配不上他那满腹的抱怨劲了。弗拉多甩开他，颤抖着站了起来。

“起开，起开！”他捂住胸口，抓紧藏在皮衣下的至尊指环，“起开！你这偷偷摸摸的家伙，别挡我的路！你的日子已经结束了。现在，你不能背叛我，也不能杀我。”

突然，就像之前在埃敏穆伊的岩檐底下一样，山姆看见了这两个对手的另一番幻象。一个蜷缩的身形，几乎不过是一个活物的影子，这时已经完全堕落破败，却仍然充满骇人的欲望和愤怒。它的面前，站着一个不再心软、身着白袍、胸前举着一轮火焰的坚定人影。一个命令的声音从火中发出：“滚开，别再来烦我！如果你再碰我一下，你将自己跳入末日火焰。”

那个缩成一团的身影后退而去，一眨一眨的眼睛里有恐惧，同时也有无法满足的渴望。

然后，幻象消失了，山姆看见弗拉多站在那里，手捂着胸口，呼吸急促，咕噜姆大张的双手着地，跪伏在他脚边。

“小心！”山姆喊道，“他会跳起来的！”他迈步上前，挥舞着他的剑，“快点，少爷！”他喘息着说，“快走！快走！没时间耽搁了。我会对付他的。快走吧！”

弗拉多看着他，仿佛看着一个遥远的人。“是的，我必须走了，”他说，“别了，山姆！这是最后的结局。在末日山，末日将临。别了！”他转过身，走上攀升的小路，走得很慢，但挺直。

“好了！”山姆说，“我现在终于能对付你了！”他握着出鞘的剑，一跃上前，准备战斗。可咕噜姆没跳，他趴在地上，抽抽噎噎。

“别杀我们，”他哭泣道，“别用脏嘶嘶残酷的钢铁伤害我们！让我们活着，是的，就再活一点点长。丢了，丢了！我们丢了。宝贝没了，我们会死，是的，死了变尘土。”他用没有肉的长手指刨着路上的灰烬，嘶嘶道，“尘土嘶嘶！”

山姆手一颤。他心中怒火熊熊，满脑袋都是对咕噜姆之恶的记忆。杀了这个背叛者、谋杀犯，那才叫公正，公正而且死有余辜，似乎也是唯一保险的做法。可在内心深处，有什么制止了他：他不能击杀这个趴在尘土里，孤独凄凉、已然颓废、悲惨至极的家伙。他自己也曾戴上至尊指环，虽然只是一小会儿，但他此刻还是能猜测到咕噜姆被那枚至尊指环奴役，今生再也找不到安宁或解放，身心交瘁的痛苦。山姆无法用言辞表达他的感受。

“哎哟，该死的，你这臭东西！”他说，“滚远点！滚！我不信任你，滚到我踢不着你的地方去！快滚！不然我就会伤害你，是的，用这肮脏残酷的钢铁！”

咕噜姆四肢着地撑起身，往后退开几步，然后转过身。就在山姆一脚踢向他时，他飞快地跑下了小路。山姆不再管他。他突然想起他家少爷来了。他往路上看去，却不见弗拉多的身影。于是，他尽可能快地沿路跋涉。倘若这时回头，他没准能看到咕噜姆在下方不远处又转过身来，眼中闪烁着疯狂的光芒，迅捷而又谨慎地悄悄跟在后面，像一个在岩石间躲躲闪闪移动的阴影。

小路攀升而上，很快又拐了个弯，最后一段向东穿过火山锥表面的一个切口，来到火山侧面的一道黑门前：萨马斯瑙尔的大门。这时，太阳在远方朝南升起，穿透浓烟与雾霾，不祥地燃烧着，像一个昏暗模糊的红色圆盘。火山周围的整个魔多死寂沉沉，阴影重重，正在等候着某种可怕的打击。

山姆来到那道如张大的嘴一般的门前，往里窥探。漆黑、灼热，一阵深沉的隆隆响声震颤着空气。“弗拉多！少爷！”他喊道。没有回应。他在那里站了一会儿，心怦怦狂跳，满怀强烈的恐惧。然后，他一头冲了进去。一个影子紧跟着他。

一开始，他什么也看不见。出于强烈的需要，他又一次掏出了加拉德瑞尔的水晶瓶，但在他颤抖的手中，它苍白而冰冷，散发不出光芒，无法照亮这令人窒息的黑暗。他已经到了索伦王国的心脏地带：古时其力量强大、称霸中州时建立的冶炼之所，所有的其他力量在这里都遭到了抑制。在黑暗中，山姆心怀恐惧，不确定地往前探了几步。突然，一道红色闪光猛地蹿起，撞上黑漆漆的高顶。山姆这才看清，他是在一个长洞或隧道里。这长洞或隧道已经钻入冒烟的火山锥中。前面不远处，地面和两边的墙被一道巨大的裂隙劈开了，红色的强光就出自那里，一会儿跳上来，一会儿熄下去，没入黑暗。与此同时，下方深处嗡嗡嗡和轰隆隆的骚动声不断，仿佛有巨大的机器正在有节奏地颤动劳作。

红光又跳起来了，就在末日裂隙边缘，站着弗拉多。在强光的映衬下，他身形漆黑，全身紧绷，笔直挺立，但一动不动，仿若石化。

“少爷！”山姆大喊。

弗拉多动了动，然后用清晰的嗓音说话了。的确，这嗓音比山姆以往听过的他所有的嗓音都更清晰、更有力，它盖过了末日山的震颤和骚动，在洞顶和侧壁间回荡。

“我来了，”他说，“但我现在不选择我来这里应该做的事。我不会做这件事。指环是我的！”突然，他将指环戴到手指上，消失在山姆的视野中。山姆倒吸一口冷气，却没有机会喊出声来，因为就在那一刻，很多事情发生了。

有什么东西狠狠地砸在山姆背上，他的腿也从后面被踢了，他扑倒在一边，脑袋撞在石头地面上：一个黑影跃到了他身上。山姆一动不动地躺在那里，片刻间失去了知觉。

正当弗拉多在黑魔王的王国中心萨马斯瑙尔戴上至尊指环，宣称其归自己所有时，远方巴拉督尔的力量被震撼了，其高塔从根基到骄傲而又尖锐的冠顶都在颤动。黑魔王突然察觉到了弗拉多的存在，他的魔眼穿透一切阴影，越过平原看向他制造的那道门，致盲的火光中，他明白了自己愚蠢至极，也最终明白了敌人的所有计策。他的愤怒骤然爆发成熊熊烈焰，但他的恐惧也如同一团庞大的黑烟升起，令他窒息。他知道自己危在旦夕，他的命运悬于一线。

他立刻抛开心中所有的原则、所有的恐惧与背叛的罗网，以及所有的谋略与战争。一阵战栗传遍他的整个王国，他的奴隶退缩了，他的大军止步了，他的将领也突然没有了引导，丧失了意志，动摇而又绝望，因为他们全被忘记了。那股支配他们的力量的全部心思与意志，这时以压倒性的暴力集中到了火山上。在他的召唤下，指环幽灵那兹古尔撕心裂肺地叫喊着急速回旋，孤注一掷地向南飞，飞得比风还快，如一阵翅翼风暴冲向末日山。

山姆爬了起来。他头晕眼花，脑袋上血流不止，鲜血滴进了眼睛。他摸索着向前，然后看见了怪异而又恐怖的一幕：在深渊的边缘，咕噜姆正疯子一般跟一个看不见的敌人扭打。他来回摇摆着，不时离边缘近得几乎要掉下去，但又猛地被拽回来跌倒在地，爬起来，又摔倒。他始终咬牙切齿地发出嘶嘶声，却没有说出一个字。

深渊底下的火焰愤怒地苏醒了，红光迸发，整个洞穴被红光照得炫目，充满酷热。突然，山姆看见咕噜姆将长手指朝上伸进嘴里，白森森的獠牙一闪，接着嘎吱一咬。弗拉多惨叫一声，现出身形来，跪倒在深渊的边缘。咕噜姆像一个疯子一样手舞足蹈，高举着指环，一根手指还戳在指环中间。它此刻闪闪发亮，仿佛真是由熊熊烈火制成的。

“宝贝，宝贝，宝贝！”咕噜姆叫喊着，“我的宝贝！噢，我的宝贝！”正当抬起眼皮得意扬扬地去看他的战利品时，他却一脚踩空，身体在深渊边缘晃了一晃，便尖叫一声摔了下去。深处传来了他最后的“宝贝”哀号声，然后他消失了。

一声巨响，一阵混乱的喧嚣。火焰高蹿，舔舐洞顶。震颤变成了大骚动，火山战栗摇晃。山姆奔向弗拉多，抱起他冲出了那道门。就在那儿，就在萨马斯瑙尔黑暗的大门口，在魔多平原上方高处，惊愕与恐惧令他忘记了一切，他呆立如石，凝视着眼前的景象。

他看见了稍纵即逝的景象：乌云翻滚，云中的塔楼和城垛高耸如山，坐落在无数坑洞之上的强大山座上；庞大的庭院和地牢，如悬崖般峭立的无眼监狱，还有四敞大开的牢不可破的钢门。然后，一切都消失了。塔楼坍塌，群山崩溃，高墙破裂熔化，轰然垮倒，巨大的烟柱旋转着腾空而起，蒸汽喷涌上升，上升，直到在空中翻滚着，又像滔天巨浪一样倾泻而下，狂野翻卷的浪尖轰然落地，飞沫四溅。最后，轰隆声一英里一英里地穿过大地传来，声音越来越大，变成震耳欲聋的冲撞咆哮。大地震颤，平原隆起崩裂，欧洛朱因摇摇晃晃，大火从裂开的山顶喷涌而出。天空电闪雷鸣，黑雨如注，劈劈啪啪，像鞭子扬起又落下。暴风雨的中心，传来一声撕碎乌云、穿透其他所有声响的号叫，那兹古尔来了，像燃烧的闪电般疾射而来，却落入山崩的冲天烈焰中，劈里啪啦，枯萎干裂，灰飞烟灭。

“嗯，这就是结局，山姆·甘吉。”他身旁一个声音说。是弗拉多，他苍白力竭，但又是他自己了。此刻他目光平静，没有紧绷的意志，没有疯狂，也没有任何恐惧。他的重负被带走了。夏尔甜蜜岁月里亲爱的弗拉多少爷回来了。

“少爷！”山姆大叫一声，跪倒在地。世界天崩地裂，这一刻他却只感到欢欣，巨大的欢欣。重负没了。他家少爷得救了，又是他自己了，他自由了。然后，山姆看到了那只残缺流血的手。

“你可怜的手！”他说，“我没有东西包扎它，或者安抚它。我宁可把我整只手都给他。不过现在他已逝去，无法召回，永远逝去了。”

“是的，”弗拉多说，“但你还记得甘道夫的话吗？‘即使是咕噜姆，也可能还有某种作为。’山姆，要不是他，我是不可能毁掉至尊指环的。这趟探险可能会是徒劳一场，甚至落得更痛苦的结局。所以，让我们原谅他吧！因为任务达成了，现在一切都结束了。山姆，我很高兴此刻你跟我在一起，在这儿，在万事终结之际。”

第4章 科珥兰原野

魔多大军在山丘周围咆哮肆虐，西方众将领正被汹涌聚拢的敌海淹没。太阳血红，那兹古尔扇动羽翼，将死亡的阴影投射在大地上。阿拉贡神情严峻，默然站在他的王旗下，像是陷入了对久远往事或遥远之物的回忆，但他光眸似星，随着夜色的加深愈加明亮。甘道夫站在山顶上，一身冷白，未被阴影笼罩。魔多展开了攻击，浪涛一般扑向被围困的山丘，兵器交鸣，嘶吼如潮，一拨又一拨。

眼前仿佛突然浮现出某种景象，甘道夫微微一动，转身回望北方，那儿，天空灰白晴朗。然后，他举起双手，以盖过一切喧嚣的洪亮声音大喊："大鹰来了！"许多声音跟着回应道："大鹰来了！大鹰来了！"魔多的大军抬头观看，不知这个迹象意味着什么。

风王格怀希尔来了，他的兄弟蓝德洛瓦也来了。它们是北方大鹰中的佼佼者，是老梭隆多后裔中最强大的。中州尚年轻时，梭隆多就在环抱山脉那高不可及的山巅筑了巢。跟在两只巨鹰后面的是一行行它们来自北方山脉的属臣。群鹰乘风疾飞，从高空瞬间俯冲而下，直扑那兹古尔，急掠而过时阔翼拍打，像一阵疾风刮过。

那兹古尔却转身就逃，消失在魔多的阴影里，因为他们听到黑塔中突然传来一声恐怖的呼唤。就在此刻，整个魔多大军瑟瑟发抖，疑惑攫住了他们的心。他们的笑声戛然而止，他们的手在颤抖，他们的腿在发软。那个驱使着他们，用仇恨与暴怒填满他们的力量正在动摇，它的意志离开了他们。现在，他们看着敌人的眼睛，看见的是致命的光芒，他们害怕了。

这时，西方众将领全都高喊起来，因为他们的心在这黑暗中充满了一股新的希望。刚铎的骑士，洛汗的骑兵，北方的登丹人，紧密靠在一起的战友，全都从被围困的山丘上冲出去，杀向军心动摇的敌人。他们用尖锐的长矛刺杀，攻破敌人压上来的阵线。

而甘道夫高举双臂，再次以清晰的声音喊道："停下，西方的人类！停下等待！决定命运的时刻到了。"他的话音未落，他们脚下的大地就开始震颤。接着，一股庞大的黑暗夹着点点火光，猛地腾空而起，迅速往黑门的两座塔楼更高处上升，高至群山之上。大地在呻吟，在颤抖。尖牙之塔在摇晃，在倾斜，然后倒塌；坚固的防御墙坍颓崩溃；黑门猛摔在地，碎成废墟。远方传来了隆隆的声响，先是模糊，然后增强，最后响彻云霄，分崩离析的喧嚣滚滚而来，久久回荡。

"索伦的国度终结了！"甘道夫说，"持环者完成了他的使命。"众将领南望魔多大地，觉得在乌黑云幕的映衬下，似乎有一个巨大的阴影升起，不可穿透，而且以闪电为冠，这阴影充满了整个天空。它无比巨大地挺立在世界之上，朝他们伸出一只充满威吓的巨手，可怕却无能：因为就在它向他们探来时，一阵大风将它吹散，吹得无影无踪。然后，鸦雀无声。

将领们都低下了头，当他们再抬起头时，哎哟，他们的敌人正在溃逃，魔多的力量如尘土般随风飘散。当死亡袭击蚁丘中那统治着它们全体的臃肿蚁后时，蚁群就会没头没脑、漫无目的地游荡，然后虚弱而死。索伦的生物也是如此，兽人、食人妖、被下了咒的野兽奴隶，茫然无措，东奔西窜，有些自杀，有些跳进深坑，还有些哀嚎着逃回洞穴，或藏进远离希望、漆黑无光的地方。而鲁恩和哈拉德的人类，也就是东夷和南方野蛮人，看到了他们的一败涂地，看到了西方众将领的威严与荣光。那些被邪恶奴役得最深也最久，并且憎恨西方的人，仍然是集高傲与勇敢于一身的人类，现在轮到他们振作起来，孤注一掷，最后一战。不过绝大部分人还是尽可能朝东逃跑了，有些则抛下武器，乞求饶命。

将战斗与指挥之类的事全都交给阿拉贡和其他王侯，甘道夫站在山顶上呼唤大鹰。风王格怀希尔闻声而降，立在他面前。

“格怀希尔老友啊，你曾载过我两次。”甘道夫说，“若你愿意，三次就算结束了。你会发现，比起你载我离开齐拉克－齐吉尔时，我并未增重多少，我的旧生命已在那里付之一炬。”

“我会载你前往你要去的地方，”格怀希尔说，“哪怕你是岩石制成的。”

“那就来吧，让你的兄弟和你族中飞得最快的属臣跟我们同行！因为我们要快过任何疾风，要超过那兹古尔的双翼。”

“北风正吹，但我们会超过它。”格怀希尔说着，背起甘道夫，朝南方疾飞而去，同去的还有蓝德洛瓦和年轻迅捷的美尼尔多。他们飞越乌顿和戈格洛斯，看见下面的大地全都崩裂成废墟，无比混乱，前方的末日山热气冲天，大火熊熊。

“我很高兴此刻你跟我在一起，”弗拉多说，“在这儿，在万事终结之际。”

“是的，我跟你在一起，少爷。”山姆说着，拉起弗拉多受伤的手轻轻地放在胸口，“你跟我在一起。这趟旅途结束了。不过走过了这么长的路，我还不想放弃。不管怎么着，那不像我，你明白我的意思吧。”

“也许不像，山姆，”弗拉多说，“但它跟世间万事一样。希望破灭。结局到来。现在我们只有一点等待的时间。我们迷失在这废墟和毁灭中，无路可逃。”

“那，少爷，我们至少可以离这个危险的地方，离这个末日裂隙远一点，它是叫这个名字吧？我们可以的吧？来，弗拉多先生，无论如何，我们都走下那条小路！”

“好的，山姆，如果你想走，我就走。”弗拉多说。他们起身，慢慢地走下那条蜿蜒的路。就在他们往震颤的火山脚下走去时，一股巨大的烟雾和蒸汽从萨马斯瑙尔喷涌而出，火山的锥体崩裂开来，大股岩浆滚滚涌出，雷鸣般慢慢地从东面山侧倾泻而下。

弗拉多和山姆无法再往前走了。他们最后的毅力和体力正迅速衰竭。他们已经到达火山脚下一座灰烬堆积而成的矮丘上，但那里再无逃脱之路。现在这矮丘已成了一座小岛，在欧洛朱因的痛苦折磨中不会存续多久。它周围的大地都裂开了，浓烟和臭气不断地从裂口和深坑中冒出。他们后方，火山正剧烈抽搐。山侧震开了许多巨大的裂口。火流顺着长长的山坡缓缓地向他们淌来。他们很快就会被吞没。炽热的火山灰如雨般不断落下。

此刻他们站立着，山姆仍然握着他家少爷的手抚摸着。他叹了口气。“弗拉多先生，我们参与的是一个多么伟大的故事啊！是吧？”他说，“我希望能听到它被讲述！你觉得他们会不会说：‘现在该讲九指弗拉多和厄运指环的故事了。’然后，大家都会安静下来，就跟在幽谷他们给我们讲独手贝伦和伟大宝钻的故事一样。我希望我能听到这个故事！我很好奇在我们的部分讲完之后会是什么。”

他说啊说，以此抵挡恐惧，直到最后一刻，他的目光仍流连在北方，投进北方风眼，那里遥远的天空晴朗明净，因为冷风渐强，驱退了黑暗与残云。

这时，格怀希尔乘着狂风到来，冒着巨大的危险在天空中盘旋，用那双锐利的远视之眼看见了他们：两个渺小的黑色身影，孤立无援，手牵着手站在一个小山丘上，而他们脚下，整个世界都在摇撼、喘息，火流不断逼近。就在它发现他们，俯冲而下时，它看到他们倒了下去，也许是因为精疲力竭，也许是因为浓烟和高热的窒息，也许是因为绝望终于将他们击倒，死亡之影遮住了他们的双眼。

他们肩并肩躺着。格怀希尔疾飞而下，蓝德洛瓦和迅捷的美尼尔多紧随其后。不知会有什么样的命运降临到身上的两个流浪者，如在梦中，被抓起来带上高空，远离了黑暗和火焰。

山姆醒来时，发现自己躺在一张柔软的床上，而上方，阔叶山毛榉的大枝条在轻轻摇曳，阳光透过树枝上的嫩叶闪烁着，金绿交织。空气中弥漫着混合的甜香。

他记得这味道：伊希利恩的芬芳。“老天保佑！”他若有所思，“我这是睡了多久啊？”因为这香气将他带回了他在阳光明媚的坡岸下生起小火堆的那天。一时间，从那时直到此刻的其他一切，他都想不起来了。他伸了伸懒腰，深吸了一口气。“哎呀，我做的这是一个什么梦哟！”他嘀咕道，“真高兴醒来了！”他刚坐起来，就看见弗拉多躺在他身边，睡得很安详，一只手枕在脑后，另一只手搁在被单上。那是右手，缺了第三根手指。

全部记忆如潮涌回，山姆大叫起来：“不是梦啊！那我们是在哪里？”

身后一个声音轻声说：“在伊希利恩的土地上，在国王的看护下。他正在等着你们。”言落，一身白袍的甘道夫站到了他面前。此刻他的胡子在透过树叶的阳光照耀下，雪白闪亮。“嘿，山姆怀斯大人，你感觉怎么样？”他说。

山姆往后一仰，目瞪口呆，一时又困惑又惊喜，答不上话来。最后，他深吸一口气道：“甘道夫！我还以为你死了！我以为我自己也死了。难道一切悲伤都不是真的？这世界发生什么事了？”

“大魔影离开了。”甘道夫说着，大笑起来，笑声如乐曲，亦如流入干旱之地的泉水。山姆听着听着，突然想起，自己已经不知有多少日子没有听过笑声，没有听到这纯粹欢乐的声音了。听在耳里，它就像他此生所知的所有欢笑的回声，但他自己却泪如泉涌。随后，就像甜美的雨水乘着春风止歇后，太阳会照耀得更明亮，他止住了眼泪，迸发出欢声大笑，一边笑一边从床上跳了起来。

“我感觉怎么样？”他叫道，“啊，我不知道该怎么说。我觉得，我觉得——”他的手臂在空中挥舞着，“我觉得像冬天之后的春天，太阳照在树叶上，像喇叭、竖琴和所有我曾经听过的歌！”他停了下来，转向他家少爷。“可是弗拉多先生怎么样了？”他说，“他可怜的手是不是让人痛惜？我希望他其他地方都好好的。他经历了一段残酷的时间。”

“是的，我其他地方都好好的。”弗拉多坐了起来，这次轮到他哈哈大笑了，“山姆，你可真能睡！我在等你的时候又睡着了。今天一大早，我就醒来了，现在一定快到中午了。”

“中午？”山姆试图推算日子，“哪天的中午？”

“新年的第十四天，”甘道夫说，“也许你更喜欢的说法是，夏尔纪年四月的第八天。不过在刚铎，新年现在将永远定在三月二十五日，也就是索伦败亡，你们从大火中被带到国王身边的那一天。他照料了你们，现在他在等你们。你们将跟他一起用餐。等你们准备好，我就带你们去见他。”

“国王？”山姆问道，“什么国王？他是谁？”

“刚铎的国王，西部大地的君主，”甘道夫说，“他已经收复了古时的所有领地。他很快就要登基了，但他在等你们。”

“我们该穿什么？”山姆问，因为他只看见了他们旅途一路所穿的破旧衣服，折叠好放在床边的地上。

“穿你们一路前往魔多所穿的衣服。”甘道夫说，“弗拉多，就连你在黑暗之地所穿的兽人破布，都应该好好保存。没有任何丝绸或细麻，也没有任何盔甲或纹章比它们更值得敬佩。不过，稍后我也许能找些别的衣服来。”

然后，他朝他们伸出手，他们看见其中一只手上闪着光。“你手上拿的是什么？”弗拉多叫道，“难道是——？”

“是的，我给你们带来了两件宝物，是你们获救时在山姆身上找到的，加拉德瑞尔夫人的礼物：弗拉多，你的水晶瓶；山姆，你的木盒。你们一定很高兴，这些东西又完好无损地回来了。”

两个霍比特人洗漱穿戴完毕，又吃了点简餐，就跟着甘道夫走了。

他们走出之前躺卧的山毛榉树林，往一片阳光下光彩熠熠的青草地走去，草地四边长着庄严的大树，树叶深绿，开满鲜红的花朵。他们能听见树木后方的落水声，一条小溪从他们面前流过，两岸鲜花盛开。小溪流到草地尽头的绿林里，再从树木拱道下流过。经过拱道时，他们看见远处水波粼粼。

他们来到林间空地，惊讶地看到许多身穿闪亮铠甲的骑士，以及身穿银黑二色服饰的高大卫士站在那里，恭敬地向他们鞠躬致意。然后，有人吹响长号，他们穿过潺潺溪流旁边的树木拱道，来到一片开阔的绿地上。绿地远处是银雾笼罩的一条宽阔河流，河中屹立着一座林木葱郁的长岛，岸边停泊着许多船只。他们此刻伫足的这片绿地上，集合了一支大军，一行行，一列列，在阳光下辉煌壮观。两个霍比特人走近时，长剑出鞘，长矛舞动，号角齐鸣，人们以各种声音、各种语言高呼道：

半身人万岁！赞美他们！

Cuio i Pheriain anann! Aglar'ni Pheriannath!

赞美他们，弗拉多和山姆怀斯！

Daur a Berhael，*Conin en Annûn! Eglerio!*

赞美他们！

Eglerio!

A laita te，*laita te! Andave laituvalmet!*

赞美他们！

Cormacolindor，*a laita tárienna!*

赞美他们！两位持环者，赞美他们！

弗拉多和山姆脸涨得通红，眼睛里闪着惊奇的光。他们往前走着，看见欢呼的人群中央设有三张铺着绿草皮的高座，座椅后面都插着旗帜：右边是绿底上一匹白马在自由奔驰，左边是蓝底上一条银色天鹅船在海上畅游，而在正中央那张最高的王座后方，一面巨大的旗帜迎风招展，其上一棵繁花盛开的白树伫立在深黑的原野，白树上方是一顶闪耀的王冠和七颗闪亮的星星。王座上坐着一个身穿铠甲的人，膝头横放着一把长剑，但没有戴头盔。当他们走近时，他站了起来。他们认出他来了！尽管他变了模样：气度高贵，神色愉悦，乌黑的头发，灰色的眼睛，一派人类君主的王者风范。

弗拉多奔向他，山姆紧跟其后。“哎呀，这才是惊喜之最啊！”他说，“是大步！否则我就是还在做梦！”

“是的，山姆，是大步。”阿拉贡说，“这是一条漫长的路啊，不是吗？从布里开始，那会儿你可不喜欢我的样子。对我们所有人来说，这都是一条漫长的路，但你的路途是最黑暗的。”

然后，令山姆惊愕又困惑的是，他在他们面前屈膝致意，然后右手牵着弗拉多，左手牵着山姆，将他们领到王座前请他们坐好后，转身对站在周围的将士们开口，洪亮的声音传遍人群：

“赞美他们！”

欢呼声鼎沸，又渐渐平息，令山姆感到无比的满足和纯粹的快乐。这时，一位刚铎的游吟诗人走上前来，屈膝请求吟唱一曲。听！他说道：“啊！英勇无畏的人啊，领主们与骑士们，国王们与亲王们，刚铎美好的百姓，洛汗的骑兵，还有埃尔隆德的儿子们，北方的登丹人，精灵与矮人，夏尔情怀高尚的勇敢子民，以及西方所有自由的人民，现在请听我唱一曲。我将为你们颂唱九指弗拉多和厄运指环的故事。”

山姆闻言，大笑起来。他开心极了，站起来大喊道：“啊，这是多么伟大的荣耀和光彩啊！我所有的愿望都成真了！”他喜极而泣。

众人也全都大笑、流起泪来，就在他们的欢笑与眼泪中，吟游诗人清亮的嗓音扬起，金丝银缕般，所有人都静下来，屏息聆听。诗人向众人颂唱，一会儿用精灵语，一会儿用西部语，直到他们的心为之而痛，心河涌动着甜美的词曲，而他们的欣喜犹如利剑，穿透他们的思绪进入痛苦与欢乐交织涌流之境，眼泪是赐福的美酒。

最后，当正午的太阳偏西，树木的阴影拉长，诗人的吟唱终于结束了。“赞美他们！”他说着屈膝致意。然后，阿拉贡站起来，众人也都起身，一同前往准备妥当的一座座大帐篷，在那里吃喝欢笑，直到傍晚。

弗拉多和山姆被带到另一处帐篷内，在那里脱下了他们的旧衣服，但它们都被叠好，恭敬地放置在一旁。他们换上了备好的干净细麻衣。然后，甘道夫进来了。弗拉多惊奇地看见他抱着自己在魔多被夺走的东西：剑、精灵斗篷，以及秘银甲。至于山姆，甘道夫给他带来了一件镀金铠甲，还有那件历尽风霜，此时已经洗净补好的精灵斗篷。然后，他在他们面前放下了两把剑。

“我不想要任何剑。”弗拉多说。

“至少今晚，你应该佩戴一把剑。”甘道夫说。

于是，弗拉多拿起了那把属于山姆的小剑，在西力斯昂戈，它曾经挂在他的身侧。“刺叮剑我已经送给你了，山姆。”他说。

“不，少爷！比尔博先生把它给了你，它跟你的秘银甲是配套的。他不会希望这时候其他人佩戴它的。”

弗拉多让步了。甘道夫像他们的侍从一般，跪下来给他们系好佩剑的腰带，然后起身，给他们戴上银头环。穿戴好以后，他们就前去参加盛大的宴会。他们与甘道夫一同坐在国王那一桌，同桌的还有洛汗之王伊奥梅尔，伊姆拉希尔亲王，以及所有的主将，还有吉姆利和莱戈拉斯。

待全体肃立静默后，酒被送了上来，同时还来了两位服侍国王的侍从——反正他们看起来像是侍从：一位穿着米纳斯提力斯近卫军的银黑二色制服，另一位穿着绿与白相间的服饰。山姆纳闷这么小的男孩在身强力壮的人类大军中能干什么，而当他们走近时，他突然看清了他们，惊呼道："天哪，快看，弗拉多先生！看这儿！哎呀，这不是皮平嘛！哎呀！我应该说，佩雷格林·图克先生，还有梅里先生！他们怎么长高啦！老天保佑！我看除了我们的故事，还有更多的故事要讲啊。"

"确实有，"皮平转过身面向他们，"等这场宴会一结束，我们就开始讲。你也可以试着去问问甘道夫。虽然他现在笑的比说的多，但他不像以前那么嘴严了。眼下我和梅里正忙，我们是白城和马克的骑士，我想你已经注意到啦！"

欢乐的一天终于结束了。太阳已经落山，圆月徐徐升到安度因大河的迷雾上空，月光透过树叶洒下，弗拉多和山姆坐在婆娑的树影下，沉浸在美丽的伊希利恩的芳香中，与梅里、皮平和甘道夫畅谈到深夜。过了一会儿，莱戈拉斯和吉姆利也加入了他们。弗拉多和山姆得知了自从那不幸的一日，远征队众人在涝洛斯瀑布旁的帕斯嘉兰分道扬镳之后所发生的大部分事情，但还是有更多问题可问，有更多事情可说。

兽人，会说话的树，广袤的草原，驰骋的骑兵，闪亮的洞穴，白塔和金殿，还有战斗，航行的大船，这一切都在山姆的脑海中掠过，直到他感到困惑不已。在所有这些奇行异事中，最令他感到惊奇的是梅里和皮平的身高，他不断地回到这个话题上。他让他们背靠背站好，跟弗拉多和自己比身高。他不住地挠着脑袋。“以你们的年纪，真不可思议！”他说，“可事实如此：你们比以前高了三英寸，要不然我就是一个矮人。”

“你肯定不是矮人，”吉姆利说，“不过，我是怎么说的？凡人不能去喝恩特饮料，否则就别指望后果跟喝杯啤酒一样。”

“恩特饮料？”山姆说，“你们又讲到恩特了，但他们到底是什么呀？哎哟，要把这所有的事都弄明白，得花好几个星期！”

“确实要好几个星期，”皮平说，“然后还得把弗拉多关在米纳斯提力斯的哪座塔里，把这些全写下来。否则他会忘掉一半的，可怜的老比尔博会因此失望透顶。”

最后，甘道夫站起身来。“亲爱的朋友们，王者之手乃医者之手，”他说，“当时你们一只脚已经踏进了鬼门关，他可是倾尽全力才把你们召唤回来，将你们送进了甜美的遗忘梦乡。虽然你们确实幸福地睡了很久，但现在还是又该睡觉了。”

“而且不只是山姆和弗拉多，”吉姆利说，“还有你，皮平。仅凭你让我们操碎了心，我就没法不爱你，这我可永远不会忘记。我也不会忘记，是我在最后大战的山丘上找到了你。要不是矮人吉姆利，你那时候可就没命了。不过，我现在至少知道霍比特人的脚是什么样的了，哪怕在成堆的尸体底下它们都很显眼！当我把那巨大的尸体从你身上挪开时，我以为你肯定死了，恨不得把我的胡子扯下来！而且，你能下床出来走动，也才一天而已。现在你也睡觉去吧。我也要去睡了。”

“至于我，”莱戈拉斯说，“我要在这美丽之地的林间漫步，就当作休息了。将来，如果我的精灵父王允许，我们的一些族人应该搬到这里来。当我们前来，这里应当蒙福，至少暂时如此。暂时如此：一个月，一生，人类的一百年。不过安度因大河很近，安度因大河一路奔向大海，奔向大海！”

奔向大海！奔向大海！
白鸥鸣啼，海风萧萧，白浪翻滚。
西去，西去，圆日在沉落。
灰船，灰船，你是否听见他们的呼喊？
听见先我而行的族人声音？
我将离去，离别养育我的森林；
因为我们的时日将尽，岁月将尽。
我将孤舟远行，横渡沧海。
彼岸长浪起落，失落之岛呼声甜蜜，
那就是埃瑞西亚，
那就是凡人不能发现的精灵家园，
那里树叶从不凋零，
那里是我族的永恒之地！

就这样，莱戈拉斯边走边唱，下山去了。

其他人也都离去了。于是，山姆和弗拉多上床睡觉去了。第二天早晨，他们又在希望和安宁中起身。他们在伊希利恩度过了好多天。

如今大军驻扎的科瑁兰原野离汉奈斯安努恩不远，夜里能听见从那里的瀑布流下来的溪水声。小溪从汉奈斯安努恩的岩石口奔流而下，穿过繁花盛开的草地，在凯尔安德洛斯岛附近注入安度因大河。两个霍比特人四处游荡，再次造访那些他们之前经过的地方。山姆总是希望，在某处的林荫中或隐蔽的林间空地上，也许能瞥见那头巨大的毛象。当他得知在刚铎被围困时，曾有大批毛象参战，但全部被杀死了，他觉得那是一个悲哀的损失。

“唉，我想，一个人是无法同时出现在每个地方的，”他说，“但我似乎错过了好多。”

与此同时，大军在为返回米纳斯提力斯做着准备。疲惫者得到休息，受伤者得到治疗。因为他们当中有人跟残余的东夷人以及南方野蛮人打了艰苦的一仗，直到后者全部被制服。而且，那些进入魔多，摧毁其北方堡垒的人，也回来了。

终于，临近五月时，西方众将领再次出发了。他们率领麾下所有人员登上船，从凯尔安德洛斯启航，沿着安度因大河顺流而下，到了欧斯吉利亚斯。他们在那里停留了一天，隔天来到了青葱的佩兰诺平野，再次看见了高高的明多路因山下的白塔：刚铎人类的白城，西方之地最后的记忆。它经历了黑暗与烈火的洗礼，迎来了崭新的一天。

他们在平野上搭起大帐篷，等候清晨到来。因为这是五月的前夜，国王将在日出时走进他的城门。

第5章

宰相与国王

怀疑和巨大的恐惧笼罩着刚铎全城。对有些人而言，晴朗的天气和明亮的太阳似乎不过是一种嘲弄，因为他们的日子没有多少希望，每个早晨都有噩耗等着他们：他们的城主死了，烧了；洛汗国王停尸在他们的王城内；那个在夜里来到他们中间的新国王又出征了，去对抗更黑暗更可怕、没有任何可能或勇猛可以征服的力量。一切都杳无音讯。大军离开魔古尔山谷，取道大山阴影下那条往北的大路之后，没有一个信使回来，也没有一句流言传来，提及阴森的东方正在发生什么。

众将领出发才两天后，伊奥温公主就吩咐照顾她的妇女将她的衣袍拿来。她不容反对，坚持要起身。等她们帮她穿好衣服，用亚麻悬带将她的胳膊吊好后，她就去见诊疗院的院长。

“大人，”她说，“我觉得很不安，不能再懒散地躺着。”

“公主，”院长答道，“您尚未痊愈，我受命要特别照顾好您。您还不能起来，必须卧床七日，我是这么被吩咐的。请您回去吧。”

“我已经痊愈了，”她说，“至少身体已经痊愈了，除了左臂，不过它也不疼了。如果什么也不能做，那我会再次病倒的。没有战争的消息吗？那些妇女什么都不知道。”

“没有消息，”院长说，“只听说诸位王侯将领已经骑马去了魔古尔山谷，人们说那位从北方来的新将领是他们的统帅。他是一位伟大的王者，也是一位医者。医者的手竟然也能使剑，这在我看来真是不可思议。如果古老的传说是真的，那么即使曾经有过这样的事，如今在刚铎也不是那么回事了。长年以来，我们医者只寻求修补用剑之人造成的伤口。即便没有这些，我们要做的事也已经够多的了，不需要战争来添乱，世间就已经充满了伤害与不幸。”

“院长大人，只需一个敌人就能酝酿一场战争，不需要两个。”伊奥温答道，“那些没有剑的人仍然可能死于剑下。当黑魔王聚集兵力时，难道您只希望刚铎的百姓为您采集药草吗？而且，身体的痊愈并不总是好事，死于战斗也并不总是不幸，即便死得极其痛苦。如果允许我选择，我会在这黑暗的时刻选择后者。”

院长看着她。她挺拔地站在那儿，白皙的脸上双眼明亮。当她转过身，从开向东方的窗户望出去时，右手紧握成拳。院长叹了口气，摇了摇头。片刻后，她转过身，又面对着他。

“没有什么事可做吗？”她说，“城里由谁指挥？”

“我确实不清楚，”院长答道，“这类事务不由我操心。一位元帅统领着洛汗的骑兵。我听说，刚铎的人马由胡林大人指挥，但法拉米尔大人应该是白城合法的宰相。”

“我在哪里能找到他？”

“就在这诊疗院里，公主。他受了重伤，不过目前正在康复，但我不知道——”

“你不能带我去见他吗？这样你就会知道了。”

法拉米尔正独自在诊疗院的花园中散步，阳光晒得他浑身暖洋洋的，他感到生命正重新在他的血脉中奔涌，但他心情很沉重，越过城墙向东眺望着。院长走近，喊了他的名字。他转过身，见到了洛汗的公主伊奥温，同情油然而生，因为他看出她受了伤，而且敏锐地察觉到她很悲伤，很不安。

“大人，”院长说，“这位是洛汗的公主伊奥温。她和国王一起骑马征战，受了重伤，目前住在诊疗院中，由我照管，但她不满意，希望能和白城的宰相谈一谈。”

“大人，请不要误解他的意思，”伊奥温说，“我并不是因为照顾不周而悲伤。对那些渴望被治愈的人来说，没有哪处诊疗院比这里更好。可我不能无所事事地躺着，像被关在笼中。我曾经渴望战死沙场，但我没有死，而战争还在继续。”

法拉米尔使了一个眼色，院长鞠躬告退。“公主，您希望我做些什么？”法拉米尔说，“我自己也是医者的囚徒。”他看着她，身为一个同情心被深深搅动的男人，她哀伤中透出的美好似乎穿透了他的心。而她看着他，看到的是他眼中深深的温柔，但在战争中长大的她却知道：没有哪位马克的骑手能在战场上与眼前这个人匹敌。

“您有什么愿望？”他又问道，“如果在我的权力范围之内，我会去办。”

“我要您给这位院长下令，吩咐他让我走。”她说。不过，虽然她的言辞依旧高傲，但她的心却踌躇了，生平第一次，她怀疑起了自己。她猜这个坚毅温柔的高大男人或许认为她只是任性，像一个孩子，没有坚定的意志，无法完成一项枯燥的任务。

“我自己都还处在院长的照管之下，”法拉米尔说，“也还没有接过白城的治理权。不过就算有权，我还是会听从他的建议。除非真有必要，否则我不应该在他擅长的事务中违背他的意愿。”

“可我不想再治疗了，”她说，“我希望像我哥哥伊奥梅尔一样奔赴战场，如果像希奥顿王一样就更好了：他阵亡了，但获得了光荣和安息。”

“太迟了，公主，就算您有随众将领出征的体力，现在也追不上了。”法拉米尔说，“无论是否情愿，战死沙场的命运仍然有可能降临到我们所有的人头上。如果在还有时间的时候听从医者的命令，您就能更充分地做好准备，以您自己的方式去面对它。您和我，我们必须怀着耐心，忍受这等待的时刻。”

她没有回答，但他看着她时，觉得她身上有些东西软化了，仿佛严霜在第一缕春光中开始融化。一滴眼泪从她眼中夺眶而出，滚落脸颊，像一颗晶莹的露珠。她微微垂下高傲的头。然后，她轻轻地开口，更像是对自己而不是对他说：“可是那些医者还要我再躺七天，我房间的窗户又不朝东。”此刻，她的语气就像一个伤心的年轻姑娘。

法拉米尔笑了，尽管心中充满同情。“您房间的窗户不朝东吗？”他说，“这是可以补救的。此事我会吩咐院长。公主，如果您肯留在院中让我们照顾，好好休息，那您愿意的话，可以来这花园里，在阳光下散步，并向东眺望：我们的全部希望都出发去了那边。您会在这里发现，我也在散步、等候，并且同样向东眺望。若您愿意跟我说说话，或偶尔陪我散散步，那对我而言是一种莫大的安慰。”

她抬起头，重新望着他的眼睛，苍白的面容起了一抹红晕。“我如何能安慰您呢，大人？”她说，“我并不想听生者的言谈。”

“您愿意听我直言吗？”他说。

“我愿意。”

“那么，洛汗的伊奥温，我要对您说，您很美。我们的山谷中有许多美好明丽的花朵，还有比花朵更美的姑娘，但迄今为止，我还没有在刚铎见过比您更美更悲伤的花朵和姑娘。也许过不了几天，黑暗就将笼罩我们的世界，当它来临时，我希望能坚定地面对它。而如果在太阳依然照耀时，我还能见到您，那会令我感到安慰，因为您和我都曾在魔影的羽翼下经过，是同一只手将我们挽救了回来。”

“唉，不是我，大人！”她说，“魔影仍然笼罩着我。别期望从我这里得到治愈！我是执盾女士，我的手并不温柔。不过我至少要为这件事感谢您：我不必只能待在房间里。蒙白城的宰相恩准，我会出来散散步。”然后，她朝他行了一礼，便走回诊疗院去了。法拉米尔则独自在花园中漫步了很久，但他的目光常常停驻在诊疗院的方向，而不是东边的城墙了。

等回到自己的病房，法拉米尔召来院长，听院长讲述了他所知道的关于洛汗公主的一切。

“不过我相信，大人，”院长说，“您能从住在我们院里的半身人那儿得知更多。他们说，他参加了洛汗国王的驰援，最后是跟公主在一起的。”

于是，梅里被送去面见法拉米尔。那天下午，他们一起聊了很久。法拉米尔了解到很多，甚至比梅里的言辞所能表达的还多。他想，他现在大致明白了洛汗的伊奥温何以悲伤不安。美好的傍晚时分，法拉米尔和梅里在花园中散步，但她没有来。

隔天早晨，法拉米尔从诊疗院中出来时，看见了她：她站在城墙上，一袭白衣，在阳光下熠熠生辉。他喊了她一声，她从城墙上下来了。他们在草地上散步，或者一起坐在绿树下，有时交谈，有时沉默。之后每一天，他们都是这样度过的。院长从窗户里望见他们，心里很高兴，因为他是一位医者，他的担忧减轻了。这些日子以来，人们心头都压着恐惧和不祥的预感，但可以肯定的是，托付给他照管的这两个人正在渐渐康复，日益强壮。

在伊奥温公主首次求见法拉米尔后的第五天，他们再次一起站在白城的城墙上眺望远方。还是没有消息传来，人们心情都很沉重。天气也变冷了，不再亮堂。一阵起自夜里的风，从北方猛烈吹来，一阵强过一阵，但周围的大地看上去灰暗阴沉。

他们穿着保暖的衣服和厚重的斗篷，伊奥温公主还在外面披了一件夜蓝色的夏日大氅，下摆与领口处均绣有银星。是法拉米尔命人取来这件大氅，并亲手给她披上的。他觉得，她站在自己身边，看起来真的很美，有王后风范。这大氅是专为他的母亲、阿姆罗斯的芬杜伊拉丝缝制的，她很早就去世了，对他来说，母亲只是一段遥远日子中的动人记忆，一段他生命中最早的悲伤往事。他觉得，母亲的这件大氅似乎很适合美丽又悲伤的伊奥温。

而此刻，她披着这件绣有繁星的大氅，却在颤抖。她越过灰蒙蒙的大地朝北眺望，望进寒风的风眼，在那里，遥远的天空清冷空寂。

“您在找什么，伊奥温？”法拉米尔问。

“黑门不是在那边吗？”她说，“他这时一定已经到达那里了吧？自他骑马出征，已经过去七天了。”

“是七天了。”法拉米尔说，“我有话对您说，但请不要误解我：

这七天给我带来了从未想象过的喜悦和痛苦。喜悦是看见您；而痛苦，是因为这邪恶时刻的恐惧和怀疑确实变得更加深重了。伊奥温，我不愿这世界现在就终结，也不愿这么快就失去我所发现的。”

“大人，您会失去您所发现的什么呢？”她表情庄重地看着他，眼神却很和善，“您这些天所发现的，我不知道您怎么会失去。不过，朋友啊，我们别说这个吧！我们什么都不要说！我正站在某个可怕的边缘，脚前是完全漆黑的深渊，但身后是否有亮光，我不知道，因为我还不能转身。我在等待决定命运的一击。”

“是的，我们在等待决定命运的一击。”法拉米尔说。他们不再说话。他们站在城墙上，感觉风似乎停了，天光消逝，太阳模糊，城里和周围的大地万籁俱寂：没有风声，没有人语，没有鸟鸣，也没有树叶婆娑，甚至他们自己的呼吸声都听不见，他们的心跳都已经停止。时间静止了。

他们就这样伫立着，双手相触，彼此紧握，却浑然不觉。他们仍然在等候，但不知道等的是什么。过了一会儿，他们觉得在远方群山的山脊上方，升起了另一座庞大的黑暗高山，如巨浪滔天，将吞没世界，周围闪电明灭。然后，大地一阵震颤，他们感到连白城的城墙都在颤抖。四周响起一个如同叹息的声音，他们的心跳突然又恢复了。

“这让我想起了努门诺尔。”法拉米尔惊讶地发现居然能听见自己开口说话。

“努门诺尔？”伊奥温问。

“是的，”法拉米尔说，“那片沉没的西方之地。黑色的巨浪漫过绿地，漫过山岭，吞噬了一切。无法逃离的黑暗。我经常梦到它。”

“那你认为大黑暗就要来临了吗？”伊奥温说，“无法逃离的大黑暗？”突然，她凑近他。

“不，”法拉米尔看着她的脸说，“那只是我脑海中的一幅图景。我不知道正在发生什么。我醒着的理智告诉我，大邪恶已经降临，我们正站在末日边缘，但我的心在说‘不’，我的四肢也很轻松。我感到了一种任何理智都无法否认的希望和快乐。伊奥温，伊奥温，洛汗的白公主，在这个时刻，我不相信有任何黑暗能够持续下去！”他俯身亲吻她的前额。

就这样，他们站在刚铎之城的城墙上，大风刮起，他们的发丝随风飘扬，乌黑与金黄，在空中交缠。黑影消逝，太阳再现，光芒四射。安度因大河的水银闪闪跃动，城中每一处房舍都传出了人们的歌唱，他们心中的快乐如泉涌动，但他们却不知道这快乐的源头。

正午过去不久，太阳尚未落山，从东方飞来了一只巨鹰，它从西方众将领那里带来了意料之外的喜讯。它叫道：

唱起来吧，阿诺尔之塔的人们，
索伦的王国已永远败亡，
黑塔已塌倒！
唱吧！欢呼吧！守卫之塔的人民啊！
你们的警醒不是徒劳，
魔多黑门已毁，
你们的王已闯进，
他是胜利者！
唱吧！欢歌吧！西部国度的子民，
你们的王将归来，

他将住在你们中间，

世世代代。

枯萎白树将新生，

他将植它在高处，

白城将得福。

欢唱吧，万民！

人们唱起来了，用白城的一切方式欢唱起来了。

接下来的日子，灿烂如金，春夏齐至，在刚铎的平野上狂欢。从凯尔安德洛斯快马加鞭而来的骑手，带来了一切完成的消息，白城也准备好了迎接国王到来。梅里奉命，与载着大批物资的车队一同去了欧斯吉利亚斯，又从那里搭船去了凯尔安德洛斯。不过法拉米尔没有去，因为现在已经康复的他，接过治理之权，担起了宰相的责任，尽管只是短短的一段时间。他的责任是为将来取代他的人做好准备。

伊奥温也没有去，尽管她哥哥捎信来请求她前往科瑁兰原野。法拉米尔为此很好奇，但因为要忙的事很多，他很少见到她。她仍然住在诊疗院中，独自在花园里散步，她的脸色又变得苍白，似乎整座白城只有她仍在病中，心怀悲伤。诊疗院的院长很担忧，告诉了法拉米尔。

法拉米尔便来找她，他们再次一起站在了城墙上。他对她说："伊奥温，你为什么耽误在这里？你为什么不前往凯尔安德洛斯那边的科瑁兰，参加庆祝呢？你哥哥在那里等你啊。"

她说："你不明白吗？"

他回答："可能有两个原因，但哪个才对，我不知道。"

她说："我不想猜谜。你直说吧！"

“那我就直说了，公主，” 他说，“你不去，因为只有你哥哥叫你去，而旁观埃兰迪尔的继承人阿拉贡大人凯旋，现在并不会给你带来快乐；抑或因为我没去，而你仍然渴望留在我身边；又或者两个原因都有，而你自己也无法选择。伊奥温，你是不爱我，还是不愿意爱我？”

“我曾希望被另一个人所爱，”她答道，“但我不想要任何人的同情。”

“这我知道，”他说，“你曾渴望获得阿拉贡大人的爱，因为他高贵强势，而你希望获得盛名和荣耀，得以高高超越世间匍匐的芸芸众生。你对他的仰慕，也许就如一个年轻士兵对伟大将军的仰慕。他确实伟大，是一位人中之王。可当他给你的只是理解与同情时，你就什么都不要了，只想英勇地战死沙场。看着我，伊奥温！”

伊奥温目不转睛地望着法拉米尔。法拉米尔说：“伊奥温，不要蔑视同情：它是温柔之心的礼物。而我要给你的不是同情，因为你是一位高贵勇敢的公主，已经为自己赢得了不会被遗忘的盛名。你是一位美丽的公主，我认为美得连精灵的语言都无法描述。我爱你。我曾同情你的悲伤，不过现在，即使你没有悲伤，没有恐惧，没有遗憾，即使你是蒙受祝福的刚铎王后，我也依然会爱你。伊奥温，你不爱我吗？”

闻言，伊奥温动心了。或者说，她终于了解了自己的心意。霎时，她的寒冬退去，阳光照耀着她。

“我站在太阳之塔米纳斯阿诺尔上，”她说，“看啊，黑影已经消逝！我将不再是执盾女士，也不再与伟大的骑士较量，不再只从杀戮之歌中获得快乐。我将成为一名医者，热爱世间生生不息的万物。”

她重新看着法拉米尔说，“我不再渴望成为一位王后。”

法拉米尔高兴地笑了。“那很好，”他说，“因为我不是一位国王。若洛汗的白公主愿意，我将娶她为妻。若她愿意，那我们渡过大河，在更欢乐的日子里住在美丽的伊希利恩，在那里建造一个花园。倘若白公主前去，那里的万物都将欣然生长。”

“那我就必须离开我自己的百姓了吗，刚铎人？”她说，“你愿意你的百姓这样议论你吗：‘瞧，这就是那位驯服了北方不开化的执盾姑娘的大人！难道努门诺尔一族都没有姑娘可挑了吗？’”

“我愿意。”法拉米尔说。他将她拥入怀中，光天化日之下亲吻了她，毫不在乎两人是站在众目睽睽之下的高大城墙上。确实有许多人看见了他们，看见了两人走下城墙，手牵着手前往诊疗院时，照在他们身上的光。

法拉米尔对诊疗院的院长说：“这是洛汗的公主伊奥温，现在她已经痊愈了。”

院长说：“那我宣布她可以出院，并向她告别：愿她永远不再遭受伤痛或疾病之苦！我把她托付给白城的宰相照料，直到她的兄长归来。”

然而，伊奥温却说：“虽然我现在获准离开，但我愿意留下来，因为这个诊疗院已经变成了所有居所中我蒙福最深之处。”于是，她仍然住在那里，直到伊奥梅尔王回来。

白城中一切都准备好了，大众聚集。因为消息已经传到刚铎各地，从明里蒙，甚至传到品那斯盖林和远方的沿海地区，所有能来的人都匆忙赶来了。城里又聚满了妇女和可爱的孩子，他们满载着鲜花返回家园。从多阿姆洛斯来了整个地区最精湛的竖琴手，还有演奏六弦琴、长笛、银号角的乐师，以及莱本宁山谷中嗓音清亮的歌手。

终于，一天傍晚，人们从城墙上看见平野上搭起了大帐篷，那一整夜灯火通明，人们都在等待着黎明。当太阳在晴朗的早晨升到再无阴影笼罩的东边山脉上方时，城中钟声齐鸣，旌旗尽展，迎风飘扬。王城的白塔上，宰相的旗帜最后一次在刚铎城中升起，在阳光下闪亮如雪，旗上没有徽记，也没有纹章。

西方众将领率领大军朝白城而来，人们看着他们一行行前进，在朝阳中熠熠生辉，银浪般荡漾起伏着。就这样，他们来到了城门口，在离城墙约一弗隆远的地方停下了。城门还没有重新建好，白城的入口设了栅栏，身穿银黑二色制服的守卫站在那里，手执出鞘的长剑。栅栏前站着宰相法拉米尔、掌钥官胡林，以及刚铎的其他将领，另外还有洛汗的伊奥温公主和埃尔夫海尔姆元帅，以及许多马克的骑兵。城门两边挤满了身穿彩衣、头戴花环的百姓。

米纳斯提力斯城墙前腾出一大片空地，刚铎的士兵和洛汗的骑兵，以及白城的百姓和从各个地区赶来的民众围在四周。这时众人安静下来，一队身穿银灰二色服饰的登丹人从大军中走出来，领先缓步而来的就是阿拉贡大人。他身穿黑甲，腰系银带，身披纯白大氅，领口扣着一块碧绿的大宝石，远远地就可见到它闪闪的光芒。他没戴盔冠，前额上佩戴着一颗用细银带系着的星星。随他一同走上前的是洛汗的伊奥梅尔和伊姆拉希尔亲王，以及全身白袍的甘道夫，还有四个小人儿：见到他们，许多人都很吃惊。

“不，表妹！他们不是小男孩。”伊奥瑞丝对站在她旁边，从伊姆洛丝美路伊来的表亲说，“他们是佩瑞安人，来自遥远的半身人之乡。据说，他们在那地方都是很有威望的王子。我之所以知道，是因为我在诊疗院里照顾过其中的一个。他们个子虽小，却非常英勇。哎，表妹，他们中的一个只带着自己的侍从就闯进了黑暗王国，单枪匹马跟黑魔王作战，还放火烧了他的塔楼！你敢信吗？反正城里就是这么传说的。应该就是跟我们的精灵宝石走在一起的那个。我听说，他们是好朋友。说到精灵宝石大人，他真是一个奇迹！我提醒你，他讲话可不温柔，但俗话说得好：他有一颗金子般的心，还有一双医者的手。我当时说：'王者之手乃医者之手。'这一切就是这么被发现的。米斯兰迪尔，他对我说：'伊奥瑞丝，人们会永远记住你这话的！'还有——"

然而，伊奥瑞丝没能继续给从乡下来的亲戚讲下去，因为一声长号响起，接着全场肃静。法拉米尔与掌钥官胡林从城门中走出来，身后没有其他人，除了四个穿戴着王城的高头盔与铠甲的人，他们捧着一个镶有银边的黑色莱贝斯隆木大匣子。

法拉米尔在聚集的人群中央与阿拉贡会面，他屈膝致意，朗声道："刚铎最后一任宰相请求交还职权。"然后，他呈上一根白色权杖。阿拉贡接过权杖，却又交还给他，说道："这职权没有结束。只要我族延续，它就将属于你和你的后人。现在，履行你的职权吧！"

于是，法拉米尔站起身来，用清亮的声音说："刚铎的子民，现在请听本国宰相说！终于有人前来，再度声称拥有王权了。这位是阿拉松之子阿拉贡，阿尔诺的登丹人族长，西方大军的统帅，北方之星的佩戴者，重铸之剑的持有者，战场的凯旋者，医治之手的拥有者，他是努门诺尔的埃兰迪尔之子伊熙尔杜之子维蓝迪尔的直系后裔埃莱萨，精灵宝石。他应当加冕为王，进入本城并居住在此吗？"

全体大军和所有百姓异口同声地高喊："应当！"

于是，伊奥瑞丝对她的亲戚说："表妹，这只不过是我们白城的一个仪式，因为他已经进去过啦，我刚才正要告诉你。他跟我说——”她又不得不住口了，因为法拉米尔再次开口说话：“刚铎的子民，按照博学之士所言：国王应该在他父亲过世之前，从其手中接过王冠；若情况不允许，那他应当独自前往他父亲躺卧的陵寝，从其手中取过王冠。这是古代的习俗。而现在必须有所变通，我就行使宰相的职权，今日从拉斯狄能取来了最后一代国王埃雅努尔的王冠，他早在我们先祖的时代就已经过世。”

四位卫兵迈步上前，法拉米尔打开匣子，取出了一顶古老的王冠。它的形状很像王城卫军的头盔，但更高一些，而且是纯白色的，两边侧翼以珍珠和白银制成，形似海鸟翅膀，因为这是诸王渡海而来的象征。王冠的冠圈上嵌着七颗宝石，冠顶上单独嵌着一颗宝石，光芒似火。

阿拉贡接过王冠，高举起来说：

Et Eärello Endorenna utúlien.Sinome maruvan ar Hildinyar tenn'Ambar-metta!

这是埃兰迪尔乘着风的翅膀渡海而来，踏上岸时所说的话：“我越过大海，来到中州。我和我的子嗣将在此地居住，直到世界终结。”

然而，令许多人惊讶的是，阿拉贡并没有把王冠戴到自己头上，而是交还给了法拉米尔。他说：“我是靠着很多人的辛劳与英勇，才能在今日得以继承王位。为了纪念这一点，我愿由持环者将王冠拿给我，让米斯兰迪尔将王冠戴在我头上，倘若他愿意的话。因为他是所有这一切成就的推动者，这是他的胜利。”

于是，弗拉多上前，从法拉米尔手中接过王冠，捧过去交给甘道夫。阿拉贡屈膝，甘道夫将白王冠戴在他头上，说道：

“现在，国王的时代来临了！祝福维拉的王座存续的岁月！”

阿拉贡直起身，旁观者全都默默地凝视着他，因为他们觉得此刻他是第一次向他们展露真容。他像古代的海国之王一样高大，高过身旁站着的所有人。他看似苍老，却又正当壮年；额头彰显着睿智，双手强健，富有治愈力，周身散发着光芒。这时，法拉米尔大喊道：

“看啊，我们的国王！”

刹那间，众号齐鸣。国王埃莱萨走上前，来到栅栏前，掌钥官胡林把栅栏向后推开。在竖琴、六弦琴、长笛的乐声和歌者清澈的歌声中，国王走过撒满鲜花的街道，来到王城，走了进去。塔顶升起的白树七星王旗迎风招展，许多歌谣传唱的埃莱萨王的统治，从此开始。

在他统治期间，白城被建造得比以往任何一个时代都美丽，甚至超过它最初的全盛时期，树木繁茂，喷泉处处，城门以秘银和精钢打造，街道以白色大理石铺就。孤山的子民辛勤劳作，森林的子民欣然造访。一切都被治愈、被完善，家家户户人丁兴旺，充满男男女女和孩子的欢声笑语，不再有漆黑的窗子，也不再有空寂的庭院。第三纪元结束，世界进入新纪元后，白城保存了逝去岁月的荣光与记忆。

在加冕之后的日子里，国王坐在诸王大殿中的王座上，判决政事。使节们从很多地方来了，很多人从东方和南方，从黑森林的边界，从西边的黑蛮地来了。国王宽恕了投降的东夷人，放他们自由离去。他与哈拉德人签订了和平协议。他释放了魔多的奴隶，将努尔能湖四周的所有土地都赐给他们自己耕耘。他召见了许多英勇的人，并嘉奖了他们。最后，卫队长将贝瑞刚德带到他面前听候判决。

国王对贝瑞刚德说：“贝瑞刚德，你的剑使圣地溅血，犯了禁忌。

同时，你未获宰相或队长允许，擅离职守。古时，这些行为都是死罪。因此，现在我必须宣判你的命运。

“因为你在战斗中的英勇，更因为你所做的一切是出于对法拉米尔大人的爱，所以我免除对你的所有处罚。不过尽管如此，你还是必须离开王城卫队，必须离开米纳斯提力斯城。”

贝瑞刚德闻言，脸上没了血色，心中如遭重击，垂下了头。国王接着说：“这是必须的，因为你被指派加入伊希利恩亲王法拉米尔的卫队——白卫队，你是队长，将光荣地安居在埃敏阿尔能，为你不惜一切代价冒险拯救，终免于一死的人效命。”

贝瑞刚德非常高兴，他意识到这是国王的宽恕与公正，于是跪下来亲吻国王的手，然后兴高采烈又心满意足地离开了。阿拉贡将伊希利恩赐给法拉米尔作为领地，吩咐他住在看得见白城的埃敏阿尔能的山岭中。

“这是因为，”他说，“魔古尔山谷中的米纳斯伊希尔应当彻底拆毁。虽然终有一日，那地方也许能清理干净，但没有人可以在那里长年居住。”

最后，阿拉贡会见了洛汗的伊奥梅尔。他们互相拥抱，阿拉贡说：“你我之间不说给予、索取或奖赏的话，因为我们是兄弟。如当年埃奥尔从北方策马而来的快乐时刻，从未有任何人的结盟如我们两族这般蒙福，过去我们不曾辜负彼此，将来也不会辜负。现在，如你所知，我们已将尊贵的希奥顿安置在圣地的陵寝中，若你愿意，他将在那里永远安眠在刚铎的诸位先王中间。若你希望他归葬故里，我们会护送他回洛汗，让他与自己的族人安息在一起。”

伊奥梅尔回答道：“自那日，您从绿草茵茵的山岗中起身出现在我面前，我就爱您，这份爱不会消退。而现在，我必须暂时离开，回到我自己的国家，那里需要治愈，需要恢复秩序。至于阵亡的国王，就让他在这里安眠一段时间吧，等一切准备就绪，我们会回来接他。”

伊奥温则对法拉米尔说：“现在我必须回到我的家乡去，再看看它，并协助我的兄长重建家园。等我爱戴如父的人终于入土为安后，我会回来的。”

就这样，欢庆的日子过去了。五月八日，洛汗骑兵准备好，骑马沿着北大道离去，跟他们一块离去的还有埃尔隆德的两个儿子。从白城城门一直到佩兰诺围墙，一路上人们夹道送行，向他们欢呼致意。之后，其他住在远方的人也都欢快地返回了他们的家园。白城中有许多志愿者在辛勤地忙碌，重建、修复，清除战争留下的所有伤痕，抹去黑暗的记忆。

四个霍比特人仍然和莱戈拉斯以及吉姆利留在米纳斯提力斯，因为阿拉贡不愿意与远征队众人分开。“天下没有不散的宴席，”他说，“但我希望你们再多留些时日，因为你们参与的功绩，结局尚未到来。我成年以来一直在期盼的日子临近了，当那个日子到来时，我希望我的朋友们都在我身边。”而那究竟是什么日子，他却不愿多说。

在这段日子里，远征队众人跟甘道夫一同住在一栋漂亮的房子里，他们随心所欲地来来去去。弗拉多问甘道夫：“你知道阿拉贡说的那一天是什么日子吗？我们在这里过得很快乐，我也不想走，但时光飞逝，比尔博还在等着呢，夏尔才是我的家。”

“比尔博啊，”甘道夫说，“他也在等同一个日子，他知道是什么事让你们留在此地。至于时光流逝，现在才五月，盛夏还没开始呢。虽然万物似乎都变了，世界仿佛过了一个纪元，但对草木而言，离你们出发时才过了不到一年。”

“皮平，”弗拉多说，“你不是说甘道夫不像以前那么嘴严了吗？我想，他那会儿是忙得不耐烦了，现在他恢复原样喽。”

甘道夫说：“很多人都喜欢事先知道端上桌的会是什么菜肴，但那些辛苦准备宴席的人却喜欢保守秘密，因为惊喜会让赞美之语更响亮。阿拉贡本人正在等待一个征兆。”

一天，甘道夫突然不见踪影，众人都很好奇接下来会发生什么事。甘道夫是趁着夜色带着阿拉贡出城了，领着他来到了明多路因山南侧的山脚下。在那里，他们发现了一条很久很久以前修筑的古道，如今已没人敢走，因为古道攀升到山上，通往一处曾经只有国王才常去的圣地。他们沿着陡峭的山路上行，一直来到白雪皑皑的峰顶下方一处高台地，这处台地俯瞰着那道屹立在白城后方的峭壁。他们站在那里，通览大地，因为清晨已至。他们看见下方远处的白城中高塔林立，在旭日光芒的照耀下，像一支支白笔，整个安度因河谷像一个大花园，雾山山脉笼罩在金色迷雾中。高地一侧，他们目之所及，到了灰色丘陵埃敏穆伊，闪光的涝洛斯瀑布像遥遥闪烁的星辰；而在另一侧，他们看见大河像一条缎带，一路伸展至佩拉基尔，更远处，天际一片光亮，那里应该就是大海所在之处。

甘道夫说：“这是你的王国，并将成为未来那更大的王国中心。世界的第三纪元结束了，新纪元开始了。你的使命是秩序化新纪元的开端，并保存那些可以被保存的事物。因为尽管有许多事物得到了拯救，但有更多事物从现在起必然消逝。而且，三枚指环的力量已经终止了。你眼中所见的所有大地，以及环绕周围的所有区域，都将成为人类的居所。因为人类的统治时期来临了，年长的亲族将会淡出或离去。”

“亲爱的朋友，我很清楚这一点，”阿拉贡说，“但我仍然希望得到你的辅佐。”

“不会太久了，”甘道夫说，“我属于第三纪元。我是索伦的敌人，我的工作已经完成了。我很快就会离去。现在重担得落在你和你的亲族身上了。”

“可我会死，”阿拉贡说，“因为我是一个凡人，虽然我自己拥有不曾混血的西方种族的血统，寿命将比其他人长得多，但那依然很短暂。当那些如今还在母亲肚子里的孩子出生、成长、变老时，我也会变老。到那时，如果我所渴望的还未获得，谁来统治刚铎，统治那些将这座白城视作女王的人？喷泉王庭中的白树仍然枯萎光秃。我什么时候才会看见一切已经改变的征兆？”

“从那绿色的世界转过身来，看看那似乎光秃冰冷之处！”甘道夫说。

阿拉贡转过身，后面是一片从雪峰边缘延伸下来的岩石斜坡。他看过去，察觉到荒地中立着一个孤零零的生长物。他朝它爬过去，看见就在白雪的边缘，长着一棵不过三英尺高的小树。它已经萌发出修长的嫩叶，墨绿的叶面，银色的叶背，纤细的冠顶已经长出一小簇花朵，洁白的花瓣如阳光照耀下的白雪般明亮。

阿拉贡见状叫道：“Yé！Utúvienyes[1]！我找到它了！哎呀，这是万树之长的后裔！可它怎么会在这里？它本身树龄还不到七年啊。”

甘道夫也上前观看，然后说道：“千真万确，这就是玉树宁洛丝

① 昆雅语，意为：“看啊，我找到它了！”

一脉的幼树，宁洛丝是加拉希理安的籽苗，而加拉希理安又是拥有众多名号的万树之长泰尔佩瑞安的果实。谁能说出它是如何在这预定的时刻来到这里的呢？不过，这里是一处古老的圣地，在诸王没落、王庭中的白树枯死之前，必定有一颗果实被埋在了这里。据说，虽然白树的果实很少成熟，但其中蕴藏的生命也许会经历漫长的休眠期，无人能预知它何时会苏醒。你要记住这点。如果有一天，一颗果实成熟了，一定要将它种下，以防白树一系从这世上断绝。这棵幼树隐藏于此山中，就像埃兰迪尔一族隐身于北方的荒野。不过，宁洛丝一脉可远比你的家系古老，埃莱萨王。”

阿拉贡伸手轻触幼树，哎哟，它似乎只是浅浅地生长在土壤里，毫无损伤地就被移起。阿拉贡将它带回了王城。然后，那棵枯树被人们怀着崇敬之意连根挖起。不过它并没有被烧掉，而是被安放在寂静的拉斯狄能。阿拉贡将新树种在王庭的喷泉旁，它开始欢快而迅速地生长。当六月来临时，它已经繁花盛放。

“征兆已至，”阿拉贡说，“那一天也不远了。”他在城墙上安排了瞭望者。

仲夏的前一天，有信使从阿蒙丁赶到白城，报告说北方来了一队美丽的骑士，这时已经接近佩兰诺围墙。国王说：“他们终于来了。让全城都做好准备吧！”

就在仲夏的前夕，天空湛蓝如宝石，白星在东方天际闪烁，而西方天际依然金光灿灿，空气清凉芬芳。那队美丽的骑士沿着北大道来到米纳斯提力斯的城门前。为首的埃洛希尔和埃尔拉丹举着一面银色的旗帜，接下来是格洛芬德尔和埃瑞斯托，以及幽谷的全部成员。他们之后是加拉德瑞尔夫人和洛丝罗瑞恩的领主凯勒博恩，他们骑着白马，还带来了许多他们领地的美丽族人，都披着灰色斗篷，发间点缀着白色宝石。最后来的是在精灵与人类中都很有威望的埃尔隆德大人，他带来了安努米纳斯的权杖，他身旁骑着一匹灰马的是他的女儿阿尔文，她族人的暮星。

当弗拉多看见暮色中到来的她，周身微光闪烁，额上缀着星星，身上散发着甜香，他又惊又喜，深受触动。他对甘道夫说："我终于明白我们为什么要等了！这才是结局。现在，不仅白天应受钟爱，连夜晚也都美丽蒙福，黑夜的一切恐惧都消逝了！"

国王出城迎接宾客，宾客们下了马。埃尔隆德将权杖呈上，并将女儿的手交到了国王手中。他们一起登上了最高处的王城，天上群星闪烁，如繁花盛开。就这样，在仲夏之日，埃莱萨王阿拉贡在列王之城中与阿尔文·乌多米尔成婚，他们漫长等待与不懈努力的故事，终于有了圆满的结局。

第 6 章 众人离别

欢庆的日子终于结束，护环远征队众人都想回家了。弗拉多去找国王，他正与王后阿尔文坐在喷泉旁边，她在唱一首维林诺的歌，而白树已长高，繁花满枝。他们起身欢迎弗拉多，向他问好。阿拉贡说："弗拉多，我知道你来是要说什么：你想回家。是的，我最亲爱的朋友，一棵树要在故土才长得最好，但整个西部大地都将永远欢迎你。虽然你的族人过去在伟大的传说中籍籍无名，但从今往后，他们将比众多早已消亡的大国更有声望。"

"我确实想回夏尔，"弗拉多说，"但我必须先去幽谷。在如此蒙受祝福的日子里，如果还有什么欠缺的，那就是我想念比尔博。看到埃尔隆德家中所有的成员都来了，他却没来，我很难过。"

"持环者，你对此感到惊讶吗？"阿尔文说，"你知道那如今已被摧毁之物的力量，而那力量造就的一切，现在都在消逝。你的亲人拥有此物的时间比你更久。依照你们那一族的标准，他现在已是古稀之龄了。他在等你，因为他只能再长途旅行一次了。"

“那我请求告辞，尽快启程。”弗拉多说。

“七天后我们会出发，”阿拉贡说，“因为我们会跟你一起骑马远行一段，甚至远至洛汗境内。三天后，伊奥梅尔会回到这里，将希奥顿护送回马克安葬，我们将与他同行，以敬逝者。而在你走之前，我要确认法拉米尔对你说过的话：你可以永远在刚铎全境自由来去，你所有的同伴亦然。如果真有任何能配得上你功绩的礼物，你都应当得到它们；无论想要什么，你都可以带走。你应该装束如这片土地上的王子，载誉骑马而行。”

王后阿尔文说：“我要赠送你一件礼物。我是埃尔隆德的女儿，可是在他动身前往灰港时，我不会与他同行，因为我的选择跟露西安相同，我选择了与她一样既甜蜜又痛苦的命运。不过，持环者，当时机到来，如果你有意，可以取代我前往。如若你的伤仍令你悲痛，你对那重担的记忆仍然沉重，那你可以前往西方，直到你所有的伤痛和疲惫都得到治愈。现在，请戴上它吧，以纪念与你的生命息息相关的精灵宝石和暮星！”

她取下一枚用银链挂在胸口、宛若星星的白宝石，将它戴在弗拉多的颈项上。“当恐惧与黑暗的记忆困扰你时，”她说，“它会给你带来帮助。”

如国王所言，三天后，洛汗的伊奥梅尔骑马抵达了白城，与他同来的是一支由马克最英俊的骑士组成的伊奥雷德。他受到了欢迎。当他们一行人全都在宴会大厅米瑞斯隆德围桌坐定，他目睹了在场女士们的美丽，为之惊叹。在去休息之前，他派人请来了矮人吉姆利，对他说：“格洛因之子吉姆利，你的斧头准备好了吗？”

“没有，大人，”吉姆利说，“不过如果需要的话，我能立刻取来。”

“那你判断是否需要吧，”伊奥梅尔说，“因为你我之间还有那场对金色森林的夫人出言不逊的过节。今天我终于亲眼见到她了。”

“哦？”吉姆利说，“大人，那你现在有什么话？”

“唉！”伊奥梅尔说，“我不会说她是世间最美的女士。”

“那我就得去拿斧头了。”吉姆利说。

“你先听我解释一下。”伊奥梅尔说，“假如我是在别的人群中看见她，我应该会说出你想听到的话。不过现在，我要把暮星阿尔文王后放在第一位，我也准备好要捍卫自己的看法，与任何否定我的人决斗一场。我需要去拿我的剑吗？”

吉姆利深深地鞠了一躬。“不，我原谅你了，大人。”他说，“你选择了黄昏，但我的爱给了清晨，而且我心有预感，它很快就将永远消逝了。”

出发的日子终于来临了，一支庞大而美丽的队伍准备从白城向北骑行。刚铎和洛汗的两位国王前往圣地，去了拉斯狄能的陵寝，将希奥顿王安放在金色棺架上，肃然抬着他穿过白城，然后将棺架放在一辆大马车上。他的军旗开路，洛汗的骑兵护在周围。梅里身为希奥顿王的侍从，坐在灵柩马车上，捧着国王的兵器。

其他远征队成员的坐骑也都按照他们的身材备好，弗拉多和山姆骑马走在阿拉贡身边，甘道夫骑着捷影，皮平与刚铎的骑士同行，莱戈拉斯和吉姆利像以往一样，共同骑着阿罗德。一同前往的还有王后阿尔文，凯勒博恩、加拉德瑞尔和他们的子民，埃尔隆德和他的两个儿子，以及多阿姆洛斯和伊希利恩的两位亲王，还有许多将领和骑士。从来没有任何一位马克之王像森格尔之子希奥顿一样，得到如此一支队伍一路护送返回自己的家园。

他们不急不慌，徐徐进入阿诺瑞恩。当来到阿蒙丁山下的灰色森林时，他们听见山中传来一种击鼓似的敲击声，但一个活物的影子都看不见。阿拉贡吩咐吹响长号，传令官们喊道："听着，埃莱萨王驾到！他将德鲁阿丹森林赐给甘－不里－甘和他的族人，此地将永远属于他们。从此以后，没有他们同意，不得有人闯入！"

鼓声应声大响，随后归于寂静。

十五天的旅途之后，希奥顿王的灵柩马车终于穿过洛汗的绿色原野，来到了埃多拉斯。他们全都在那里休息。金殿挂满了美丽的帷幔，灯火通明，这里摆设了自从落成以来举办过的最盛大的宴席。三天后，马克的民众为希奥顿王举行了葬礼。他被安置在石室里，连同他的兵器和许多他曾拥有的美丽器物一起。石室上方建起了一座巨大的坟冢，坟冢上覆满绿草和洁白的永志花。现在，陵地的东边有八座坟冢了。

然后，王室的骑兵们骑着白马，绕着陵地奔驰，齐声高唱王的吟游诗人格利奥怀恩为森格尔之子希奥顿所作的歌。此后，格利奥怀恩再也没有作过歌。骑兵们缓慢的歌声搅动着那些听不懂洛汗语的人的心灵，但那些歌词令马克的百姓双眼发亮，他们仿佛又听见北方如雷的马蹄声远远传来，埃奥尔高呼的嗓音盖过凯勒布兰特原野的战场。诸王的传说滚滚而来，海尔姆的号角声在群山间嘹亮回荡，直到大黑暗来临，希奥顿王奋起，骑马穿过魔影，冲入大火，壮烈牺牲。就在那时，太阳超乎希望重新出现，在清晨照亮明多路因山。

冲出疑虑，冲出黑暗，冲向黎明，
阳光下，他策马高歌，长剑出鞘。
他重燃希望，又在希望中逝去；

超越死亡，超越恐惧，超越命运，

超越失败，超越生命，名垂千古。

梅里站在青葱坟冢下哭泣，歌声一落，他起身喊道：“希奥顿王，希奥顿王！永别了！虽然时间短暂，但您对我犹如父亲一般。永别了！”

葬礼结束，妇女们的哭声静了下来，希奥顿王终于独自躺在他的坟冢中。众人聚在金殿中举行盛宴，放下了悲伤，因为希奥顿活到足年，死得光荣，不逊于他最伟大的先人。按照马克的习俗，他们应当为纪念诸王而干杯。当这一刻来临，洛汗公主伊奥温走上前，她白衣如雪，金发如阳，将满满一杯酒呈给伊奥梅尔。

一位游吟诗人兼博学之士起身，依序朗诵马克所有国王的名字：年少的埃奥尔，金殿的建造者布雷戈，不幸的巴尔多之弟阿尔多，然后是弗雷亚、弗雷亚怀恩、戈尔德怀恩、狄奥和格拉姆，然后是马克大难时藏身海尔姆深谷的海尔姆。这就是西边九座坟冢的脉系，那时这一系的血脉已经断绝。之后开始的是东边坟冢的脉系：海尔姆的外甥弗雷亚拉夫，然后是利奥法、沃尔达、伏尔卡、伏尔克怀恩、奋格尔、森格尔，以及最后一位希奥顿。当游吟诗人念完希奥顿的名字，伊奥梅尔将杯中酒一饮而尽。伊奥温吩咐仆人斟满所有的杯子，在场的众人都起身，举杯向新王祝酒，高呼：“马克之王伊奥梅尔，向您致敬！”

最后，当宴会接近尾声，伊奥梅尔起身说：“这虽然是希奥顿王葬礼的宴席，但在诸位退席之前，我要宣布一则喜讯。他不会怨恨我这么做的，因为他对我妹妹伊奥温始终如同父亲一般。齐聚在此的众位嘉宾，来自各地的美丽种族，请听我说！刚铎的宰相、伊希利恩亲王法拉米尔向洛汗的公主伊奥温求婚，她已经全心全意接受了，所以，他们将在各位面前订婚。”

法拉米尔和伊奥温起身上前，牵住对方的手。所有的人都举杯向他们道贺，非常高兴。“这样，”伊奥梅尔说，“马克与刚铎的友谊又有了新的纽带，我也更加感到欣喜。”

“伊奥梅尔，你真大方，”阿拉贡说，“把你王国中最美好的赠给了刚铎！”

伊奥温看着阿拉贡的眼睛说：“祝我快乐吧，我效忠的王者和我的医者！”

阿拉贡回答道：“自从我第一次看见你，就一直愿你快乐。现在见你如此幸福，我心深感欣慰。”

宴会结束时，要走的人向伊奥梅尔王告辞。阿拉贡和他的骑士，罗瑞恩和幽谷的子民，都准备骑马离开，但法拉米尔和伊姆拉希尔留在了埃多拉斯，暮星阿尔文也留了下来，她跟她的哥哥们道了别。没有人看见她与父亲埃尔隆德最后会面的情景，因为他们走到山岭中，在那里交谈了很久，他们将忍受离别的痛苦，直到世界终结。

最后，在宾客们动身之前，伊奥梅尔和伊奥温来找梅里，他们说：“再会了，夏尔的梅里亚达克、马克的霍尔德怀恩！祝你骑向好运，欢迎你很快再来！”

伊奥梅尔说：“鉴于你在蒙德堡平野上立下的功绩，若是古时，诸王会赠给你大批礼物，多到连马车也装载不下。而你却说，除了已经赐给你的盔甲兵器，你什么都不要。这让我很为难，因为我确实也没有礼物值得一送。不过我妹妹请求你收下这个小东西，以此纪念德恩海尔姆，以及黎明来临之际吹响的马克号角。”

然后，伊奥温递给梅里一个古老的号角。它精致小巧，全由白银打造而成，搭配一条绿色的挂肩带。从号角尖到号角口，工匠环绕着角身镌刻了一行策马奔驰的骑兵图案，还有如尼文的吉言。

“这是我们家族的传家宝，”伊奥温说，“它是矮人打造的，来自恶龙斯卡萨的宝藏。年少的埃奥尔将它从北方带来。他在需要时吹响它，会使敌人丧胆，友人振奋：他们会听见他的呼唤，奔去帮助他。”

于是，梅里收下了号角，因为它是不能拒绝的礼物。他亲吻了伊奥温的手，他们拥抱了他，就此别过。

宾客们都已经准备好，他们喝了上马酒，带着盛赞和友谊启程，走了一段时间，来到了海尔姆深谷，在那里休息了两天。莱戈拉斯兑现了他对吉姆利许下的承诺，与矮人一同去了晶辉洞。他们返回时，他很沉默，只是说那些洞穴只有吉姆利才能找到合适的言辞形容。“以前，从来没有哪个矮人声称自己比试言辞胜过精灵。”他说，“我们这就去范贡森林，我要扳回一局！”

他们从深谷宽谷骑往艾森加德，看到了恩特们忙碌的成果。整圈石环都被推倒并移走了，圈内的土地被建成了一处种满果树和林木的花园，一条溪流穿过花园，而所有这一切的中央，是一汪水质清澈的湖水，高大的欧尔桑克塔就耸立在湖水中，仍旧高大、坚不可摧，漆黑的岩壁倒映在湖水中。

旅人们在艾森加德的旧大门曾经耸立的地方坐了一会儿，现在那里有两棵大树，像哨兵一样把守着一条通往欧尔桑克塔的绿荫小路入口。他们惊奇地打量着已经完成的工作，但远看近看，都不见有活物。过了一会儿，他们听见了一个哼着“呼姆—嚯姆，呼姆—嚯姆”的声音，接着就看见树须大步沿着小路走来欢迎他们，急楸在他身旁。

“欢迎来到欧尔桑克树园！”他说，“我知道你们来了，但我在山谷上面忙着，还有好多事情没做呢。不过我听说，你们在南边和东边远处也都没闲着。我听到的都是好消息，非常好。”树须称赞了他们的所有功绩，似乎对那些事了解得很清楚。最后，他停下来，盯着甘道夫良久。

“嗯，行啦！”他说，“你已经证明你是最强大的，你的全部努力都有了好结果。现在你要去哪里？你为什么到这里来？”

“来看看你工作得如何，我的朋友，”甘道夫说，“并感谢在所取得的一切成就中你们给予的帮助。”

“呼姆，嗯，这话很公道，”树须说，“恩特们确实扮演好了他们的角色，而且不光是对付那个，呼姆，那个该死的住在这里的杀树犯，还有一大批拥入这里的卟啦噜姆，那些眼睛邪恶——双手乌黑——两腿弯曲——心如燧石——指如爪子——满腹臭烂——嗜血如命的，墨瑞麦提——辛卡洪达，呼姆，呃，你们都是急性子，而他们的全名跟饱受折磨的岁月一样长，那就说是那群兽人害人精好了。他们越过大河，从北方而来，包围了劳瑞林多瑞南的森林，但他们进不去，这得感谢这两位伟大的朋友。”他向罗瑞恩的领主和夫人鞠了一躬。

“这些污秽的家伙在北高原碰见我们时，惊愕不已，因为他们以前从没听说过我们：尽管对比他们好的种族来说，也是如此。不过他们没有多少会记得我们，因为活着逃离我们的也没有多少，大河把他们大多数都吞没了。这对你们来说是好事，因为如果他们没有遇见我们，那么草原的王就不可能骑马远征，就算他去了，回来时也已经没有了家园。”

“我们非常清楚，”阿拉贡说，“无论是米纳斯提力斯还是埃多拉斯，都永远不会忘记此事。”

“‘永远’这个词，即使对我而言，都太久了。”树须说，“你的意思是，只要你们的王国存续，你们就不会忘记。不过，它们确实会长久存续，久到连恩特都觉得长久。”

“新纪元开始了，”甘道夫说，“范贡老友，这个纪元很可能会证明，人类的王国将比你存续得更久。现在请告诉我，我委托你的事情怎么样了？萨鲁曼怎么样了？他还没有厌烦欧尔桑克吗？我可不觉得他会认为你改善了他窗外的风景。”

树须看了甘道夫很长一眼。几乎是狡猾的一眼，梅里心想。“啊！”树须说，“我猜你就会提到这事。厌烦了欧尔桑克？他最后十分厌烦，但比起他的高塔，他更厌烦我的声音。呼姆！我给他讲了一些很长的故事，反正在你们的语言里，可能会被认为是很长的。”

“那他为什么要留下来听？你进欧尔桑克了？”甘道夫问。

“呼姆，没有，没进欧尔桑克！”树须说，“他来到窗前聆听，因为他没有其他任何办法获知消息。他虽然痛恨那些消息，却又贪婪地听取，我看得出来，他全听进去了。不过我在消息里添加了很多可以让他好好思考的事。他变得非常厌烦。他向来急躁，正是这导致了他的堕落毁灭。”

“我的好范贡，”甘道夫说，“我注意到，你用词非常小心，都是一些过去式。那现在呢？他死了吗？”

“没有，就我所知，他没死，”树须说，“但他走了。是的，他走了七天了。我让他走的。他爬出来的时候，已经不成样子了，至于他手下那个蠕虫一样的家伙，活像一个苍白的影子。甘道夫，别跟我提我保证过好好看管他，我记得的。不过自那之后，情况发生了变化。

我一直看管着他，直到他变得安全，安全到不能再去作恶。你应该知道，我最痛恨的就是囚禁活物，除非极为必要，我也不会把这样的生物关在笼子里。一条没有毒牙的蛇，可以爬到任何他想去的地方。”

“也许你是对的，”甘道夫说，“但我认为，这条蛇还有一颗毒牙。他的声音是有毒的，我猜他说服了你，哪怕你是树须，因为他知道你心中的弱点。算了，他走了，也不用多说什么了。可欧尔桑克塔本来属于国王，现在也应该归还给他，不过他可能不需要它了。”

“这要再看情况。”阿拉贡说，“不过我会把这座山谷都交给恩特，他们爱怎么整治就怎么整治，只要他们继续监视欧尔桑克塔，没有我的允许不准任何人进入。”

“塔已经锁上了，”树须说，“是我逼着萨鲁曼锁上的，然后把钥匙交给我。钥匙在急楸那儿。”

急楸像树在风中弯曲一样鞠了一躬，将两把用钢环串在一起、形状精致的大黑钥匙递给了阿拉贡。“再次感谢你们，”阿拉贡说，“我要向你们道别了。愿你们的森林再次在和平中繁茂生长。等这座山谷长满，山脉西侧还有大片余地可以扩展种植，很久以前你曾经在那里漫步。”

树须的神情变得很悲伤。“森林也许会繁茂，”他说，“树林也许会扩展，但恩特不会——没有恩特娃。”

“也许现在你们的搜寻会更有希望，”阿拉贡说，“长久以来封锁着的东方大地，将向你们敞开。”

然而，树须摇了摇头说：“太远了，而且如今，那边有太多的人。不过，我都快忘记礼数了！你们要待在这里休息一会儿吗？也许还有几位乐意穿过范贡森林，抄近路回家？”他看着凯勒博恩和加拉德瑞尔。

不过除了莱戈拉斯，所有的人都说他们现在必须告辞离开，或往南去，或往西行。“来吧，吉姆利！”莱戈拉斯说，“现在蒙范贡准许，我要去拜访恩特森林深处，去看看那些在中州其他地方都没有意义的树。你得信守承诺跟我一块去，这样我们还可以一起继续旅行，回到我们的黑森林和森林那边孤山的家园。”对此，吉姆利表示同意，尽管他看起来并不是特别高兴。

“护环同盟的小团队终于要解散了，”阿拉贡说，“但我希望过不了多久，你们就会返回我的国度，带来你们许诺过的帮助。”

“如果我们的领主允许，我们会来的。”吉姆利说，“好吧，再会了，我的霍比特人！现在你们应该能安全回家了，我也不用再为担心你们的安危而保持警醒了。我们有机会就会给你们送信，我们当中有些人可能还会偶尔碰面的，但恐怕再也不会像现在这样全部聚在一起了。”

于是，树须依次向他们道别，他满怀敬意地向凯勒博恩和加拉德瑞尔慢慢地鞠了三躬。“美丽的两位，美丽儿女的父母啊！不管是按树龄还是按石龄来算，我们都很久很久不曾相见了。”他说，“直到结束的时刻我们才再相见，真是悲哀。因为世界正在改变：我从水中感得到，我从土中闻得到，我从风中嗅得到。我想我们不会再相见了。”

凯勒博恩说：“最年长的你啊，我不知道。”而加拉德瑞尔说：“我们不会再在中州相见了，直到沉没在波涛之下的陆地重新升起。到那时，也许我们会在春天，在塔萨瑞南的柳林草地上相见。别了！”

最后，互相道别的是梅里、皮平与老恩特。老恩特看到两个霍比特人，开心了一些。“哎，我快乐的小家伙们，”他说，“你们走之前愿意再跟我喝一次饮料吗？”

“当然愿意！”他们说。他带领他们俩走到旁边一棵树的树荫下，那里已经放了一个大石罐。树须装了三碗饮料，他们开始喝，却看见他那双奇异的眼睛正从碗沿上方打量着他们。“小心哟，小心哟！”他说，“相比我上回见到你们，你们已经长高了哟。”他们哈哈大笑，喝干了碗中的饮料。

“啊，再见啦！”他说，“如果你们在家乡听到任何恩特婆的消息，记着给我送信来哟。”然后，他朝众人挥了挥巨大的手，便走进树林里去了。

旅人们加快了骑行的速度，往洛汗豁口赶去。最后，阿拉贡就在皮平偷窥欧尔桑克晶石的那个地方附近，向他们告别。这次离别让四个霍比特人很伤心，因为阿拉贡从未辜负过他们，他是他们的向导，带他们闯过了许多危险。

“我真希望我们有一颗晶石，能从里面看见所有的朋友，”皮平说，“能从远方跟他们说话！”

“现在你能使用的晶石只剩下一颗了，”阿拉贡说，“因为你不会想看到米纳斯提力斯的晶石中显现的景象的，但国王将保管欧尔桑克的帕蓝提尔，观看他的王国中正在发生什么事，他的属下又在做什么。佩雷格林·图克，别忘了你是刚铎的骑士，我没有解除你的职务。你现在是在休假，但我可能会召你回来的。还有，亲爱的夏尔朋友们，请记住我的王国也在北方，有朝一日我会去那里的。”

然后，阿拉贡向凯勒博恩和加拉德瑞尔告辞。夫人对他说：“精灵宝石，你穿过黑暗，实现了你的愿望，拥有了你渴望的一切。善用你的岁月！”

而凯勒博恩说："亲人，别了！愿你的命运不同于我的，愿你的珍宝始终与你同在！"

话毕，他们就此别过。那时正当日落，过了一会儿，当他们转身回望，只见西部之王端坐在马背上，他的骑士簇拥在他周围，落日照在他们身上，甲胄马具金光闪闪，阿拉贡的纯白大氅也被染成红焰一片。阿拉贡取下绿宝石，高高举起，一道绿色的亮光从他手中射出。

很快，这支人数减少的队伍沿着艾森河向西转，穿过豁口进入远处的荒地，然后再向北转，越过了黑蛮地的边界。黑蛮地人逃走躲藏了起来，因为他们害怕精灵族人，尽管其实很少有精灵来过他们的乡野。不过旅人们没有理会当地居民，因为他们仍然是一支大队伍，所需的一切补给也还充裕。他们悠闲地骑行着，想休息时就随地扎营。

跟国王分别后的第六天，他们经过一片树林。这片树林是从他们右侧绵延的雾山山麓倾斜下来的。出了树林，他们又在日落时分进入了开阔的乡野。他们赶上了一个拄着拐杖行走的老人。他穿着破烂的灰衣，也可能是肮脏的白衣，身后紧跟着另一个无精打采、哼哼唧唧的乞丐。

"哎，萨鲁曼！"甘道夫说，"你要去哪里啊？"

"与你何干？"他回答道，"你对我的惨状还不满足吗？你还想要规定我去哪里？"

"你知道答案，"甘道夫说，"不是，不想。不过无论如何，我辛劳的岁月即将告终。国王已经接过了重担。如果你等在欧尔桑克，就会见到他，他会向你展示睿智和仁慈。"

"那我就更有理由趁早离开了，"萨鲁曼说，"因为他的睿智和仁慈我都不想要。你如果想知道你第一个问题的答案，那我告诉你：

我在寻找一条离开他的王国的路。”

“那么你又一次走在错误的路上了，”甘道夫说，“我看不到你的旅程有什么希望。你会蔑视我们提供给你的帮助吗？”

“给我提供帮助？”萨鲁曼说，“不，请不要对我露出微笑！我更喜欢你们皱眉头。至于这里的这位夫人，我可不信任她：她总是恨我，总是为你出谋划策。我一点都不怀疑，是她把你带到这条路上来的，好让你们幸灾乐祸地看看我落魄的惨相。我要是早知道你们追来，一定不会让你们称心如意的。”

“萨鲁曼，”加拉德瑞尔说，“我们有其他的事情和其他的忧虑，对我们而言，那比追踪你更为紧迫。你被我们追上，不如说是运气好，因为现在你有了最后一次机会。”

“如果这真是最后一次，那我很高兴，”萨鲁曼说，“省得我还要拒绝你们。我所有的希望都破灭了，但我不会分享你们的，如果你们还有任何希望的话。”

他的双眼突然光芒闪闪。“滚！”他说，“我长期研究这些学问，可不是一无所获。你们已经给自己招来了末日，这一点你们清楚得很。我流浪时，想到你们毁掉我的居所时也毁掉了你们自己的家园，多少觉得有些安慰。现在，还有什么船能载你们越过如此辽阔的大海回去呢？”他讥讽道，“那将是一艘灰船，载满了鬼魂。”他哈哈大笑，但他的声音沙哑又恐怖。

“起来，你这白痴！”他对那个已经坐在地上的乞丐吼道，还用拐杖打他，“转身！如果这些纤细的种族走我们这条路，那我们就走另外一条路。起来快走，要不然晚饭我连面包皮都不给你！”

那个乞丐转过身，垂头丧气地呜咽着走过：“可怜的老格里马！

可怜的老格里马！总是挨打受骂。我真恨他！我真希望离开他！”

“那就离开他！”甘道夫说。

然而佞舌只用充满恐惧的模糊双眼瞥了甘道夫一眼，就赶快拖着脚步跟在萨鲁曼后面。当这悲惨的一对经过众人，走到霍比特人身边时，萨鲁曼停下来，瞪着他们，但他们同情地看着他。

“这么说你们也是来嘲笑我的，是不是，我的小叫花子们？”他说，“你们不关心乞丐缺什么，对吧？因为你们已经得到了你们想要的一切：食物和漂亮的衣服，烟斗里还装上了上好的烟斗草。哼！是的，我知道！我知道它是哪里来的。你们会给乞丐一管烟斗草吗？会吗？”

“我会的，如果我真有的话。”弗拉多说。

“我还剩下一些，可以都给你，”梅里说，“但是你得等等。”他下了马，在马鞍旁的行囊中翻找了一会儿，然后递给萨鲁曼一个小皮袋。“拿着这些吧，”他说，“你可以尽情享用，这是从艾森加德的大水中打捞起来的。”

“我的，我的，是的，而且是我花了大价钱买的！”萨鲁曼喊道，一把抓向小皮袋，“这只不过是象征性的补偿，因为你们肯定拿走了更多。可如果小偷把乞丐的东西还给他，就算只有一小口，乞丐也得感恩。哼，等你们到家之后，要是发现南法兴的情况不那么如你们所愿，那你们活该。愿你们的土地永远缺少烟叶！”

“谢谢你！”梅里说，“既然这样，那我得收回我的皮袋，它可不是你的，而且陪着我走了很远的路。你用自己的破布去包烟斗草吧。”

“小偷活该被偷。”萨鲁曼说着，转身背对梅里，踹了佞舌一脚，然后朝树林走去。

“嘿！我可真爱听这话！”皮平说，“真是小偷！我们被伏击，被弄伤，被兽人拖着穿过洛汗，我们又该怎么说？”

“嘿！”山姆说，“而且他说‘买’？怎么买的？我也不喜欢他提到南法兴时的腔调。我们是该回去了。”

“的确该回去了，”弗拉多说，“但如果我们要去看比尔博，就没法回去得再快了。不管发生什么事，我都要先去一趟幽谷。”

“对，我想你最好这么做。”甘道夫说，“不过，哀哉萨鲁曼！恐怕他已经无可救药，彻底毁了。尽管如此，我还是不确定树须是对的。我猜他仍然能用卑鄙的手段捣点乱。”

接下来的一天，他们继续前行，进入了黑蛮地北部。那里虽然是一片青葱宜人的乡野，现在却没有人居住。九月来临，白日金黄，夜晚银白，他们从容骑行，一直来到天鹅河，找到了老渡口，就在瀑布的东边，河水经由瀑布骤然落入低地。西边远处，许多池塘和河洲笼罩在迷雾中，天鹅河蜿蜒穿过其间，注入灰水河：那里有无数天鹅栖息在大片芦苇地中。

他们过了渡口，进入埃瑞吉安。黎明破晓，清晨终至，晨光熹微，晨雾闪亮。旅人们从低矮山丘上的宿营地向东眺望，看见东方朝阳照在三座高耸入云的山峰上：卡拉兹拉斯、凯勒布迪尔、法努伊索尔。它们就在墨瑞亚的大门附近。

他们在这里逗留了七天，因为另一次难分难舍的别离已经近在眼前。很快，凯勒博恩和加拉德瑞尔以及他们的族人就会向东转，经过红角口，下黯溪梯到银脉河，回到他们自己的家园。他们之所以取道西边走了这么远，是因为有很多话要跟埃尔隆德和甘道夫说。到了这里，他们仍然逗留，跟朋友们交谈。常常在霍比特人睡着了很久之后，他们还一起坐在星光下，回忆着逝去的岁月和他们在这世间的所有欢乐与辛劳，或是商议有关未来的安排。如果有漫游者碰巧经过，他几乎看不见什么，也听不见什么，只会觉得自己看见了刻在石头上的灰影，对那些如今已被遗忘在无人居住之地的事物的纪念。因为他们一动不动，也不开口说话，而是从心到心交流。当他们的思绪来来往往时，只有他们明亮的眼睛会微微闪动。

最后，一切都说完了，他们又分开了一会儿，直到三枚指环消逝之时到来。那些披着灰斗篷的罗瑞恩民众的身影朝山脉而去，迅速消失在岩石和阴影间。那些要去幽谷的人坐在山岗上目送他们，直到聚拢的迷雾中射出一道闪光，然后就什么都看不见了。弗拉多知道，那是加拉德瑞尔高举手上的指环，以示道别。

山姆转过身，叹息道："我真希望我是回罗瑞恩去！"

终于，一天傍晚，他们翻过高地荒原，突然发现已经到了幽谷那道深谷的边缘，看见了下方远远的埃尔隆德之家的闪亮灯火。他们走下去，过了桥，来到大门前，整座房子里都充满了灯光和歌声，欢迎埃尔隆德归来。

四个霍比特人不等洗漱、进餐，甚至都没脱下斗篷，第一件事就是去寻找比尔博。他们发现他独自待在自己的小房间里。房间里到处是纸张、墨水笔和铅笔，比尔博则坐在燃着旺火的小壁炉前面的椅子上。他看上去非常老，但很安详，正在打瞌睡。

他们进去时，他睁开眼睛抬起了头。"哈喽，哈喽！"他说，"你们回来了？明天可是我的生日哟。你们来得真是时候！你们知道吗？我一百二十九岁啦！再过一年，我还有口气在，就追上老图克啦。我很希望超过他，不过等着看吧。"

庆祝过比尔博的生日之后，四个霍比特人在幽谷又待了几天。他们常常跟他们的老朋友坐在一起，如今除了吃饭，他大部分时间都待在自己的房间里。他吃饭还是非常准时的，也总是一到吃饭就及时醒来，很少错过。他们围坐在炉火前，轮流给他讲述他们能记得的关于旅途和冒险的经历。一开始他还假装做做笔记，但他常常睡着。等醒过来，他就会说："太精彩了！太奇妙了！不过，我们讲到哪里了？"然后，他们就从他开始打瞌睡的地方继续把故事往下讲。

唯一真正吸引他的注意力，让他清醒起来的叙述，似乎是阿拉贡的加冕和婚礼。"我当然也收到去参加婚礼的邀请了，"他说，"我可是等得太久了。可不知怎么的，事到临头，我却发现这儿有好多事要处理，打包行李也太麻烦了。"

大约过了两个星期，弗拉多从窗户望出去，发现夜里结霜了，蜘蛛网都像是白网格。他突然意识到，自己必须走了，必须跟比尔博说再见了。一个人们记忆里最美好的夏天过后，天气依然风和日丽，但十月已经来临，很快就会变天，又会刮起风下起雨，而且回家还有很长的路要走。然而，并不是想到天气的变化就令他不安，而是他有一种感觉：是回夏尔的时候了。

山姆也有这种感觉，昨夜他还在说："哎，弗拉多先生，我们去了很远的地方，也见识了许多，但我不认为我们找到了比这里更好的地方。这里什么都有一点，你明白我的意思吧？夏尔、金色森林、刚铎、国王的宫殿，还有客栈、草地、山脉，全都混合在一起。可是不知怎的，我觉得我们还是应该快点走了。说真的，我很担心我家老头儿。"

"是的，山姆，什么都有一点，除了大海。"弗拉多回答道。此刻，他对自己重复道："除了大海。"

那天，弗拉多跟埃尔隆德谈了话，他们一致决定，霍比特人隔天早晨就动身离开。令他们高兴的是，甘道夫说：“我想我也应该去，至少跟你们走到布里。我想去看看巴特伯。”

傍晚，他们去向比尔博道别。“哦，如果你们必须走，那就走吧。”他说，“我很遗憾。我会想念你们的。知道你们在这地方就很美好，但我又很困了。”然后，他把秘银甲和刺叮剑给了弗拉多，忘记之前已经给过了。他还给了弗拉多三本学问书，它们是他在不同时期，用细长的笔迹亲手写成的，红色的书脊上贴着标签——译自精灵文，译者：比·巴。

他给了山姆一小袋黄金。“这差不多是斯毛格陈酿的最后一滴啦。”他说，“山姆，要是你打算结婚的话，这也许能派上用场。”山姆脸红了。

“小伙子们，我没有什么东西可以给你们，”他对梅里和皮平说，“除了金玉良言。”然后，他吧啦吧啦说了一大篇，又按照夏尔的风俗补上了最后一条：“别让你们的脑袋长得太大，大得戴不下帽子！你们要是不快点停止长个儿，就会发现帽子和衣服都很贵。”

“可如果你想胜过老图克，”皮平说，“我不明白我们为啥不该试试去胜过吼牛班多布拉斯。”

比尔博笑了起来，从一个口袋里拿出两个漂亮的烟斗，烟嘴是珍珠制成的，边上镶着做工精致的银饰。“当你们用这烟斗抽烟时，想想我吧！”他说，“这是精灵给我做的，但我现在不抽烟了。”说着，他突然打起了瞌睡，然后睡了一小会儿。等醒过来，他又说：“现在我们讲到哪儿了？啊，是的，送礼物。这提醒了我：弗拉多，你带走的我那个指环，它怎么样了？”

“我弄丢了，亲爱的比尔博，”弗拉多说，“我扔掉它了，你知道的。”

“太可惜了！”比尔博说，“我还想再看看它的。啊，不，看我多糊涂！那就是你出发的目的，去扔掉它，不是吗？可是，这一切真让人糊涂，因为似乎有好多别的事情跟它混在一起了：阿拉贡的事，白道会，刚铎，骑马人，南方野蛮人，还有毛象——你真的看到了一头毛象，山姆？——还有山洞、塔楼、金色的树，天知道还有别的什么。

“我在那趟旅程后显然直接回家了。我想甘道夫当时可能给我带了点路。不过，拍卖会本来有可能在我回来之前就结束了，那样的话我就有可能惹上更多的麻烦。反正，现在太迟啦。真的，我认为坐在这里听听这一大堆故事，要比跑一趟舒服得多。这里的炉火非常惬意，食物十分美味，而且你需要精灵时，他们就在旁边。人生至此，夫复何求？”

大门外，路迢迢
向远方，向远方，
且由能者追随！
任他开启新历险，
而我步疲当自歇，
灯火通明旅店里，
日暮退息将好眠。

比尔博嘟嘟囔囔唱完最后一个字，脑袋往胸口一垂，沉沉睡去。

屋中暮色渐浓，炉火更明。他们看着熟睡的比尔博，发现他面带微笑。他们默默地坐了一会儿。然后，山姆环顾室内，看着墙上摇曳的影子，轻声说："弗拉多先生，我想，我们不在的时候他也没写多少。现在他再也不会写我们的故事了。"

这时，比尔博睁开了一只眼睛，仿佛听见了山姆的话。然后，他振作起来。"你们看，我越来越爱打瞌睡了，"他说，"我有时间书写的时候，真的只想写诗。我亲爱的小伙儿弗拉多，不知道你愿不愿意在走之前，帮我整理整理？把所有的笔记纸张，还有我的日记都收拾起来，愿意的话就都带走吧。你看，我没有太多时间挑选、编排什么了。让山姆帮忙吧，等你们把东西都整理好，就回到这里，我会检查一遍。我不会太挑剔的。"

"我当然会做的！"弗拉多说，"当然我也会很快回来：旅途不会再有危险了。现在有了一位真正的国王，他很快就会让各条大路恢复秩序的。"

"谢谢你，我亲爱的小伙儿！"比尔博说，"那就真的让我如释重负了。"说完，他很快又睡着了。

第二天，甘道夫和四个霍比特人到比尔博的房间里跟他辞行，因为外面很冷。然后，他们跟埃尔隆德和他家中的所有成员道别。

弗拉多站在门口，埃尔隆德祝他一路顺风，并祝福他道："弗拉多，我想除非你能很快回来，否则就不必回来了。大概一年中的这个时候，叶子变得金黄但尚未飘落之际，请在夏尔的树林里等待比尔博吧。我会与他同行。"

这些话别人没有听见，弗拉多也没有说出去。

第7章 归家

四个霍比特人终于朝家乡的方向走了。他们急着再次见到夏尔，但一开始他们骑行得比较慢，因为弗拉多感到不安。当他们来到布鲁南河渡口时，他停住了，似乎极不情愿骑入水中。他们注意到，一时间，他的眼睛明显看不见他们和他周围的事物。那一整天，他都沉默不语。那是十月六日。

“弗拉多，你身上是不是很疼？”甘道夫骑到弗拉多身边，低声问道。

“嗯，是的，很疼。”弗拉多说，“是肩膀那里。伤处很疼，黑暗的记忆沉甸甸地压在我的心上。那是一年前的今天。”

“唉！有些伤是无法完全治愈的。”甘道夫说。

“恐怕我的伤就是。”弗拉多说，“没有真正的回归。我也许能回到夏尔，但感觉它不一样了，因为我也不一样了。我被刀刺伤过，被刺蜇伤过，被牙咬伤过，还被一个长期的重担压伤过。我能在哪里找到安宁？”

甘道夫没有回答。

第二天将尽时，疼痛和不适都过去了，弗拉多又高兴起来，高兴得仿佛并不记得昨天的黑暗。之后，旅途一路顺利，日子也过得很快。他们悠闲地骑行，常常在美丽的林地中逗留，秋阳中，林间树叶红红黄黄。好长一段时间之后，他们来到了风云顶。时近黄昏，山丘的阴影沉沉地投在路上。于是，弗拉多请求大家骑快一点，他不愿朝那座山看，裹紧身上的斗篷，低着头骑过了山影。那天晚上，天气变了，风裹挟着雨从西边刮来，风声萧萧，雨意寒冷，漫天黄叶，如鸟翻飞。等他们到达切特森林时，林中树枝差不多都已经光秃秃的了，一大片雨幕笼罩着布里山。

就这样，在十月末一个狂风骤雨的傍晚，五个旅人沿着上坡路骑行到了布里的南大门。大门紧锁着。大雨扑在他们脸上，漆黑的天空中乌云低垂，舒卷疾行。他们的心一沉，因为他们本来以为会受到欢迎。

他们呼叫很多遍之后，看门人终于出来了。他们看到他拿着一根粗短棍。他又怕又疑地打量着来人，当他看清来的是甘道夫，与他同行的是霍比特人，尽管他们穿着奇装异服，他还是面色转霁，开口欢迎他们。

“请进！”他说着，开锁打开了大门，“这么一个又冷又湿的糟糕夜晚，我们可不会待在外面守着。不过跃马客栈的老巴利曼肯定会欢迎你们，你们会在那里听说所有想听的事。”

“之后你会在那里听说所有我们说的事，还有更多的事。”甘道夫大笑，“哈里怎么样了？”

看门人面色一沉。“走了，”他说，“不过你最好去问巴利曼。晚安！”

“你也晚安！”他们说着都进了门。这时他们注意到，路旁的树篱后面盖了长长一排低矮的棚屋，不少人从棚屋里走出来，正隔着树篱盯着他们。他们来到比尔·蕨尼的房子时，发现那里的树篱零落杂乱，所有的窗户都用木条封住了。

“山姆，你觉得他是不是被你那个苹果砸死了？”皮平说。

“皮平先生，我可没那么希望。”山姆说，“不过我想知道那匹可怜的马怎么样了。我常常想起它，还有那些狼嗥之类的。”

最后，他们到了跃马客栈，至少这里的外观没什么改变。低矮的窗户里拉着红窗帘，都有灯光透出。他们摇响门铃，诺布应声将门打开一条缝，朝外窥视。当看清站在灯下的一行人时，他惊讶地大叫一声。

“巴特伯先生！店主大人！”他喊道，“他们回来了！”

“噢，是吗？我来教训他们。”巴特伯的声音传了出来。随后他冲了出来，手里还拎着一根棍子。而当看见门外的人是谁时，他猛地停住，脸上的阴沉愤怒一扫而尽，变成了惊喜交加。

“诺布，你这个大笨蛋！”他叫道，“你就不能报一下老朋友的名字吗？这年头，你可不该这样吓我。哎哟，哎哟！你们是从哪儿回来的啊？老实说，我真没想到还能再见到你们当中的任何一位：跟着那个大步走进大荒野里，而且到处是那些黑衣人！可是看见你们真高兴啊，尤其是甘道夫。请进！请进！房间还是跟以前一样吧？它们都空着。其实，不瞒你们说，你们很快就会发现大部分房间都空着，这些日子以来都是这样。我去看看晚餐能给你们做些什么，会尽快做好的，不过我目前很缺人手。嘿，诺布，你这个慢吞吞的家伙！去告诉鲍勃！啊，我又忘了，鲍勃走了：现在天一黑他就回家里去。好吧，把客人的马都牵到马厩去，诺布！甘道夫，毫无疑问，你会自己把马牵到马厩去。真是一匹好马啊，我第一次看见它时就这么说过。啊，请进！请进！别客气，随意啊！”

不管怎样，巴特伯先生说话的方式一点都没变，也似乎跟过去一样总是忙得上气不接下气，但客栈里几乎没什么人，一切都静悄悄的。公共休息厅传来的低语，听起来也就是两三个人的声音。店主点了两根蜡烛，拿着走在他们前面，烛光下仔细一看，他似乎满脸皱纹，忧虑憔悴。

他领着他们走过长廊，来到一年多以前那个怪异之夜他们用的那间小客厅。他们跟着他，有点不安，因为很显然，老巴利曼似乎陷入了某种麻烦，却装作若无其事。情况跟过去不一样了。不过他们什么也没说，就只是等着。

正如他们所料，晚餐后巴特伯先生来到小客厅，看看一切是否令他们满意。他们确实很满意：无论如何，跃马客栈的食物和啤酒都还没有变糟。“今晚我不会冒昧建议你们去公共休息厅了，”巴特伯说，“你们一定累了，反正今晚那里也没多少人。不过，如果你们在就寝前能抽出半个小时的时间给我，我非常想跟你们谈谈，就我们自己私下谈谈。”

“这也正是我们想的，”甘道夫说，“我们不累。这一路我们走得很轻松，只是又饿又湿又冷，但这一切都被你治好了。来吧，坐下！要是你有点烟斗草，那我们会祝福你。”

“唉，你要是要点其他任何东西，我会更高兴，”巴特伯说，“烟斗草正是我们短缺的东西，我们只有自己种的那些，但那可不够。这些日子从夏尔完全弄不到烟斗草。不过，我去看看能找点来不。”

他回来的时候，带来了一卷未切的烟叶，足够他们抽上一两天了。

“南丘叶，”他说，“这是我们这里最好的，但跟南法兴的烟叶没法比，我总是这么说，尽管绝大多数时候，我都是一心向着布里的，请见谅。”

他们让他坐在炉火旁的一张大椅子上，甘道夫坐在壁炉的另一边，四个霍比特人坐在两人之间的矮椅子上。然后，他们谈了好几个半小时，交换了巴特伯先生希望听到或者说出的全部消息。对店主来说，他们讲的大部分事情都只是不可思议又令人费解之事，完全无法想象。这些事情差不多只得来这样的评语：“真的假的！”尽管巴特伯先生亲耳听得明明白白，他还是不停地重复道：“真的假的，巴金斯先生，或者应该叫安德希尔先生？我真是搞糊涂了。真的假的，甘道夫大人！哎哟，我从没想过！谁能想到我们这个时代竟然会有这种事！”

不过他自己讲述的事情也很多。他说，情况糟透了，生意甚至说不上像样，实际上一落千丈。“现在外地都没人来布里附近了。”他说，“里头的人呢，又大多数待在家里，房门紧闭。这都是去年那些从绿大道上新来的人和流浪汉闹的，你们可能还记得，但后来又来了更多。有些人就只是避难的可怜虫，但大部分都是坏人，偷鸡摸狗，惹是生非。布里本地也有麻烦，大麻烦。哎哟，我们来了一场真正的斗殴，有些人被杀了，被杀死了！你们能相信吗？”

“我确实相信，”甘道夫说，“多少人？”

“三个加两个。”巴特伯说，他指的是大人族和小人族，“有可怜的马特·希尔顿，罗利·阿普尔多尔，小丘那边来的小汤姆·皮克索恩，上游那边来的威利·班克斯，还有斯台多来的一个姓安德希尔的：全是好伙计啊，真让人怀念。而那个本来守西大门的哈里·哥特里夫，还有那个比尔·蕨尼，他们加入陌生人的阵营，跟着那帮人走了。我相信是他们俩放那些人进来的，我是说，在斗殴的那天晚上。我们给那伙陌生人指点了大门在哪儿，把他们推了出去，之后就出事了，那天是年末，而斗殴发生在新年一大早，这地方下了一场大雪之后。

“现在他们当了强盗，住在外面，躲在了阿切特那边的树林里，还有更远的北边荒野中。要我说，这真有点像是故事里讲的糟糕的旧时代。大路上不安全，没有人出远门，家家户户早早就紧闭门窗。我们不得不在树篱周围设岗放哨，夜里还要派很多人看守大门。”

“啊？倒没有人找我们的麻烦，”皮平说，“而且我们一路走得很慢，也没有保持警觉。我们以为已经把所有的麻烦都抛在身后了。”

“哎哟，没有啊，少爷！”巴特伯说，“不过，他们没找你们的麻烦也不奇怪。他们才不敢抢全副武装的人呢，又是剑又是头盔，还有盾牌之类的。这副打扮会让他们三思的。我得说，我看见你们的时候，也吓了一跳。”

四个霍比特人这才意识到，当时人们愕然地看着他们，与其说是惊讶于他们的归来，倒不如说是惊奇于他们那一身行头。他们自己已经习惯了战事，习惯了与盛装的伙伴一同骑行，而几乎忘了斗篷下隐现的明亮铠甲，还有刚铎和马克的头盔，以及盾牌上的美丽纹章，这些东西在自己家乡会显得多么稀奇古怪。甘道夫也是，他现在骑着银灰色高头大马，全身白衣，外罩银蓝二色大氅，身侧还挂着长剑格拉姆德凛。

甘道夫哈哈大笑。“很好，很好，”他说，“要是他们连我们五个人都怕，那我们这一路见识过的敌人可比他们更可怕。不过，无论如何，只要我们待在这里，他们晚上就不敢来闹事。”

“你们会待多久？”巴特伯说，“我不否认，我们很乐意让你们待上一阵子。你们明白吧，这样的麻烦我们不习惯。有人跟我说，游民全走了。我想，直到现在我们才真正明白过来，他们为我们做了什么，因为周围还有比强盗更糟糕的东西。野狼在树篱周围嗥叫了一个冬天。树林里有黑影出没，吓人的东西，想想就让人血液凝固。真的非常不太平，你们懂我的意思吧。”

“我料到了会这样。”甘道夫说，“这些日子，几乎所有地方都不太平，非常不太平。振作起来吧，巴利曼！你曾经处在极大的麻烦边缘，我很高兴听到你没有掉得更深。不过，好日子就要来了，也许比你记忆中的任何日子都要好。游民已经回来了，我们跟他们一起回来的。而且，巴利曼，又有国王了。他很快就会关注这边的。

“然后，绿大道会重新开放，国王的使者会来北方，人来人往也会出现，邪恶之物将被逐出荒野。事实上，不久荒野将不再是荒野，那些曾经渺无人迹的野地，将会有百姓和田地。”

巴特伯先生摇了摇头。“如果路上往来的是一些正派可敬的人，那是不会有坏处的。”他说，“可我们不想有更多的流氓和恶棍。我们不希望布里有外地人，最好布里附近一个都没有！我们不想被人打扰。我可不想一大群陌生人在这儿安营，在那儿定居，把野地挖得乱七八糟。”

“巴利曼，你们不会受人打扰的。”甘道夫说，“艾森河到灰水河之间的土地足够广阔，白兰度因河以南沿岸也是，在布里好多天骑行路程范围之内，都不会有人居住。距离这里一百多英里远的北方，就是绿大道尽头的北岗或暮暗湖边，曾经有许多人居住。”

“北边死人堤那边？”巴特伯问，他看上去更加疑惑了，“他们说那地方闹鬼，除了强盗没人去。”

“游民去了。”甘道夫说，“你叫它‘死人堤’，所以那里被这么叫了很多年，可是巴利曼，它正确的名字是佛诺斯特·埃拉因，诸王的北堡。有朝一日，国王会再去那里，那时你将会看见一队美好的人马经过。”

“啊，这听起来充满希望，我能接受，”巴特伯说，“这无疑对生意是有好处的。只要他不来打扰布里就好。”

“他会的。”甘道夫说，“他知道布里，也热爱布里。”

“他知道？”巴特伯一脸困惑，“我确定我不知道他为什么会知道布里：他不是在好几百英里以外，坐在大城堡里的高椅子上吗？他要是拿金杯子喝葡萄美酒，我也不会觉得诧异。跃马客栈，或一杯啤酒，对他来说算得了什么呢？不是说我的啤酒有什么不好，甘道夫，自从你去年秋天来到这儿，对它美言几句之后，它就变得不同寻常地好。我得说，在这么多麻烦中，那可是一种安慰。”

“啊！”山姆说，“但他说你的啤酒总是很好。”

“他说的？”

“当然是他说的。他是大步啊，游民的头领！你脑瓜子还没转过弯来吗？”

巴特伯终于想起来了，胖脸上露出惊奇的神情，双眼圆睁，嘴也张得老大，倒吸了一口气。“大步！”缓过气来后，他惊呼道，“他？戴着王冠，拿着金杯！哎呀，我们这是到了啥年代啊？”

“更好的年代，反正对布里是更好的年代。”甘道夫说。

“希望如此，希望如此！”巴特伯说，“哎哟，这可是这么多月以来聊得最开心的一次了！我不否认，今晚我会更容易睡着，会怀着轻松的心情睡着。你们告诉了我一大堆需要琢磨的事，不过我会等到明天再想。我要去睡觉了，你们肯定也想睡觉去了。嘿，诺布！”他走到门边喊道，“诺布，你这个慢吞吞的家伙！”

“诺布！”他一拍额头，自言自语道，“这又让我想起了什么事？”

“我希望不会是另一封你忘了的信吧，巴特伯先生？”梅里说。

“哎呀，哎呀，白兰度巴克先生，就别再提那件事了！哎，你又打断我的思路了。我想到哪儿了？诺布，马厩，啊！是这事！我有一样东西是属于你们的。你们还记得比尔·蕨尼偷马那事吧？你们买的他那匹马，呃，它在这里。它自个回来了，它做到了。而它曾经去了哪里，你们比我清楚。它回来时毛发蓬乱得像一条老狗，瘦得皮包骨头，但还活着。诺布一直在照顾它。”

“什么！我的比尔？”山姆叫道，“哎呀！不管我老爹会说啥，我真是生来幸运！又一个愿望成真了！它在哪里？”山姆跑到马厩探望过比尔之后，才去上床睡觉。

五位旅人第二天一整天都待在布里，到了傍晚，巴特伯先生无论如何都不能抱怨生意清淡了。好奇心战胜了所有恐惧，他的客栈里挤满了人。四个霍比特人出于礼貌，傍晚时到公共休息厅待了一会儿，回答了好多问题。布里人记忆力很强，弗拉多被问了好多次他的书写了没有。

“还没有呢，”他回答道，“我要回家，整理笔记。”他承诺一定好好描写发生在布里的惊人事件，好给那本很可能大部分都要写“遥远南方”那些平淡琐事的书增添一点趣味。

然后，一个年轻人建议大家唱首歌。而一听到唱歌，大家都陷入了沉默，有人皱着眉制止了他，唱歌的建议就没人再提了。大家显然都不希望公共休息厅里再闹出什么异常事件。

旅人们待在布里期间，白天没麻烦，夜里没异响，没有人打搅布里的平静。第二天一早，他们就起来了，因为还在下雨，他们希望能在天黑之前抵达夏尔，还有很长的路要走。布里人全都出来送行，心情比过去一年都要愉快。那些之前没见到这几个外地人穿戴整齐时的模样的人，都惊诧不已：白须飘飘的甘道夫似乎浑身在发光，他的蓝色大氅仿佛只是一片遮住阳光的云；四个霍比特人就像那些从几乎已被遗忘的故事里走出来的游侠。就连那些嘲笑所有关于国王的说法的人，也都开始觉得其中也许有几分真实。

“啊，祝你们一路顺风，平安到家！”巴特伯先生说，“我应该提醒你们的：如果我们听到的消息不假，那么夏尔也不怎么太平。他们说，怪事一桩又一桩。可是，事赶着事，我自己就一身麻烦。我冒昧地说一句，你们旅行回来后变了，现在你们看起来就像是能处理麻烦事的人。我不怀疑，你们很快就能把所有的事都摆平。祝你们好运！还有，常回来啊，越经常越好！”

他们跟他道别，然后骑马上路，穿过西大门往夏尔走去。比尔跟着他们，像过去一样驮着一大堆行李，在山姆旁边小跑着，似乎非常满意。

“不知道老巴利曼在暗示什么。”弗拉多说。

“我能猜到一点，”山姆愁容满面地说，“我是在水镜里看到的：好多树被砍倒了，诸如此类的，还有我老爹被赶出了袋下路。我应该更快一点赶回家的。”

“很显然南法兴也不对劲，”梅里说，“烟斗草普遍短缺。”

“不管出了啥事，”皮平说，“罪魁祸首一定是洛索，这点你可以确定。”

“他牵连得很深，但不是罪魁祸首，”甘道夫说，“你们忘了萨鲁曼。比起魔多，他更早感兴趣的是夏尔。”

“有你跟我们在一起，”梅里说，“事情很快就会解决的。”

“我目前是跟你们在一起，”甘道夫说，“但很快就不是了。我不会去夏尔，你们得自己解决它的问题。你们受到的训练，目的就在于此。你们还不明白吗？我的时代结束了。我的任务已经不再是拨乱反正或帮助他人拨乱反正了。至于你们，我亲爱的朋友，你们不需要帮助。你们现在成长起来了，成长得出类拔萃。你们现在跻身伟人之列，我不再为你们当中任何一个担心了。

“不过告诉你们吧，我很快就要转到另一条路上去了。我要去跟邦巴迪尔好好聊聊，我这辈子还没跟他长谈过呢。他是一个苔藓收集者，而我注定是要滚动的石块。不过我滚来滚去的日子就要结束了，现在我们有很多话要互相说一说。”

不久之后，他们就来到了东大道上那处跟邦巴迪尔分别的地方。他们怀着希望期待看见他站在那里，在他们经过时跟他们打招呼，但那里没有他的踪迹。南边的古冢岗灰雾弥漫，远方的老森林更是雾霭深重。

他们停下来，弗拉多惆怅地看着南方。“我真想再见见那位老伙计。”他说，“不知道他过得怎么样了。”

“一如既往，你可以放心。”甘道夫说，“他相当无忧无虑，而且我猜，他对我们所做或所见的任何事情都没有多大兴趣，可能除了我们对恩特的拜访。也许以后你可以去看看他。不过我要是你们，现在就会赶路回家，不然就到不了白兰地桥，并在大门关起来之前进去了。”

“可是那里没有任何大门啊，”梅里说，“起码大道上没有，这你是很清楚的呀。当然，那里有巴克兰大门，但无论何时，他们都会让我进去的。”

“你的意思是，过去没有任何大门，”甘道夫说，“我想现在你会发现有了。你甚至在巴克兰大门口，都有可能遇上想不到的麻烦，但你们能处理好。再见，亲爱的朋友！这不是最后的道别，还不是。再见！”

他让捷影离开大道，那骏马一跃跳过道边的绿堤。然后，甘道夫大喝一声，它便如一阵从北方吹来的风，朝古冢岗奔驰而去。

“好啦，就剩下我们四个了，跟出发时一样。”梅里说，“我们已经把所有其他人一个个都抛在后面了，几乎就像一场慢慢消逝的梦。”

“我可不这么觉得。”弗拉多说，“我觉得更像再次跌进梦乡。”

第8章 夏尔平乱

天黑之后，四个又湿又累的旅人终于到了白兰度因河，但他们发现路被挡住了。大桥两头各立起一道尖顶大门，可以看见河对岸盖起了几栋新房子：两层楼的建筑，直边的窄窗，没有任何装饰，里面灯光昏暗，整个显得非常阴郁，不是夏尔的风格。

他们捶打着外侧这道门，大声叫喊，但一开始无人回应。然后，令他们吃惊的是，有人吹响了号角，那窄窗里的灯熄了。黑暗里传来一个吼叫声："谁啊？滚远点！你们不能进来。你们没看到告示吗？'日落日出之间，禁止出入。'"

"黑暗中，我们当然看不见告示！"山姆吼了回去，"要是夏尔的霍比特人在这么一个雨夜被关在外头，那等我找到告示，一定要撕烂它。"

听见这话，一扇窗户砰地关上了，一群提着灯笼的霍比特人从左边的房子里拥了出来。他们打开了那一头的大门，一些人走过桥来。当看清四个旅人时，他们似乎都吓着了。

“过来！”梅里认出了其中一个霍比特人，“霍伯·海沃德！你不认识我了？你应该认识的。我是梅里·白兰度巴克，我想知道这到底是怎么回事，你这个巴克兰人在这儿干什么。你通常在树篱大门那儿啊。”

“老天保佑！是梅里少爷，千真万确，还是全副武装要去打仗的模样！”老霍伯说，“哎呀，他们说你死了！都说你死在老森林里了。不管怎样，真高兴你还活着！”

“那就别隔着栅栏傻瞪着我，快开门！”梅里说。

“抱歉，梅里少爷，我们有命令。”

“谁的命令？”

“上头袋底洞头头的命令。”

“头头？头头？你是说洛索先生？”弗拉多问。

“我想是的，巴金斯先生，但现在我们就得喊他‘头头’。”

“真是的！”弗拉多说，“好吧，无论如何，我很高兴他放弃巴金斯这个名字了。不过很显然，已经到了巴金斯家收拾他，让他知道好歹的时候了。”

门里的霍比特人一下子全都安静下来。“那么说可不好。”有人说，“他肯定会听见的。你们如果闹出这么大动静，就会吵醒头头手下的大块头。”

“我们就这么吵醒他，让他大吃一惊。”梅里说，“如果你的意思是，你们的宝贝头头一直在雇用野地里的那些恶棍，那我们还真是回来得晚了。”他从马上一跃而下，借着灯笼的光看见了告示，把它扯下来扔过大门。那些霍比特人纷纷后退，没有人过来开门。“来吧，皮平！”梅里说，“两个人就够了。”

梅里和皮平翻过大门，那些霍比特人四散逃窜。另一声号角声响起，右边那栋大一些的房子里走出一个大块头身影，挡住了门口的灯光。

“这吵什么呢！”他一边上前一边咆哮道，“破门而入？你们快滚，不然我就扭断你们那肮脏的细脖子！”然后他顿住了，因为他瞥见了剑光。

“比尔·蕨尼，”梅里说，“要是不在十秒钟内把门打开，你会后悔的。要是你不听话，我就让你尝尝这剑的滋味。打开门之后，你必须从这两道门走出去，永远别再回来。你这个恶棍，拦路强盗！”

比尔·蕨尼畏缩了，拖着脚步走到门前，开了锁。“把钥匙给我！”梅里说。可这恶棍把钥匙往他头上一扔，然后拔腿冲进了黑暗里。当他经过那些马身边时，其中一匹扬起后蹄，将奔跑的他踢个正着。他尖叫一声扎进夜色中，从此再无音讯。

“干得漂亮，比尔。”山姆说。他指的是那匹马。

“你们的大块头也不过如此。”梅里说，“我们稍后再去看看那个头头。现在我们需要一个过夜的地方。看起来你们把大桥客栈拆了，盖了这么一个阴沉沉的房子来代替，既然如此，那你们就得接待我们。”

“我很抱歉，梅里先生，”霍伯说，“这是不允许的。”

“什么事不允许？”

“接待临时来的人，吃掉额外的食物，诸如此类的事。”霍伯说。

“这地方到底怎么了？”梅里说，“是今年收成不好，还是怎么了？我还以为今年夏天不错，应该丰收呢。”

“哦，不，这一年收成挺好的。”霍伯说，“我们种了很多粮食，但我们不太清楚粮食都到哪里去了。我想，全都是那些‘收粮员’和

‘分粮员’闹的，他们四处称重、测量、计算，还把东西拿去藏起来。他们确实收得多分得少，大部分粮食我们再也没有见到。”

“哎，行了！”皮平打着呵欠说，“今晚这些事实在太烦人了。我们行李里还有吃的。只要给我们一个房间能躺下就行，它肯定比我见过的很多地方都好。”

门口的那些霍比特人似乎依然惶惑不安，很显然，这又破坏了某种规定之类的，但要拒绝四个这样强势又全副武装的旅人也不可能，而且其中两个看上去还非同一般地高大健硕。弗拉多命令重新锁上了两道门。无论如何，仍然有恶棍在附近活动时，保持警戒是比较明智的。然后，四个伙伴进了霍比特人的守卫房子，让自己尽可能舒适地安顿下来。这房子简陋难看，里面有一个寒酸的小炉子，但烧不起旺火。上层的房间里只有寥寥几排硬床，每面墙上都贴着一张告示和一份规则清单。皮平把它们全撕掉了。没有啤酒，食物也很少，不过加上旅人们带来的，他们一起分享，全都饱餐了一顿。皮平还破坏了第四条规则，把第二天的配额木柴大部分都扔进了火里。

“好了，一边抽烟一边聊聊吧，告诉我们夏尔发生了什么事。”他说。

“现在没有烟斗草啦，”霍伯说，“就算有，也只有头头的人才能抽。所有的存货似乎都不见了。我们听说，有装满货的大车一辆又一辆地沿着旧大道出了南法兴，过了萨恩渡口。那是去年年底，你们走了之后的事。在那之前就有这种事，只不过都是小规模，悄悄地干。那个洛索——”

“快闭嘴，霍伯·海沃德！”好几个人喊道，“你知道谈论这种事是不允许的。头头会听见的，咱们会有麻烦的。”

"你们几个要是不去打小报告，他就什么都听不到。"霍伯生气地反驳道。

"好了，好了！"山姆说，"够了！我不想再听了。没欢迎，没啤酒，没烟草，反而有一大堆规定，还有兽人式的谈论。我本来希望休息休息的，但我看得出来，前头的事和麻烦还不少呢。咱们睡吧，有事明早再说！"

新"头头"显然有办法得到消息。从大桥到袋底洞有四十英里，但有人急着赶去了，所以弗拉多和他的朋友们很快就被发现了。

他们并没有制订任何明确的计划，只是大概想着先一起回溪谷地，在那里休息一阵，但眼下这情况让他们决定直接去霍比顿，所以第二天他们就出发了，沿着大道漫步骑行。风停了，但天空灰蒙蒙的。大地看上去相当悲凉凄苦。这毕竟是十一月初，已经秋末了。不过，似乎有火在燃烧，而且燃烧的规模异常地大，浓烟从周围许多地方往上升，远方林尾地的方向正有一大团烟云腾起。

暮色降临时，他们快到蛙泽屯了，这个村庄就坐落在大道旁，离大桥约二十二英里。他们打算在那里过夜，蛙泽屯的浮木客栈是一家好客栈。可是，当他们来到村庄的东头时，却碰上了一道栅栏，上面挂着一个巨大的告示牌，上书：此路不通。栅栏后面站着一大群夏警，他们手持大棒，帽子上插着羽毛，看着神气威严，却又满脸惧色。

"这一切都是什么啊？"弗拉多说着忍不住想笑。

"就是这么回事，巴金斯先生。"夏警队长说，他是一个帽子上插着两根羽毛的霍比特人，"你们因为下列罪行而被捕：破门而入，撕毁规则，攻击守门人，擅自过界，未经批准睡在夏尔的建筑中，以及用食物贿赂守卫。"

“还有吗？”弗拉多问。

“这些就够了。”夏警队长说。

“你喜欢的话，我还可以再加上几条——”山姆说，“骂你们的头头，想揍他长满痘的脸，觉得你们夏警看起来就像一群蠢蛋。”

“好了，先生，那些就够了。是头头命令得把你们悄悄地弄走。我们要把你们带到傍水镇去，移交给头头的人。他处理你们的案子时，你们可以申诉，但如果你们不想在牢洞里待得过久，我建议你们别申诉。”

令夏警们尴尬的是，听了这话，弗拉多和同伴们却放声大笑起来。“别搞笑了！”弗拉多说，“我爱上哪儿就上哪儿，爱啥时候去就啥时候去。我正好有事要去袋底洞，如果你们也坚持去，那随你们的便。”

“很好，巴金斯先生，”夏警队长说着推开栅栏，“但别忘了我已经逮捕你了。”

“不会忘，”弗拉多说，“永远不会，但我可以原谅你。我今天不打算再走了，如果你好心送我去浮木客栈，那我会很感激的。”

“巴金斯先生，我做不到，那家客栈关门了。村子另一头有一个夏警屋，我带你们去那里吧。”

“好吧。”弗拉多说，“你先走，我们会跟上。”

山姆一直上上下下打量着那群夏警，终于发现一个他认识的。“嘿，过来，罗宾·斯矛伯尔！”他喊道，“我想跟你说句话。”

斯矛伯尔胆怯地瞥了队长一眼，后者怒火中烧却不敢干涉。于是，斯矛伯尔落到队尾，走在已经下了马的山姆旁边。

“瞧瞧，罗宾老哥！”山姆说，“你是土生土长的霍比顿人，应该更有脑子一点，怎么能干出拦截弗拉多先生这种事来！那家客栈关门又是怎么回事？”

“客栈全关门了，”罗宾说，“头头不准大家喝啤酒。反正最开始就是这样的，但现在我想是他那些手下把客栈霸占了。他还不准乡亲们四处走动，如果有人想出门或者非出门不可，就得先到夏警屋去报备，并解释原因。”

“你应该感到羞耻，这干的都是什么破事。”山姆说，“你自己一向爱泡在客栈里，而不是待在外头。不管是不是当班，你总是随时进去喝两杯。”

“如果可以，我也愿意一切照旧啊，山姆。别苛责我，我有啥办法？你知道七年前我是怎么当上这夏警的，那会儿可没有这些事。这个工作让我有机会到处转悠，看看乡亲，听听消息，了解了解哪里有好啤酒喝。可现在不一样了。”

“你可以不干啊！如果当夏警不再是一个体面的工作，那你就不干了嘛。”山姆说。

“我们不允许不干。”罗宾说。

“要是再多听几次‘不允许’，”山姆说，“我就要生气了。”

“我不能说抱歉见到你生气。”罗宾压低声音说，“如果我们全都一起生气，说不定还能干成点什么事。可是，山姆啊，还有那些人呢，就是头头的人。他把他们派到各处去，假如我们这些小人族有人敢起来主张自己的权利，那他们就把他拖到牢洞里关起来。他们先把老面汤团，就是市长老威尔·维特福特抓起来了，后来又抓了好多人。近来是越来越糟了，现在他们动不动就打人。”

“那你为什么还帮他们做事？”山姆生气地说，“是谁派你到蛙泽屯来的？”

“没人派我。我们就待在这儿的大夏警屋里。我们现在是东法兴第一部队。总共有好几百夏警，他们还想要更多，制定了一大堆新规定。大部分人都是被迫加入的，但也有自愿的。即使在夏尔，也有爱管闲事、爱说大话的人。还有比这更糟糕的：有人在给头头和他的手下当奸细。”

“啊！所以你们就是这样知道我们的消息的，是不是？”

“是的。现在不允许我们送信，但他们在用过去的快递服务，在不同的地点还有专门跑腿的人。昨晚有一个人带着‘密信’从白犁沟跑来，另一个人从这儿接手继续送。今天下午传信过来，说要逮捕你们，带到傍水镇去，而不是直接送到牢洞。很显然，这是头头想立刻见见你们。”

“等弗拉多先生解决了他，他就不会这么着急了。”山姆说。

蛙泽屯的夏警屋跟大桥边的房子一样糟糕。这栋房子只有一层，但建有同样的窄窗，是用丑陋的灰白砖砌成的，而且砌得歪七扭八。屋内潮湿沉闷，晚餐摆在一张没有铺桌布、大概几个星期都没有擦拭过的长桌上。食物跟餐桌一样糟糕。这里离傍水镇大约十八英里，他们早上十点钟出发，旅人们都很高兴能离开此地。他们本来可以早点出发的，但他们故意拖拖拉拉，因为耽搁明显令夏警队长很恼火。西风已经变成北风，天气变冷了，但雨停了。

这队人马离开村庄的场面有点滑稽。有几个出来观看“押送”四个旅人的村民，要笑不敢笑，似乎不确定大笑是不是被允许的。十二个夏警奉命护送“犯人”，但梅里让他们列队走在前头，而弗拉多和他的朋友们骑马跟在后面。梅里、皮平和山姆骑在马背上悠闲自在，谈笑风生，而前面的夏警步履沉重，企图摆出一副严肃威严的架势。

然而弗拉多却默默不语，看上去忧虑重重，若有所思。

他们最后从一个正在修剪树篱的健朗老汉面前走过。“哈喽，哈喽！”他嘲笑道，“到底是谁逮捕谁啊？”

有两个夏警立刻离开队伍，朝他走去。“队长！”梅里喊道，“命令你的伙计回到他们的位置去，如果你不想让我教训他们的话！”

队长厉喝一声，那两个霍比特人只得悻悻归队。“现在继续走！”梅里说。之后，四个旅人有意让他们的马加快速度，迫使那些夏警尽快行走。太阳出来了，尽管冷风刺骨，他们还是很快就气喘吁吁，大汗淋漓。

到了三法兴分界石时，他们终于放弃了。他们已经走了将近十四英里，只在中午休息过一次。现在已经下午三点钟了。他们既饥饿又腿酸，没法跟上了。

“好吧，你们自己慢慢走！”梅里说，“我们继续。”

“再见，罗宾老哥！”山姆说，“我会在绿龙酒馆外面等你，你没忘记它在哪儿吧？别在路上磨蹭太久啊！”

“你们这是拒捕，”那个队长愁眉苦脸地说，“我可不负责啊。”

“我们还会拒掉很多事，不用你负责，”皮平说，“祝你好运！”

四个旅人驱马小跑前进，当太阳开始朝远方地平线上的白岗沉落时，他们来到了傍水镇的宽池塘边。在那里，他们遇到了第一次真正痛苦的打击。这是弗拉多和山姆的家乡，他们这时才发现，他们对这里的在乎胜过世界上其他任何地方。许多他们曾经熟悉的房子都不见了，有些似乎是被烧毁的。池塘北岸边那一排赏心悦目的老霍比特洞府都荒废了，原来一直延伸到水边的美丽小花园，现在全都杂草丛生。更糟糕的是，一整排丑陋的新房子围绕着整个池塘，而跟霍比顿路贴岸而行的这里，原来有一条林荫道，现在全不见了。他们顺着路朝袋底洞的方向看去，惊愕地发现远处立着一根高高的砖砌烟囱，正朝傍晚的空中喷着黑烟。

山姆心急如焚。“弗拉多先生，我得马上过去！”他叫道，“我得去看看出了什么事。我要去找我家老爹。”

“山姆，我们应该先搞清楚这是怎么回事，”梅里说，“我猜那个‘头头’身边肯定有一帮恶棍。我们最好找个人问问这附近出了什么事。”

然而，傍水镇所有的房子跟洞府都紧闭着，没有人跟他们打招呼。他们觉得很纳闷，但很快就发现了原因所在。当他们抵达绿龙酒馆，也就是靠霍比顿这边的最后一栋房子时，发现酒馆死气沉沉，窗户都是破的。他们还不胜其烦地看见六个长相很不讨喜的大块头，那几个人正懒洋洋地靠在酒馆的墙上，全都是吊斜眼、蜡黄脸。

“长得就像布里比尔·蕨尼的那个朋友。”山姆说。

“长得就像好多我在艾森加德看到的人。”梅里喃喃道。

这帮恶棍手里拿着棍子，腰间挂着号角，但他们没有别的武器，至少看上去没有。当四个旅人骑马过来时，他们离开墙走到路上，挡住了去路。

“你们以为你们往哪儿去呢？”这群人里块头最大、长得最凶恶的一个人说，“前头没有路给你们走了。那些宝贝夏警呢？”

“他们还好好地在路上走着呢，”梅里说，“也许腿有点酸。我们答应在这里等他们。”

“呸，我怎么说的来着？”那个恶棍对同伙说，“我告诉过沙基，那些小蠢蛋不值得信任。我们应该派一些自己的兄弟去。”

“请问，那有什么区别？”梅里说，“我们这地方不常见到拦路贼，但我们知道如何对付他们。”

“拦路贼，呃？”那人说，“你敢这么说话？改一改，不然我们帮你改。你们这些小人族越来越不像话了！你们可别太指望老板好心肠，现在沙基来了，他得按照沙基的话去做。”

“沙基的什么话？”弗拉多平静地问。

“这乡野得醒醒，得立立规矩，”那个恶棍说，“沙基就要这么办，你们要是逼他，他就下狠手。你们需要一个更大的老板。假如今年过完之前你们惹出更多麻烦，那你们就会有一个大老板了，你们这些小耗子就会长长记性。”

“确实。我很高兴听到你们的计划。”弗拉多说，“我正要去拜访洛索先生，他可能也有兴趣听听这些计划。”

那个恶棍哈哈大笑：“洛索！他知道得很清楚，不用你担心。他会照着沙基的话去做。因为，老板惹麻烦的话，我们就能换掉他，明白？要是小人族企图挤进不需要他们的地盘，那我们就让他们没法捣蛋。明白？”

“是的，我明白了。”弗拉多说，“至少我明白你们落后于时代，消息也滞后。自从你们离开南方以后，已经发生了很多事。你们的日子结束了，你和其他所有的恶棍。黑塔已经倒塌，刚铎有了一位国王。艾森加德被摧毁了，你们的宝贝主人成了流落荒野的乞丐。我在路上遇见过他。现在沿着绿大道骑行而来的将是国王的信使，而不是艾森加德的暴徒。”

那人瞪着他，笑了。“流落荒野的乞丐！”他嗤笑道，“噢，真的吗？吹吧，你就吹吧，我的小公鸡崽子，但这可阻止不了我们住在这个富裕的小地方。你们在这里已经懒散得够久了。还有——”他在弗拉多面前打了一个响指，“国王的信使？去他的！等我看见一个，也许会注意的。”

皮平忍无可忍了。他的思绪回到了科瑁兰原野，这里一个吊斜眼的无赖竟敢叫持环者“小公鸡崽子”！他将斗篷朝后一甩，拔出宝剑，策马上前，身上刚铎的银黑二色制服闪闪发亮。

“国王的信使，我就是一个！”他说，“你是在跟国王的朋友说话，他是整个西部大地最有名望的人！你这个恶棍、笨蛋，给我跪到这路上求饶，不然我就拿这把食人妖的灾星捅穿你！”

宝剑在落日余晖中闪闪发光。梅里和山姆也都拔出了剑，策马上前支援皮平，但弗拉多没有动。那群恶棍后退了。吓唬布里地区的农人，恐吓手足无措的霍比特人就是他们的活计，但手持闪亮宝剑，神色严峻，无畏无惧的霍比特人，令他们大吃一惊。而且，这几个新来者的嗓音中有一种他们过去从没听过的语调。他们吓得不寒而栗。

“滚！”梅里说，“再敢来打扰这个村庄，你们一定会后悔的。”三个霍比特人逼上前去，那群恶棍转身拔腿飞奔，沿着霍比顿路逃跑了，但他们一边跑一边吹响了号角。

“唉，我们回来得还算早。”梅里说。

“一天也没早，说不定还晚了，至少是来不及救洛索了。”弗拉多说，“那个悲惨的笨蛋，不过我还是为他难过。”

“救洛索？你这话是什么意思？”皮平说，“我看该说‘灭了他’。”

“皮平，我想你还没怎么搞清楚状况，”弗拉多说，“洛索从来就没想把事情搞成这样。他是一个可恶的笨蛋，但他现在被抓起来了。那些恶棍说了算，以他的名义收粮、抢劫、恐吓、传信、搞破坏，甚至连他的名义都没用多久。我估计，他现在被囚禁在袋底洞，吓得要死。我们应该试着去救他。”

“哎哟，太震惊了！”皮平说，“我怎么也没想到我们旅途的终局竟然是这样的：得在夏尔本地跟一群半兽人和恶棍打一仗，就为了救痘王洛索！”

“打仗？”弗拉多说，“呃，我想这也有可能。不过，记住：不要杀害霍比特人，哪怕他们站到另一边去也不行，我是说，真的变成那边的人，而不仅仅是因为害怕而遵从那帮恶棍的命令。夏尔的霍比特人从来没有故意自相残杀，现在也不能开这个头。如果能够避免，不要杀害任何人。控制住你们的脾气，不到最后一刻，不要动手！”

“可是如果有很多恶棍，”梅里说，“那肯定意味着打仗。我亲爱的弗拉多，你不可能只靠着震惊和悲伤来拯救洛索或夏尔。”

“是啊！”皮平说，“下次可就没有这么容易吓退他们了，他们这次是没想到，所以惊着了。你听见号角声了吧？这附近显然还有别的恶棍。等他们更多的人聚到一起，胆子就会变大。我们得想想今晚到什么地方避一避。哪怕我们全副武装，也毕竟只有四个人啊。”

“我有一个主意，”山姆说，“我们到南小路的老汤姆·科顿家去！他一向是一个顽强的伙计。他有好多孩子，全都是我的朋友。”

“不！”梅里说，“‘避一避’并没有好处。那是人们惯常的做法，正中那些恶棍的下怀。他们只需大举逼向我们，把我们困住，然后再把我们赶出去或烧死在屋里就行了。不，我们必须立刻采取行动。”

“采取什么行动？”皮平说。

“鼓动夏尔起来抗暴！”梅里说，“现在！把大家全都唤醒！你能看出来，除了一两个无赖和几个想当大人物却根本不明白真的发生了什么的笨蛋之外，他们全都恨透了这些人，但夏尔人舒服日子过得太久了，不知道该怎么办。不过，他们只需一点火星，就会燃起大火的。头头的人肯定知道这一点。他们一定会来踩踏我们这个火星，迅速把我们扑灭。我们的时间不多了。

“山姆，你要是愿意，就赶去科顿的农庄一趟。他是这一带的重要人物，而且是最强壮的一个。来吧！我要吹响洛汗的号角，让他们全都听听他们以前从未听过的音乐。”

他们骑马回到镇中央，山姆拐向一旁，沿着往南通向科顿家的小路纵马疾奔而去。他没走多远，就听见一声嘹亮的号角骤然响起，冲上云霄，在山岗和田野上空回荡。那号角声如此震撼人心，山姆自己都差点掉头奔回去。他的马扬蹄嘶鸣。

“向前跑，伙计！向前跑！”他喊道，“我们很快就回去。”然后，他听到梅里换了号音，巴克兰的动员号角吹响了，在空中震荡。

醒醒！快醒醒！出事了，失火了，敌人来了！

醒醒！失火了，敌人来了！快醒醒！

山姆听见身后人声嘈杂，还有一阵巨大的喧闹声和甩门声。在他前方，薄暮中灯光纷纷亮起，狗在吠叫，脚在奔跑。他还没有奔到小路尽头，农夫科顿就带着三个儿子尼克、乔利和小汤姆匆匆向他跑来。他们手握斧头，挡住了去路。

“不对！这个不是恶棍。”山姆听见农夫说，“看身材是一个霍比特人，但是穿得稀奇古怪。嘿！”他喊道，“你是谁，这闹哄哄的是怎么回事？”

“是山姆，山姆·甘吉。我回来了。”

农夫科顿走到近前，借着微光打量他。“哎呀！”他惊叫起来，“嗓音没错，脸也不比过去糟糕，山姆啊！你这副打扮，走在街上我可认不出来。看来你去外面了啊，我们还担心你死了呢。”

“我可没有死！”山姆说，“弗拉多先生也没有。他和他的朋友们都在这里，闹哄哄的就是这么回事。他们在鼓动夏尔。我们要清理那些恶棍，还有他们的头头。我们现在就开始。”

“好，好！”农夫科顿叫道，“终于开始了！我这一整年老想闹上一场，但是乡亲们不愿意帮忙，我还有老婆和罗西得照顾。这些恶棍真的是无法无天。不过，孩子们，现在来吧！傍水镇奋起了！我们一定加入！”

“科顿太太和罗西还好吗？”山姆问，“把她们自己留在家里可不安全。”

“我家尼布斯跟她们在一起呢，不过你要愿意，可以去帮他的忙。”农夫科顿咧嘴笑道。然后，他就带着儿子们朝镇上跑去了。

山姆急忙往那栋屋子跑去。科顿太太和罗西就站在从宽敞的院子通往大圆房门的台阶顶上，尼布斯站在她们前面，手里紧攥着干草叉。

“是我！”山姆一边催马小跑上前，一边喊道，“山姆·甘吉！别戳我，尼布斯！不过，反正我身上也穿着铠甲。”

他跳下马背，奔上台阶。他们全都无言地盯着他。“晚安，科顿太太！”他说，“哈喽，罗西！”

“哈喽，山姆！”罗西说，“你去哪儿啦？他们都说你死了，但我从春天开始就盼着你回来。你可是一点都不急着回来，是不是啊？”

“也许吧，”山姆窘迫地说，“但我现在着急了。我们要对付那群恶棍，我得回到弗拉多先生那儿去。不过我想我一定得来看一眼，看看科顿太太好不好，还有你，罗西。”

“我们都挺好，谢谢你。”科顿太太说，“或者说应该挺好，如果没有那群偷鸡摸狗的恶棍的话。”

“好啦，你快去吧！”罗西说，“你既然这么久都在照顾弗拉多先生，怎么能一看情况危险就离开他呢？”

这可让山姆不知道该说什么才好了，可能一星期都回答不清楚。他转身离开，翻身上马。而就在他要走时，罗西奔下了台阶。

“山姆，我觉得你看起来很好。”她说，“现在快去吧！自己要多保重，等你解决了那些恶棍，马上回来啊！”

山姆回去时，发现整个傍水镇都被鼓动起来了。除了许多年轻小伙子，还有超过一百位身强力壮的霍比特人，拿着斧头、重锤、长刀和结实的木棍聚起来了，少数人还带着打猎用的弓箭。还有更多的人正从镇外的农庄赶来。

有人点了一个巨大的火堆，主要是为了鼓舞气氛，也因为这是头头禁止的事情之一。夜色加深，火也烧得更亮。其他人在梅里的指挥下，在镇两端的路口架设了栅栏。夏警们赶到镇南的路口时，全都目瞪口呆，但他们一看清事态，大部分人就拔掉羽毛，加入起义队伍，剩下的人则悄悄地溜了。

山姆在火堆旁找到了弗拉多和朋友们，他们正在跟老汤姆·科顿谈话，而一群傍水镇的乡亲围成一圈赞赏地盯着他们。

“那下一步怎么行动？”农夫科顿问道。

“不好说，”弗拉多说，“我得多了解一点情况。这些恶棍有多少人？”

“很难统计。”科顿说，“他们来来去去，到处游荡。在霍比顿路上他们的老巢里，有时候能有五十人，但他们经常出去游逛，偷鸡摸狗，他们管这叫‘收粮’。不过跟在他们称为‘老板’的人身边的人，几乎总是不少于二十个。他在袋底洞，或者说他曾经在袋底洞，但他现在不出来到外面走动了。实际上已经有一两个星期，根本没人见过他了，但那些人不让任何人走近那里。”

“霍比顿不是他们唯一的据点，对吧？”皮平问。

“对，很可惜。”科顿说，“我听说，在南边的长谷镇跟萨恩渡口附近，还有不少，另外还有一些人潜藏在林尾地，他们在路汇镇还有窝棚。除此之外，他们还有‘牢洞’，就是大洞镇过去的储藏地道，专门用来关押那些反抗他们的人。不过，我估计他们在夏尔总共不超过三百人，也许更少。如果我们团结在一起，就能收拾他们。”

“他们有些什么武器？”梅里问。

“鞭子、刀子、木棒，够他们干肮脏活了，目前就看到这些，”科顿说，“但我敢说，如果真开打，他们肯定还有别的装备。反正，有人有弓箭。他们射过我们一两个乡亲。”

“你看吧，弗拉多！”梅里说，“我就知道我们肯定得打仗。总之，是他们先开始杀戮的。”

“倒也不完全是。”科顿说，“至少不是射杀的。是图克家先开始的。你知道不，佩雷格林先生？你爹从一开始就不买洛索的账，他说这个时候如果有人要出来当老大，那必须得是合法的夏尔长官，不能是暴发户。洛索派他的手下去了，他们也拿他没办法。图克家运气好，他们在青山村有那些深洞府，包括大斯米阿尔之类的，那帮恶棍逮不着他们。他们也不让那帮恶棍走进自己的地盘。如果他们敢去，图克家就猎杀他们。图克家射杀了三个潜进去抢劫的恶棍。从那之后，那帮恶棍就变得更卑劣了。他们密切监视着图克兰，现在没人进出那个地方了。”

“图克家好样的！”皮平叫道，“但现在有人又要进去了。我这就去斯米阿尔，有人要跟我一起去塔克领吗？”

皮平带着六个小伙子骑马离开了。“回见！”他叫道，“穿过田野只有大约十四英里的路。明天早上我会给你们带来一支图克大军。”当他们骑马走进渐浓的夜色中时，梅里吹响号角给他们送行。众人欢呼喝彩。

“尽管如此，”弗拉多对站在附近的众人说，“我还是希望不要杀戮，甚至不要杀那帮恶棍，除非万不得已，为了防止他们伤害霍比特人。”

“行！”梅里说，“不过我认为，那帮匪徒现在随时都会从霍比顿来拜访我们，他们不会只是来商量商量的。我们会努力干净利落地对付他们，但也得做最坏的打算。现在我有一个计划。”

“很好，”弗拉多说，“你来安排吧。”

就在这时，几个被派往霍比顿方向的霍比特人跑了回来。“他们来了！”他们说，“有二十来个，可是有两个往西边乡野跑了。”

“那是去路汇镇了，”科顿说，“去找更多的帮手来。呃，一来一回三十英里。我们暂时还不用担心他们。”

梅里赶紧离开去发布命令。农夫科顿负责清场，让大伙都回到屋里去，只留年纪较长的拿着武器的霍比特人在街上。他们没等多长时间，很快吵吵嚷嚷的说话声、沉重的脚步声就传来了。不一会儿，路那头就走过来一群恶棍。他们看见栅栏，哈哈大笑。他们想象不出，这个小地方居然还有人敢起来反抗他们这二十来个聚在一起的大汉。

霍比特人打开栅栏，站到一旁。“谢啦！”这群人嘲笑道，“现在，不想挨鞭子的话，就赶紧跑回家上床睡觉去。”然后，他们沿着街一边走一边吼叫：“把灯熄了！进屋待着！否则就抓你们五十个送到牢洞关一年。进去！老板要发火了。”

没有人理会他们的命令。当这群恶棍经过时，人们就静静地围拢上去，跟着他们。这帮恶棍抵达火堆时，只见农夫科顿独自站在那里，伸手烤火取暖。

“你是谁？你以为你在干什么？”恶棍领队说。

农夫科顿慢悠悠地看着他。“我也正要这么问你。”他说，“这不是你的地盘，你们不受欢迎。”

“哼，不过你可受欢迎了，”那个领队说，“我们就欢迎你。伙计们，把他拿下！关到牢洞去，给他点颜色瞧瞧，好让他闭嘴！”

恶棍们刚跨步上前，就戛然停住。周围爆发出一片怒吼，他们猛地发现农夫科顿并不是独自一人。他们被包围了。悄悄围拢上来的霍比特人走出阴影，站在黑夜中的火光边缘。他们大约有两百人，全都拿着武器。

梅里走上前去。“我们之前见过，”他对那个领队说，“我警告过你，别回到这里来。我再警告你一次：你们站在明处，已经被弓箭手瞄准了。你敢碰这个农夫一下，或者碰任何人一下，立刻就会被射死。放下你们的武器！”

那个领队环顾四周，他是被包围了，但并不害怕，有二十个同伙撑腰就不怕。他太不了解霍比特人了，不明白自己身处什么样的危险中。他愚蠢地决定打上一仗，以为能够轻易突围。

“伙计们，上啊！”他吼道，“给他们点厉害瞧瞧！”

他左手提着长刀，右手挥着棍棒，朝包围圈冲去，企图杀出一条路回霍比顿去。他对准挡住他去路的梅里狠狠地砍去，却身中四箭，倒地呜呼。

其他恶棍见状吓呆了。他们投降了，武器被收缴，大家用绳子将他们绑在一起，押到了一间他们自己盖的小空房里。在那里，他们手脚被束，锁在里面，由人看守着。死掉的领队被拖走埋了。

“这似乎有点太容易了，是不是？”科顿说，“我就说我们能收拾他们，但我们需要有人号召。你回来得正是时候，梅里先生。”

“还有很多事要做，”梅里说，“如果你估算得没错，我们对付的还不到他们的十分之一。不过现在天黑了，我想第二击得等到明天早上，到时候我们必须去拜访他们的头头。”

“为什么不现在去？”山姆说，“现在才六点多一点。而且我想去看看我老爹。科顿先生，你知不知道他怎么样？”

“山姆，他不太好，但也不太糟。”农夫说，“他们挖了袋下路，这对他来说是一个悲伤的打击。头头的人除了放火偷盗之外，还盖了一些新房子。你老爹就住在其中一栋里，在傍水镇尽头往北不到一英里。不过他只要逮着机会就来找我，我总是想办法关照他吃得比某些可怜的乡亲好一点。当然，这全都是违反‘规则’的。我本来想让他跟我一块住，但不被允许。”

“真的谢谢你，科顿先生，我永远不会忘记的。”山姆说，“我想见他。他们说的那个老板和那个沙基，可能会在天亮之前先对那边下毒手。”

“好吧，山姆。”科顿说，“你挑一两个人跟你去，把他接到我家。你不用越过小河走近过去的霍比顿村。我家乔利会给你带路。”

山姆走了。梅里在栅栏旁派驻了看守，又安排人夜里在镇子周围巡逻。然后，他和弗拉多跟着农夫科顿走了。他们跟科顿一家坐在温暖的厨房里，科顿家的人客气地问了问他们的旅行，却几乎没怎么听他们的回答，因为他们更关心发生在夏尔的事情。

“我们都叫他痘王，一切都是从他开始的，”科顿说，“你们一走，就开始了，弗拉多先生。他生出一些古怪的念头，就是那个痘王，似乎想把一切都变成他自己的，然后使唤别的乡亲。事实证明，他的确拥有不错的眼光，可那对他而言并非完全是好事。他弄到手的东西越来越多，磨坊、啤酒屋、客栈、农庄，还有种烟斗草的大农场，但他的钱是从哪里来的却是一个谜。似乎在去袋底洞之前，他就已经买下了山迪曼的磨坊。

“当然，他一开始在南法兴有很多家产，都是从他老爹那里继承来的。他似乎卖了很多上好的烟叶，悄悄地运到外地去，都卖了有一两年了。可到了去年年底，就不只是烟叶了，他开始把大批的货物运到外地去。物资开始短缺，而冬天快到了。乡亲们很生气，但他有他的对策。很多大人族，大多数是恶棍，驾着大车来了，有些把物资往南方运，有些则留了下来。然后，又来了更多的大人族。我们大家都还没搞清楚状况，他们就在夏尔到处安营扎寨了。他们乱砍滥伐，想怎么挖洞就怎么挖洞，盖他们自己的窝棚和房子。一开始，痘王还赔偿损失，但很快他们就开始到处作威作福，想要什么就抢走什么。

“然后出了点麻烦，但还不够。市长老威尔前往袋底洞去抗议，但他还没到那里，就被那帮恶棍抓住，关到了大洞镇的一个洞里——他现在还在那儿呢。之后，应该是新年过后不久，没有市长，痘王就自称‘夏警头头’或者‘头头’，开始爱干啥就干啥。如果有人‘不老实’——这是他们的说法，那就跟威尔一样，关进牢洞。就这样，情况越变越糟。除了头头的手下，没人有烟叶了。头头不准大家喝啤酒，除了他的手下，他还关掉了所有的客栈。除了规则，所有的东西越来越少，除非你能偷偷地藏一点自己的东西。那帮恶棍四处收集物资，说是为了‘合理分配’，意思是东西归他们不归我们，除非你愿意到夏警屋去讨些残羹剩饭，如果你能咽得下去的话。一切都很糟糕。而自从沙基来了之后，那就是彻底被毁坏了。”

“这个沙基是谁啊？”梅里说，“我听见有一个恶棍提到了他。”

“似乎是那群恶棍的老大，”科顿回答道，“大概是在去年秋收的时候，可能是九月底，我们头一次听到这个名字。我们从来没有见过他，但他就在袋底洞里。我猜，现在他才是真正的头头。所有恶棍都听他的，而他说的大多是砍、烧、毁，现在开始‘杀’了，他们已经没有任何罪恶感了。他们把树砍了，任其倒着，把房子烧了，也不盖新的。

“就说山迪曼的磨坊吧。几乎一搬到袋底洞，痘王就把磨坊拆了。然后，他召来一大帮长相丑陋的人，盖了一座更大的磨坊，里面装满了轮子和稀奇古怪的玩意儿。只有那个傻瓜泰德很开心，他在那里干活，给那些人清洗轮子。他爹以前可是原来的磨坊主，自己当家做主的。痘王的打算是，磨得更多更快，反正他是这么说的。他还有别的那样的磨坊。可你得有粮食才能磨啊，粮食还是那么多，旧磨坊就够磨了，没有更多的粮食给新磨坊磨。而自从沙基来了之后，他们根本就不磨什么谷物粮食了，而总是敲敲打打，排放出浓烟和臭气，甚至到了晚上，霍比顿都不得安宁。他们故意把污水倒进小河，把下游全弄脏了，脏东西还往下流进白兰度因河了。如果他们想把夏尔变成荒地，那是用对办法了。我不相信这些事都是痘王那个笨蛋指使的。要我说，肯定是沙基。”

“就是！”小汤姆说，“哎，他们连痘王的老妈，那个洛贝莉亚都抓了。就算没人喜欢她，痘王还是爱她的。有几个霍比顿的乡亲看见了：她拿着她那把旧雨伞从小路上下来，几个恶棍推着一辆大手推车迎面而来。

“‘你们上哪儿去？’她问。

“‘袋底洞。’他们回答。

“‘去干吗？’她问。

“‘给沙基盖几个窝棚。’他们回答。

“‘谁说你们能盖啊？’她问。

“‘沙基。’他们说，‘滚开别挡路，老婆娘！’

“‘叫你们的沙基见鬼去吧，你们这些肮脏的贼恶棍！’她说着举起雨伞，朝那个领头的走去，那家伙的身材差不多是她的两倍。于是，他们抓了她，拖到牢洞里给关起来了。唉！她都那把年纪了。他们还抓了其他我们更想念的人，但不可否认，她表现得比大多数人都有骨气。”

话说到中间，山姆带着他老爹闯进来了。老甘吉看上去没老多少，只是有点耳背。

“晚上好，巴金斯先生！”他说，“见到你安全回来，真是太高兴了。不过，恕我冒昧，我得挑挑你的刺。就像我一直说的，你不该把袋底洞卖掉。所有的祸事都是从那儿起的。就在你们去外乡闲逛的时候，我家山姆说的把黑暗人类撵到山里头去的时候——他也没说清楚这是为了啥——他们就来了，把袋下路挖了，毁了我的土豆！”

“真是对不起啊，甘吉先生。”弗拉多说，“不过现在我回来了，我会尽最大努力弥补的。”

“啊，这就行啦。”甘吉老爹说，“弗拉多·巴金斯先生是一个真正的霍比特绅士，我总是这么说的，不管巴金斯家其他某些人是什么德行，抱歉。我希望我家山姆表现还好，他让你满意吧？”

“太满意了，甘吉先生。”弗拉多说，“其实，你要相信，他现在可是天底下非常有名的人物之一了。他们正把他的事迹写成歌呢，从这儿到大海，到大河远处。”山姆脸红了，但他充满感激地看着弗拉多，因为罗西正冲他微笑，眼睛亮晶晶的。

“这可真不容易让人相信，”甘吉老爹说，“但我看得出来，他一直跟一些怪人混在一起。他那件马甲是哪里来的？我可看不惯把那些铁玩意儿穿在身上，不管好看不好看。”

农夫科顿一家和所有客人，第二天一大早就都起来了。夜里没有听见什么动静，但今天天黑之前，肯定会有更多麻烦。“袋底洞似乎没剩下什么恶棍了，”科顿说，“不过路汇镇那帮家伙随时都可能到。”

早餐后，一个骑马的信使从图克兰来了。他情绪高昂。“长官已经把我们乡全都鼓动起来了，”他说，“消息正像野火一样到处传开。监视我们那个地方的恶棍，能活着逃跑的都往南跑了。长官追他们去了，截住从那条路过来的大批恶棍。不过，他派佩雷格林先生领着所有他能调遣的人到这里来了。”

第二条消息就没那么好了。在外面守了一夜的梅里，大约十点钟的时候骑马过来了。“四英里开外，来了一大帮恶棍，”他说，“他们是从路汇镇那边来的，很多零散的恶棍加入了他们，现在人数肯定有百十来人了。他们正沿路放火呢，该死的！”

“啊！这帮人是不会等着谈判的，只要能，他们就会杀戮。”农夫科顿说，“如果图克家的人不快点赶来，我们最好隐蔽起来，不必废话，放箭就是。弗拉多先生，事情安顿下来之前，肯定要打上一仗的。”

图克家的人确实赶到了。他们不久就来到了镇上，一百来个从塔克领和青山村来的霍比特壮汉在皮平的带领下来了。梅里现在有了足够的霍比特壮丁来对付那群恶棍。侦察的人报告说，那帮人全都集中在了一起。恶棍们已经知道这边的村镇全被鼓动起来反抗他们了，显然打算无情地镇压叛乱的中心傍水镇。然而不管他们有多冷酷残忍，他们当中似乎没有懂得作战的头领。他们毫无防备地往前奔走。梅里迅速定下了计划。

那帮恶棍沿着东大道踏步而来，未作停留就拐到傍水路上了。这条路有一段上坡，两边堤坝很高，顶上种着矮树篱。离主路大约一弗隆远的一个拐弯处，一道用翻倒的旧农场手推车组成的结实路障拦住了他们的去路。同时，他们还意识到路两旁刚刚高过他们头顶的树篱上，站满了霍比特人。他们身后，另一些霍比特人这时推来了更多藏在田野中的大车，挡住了他们的退路。一个声音从他们头顶上传来。

“听着，你们已经踏进了陷阱。”梅里说，“你们那些从霍比顿来的同伙也是这样，结果死了一个，其余的全部成了俘虏。放下你们的武器！往后退二十步，坐下。任何企图冲出去的人，都会被射杀。”

而这帮恶棍不可能这么轻易就被吓退。他们当中有几个听话照做，但立刻被同伙制止。有二十来人掉头冲向大车，其中六个被射杀，但其余的冲出去了，杀了两个霍比特人，往林尾地方向的乡野四散奔逃，在这过程中又有两个人倒下了。梅里高声吹响号角，远处传来了回应的号声。

“他们逃不远的。”皮平说，“所有乡野现在全是我们的猎人。”

后面被围困在小道上的还有大约八十人，他们企图翻过路障和堤坝，霍比特人不得不射死或用斧头砍死了许多。不过好多最强壮和最拼命的人从西边冲了出去，凶猛地攻击对手，此刻他们已经是意在杀戮而不是逃跑了。好几个霍比特人倒下了，其余的也快顶不住了。就在这时，守在东边的梅里和皮平赶了过来，攻向那些恶棍。梅里亲手杀了领队，一个像兽人一样体形庞大、长着吊斜眼的凶残家伙。然后，梅里指挥自己的队伍散开，把剩余的匪徒包围进一大圈弓箭手的射程内。

最后，一切都结束了。将近七十个恶棍倒毙在战场上，还有十来个被俘。十九个霍比特人被杀，三十来个霍比特人受伤。死掉的恶棍被装上大车，拉去附近一个老沙坑掩埋，那里后来被人称作“战斗坑”。战死的霍比特人则合葬在小丘一侧，后来那里立了一块石碑，周围修成了花园。1419 年的傍水镇之战就这样结束了，这是发生在夏尔的最后一场战斗，也是自从 1147 年发生在远处北法兴的绿野之战以来，唯一的一场战斗。虽然这场战斗很幸运地牺牲不多，却仍在《红皮书》中单独占了一章，所有参战者的名字都被收入了一份名录，供夏尔的史学者们铭记于心。科顿一家的声誉和好运就是从这个时候开始的，但无论如何，列在名录卷首的是两位领袖梅里亚达克和佩雷格林。

弗拉多也在战场上，但他没有拔剑，主要是阻止那些因自己人伤亡而愤怒无比的霍比特人，不让他们去杀害弃械投降的匪徒。当战斗结束，后续事宜也安排好后，梅里、皮平和山姆加上他，跟科顿一家一起骑马回去了。他们吃了一顿迟来的午饭。然后，弗拉多叹了口气说：“唉，我想，现在是去对付那个‘头头’的时候了。”

“的确是，越快越好。”梅里说，“不要太仁慈！他得为招来这么多恶棍，为他们所做的这一切恶事负责。”

农夫科顿召集了二十来个强壮的霍比特人。“袋底洞没有剩下恶棍只是我们的猜测，”他说，“我们不知道实际情况。”于是，他们徒步出发，弗拉多、山姆、梅里和皮平领路。

这是他们一生中最悲伤的时刻之一。一座巨大的烟囱矗立在他们面前，当渡过小河，一点点接近老村庄，穿过一排排沿路新建的丑陋房子时，他们看见了那座令人蹙眉的新磨坊：它肮脏而丑陋，是一座巨大的砖造建筑，不断地排放出蒸汽腾腾的恶臭脏水，污染其所横跨的溪流。傍水路沿线的树木都被砍倒了。

他们过了桥，抬头看向小丘，倒吸了一口冷气。眼前的一切，就连在水镜中已经有所见的山姆，也没有准备。西侧的老谷仓被拆了，取而代之的是一排排涂了焦油的窝棚。栗子树全都不见了。堤坝和绿篱残破不堪。被踩得光秃秃的草地上乱七八糟地停着大车。袋下路被挖成了一个个大沙坑和碎石坑。上方的袋底洞被一簇大棚屋挡住了，看不见。

“他们竟然把它砍了！”山姆叫道，“他们砍了集会树！”他指着那棵树曾经所在的位置，比尔博作告别演说时就站在那棵树下。现在，这棵树倒在田野间，枝叶都被砍了，已经死了。这仿佛是压垮山姆的最后一根稻草，他泪如泉涌。

一声大笑止住了他的眼泪。一个粗鲁的霍比特人懒洋洋地靠在磨坊院子的矮墙上。他脸上灰扑扑的，双手黑漆漆的。“山姆，你不喜欢它吗？”他嗤笑道，“不过你总是心软。我以为你已经搭上你总爱闲扯的什么船，航行，航行，走了。你回来想干吗？现在我们在夏尔可有活干了。”

“我看出来了。”山姆说，“没有时间去洗洗干净，倒有时间靠墙无聊。可是听着，山迪曼少爷，我在这村里有笔账要算，你别在这里讥笑唠叨，不然当心吃不了兜着走。”

泰德·山迪曼朝墙外吐了口唾沫。“呸！”他说，“你别想碰我。我是老板的朋友。你要是再敢对我啰唆，他会好好教训你的。”

“山姆，别跟蠢人浪费口舌！”弗拉多说，“我希望没有太多霍比特人变成这个德行。这可比那些恶棍造成的一切破坏都要糟糕。”

“山迪曼，你这个肮脏粗野的家伙。”梅里说，“你打错了算盘。我们正打算上小丘去除掉你那个宝贝老板。我们已经把他的手下都解决了。”

泰德张口结舌，这才瞥见护卫队：梅里打了一个手势，他们便大步过桥而来。他冲回磨坊，拿着一支号角跑出来，大声吹响。

“省省力气吧！”梅里大笑道，“我有一个更好的。”然后，他举起银号角吹响，嘹亮的声音响彻小丘。霍比顿的每个洞府、窝棚和破旧的房屋中，都有霍比特人回应，他们拥出屋子，欢呼大叫着，跟着一行人沿路往袋底洞走来。

众人在小路顶端停了下来，弗拉多和朋友们继续向前，最后来到他们曾经深爱的地方。现在，花园里搭满了小屋和窝棚，一些棚子离朝西的老窗户极近，挡住了所有的光线。到处是成堆的垃圾。大门被刮得伤痕累累，门铃索松松垮垮地垂着，铃也不响。敲门没有回应。然后，他们推了一下，门开了。他们走了进去。里面臭气熏天，满是污秽，脏乱不堪，看上去已经有一阵子没人住了。

“那个倒霉的洛索藏在哪里？”梅里说。他们搜查了每个房间，除了大大小小的耗子，没有发现别的活物。“我们要不要让其他人去搜搜那些窝棚？”

“这比魔多还糟糕！”山姆说，“某种程度上，糟糕多了！就像人们说的，糟糕到家了！因为这是家，你记得它从前的样子，现在全毁了。”

“是的，这是魔多。”弗拉多说，“它的杰作之一。萨鲁曼一直在干魔多的勾当，甚至在他认为那是为他自己干的时候。那些被萨鲁曼欺骗了的人，比如洛索，也都一样。”

梅里惊愕又厌恶地环顾四周。“我们出去吧！”他说，“如果当时我知道是萨鲁曼造成了这一切祸害，那就应该把那个小皮袋塞进他的喉咙里。”

“没错，没错！可你没有，所以我才能欢迎你们回家。”一个声音接上梅里的话尾，那儿，站在门口的正是萨鲁曼本人。他看起来营养充足，心情舒畅，双眼中闪着恶毒和愉悦的光芒。

弗拉多脑海中突然灵光一闪。“沙基！”他叫道。

萨鲁曼哈哈大笑。“这么说你们听说这个名字了？我记得过去在艾森加德时，我所有的手下都这么叫我。这可能是一种表达热爱的方式。不过显然，你们没料到会在这里看见我嘛。”

“我是没料到，”弗拉多说，“但我应该猜到的。甘道夫警告过我，你还有能力用卑鄙的手段玩一点邪恶的小把戏。”

“相当有能力，”萨鲁曼说，“而且也不止一点。你们几个霍比特小爷真是让我笑掉大牙：跟那么多大人物一块骑着马，你们小小的自我也感觉那么安全，那么良好。你们以为自己终于大功告成，现在可以从容回家，在乡下过上美好安静的生活了。萨鲁曼的家园可以全被毁掉，他可以被赶出去，但没有人能碰你们的家园。哼，没有！甘道夫会照顾你们的事。”

萨鲁曼又大笑起来：“别指望他！等他的工具完成了他丢给他们的任务，他就会把他们甩掉。而你们非要跟在他后头晃荡，闲逛说笑，绕路绕了两倍。‘好啊，’我想，‘他们既然这么蠢，那我就赶到他们前头去，给他们上一课，什么叫恶有恶报。’要是你们给我的时间和人手再多一点就好了，这个教训会更深刻的。不过，我所做的已经够多了，你们会发现有生之年都很难弥补或消除。光是想到这点就让我心情愉快，也抵消了我所遭受的一些伤害。”

“嗯，如果这就是你快乐的源泉，那你真可怜。”弗拉多说，“恐怕这也只会是一个愉快的回忆。马上滚，永远别再回来！”

来自各村的霍比特人看见萨鲁曼从一间小屋里走出来，立刻就挤到了袋底洞的门口。这时听见弗拉多的命令，他们愤怒地嘟囔道：“别让他走！杀了他！他是一个恶棍，杀人犯。杀了他！”

萨鲁曼环视这些充满敌意的面孔，露出了微笑。“杀了他！”他嗤笑道，“杀了他，如果你们以为人多势众，那就来杀吧，我勇敢的霍比特人！”他挺直身体，用漆黑的双眼阴恻恻地瞪着他们，“别以为我丧失了一切财物，就丧失了全部力量！任何攻击我的人都将受到诅咒。如果我的血溅在夏尔，那夏尔将会衰败，永远无法治愈。”

霍比特人退缩了，但弗拉多说：“别信他！他已经丧失了全部力量，只有声音还能恐吓你们，欺骗你们，如果你们听从的话。不过我不想他被杀掉。冤冤相报是于事无补的，什么也治愈不了。萨鲁曼，滚吧，用最快的速度滚！”

“佞儿！佞儿！”萨鲁曼喊道。佞舌从旁边一座小屋里爬了出来，像狗一样。“又要上路了，佞儿！”萨鲁曼说，“这些体面人和小爷们又赶我们去流浪了。走吧！”

萨鲁曼转身就走，佞舌拖着脚步跟在后面。而就在萨鲁曼经过弗拉多身边时，他手中刀光一闪，迅速刺出。刀刺在弗拉多外衣里面的锁子甲上，啪地折断了。山姆领着十几个霍比特人大吼着跳上前，将那个坏蛋摔在地上。山姆拔出了他的剑。

“别，山姆！”弗拉多说，“就算这样也别杀他，因为他没有伤到我。无论如何，我都不希望他在这种仇恨的情绪中被杀。他曾经是伟大的，属于我们不应有胆对之动手的高尚种族。他堕落了，我们救不了他，但我仍想饶恕他，希望他有朝一日能得到救赎。”

萨鲁曼爬起来，盯着弗拉多。他怪异的眼神中混合了惊奇、尊敬和憎恨。“你成长了，半身人。”他说，“不错，你成长了许多，既有智慧，又很残酷。你剥夺了我复仇的甜蜜，现在我必须走了，从此活在苦恨中，欠着你仁慈的债。我恨它，也恨你！好，我走，再也不打扰你们，但别指望我祝你健康长寿，哪样你都不会有。不过那并不是我造成的，我只是预告而已。”

他迈步走开，霍比特人让出一条窄路让他经过，但他们紧紧地攥着武器，攥得指关节发白。佞舌迟疑了一下，还是跟上了他的主人。

“佞舌！”弗拉多喊道，“你不必跟着他。我知道你并不曾对我做过什么恶事。你可以在这里休息一阵，吃点东西，等到身体强壮一点，你可以走自己的路。”

佞舌停下来回头看着他，似乎打算留下来。萨鲁曼闻言转过身。

“没做过恶事？”他咯咯笑道，“噢，不！就连夜里偷偷溜出去时，他也只是去看星星。不过，我好像听到有人问，可怜的洛索躲到哪儿去了？佞儿，你知道，是不是？你要不要告诉他们？”

佞舌缩下身子，呜咽道：“不，不！”

“那我来说。”萨鲁曼说，“佞舌杀了你们的头头，那个可怜的小家伙，你们的好心小老板。佞舌，是不是啊？我相信，你是趁他睡觉的时候，一刀将他刺死的。我希望你把他埋了，尽管佞儿近来非常饥饿。不，佞儿可真不是好人，你最好还是把他留给我。”

一股疯狂的憎恨突然闪现在佞舌通红的眼睛里。“你让我做的，你逼我做的！”他嘶声道。

萨鲁曼大笑。“佞儿，沙基让你做什么你就做什么，总是这样，是不是？好啊，现在他说：跟上！”他朝趴在地上的佞舌脸上踹了一脚，转身走了，但那一脚似乎令什么失去了控制。突然，佞舌爬起来，拔出一把隐藏的刀，接着像狗一样咆哮一声扑到萨鲁曼背上，将他的头往后一拽，一刀割断了他的喉咙，然后尖叫一声，奔下小路。弗拉多还没反应过来，没说一句话，三个霍比特人的弓弦就响了，佞舌倒地身亡。

站在近旁的人惊愕万分，因为萨鲁曼的尸体周围团起一股灰雾，像火烟一样缓缓升到高空，仿佛是一个裹着尸布的苍白身影，隐约笼罩着小丘。它飘摇了片刻，望向西方，但从西方吹来一阵冷风，它弯身转向，一声叹息，消散于无。

弗拉多恐惧又怜悯地低头看着那具尸体。因为当他看着它时，已死多年的事实仿佛突然呈现，它在他眼前萎缩下去，皱缩的脸变成一层破皮，裹在丑陋骇人的头骨上。弗拉多捏起落在一旁的脏斗篷一角，拉过去盖住它，然后转身走开了。

“就这么了结了。”山姆说，“一个恶心的结局，真希望我不必目睹。不过可算完了。”

“我希望这是这场战争的最后一役。”梅里说。

“我也希望是。”弗拉多叹了口气，“最后的一击。不过我没想到它会落在这里，落在袋底洞的门口！在所有希望和恐惧的时刻，我都不曾想到这一点。”

“我得说还没到最后，除非收拾完这堆烂摊子。”山姆郁闷地说，“那可是费时又费力的活儿。”

第9章 灰港

善后工作确实很多，但花的时间并没有山姆担心的那么长。战后第二天，弗拉多骑马去了大洞镇，释放了牢洞里的犯人。他们发现的第一批人当中就有可怜的弗雷德加尔·博尔济，他已经不能再被称作胖子了。他曾率领一群反抗者躲在斯卡里丘陵旁边的獾洞里，被那帮恶棍用烟熏出来，抓住了。

他虚弱得没法走路，是他们把他抬出来的。皮平说："可怜的老弗雷德加尔，如果你跟我们一起，肯定能干得更棒。"

他睁开一只眼睛，努力露出微笑。"这个说话这么大声的年轻巨人是谁啊？"他嗓音虚弱，"小皮平吗？你现在戴多大号的帽子啊？"

然后还有洛贝莉亚，可怜的家伙看上去非常老非常瘦。当他们将她从一个黑暗窄小的牢房里救出来时，她坚持要自己走，尽管走得一瘸一拐。当看见她倚着弗拉多的手臂，手里仍然抓着她那把伞走出来时，大家热烈地拍手欢呼，她非常感动，眼含泪水搭车离去。她这辈子都不曾这么受欢迎过。然而当知道洛索遇害后，她垮了。她不愿再回袋底洞，把它还给了弗拉多，然后就回到硬厦镇的绷腰带家族，她的族人当中去了。

隔年春天，可怜的老太太过世了。毕竟她已经超过一百岁了。令弗拉多既惊讶又感动的是，她把自己和洛索的遗产全部留给了他，用来帮助那些被动乱害得无家可归的霍比特人。两家的不和就这样终结了。

老威尔·维特福特被关在牢洞中的时间比任何人都长，虽然他遭的罪可能没某些人那么多，但也需要好好地饮食调养之后，才能再履行市长的职责。于是，弗拉多同意做他的代理人，直到他的身体复原为止。在担任代理市长期间，弗拉多只做了一件事，那就是将夏警的人数和职能都削减到合适的程度。追捕残余恶棍的任务交给了梅里和皮平，他们也很快就完成了任务。南方的匪帮听说傍水镇之战的消息后，几乎没怎么抵抗夏尔长官，就全都逃走了。年底前，少数幸存者也在森林中遭到了围捕，那些投降的人被带到边界赶走了。

与此同时，修整的工作进展迅速。山姆一直很忙。霍比特人在情绪高昂且有需要时，可以像蜜蜂一样辛勤工作。成百上千不同年龄的志愿者在帮忙，从手小却灵巧的霍比特丫头小子，到手粗茧厚的老头老太太。尤尔日到来之前，所有新建的夏警屋和“沙基的手下”所建的任何窝棚、屋子都被拆得不剩一砖一瓦。拆下来的砖块被用来修补许多老洞府，让它们变得更舒适、更干燥。那些被恶棍藏在窝棚、谷仓和废弃的洞府，特别是大洞镇的隧道和斯卡里老采石场中的大量货物、食物和啤酒，也都找到了。因此，那个尤尔日的欢声笑语，比任何人期待的都更热烈。

霍比顿首先要做的事情之一是清理小丘和袋底洞并修复原来的袋

下路，甚至先于拆除新磨坊。那个新沙坑的前面全部填平，修成了一个有遮挡的大花园，小丘的南面新挖了一些迂回深入小丘的洞府，内部全部用砖砌成。甘吉老爹重新搬回三号居住，他经常把这些话挂在嘴边，也不在乎有人听见："风不好，吹谁都不好，我总是这么说，但结果好一切就都好！"

这条新路要叫什么名字，大家讨论了一番。"战斗花园"或"更好的斯密阿尔"都在考虑之列，但讨论了一会儿，大家还是按照霍比特人朴素的使用习惯，管它叫"新路"。不过傍水镇的人在开玩笑的时候，也称之为"沙基的结局"。

树木损毁得最严重，因为沙基吩咐不管三七二十一将夏尔的树木一律砍倒，这是最让山姆难过的事。一则，这项伤害要花很长时间去救治，他觉得只有到了自己的曾孙那一代，夏尔才会恢复本来的面貌。

好几个星期，他都在忙碌，忙得没空想起他的冒险之旅。然而突然有一天，他想起了加拉德瑞尔的礼物。他拿出那个小木盒给其他三个旅行者（现在人人都这么称呼他们了）看，征求他们的建议。

"我还在疑惑你什么时候才会想起它来呢，"弗拉多说，"打开它吧！"

盒子里装满了灰色的细腻沙土，中间有一颗种子，像是银壳的小坚果。"我该拿它怎么办？"山姆问。

"找一个有风的日子，把它撒在空中，让它发挥作用！"皮平说。

"发挥什么作用啊？"山姆问。

"选择一个地点当苗圃，看看那里种的植物会怎么样。"梅里说。

"不过我很确定，如今有这么多的乡亲受了苦，夫人不会乐意我把它全都用在自个儿的花园里。"山姆说。

“山姆，用你自己拥有的全部智慧和知识决定吧，”弗拉多说，“然后用这件礼物帮助你工作，让你做得更好。你要省着点用。这土可没多少，我相信每一粒都有每一粒的价值。”

于是，山姆在所有特别美丽或备受钟爱的树木被砍倒的地方都种下了小树苗，然后在每棵树苗的根部土壤中放了一粒宝贵的沙。他跑遍了整个夏尔，辛苦地做着这件事。不过，就算他特别关照了霍比顿和傍水镇，也没有人责怪他。最后，他发现还剩下一点沙土，于是就去了三法兴分界石，这里是最接近夏尔中心的地方。带着他的祝福，他将沙土抛向空中。他将那颗银色小坚果种在了集会场上那棵大树曾经生长的地方，他很好奇会长出什么。整个冬天，他都尽可能地保持着耐心，克制着自己别不停地到处跑，去看看是否有任何变化发生。

春天超出了他最疯狂的憧憬。他种的树都开始抽芽生长，仿佛时光也在紧赶慢赶，想让一年抵得上二十年。在集会场上，一株美丽的小树苗破土而出，长着银色的树皮和修长的叶子。到了四月，小树突然盛开了金色的花朵。它真的是一棵瑁珑树，成为这一带的一个奇迹。在后来的岁月里，它长得亭亭玉立，优雅美丽，因而远近闻名，人们长途跋涉赶来观看它。它是山脉以西、大海以东唯一的一棵瑁珑树，也是世间美好的事物之一。

总而言之，夏尔的1420年是不可思议的一年，不仅阳光灿烂，风调雨顺，一切都适时而完美，而且似乎还有更多：一种富足蓬勃的气氛，一种超越中州大地曾经闪现和消逝的全部平凡夏季的美丽光彩。这一年所孕育和出生的孩子非常多，全都美丽又健壮，大部分都有一头浓密的金发，以前这在霍比特人当中是很少见的。水果也很富足，小霍比特人几乎是泡在草莓和奶油里。后来，他们又坐在梅子树下的草地上大快朵颐，直到把成堆的果核堆成一座座小锥塔或征服者的头颅堆，然后才移往下一个目标。没有人生病，每个人都很开心，除了那些不得不去割草的人。

在南法兴，葡萄缀满枝头，烟叶的产量更是惊人。麦田处处，到收获时，家家的谷仓都塞满了。北法兴的大麦长得极好，以至于1420 年酿的啤酒被人久久铭记，成了一个经典。的确，一代之后，人们还能在客栈里听见某个老头在喝了足足一品脱[①]当之无愧的啤酒后，放下杯子时叹息道："啊！这真是地道的 1420 的好酒，真是的！"

山姆一开始跟弗拉多住在科顿家，当新路修好之后，他跟他老爹搬走了。除了别的全部工作，他还忙着指导袋底洞的打扫和修复工作。不过，他也经常离家在夏尔各处忙着种树。因此，三月初他不在家，不知道弗拉多病了。三月十三日，农夫科顿发现弗拉多躺在床上，手里紧紧攥着挂在脖链上的一枚白宝石，似乎处在半梦半醒之间。

"它永远消失了，"他说，"现在只剩下黑暗和空虚。"

不过这次发作过去了，当山姆在二十五号回来时，弗拉多已经恢复过来了，他什么也没说。在此期间，袋底洞已经修整得井然有序，梅里和皮平从溪谷地过来，把所有的老家具和用具也带回来了，因此这个老洞府很快就恢复得跟从前差不多了。

最后，当一切都准备妥当，弗拉多说："山姆，你什么时候搬过来跟我一起住啊？"

山姆看上去有点尴尬。

"如果你还不想搬，也不需要马上就来。"弗拉多说，"不过你知道的，你老爹住得很近，寡妇朗布尔会把他照顾得很好。"

---

① 品脱：容积单位，主要于英国、美国及爱尔兰使用。英制 1 品脱约等于 568 毫升。

“不是因为这个，弗拉多先生。”山姆说着，脸涨得通红。

“哦，那是为什么？”

“是罗西，就是罗丝·科顿。”山姆说，“她似乎一点都不乐意我当初外出，可怜的姑娘，但我没开口，她也不好这么说。我当时没开口，是因为我有活得先做，但现在我开口了，她却说：‘啊，你已经浪费了一年，所以为什么还要再等？’‘浪费？’我说，‘我可不这么认为。’不过我还是明白她的意思。你可以说，我感到撕裂，左右为难。”

“我明白了。”弗拉多说，“你想结婚，但又想跟我一起住在袋底洞，对吧？可是，我亲爱的山姆，这多容易啊！你尽快结婚，然后跟罗西一起搬进来。不管你想养多少孩子，袋底洞的空间都足够。”

于是，事情就这样定了。山姆·甘吉在1420年春天娶了罗丝·科顿（这一年也是著名的婚礼之年），他们来了，住在袋底洞。如果山姆觉得自己很幸运，那弗拉多却知道自己更幸运，因为整个夏尔再也没有哪个霍比特人像自己一样得到了如此悉心的照顾。等修缮的工作全都计划好并安排下去，他平静的生活就开始了：写大量的手稿，翻阅所有的笔记。那年仲夏，他在自由集会上辞去了代理市长的职务，亲爱的老威尔·维特福特接着又主持了七年的盛宴。

梅里和皮平一起在溪谷地住了一段时间，经常往来于巴克兰和袋底洞之间。两个年轻的旅行者用歌曲、故事、华服以及美妙的宴会，在夏尔出尽了风头。乡亲们称他们为“贵族”，但都是出于褒义，因为看见他们身穿闪亮的铠甲，拿着华丽的盾牌骑马走过，听见他们欢笑、高唱遥远的歌谣，大家心里都很温暖。如今他们俩虽然身材高大，模样高贵，但其他方面并无改变，只是他们说起话来确实比以前文雅，个性也更开朗、快乐得多。

不过，弗拉多和山姆恢复了平常的衣着，只是在有需要时，他们俩才会穿上编织精美、领口别着漂亮饰针的长灰斗篷。弗拉多脖子上总是戴着一条白宝石项链，他常常用手指摩挲着它。

如今诸事顺遂，一切还会变得更加美好的希望总在。山姆忙忙碌碌，快快乐乐，作为一个霍比特人，没有更多的期望了。那一整年对山姆而言完美无缺，除了隐约为他家少爷感到焦虑。弗拉多悄然从夏尔的一切事务中脱离出来，山姆痛心地注意到他在自己家乡享有的崇敬是那么微小。几乎没有人知道或想要知道弗拉多先生的功绩和冒险，他们的赞美和尊敬大都给了梅里亚达克先生和佩雷格林先生，以及（假如山姆知道的话）山姆自己。而且秋天时，旧日烦扰的阴影又出现了。

一天傍晚，山姆来到书房，发现他家少爷看上去很奇怪。他脸色非常苍白，眼睛似乎看着遥远的什么东西。

“怎么了，弗拉多先生？”山姆问。

“我受伤了，”他回答道，“受伤了，它永远不会真正痊愈。”

然后，他站起身，那症状似乎过去了。第二天，他又恢复了正常。直到后来，山姆才回想起来那天是十月六号。两年前的那天，风云顶的山谷里一片漆黑。

时光流逝，1421 年来了。三月份，弗拉多又病了，但他极力隐瞒了病情，因为山姆还有别的事情要考虑。山姆和罗西的第一个孩子在三月二十五日出生，这对山姆而言是非常重要的一个日子。

“啊，弗拉多先生，”他说，“我有点进退两难。罗西和我本来打算，征得你的同意，给孩子取名弗拉多，但现在生下来的是一个女孩。虽然是一个人人梦寐以求的漂亮姑娘，也很幸运地像罗西多过像我，但毕竟不是男孩，所以我们不知道该怎么办才好。”

“呃，山姆，”弗拉多说，“老传统没什么不好吧？选一个花的名字吧，像罗西一样。夏尔有一半的女孩都取了这样的名字，还有什么比这更好的？”

“弗拉多先生，我想你说得对。”山姆说，“我在旅途中听过一些美丽的名字，但我想那些名字都太恢宏了，可以说，天天叫有点消受不起。我老爹总是说：‘取名要短，这样就不需要简称。’如果要取一个花的名字，我就不在乎长不长了：一定得是一朵美丽的花，因为——你瞧，我认为她现在就非常美丽了，而且还会越长越美丽的。”

弗拉多想了一会儿。“哎，山姆，‘埃拉诺’怎么样？是‘太阳—星星’的意思，你还记得洛丝罗瑞恩的草地上那些金色小花吧？”

“你说得对，弗拉多先生！”山姆高兴地说，“这正是我想要的。”

当小埃拉诺快六个月大时，1421 年已经进入了秋天，弗拉多把山姆叫进了书房。

“山姆，星期四就是比尔博的生日啦。”他说，“他马上就要一百三十一岁了，赢过了老图克！”

“可不是嘛！”山姆说，“他真是一个奇迹啊！”

“嗯，山姆。”弗拉多说，“我想请你去跟罗西商量一下，看她能不能让你离开几天，这样你和我可以一起出发。当然，如今你不能走远，也不能离开太久了。”他有点惆怅地说。

“嗯，是不大好，弗拉多先生。”

“当然不好。不过，你不必介意。你可以送我上路，告诉罗西你不会离开太久，不会超过两个星期，告诉她你会平安回来。”

“弗拉多先生，我真希望我能一路陪你到幽谷去，见见比尔博先生。”山姆说，“不过，我真正想待的唯一一个地方是这里。我又有撕裂感了。”

“可怜的山姆！恐怕那感觉确实如此。”弗拉多说，“不过你会好的，你本来就结实又健康，你会的。”

接下来的一两天，弗拉多跟山姆一起把他的文件和手稿过了一遍，并把他的钥匙交给了山姆。那是一本用不加装饰的红色皮革做封面的大书，里面的大开书页现在几乎全写满了字。一开始有不少页是比尔博弯曲细致的笔迹，但绝大部分是弗拉多坚毅流畅的字体。全书分成许多章，但第八十章还没写完，之后是一些空白页。扉页上写了许多书名，但都一个接一个地被划掉了，详情如下：

我的日记

我的意外之旅

去而复返，以及随后发生之事

五个霍比特人的冒险

至尊指环的故事，根据比尔博·巴金斯的亲身观察及其朋友们的叙述编纂而成

我们在指环大战中的作为

比尔博的手迹在此结束，接着是弗拉多写的：

指环王的败亡

和

王者归来

（小人族的见闻，夏尔的比尔博和弗拉多的回忆录，并由他们朋友的叙述和跟智者习得的知识加以增补。）

（连同由比尔博在幽谷从《学识典籍》中翻译出来的篇章。）

“哎呀，弗拉多先生，你几乎都已经写完了！”山姆惊呼道，“呃，我得说，你一直都在坚持不懈地写。”

“山姆，我确实都写完了。”弗拉多说，“最后几页是留给你的。”

九月二十一日，他们一同出发，弗拉多骑着从米纳斯提力斯一路驮他回来的那匹马，它如今被称作“大步”。山姆则骑着他心爱的比尔。那是一个晴朗的金色早晨，山姆没问他们要去哪里，他想他猜得到。

他们取道斯托克路，翻过丘陵，朝林尾地走去。他们放任两匹马缓步而行，在青山村露宿了一夜。九月二十二日，当下午的时光渐渐流逝时，他们缓步骑到了树林边上。

“弗拉多先生，那不就是黑骑士第一次出现时，你躲在后面的那棵大树嘛！”山姆指着左边说，“现在那就像一场梦。”

夜晚来临，繁星在东方天空中闪烁，他们经过了那棵被毁坏的橡树，转了个弯，从榛子灌木丛中走下山丘。山姆沉默不语，沉浸在回忆中。过了一会儿，他开始意识到弗拉多正在轻声自唱，唱的是那首老行路歌，不过歌词不太一样。

道路弯弯转又转，
新路秘门或隐藏，
往日错过未得探，
终将踏上隐秘径，

明月以西太阳东。

仿佛回应一般，从下方谷地通上来的路上，传来了许多歌唱声：

啊！埃尔贝瑞丝，姬尔松耐尔！
晶莹明亮！纯洁璀璨！
姬尔松耐尔，啊！埃尔贝瑞丝！
遥远异土，林木之下，
西方海上，星光璀璨。

弗拉多和山姆停下来，默默地坐在淡淡的阴影中，直到看见一行闪着微光的旅人朝他们走来。

来的有吉尔多和许多美丽的精灵族人，山姆还惊讶地发现，埃尔隆德和加拉德瑞尔也骑马来了。埃尔隆德披着灰色大氅，前额上戴着一颗星，手中是一把银色的竖琴，手指上戴着一枚嵌着一颗大蓝宝石的金指环，那便是三指环中最强大的维雅。加拉德瑞尔骑在白马上，一身洁白衣袍微光闪烁，仿佛缭绕在月亮周围的白云，因为她自身似乎也在散发柔光。她的手指上戴着能雅，这枚指环是用秘银制成的，嵌着一颗闪烁如寒星的白宝石。在他们后面，一匹灰色小马缓步而行，骑在小马背上点着头似乎在打盹的，正是比尔博本人。

埃尔隆德郑重又和蔼地跟他们打招呼，加拉德瑞尔对他们微笑。“啊，山姆怀斯少爷，”她说，“我听说也看见你善用了我的礼物。夏尔如今比过去任何时刻都更蒙祝福，更受钟爱了。”山姆鞠了一躬，却不知道该说什么。他已经忘记这位夫人是多么美丽了。

这时比尔博醒了，睁开了眼睛。“哈喽，弗拉多！”他说，“啊，我今天超过老图克了，这就算安定了。现在，我想我已经准备好踏上另一段旅程了。你要来吗？”

“是的，我也来，”弗拉多说，“持环者应该一起走。”

“你要去哪里，少爷？”山姆叫道，他终于明白将要发生什么事。

“去灰港，山姆。”弗拉多说。

“我不能去？”

“不能，山姆。总而言之，你还不能去，不能去往比灰港更远的地方，虽然你也是持环者，尽管只是很短的一段时间。你的时刻会到来的。山姆，别太难过。你不能总是左右为难，你必须一心一意，健康完整，继续生活许多年。你还有那么多需要去享受、去承担、去完成。”

“可是，”山姆的眼泪开始扑簌簌掉落，“我以为，你做了所有那些事情之后，也能在夏尔享受许多许多年。”

“我也曾经那么以为，但我被伤得太深了，山姆。我努力拯救夏尔，它也获救了，但不是为了我。山姆，事情常常是这样的：当事物陷入危机，必须有人放弃它们、失去它们，好让其他人可以保有它们。不过你是我的继承人，我所拥有和可能拥有的一切，都留给你了。而且，你还拥有罗西和埃拉诺，将来还会有弗拉多小子、罗西丫头，并且还有梅里、戈蒂洛克丝，以及皮平，也许还有更多我无法看到的。你的双手、你的智慧到处都需要。当然，你会当市长的，只要你想当，你还会是历史上最有名的园丁。你会朗读《红皮书》上的记载，保持已逝岁月的鲜活记忆，好让大家记得大危机时代，使他们更加珍惜自己钟爱的地方。只要你的故事还在继续，就会让你像任何人一样忙碌而又快乐了。

“现在来吧，陪我骑一段路！”

埃尔隆德和加拉德瑞尔继续前行。第三纪元结束了，力量指环的时代逝去，这个故事和那些歌曲也都到了结局。随他们一起去的还有许多不会继续留在中州的高等精灵。山姆、弗拉多和比尔博骑行在众位精灵之中，精灵们也欣然向他们致敬。他们心中充满了悲伤，但那是一种被祝福的没有苦恨的悲伤。

整个黄昏，整个夜晚，他们骑马穿行于夏尔之间，但没有人看见他们经过，除了野生动物。也许黑暗中，有零散的漫游者看见树下一道微光稍纵即逝，或在月亮西行时瞥见草地上有光影流荡。他们离开夏尔，绕过白岗南边，到了远岗和塔楼，望见了远方的大海。就这样，他们最后骑马走下米斯泷德，到达位于路恩长峡湾中的灰港。

他们来到大门前，造船者奇尔丹前来迎接他们。他非常高，胡子很长，头发灰白，虽年事已高，但双眼神采奕奕，灿若星辰。他看着他们，鞠了一躬说：“一切都准备好了。”

然后，奇尔丹领着他们来到港口，那里泊着一艘白船。码头上，一个一身白袍的人影站在一匹灰色的高大骏马旁，正在等候他们。当他转过身朝他们走来，弗拉多看见甘道夫如今手上公开戴着第三枚指环：伟大的纳雅，指环上镶嵌的宝石红如火焰。那些即将远行的人知道甘道夫也将跟他们一起乘船离去，都很高兴。

然而山姆此刻心中悲伤，他觉得如果离别很痛苦，那独自回家的漫漫长路会更痛苦。不过就在他们站在那里，精灵陆续登船，准备好要启程时，梅里和皮平骑马急匆匆地赶到了。皮平眼含热泪，大笑道：“弗拉多，你以前就想偷偷溜走，结果失败了，这次你差点就成功了，

但还是没能得逞。不过这次不是山姆出卖了你，而是甘道夫！”

“是的，”甘道夫说，“因为归途三个人一起走比独自一个人走要好。好啦，我亲爱的朋友们，就到这里了，在这海岸边，我们在中州的同盟情谊到了尽头。平安地回去吧！我不会说‘别哭’，因为并不是所有的眼泪都是因为不幸。”

弗拉多与梅里和皮平吻别，最后与山姆吻别，然后登上了船。船帆升起，海风吹拂，船慢慢地驶离长长的灰色峡湾。弗拉多带着的加拉德瑞尔的水晶瓶，光芒闪烁，终至消失。大船驶进远海，进入西方。终于，在一个雨夜，弗拉多闻到空气中有一股甜香，听到了越过海面飘来的歌声。然后，他觉得就像在邦巴迪尔家中的梦境一样，灰色的雨幕彻底化作银亮的琉璃，向后翻卷，他看见了白岸，以及白岸远处，骤升的太阳下，遥遥的一片青翠原野。

而在站在灰港的山姆眼中，暮色渐浓，终成黑暗。他望着灰色的大海，只看见海面上一道影子，很快就消失在西方。他依然站在那里，直到深夜，耳中只有拍打着中州海岸的波涛的叹息与呢喃，它们的声音深深地沉入他的心底。梅里和皮平站在他旁边，也都沉默不语。

最后，三个伙伴转身离开了。他们慢慢地往家的方向骑去，再也没有回头，彼此也没有开口交谈，直到回到夏尔。不过每个人都为在这条漫长灰暗的路上，身旁有朋友陪伴而感到莫大的安慰。

他们骑马翻过山岗，上了东大道。然后，梅里和皮平骑往巴克兰，他们一边走，一边已经唱起歌来。而山姆转向傍水镇，在黄昏时分又回到了小丘。他往前走，那里有暖黄的灯光，屋内有炉火，晚餐已经准备好，家人正在等他。罗西把他拽进屋，让他在椅子上坐下，然后将小埃拉诺放在他的膝头。

他深深地吸了一口气，说：“啊，我回来了。”

译后记

2023 年 9 月 27 日晚上，最后一遍修订完译稿后，我发了一条朋友圈：

弗拉多即将渡海西去
我和山姆一样热泪盈眶
山姆悲伤于离别
我欣喜于三年多的折磨终于到了尾声

这是我的“杀青词”。彼时彼刻，我的心情，与其说是“欣喜”，不如说是“五味杂陈”。翻译这部三卷本的幻想小说于我而言确实是一个巨大的考验，尽管在此之前，我有过翻译文学小说和理论著作的一些经验，但《指环王三部曲》的魔法就像指环之王的力量施之于小说中任何一个对它产生欲望的角色一样，让我在被控制和摆脱控制的挣扎中备受煎熬，感受甜辣、酸涩、苦辛诸般滋味。一路走来，要特别感谢济南出版社副总编辑郭锐和责任编辑丁洪玉的理解、宽容和支持。

除了这条收尾帖，另有四条朋友圈帖子，记录了这三年来我的《指环王三部曲》译路历程。

第一条是 2020 年 6 月 17 日：奇幻都是在虚无中产生的。

在正式落笔翻译前，我先通读了一遍原著。坦率地说，这是我第一次认认真真地阅读这部在英语文学史上鼎鼎有名的奇幻小说巨著。对于文学幻想，我的心态其实很矛盾。《指环王三部曲》不是我翻译的第一部英文小说，却是第一部幻想小说。我自己创作过三部幻想小说，我始终觉得，当用因果逻辑无法解释这个世界时，就可以用"奇幻"应对现实中无处安放的疏离感和漂泊感。茫茫宇宙，大千世界，因果关系并不是唯一的物理，虚无正产生于因果解释的失效。一枚拥有无限力量的指环之王连接起行走的树、说话的兽、33 岁刚成年的霍比特青年，寄托着托尔金对存在的道德、伦理、权力、人性、自由、命运、时间、死亡以及善恶的思索。

托尔金的奇想为后来的 Fantasy（幻想）创作者开启了无数条流脉，但也在每条流脉上设立了一道道难以跨越的屏障。有感于此，我在 2021 年 10 月 20 日发了第二条朋友圈：托尔金简直没有给后来的 Fantasy 写作者留一点想象的余地……

不过，这些话题在这里不宜展开，因为当你兴冲冲地准备开始一场奇幻的故事之旅时，绝不希望有一个聒噪的先行者在你耳边"剧透"。解读和批评就留给以后，留给每一位热爱探险，追随弗拉多，踏上穿越荒原的求索之旅，对抗黑暗之塔挑战的读者。

2022 年 1 月 21 日，我发了第三条朋友圈：我中了《指环王》的名称之咒。

从某种意义上说，名称是一种居所。万物有名，方得定属。托尔金以名为符，为小说中的每一个人、每一处地、每一件物建造了多个蕴含着独特意义和特点的“居所”——人、神、魔、妖、怪、精、山峰、水潭、谷地、马匹、飞鸟、花朵、树木、丛林、剑斧……人、地、物都不止一个名字，不止一个“居所”，它们分布在不同的场景，不同的情节点，着实容易让译者晕头转向。

托尔金显然意识到了自己的起名魔法给译者带来的困惑，在不满意于早期《指环王》的荷兰语和瑞典语译本对名称的改动后，专门编写了《指环王命名指南》，帮助译者处理人名、地名和事物名。这份指南确实在很大程度上解除了施加在我身上的名称咒语，但在很小的程度上我也采用了自己的一些想法。在翻译人名时，我基本上按照汉译的惯用法，采取的是音译；部分物名也是音译，部分则结合情节语境，尽量捕捉其特定的寓意；地名的翻译尽量体现这一地的地理特征或与故事情节相关的文化特征，比如Middle-earth，因为Middle-earth的主要居民霍比特人看到河流、小船会犯晕，“海”更是令他们恐惧的字眼，那是死亡的象征，所以我去掉三点水，在“中州”和“中洲”之间选择了前者。

我的原则就是尽量避免阐释性的译笔，因为我觉得，文学翻译应该拒绝译者自以为是的删删减减，修修补补，添油加醋。译者应该谨记摆渡者的身份，尊重原作，尊重原作者的风格，哪怕这风格不是己所欢心。

然而，这份对原作的忠诚在遇到诗歌的时候往往会产生动摇，因为诗意在言外，在超越承载它的词语的经验中。

因故事太长而被分成三册的《指环王三部曲》一共有61首诗。第一册《指环同盟》共32首，第二册《双塔》共16首，第三册《王者归来》共13首。这些夹杂着托尔金自创的昆雅语、辛达语、矮人语、洛汗语的诗，或吟诵中州大地各民族的传奇与历史，或抒发角色的情绪波澜，或叙述故事的起承转合……

2022年3月3日，我因此发了第四条朋友圈：托尔金有一颗诗人的心，《指环王》里的人动不动就歌上一首，听上一曲，令不得不谱曲的译者很为难……

不过，闻一多的诗歌“三美”理论中的“建筑美”和“音乐美”之说，给了我“谱曲”的灵感。虽然过程走得弯弯绕绕，但概括起来寥寥数语：尽量在不破坏内容的层次和逻辑关系的前提下保持诗节与诗节、诗行与诗行、诗句与诗句的整齐对称；用大致相同的音节营造稳定的节奏感，追求一种契合小说中歌者所处情境和情绪氛围的朗朗上口，最大限度地保留住我所感受到的歌谣原文的诗意。至于效果如何，就期待读者和方家批评指正了。

《指环王三部曲》其实已经有多个中译本——译林旧版、朱学恒版、世纪文景版、海舟版……这些译本各有千秋，但都是我翻译之路上的灯塔。在我踌躇于复杂句式、晦涩典故时，或为了一个精灵语词汇、一句霍比特人的俏皮话绞尽脑汁时，这些译本，总能拨云见日般照亮我的笔。“前人栽树，后人乘凉”，我的这个译本向这些前辈致敬。

只是，珠玉虽在前，瓦当仍欲立。在这套书付梓出版之后，我大概会把这句话发在朋友圈里，当作真正的“杀青词”。

何卫青

2025年1月于青岛梦想家